Mark Frost

Paladin Project

Band 2: Im Auge des Feindes

Weitere Titel der Reihe *Paladin Project:*
Renn um dein Leben
Deine Angst stirbt zuletzt

Mark Frost,
Schriftsteller, Drehbuchautor, Regisseur und Produzent ist als Co-Autor und Produzent der Kult-Serie „Twin-Peaks“ berühmt geworden, die er in Zusammenarbeit mit David Lynch schuf. Zuletzt schrieb er unter anderem die Drehbücher zu den beiden „Fantastic Four“-Filmen.

Mark Frost

Paladin Project

Im Auge des Feindes

Aus dem Amerikanischen von
Franca Fritz und Heinrich Koop

Arena

FSC
www.fsc.org
MIX
Papier aus verantwortungsvollen Quellen
FSC® C110508

1. Auflage als Sonderausgabe im Arena-Taschenbuch 2016
Die Originalausgabe erschien unter dem Titel
The Paladin Prophecy. Alliance bei Corgi Books, einem Imprint von
Random House Children's Publishers UK, London

Aus dem Englischen von Franca Fritz und Heinrich Koop

Umschlaggestaltung: Zero Werbeagentur, München
Umschlagtypografie: KCS GmbH · Verlagsservice & Medienproduktion,
Stelle/Hamburg
Gesamtherstellung: Westermann Druck Zwickau GmbH
ISSN 0518-4002
ISBN 978-3-401-50795-8

www.arena-verlag.de
Folge uns!
www.twitter.com/arenaverlag
www.facebook.com/arenaverlagfans

Niemand kann es für dich tun ...

Ich lebe mein Leben in wachsenden Ringen,
die sich über die Dinge ziehn.
Ich werde den letzten vielleicht nicht vollbringen,
aber versuchen will ich ihn.

Ich kreise um Gott, um den uralten Turm,
und ich kreise jahrtausendelang;
und ich weiß noch nicht: bin ich ein Falke, ein Sturm
oder ein großer Gesang.
Rainer Maria Rilke

MÄRZ

Lyle Ogilvy wollte einfach keine Leiche sein.

In den vergangenen sieben Monaten hatten die Ärzte ihn schon ein halbes Dutzend Mal aufgegeben – bis sie letztlich zu dem Schluss kamen, dass sein Fall in der Geschichte der Medizin wohl einmalig war.

Irgendwann mussten sie zugeben, dass sie die Frage *Ist er tot oder lebendig?* nicht beantworten konnten.

Für alle, die nicht zu Lyles engstem Kreis gehörten, war es noch schwerer, etwas in Erfahrung zu bringen, denn seine Familie und die Schule hatten eine absolut wasserdichte Verschwiegenheitserklärung bezüglich seines Zustands unterschrieben, an die sich alle Beteiligten hielten. Die mysteriöse Wahrheit lautete, dass Lyle nach dem »unglücklichen Zwischenfall« im vergangenen Herbst in ein tiefes Koma gefallen war und seine Lebenszeichen seitdem nur noch einem Flüstern glichen. Schon sechs Mal hatte man die Herz-Lungen-Maschine abgestellt, Lyle aber doch immer wieder daran angeschlossen. Denn obwohl sämtliche Versuche, ihn ins Leben zurückzuholen, erfolglos blieben, zeigte Lyles EEG weiterhin eine rege Gehirnaktivität an.

Der einzige Hinweis für den Rest der Schule, dass sich der umstrittene Ogilvy möglicherweise noch auf dem Campus befand, war die häufige, auffällig unauffällige Anwesenheit seiner Eltern. Sie waren der Empfehlung des Trauma-Teams gefolgt und hatten ihren Sohn auf der gesicherten Intensivstation der Schulklinik zurückgelassen, da jeder Transportversuch tödlich enden konnte. Denn Lyle war nicht nur ein Patient – er war auch ein Häftling, und falls er jemals das Bewusstsein wiedererlangte, würde er sich einer langen Liste von Anklagepunkten stellen müssen.

So lag Lyle, bleich und still wie eine Marmorstatue, die ganzen Wintermonate hindurch bis zum Frühjahr im Bett. Ab und zu öffneten sich seine Augen, wenn auch nach keinem erkennbaren Muster, und seine Pupillen reagierten auf Licht – eines der wenigen ermutigenden Zeichen, auf das die Ärzte hinweisen konnten.

Da er nur durch eine Magensonde ernährt wurde, war sein massiger, übergewichtiger Körper wie Wachs dahingeschmolzen und scheinbar abgemagert, aber eine genauere Untersuchung hätte ergeben, dass seine Muskeln inzwischen schlanker und deutlicher definiert waren. Obwohl die Krankenschwestern ihn vier Mal am Tag drehten, schien keine von ihnen zu bemerken, dass der knapp 1,90 Meter große Lyle über 7 Zentimeter gewachsen war: Sein Bett war eine Spezialanfertigung in Übergröße und sie sahen ihn schließlich nie aufrecht.

Der Begriff *Wachkoma,* den die Ärzte häufig verwendeten, wenn sie über Lyle sprachen, beschrieb nicht einmal annähernd das, was wirklich in seinem Körper vorging. Sein Gehirn hatte zwar noch nicht die Fähigkeit der Wortfindung wiedererlangt, aber wäre er dazu in der Lage gewesen, hätte er gesagt, dass er seine Umgebung seit Kurzem immer besser wahrnahm. Er konnte sogar undeutlich »sehen«, dass Menschen sein Zimmer betraten oder es verließen – egal ob mit geöffneten oder geschlossenen Augen.

Und als der letzte Schnee fiel und sich das Eis des Lake Waukoma von den Ufern zurückzog, rührte sich etwas Ungewöhnliches in Lyle Ogilvy. Wenn er nur ein Wort hätte benutzen dürfen, um zu beschreiben, was er durchlebte, dann hätte dieses Wort *Veränderung* gelautet.

Der Frühling war die Zeit des Wachstums und in ihm regte sich ein neues Leben, das den alten Lyle wesentlich kräftiger und mächtiger machte. Und noch eine Wahrnehmung hatte allmählich in seinem umnebelten Bewusstsein Gestalt angenommen, eine stärker werdende Empfindung, die er zwar nicht benennen, aber in jeder Faser seines Körpers spüren konnte.

Hunger.

»Wie fühlst du dich?«, fragte der Coach.

Wie betäubt. Dass Will sich so fühlte, lag nicht nur an der eisigen Kälte. *Genau so geht es mir schon seit fünf Monaten.*

»Glauben *Sie*, dass ich es kann?«, fragte er.

»Ich bin nicht derjenige, der diese Frage beantworten muss«, erwiderte Ira Jericho, der mit verschränkten Armen am Ufer stand.

»Ich weiß. Aber Ihre Meinung würde mir helfen, meine eigene zu bilden.«

»Faule Ausrede. Konzentrier dich.«

Wie betäubt. Überwältigt. Gezwungen, in einem Monat mehr emotionale Traumata zu verarbeiten, als er in seinem ganzen bisherigen Leben durchgemacht hatte.

Will und Coach Jericho standen am Ostufer des Lake Waukoma, nachdem sie die Hälfte ihres täglichen Trainingspensums absolviert hatten, und schauten hinaus aufs Wasser. Der größte Teil des Sees lag noch immer unter der winterlichen Eisschicht, in der sich jedoch schon große Risse bildeten; die einzelnen Schollen ergaben ein fast schachbrettartiges Muster.

Die fahle Sonne stand tief am westlichen Himmel und berührte nun scheinbar die Baumlinie. Die Temperatur lag bei etwa 4 Grad Celsius, Tendenz fallend.

Den ganzen Winter über hatte Will jeden Nachmittag mit Coach Jericho trainiert. Wie die meisten Jugendlichen in seinem Alter sehnte er sich nach Routine und Regelmaß – für ihn chronische Mangelware, da seine Eltern ständig umgezogen waren. Nach Weihnachten hatte Will zum ersten Mal sämtliche für ihn vorgesehenen Kurse besucht und seinen bislang härtesten intellektuellen Marathon erlebt. Und nach Ende des Schultags stellten ihn die Trainingseinheiten mit Jericho vor eine noch härtere, körperliche Herausforderung.

Seit dem schockierenden öffentlichen »Tod« seiner Eltern fühlte Will sich innerlich wie abgestorben und er wusste auch genau, warum. Es handelte sich um eine unwillkürliche, vielleicht sogar gesunde Reaktion, um sich vor all der Dunkelheit in seinem jungen Leben zu schützen. Er verstand die Gründe, fühlte sich aber kaum motiviert, etwas daran zu ändern – und schon gar nicht in den verordneten Therapiesitzungen mit der Schulpsychologin Dr. Robbins.

Jede Stunde bei ihr kam ihm vor, als würde er durch ein Minenfeld laufen. Denn er verriet ihr immer nur so viele Einzelheiten, dass sie glaubte, er würde Fortschritte machen – aber keines der Geheimnisse, die er unbedingt für sich behalten musste. Die vergangenen Ereignisse hatten dafür gesorgt, dass er kaum noch etwas fühlte, und so fiel es ihm leichter, die Wahrheit zu ertragen, die er zu verbergen suchte. Die körperlichen Qualen des Trainings mit Jericho waren die einzigen Empfindungen, die er überhaupt noch wahrnehmen konnte. Durch sie wusste er zumindest, dass sein Körper noch lebendig war.

Will kniete sich auf den harten Boden, hielt eine Hand ins Wasser und erschauderte. »Knapp über dem Gefrierpunkt«, stellte er fest.

»Wenn du reinfällst, stirbst du in weniger als fünf Minuten an Unterkühlung«, sagte Jericho. »Das heißt, bei einem *normalen* Jungen wäre das so.«

»Und bei Ihnen?«

»Ich bin nicht so blöd, es zu versuchen«, entgegnete der Trainer.

Das Thermometer hatte 5 Grad Celsius angezeigt, als sie um 15.20 Uhr von der Sporthalle gestartet waren. Das Wetter war bedeckt und feucht, der Pfad durch den Wald matschig und kalt, als sie zum See hinunterliefen. Ein durch und durch lausiger Aprilnachmittag.

»Aber ich schon oder wie?«, hakte Will nach und schob seine halb erfrorene Hand unter die Achsel des anderen Arms, um sie zu wärmen.

»Das habe ich nicht gesagt«, stellte Jericho klar. »Ich habe nur gesagt, dass du nicht normal bist. Also, kannst du es?«

Diese Frage hatte ihm der Trainer in den vergangenen Monaten immer dann gestellt, wenn Will wieder eine der verwirrenden Aufgaben erfüllen sollte – also insgesamt mindestens 500 Mal. Die Crosslauf-Saison war längst vorüber, und da die meisten aus dem Team wegen ihrer Verbindungen zu den Rittern Karls des Großen von der Schule geflogen waren, hatte Will den Trainer jetzt ganz für sich allein. Schon bald erkannte er, dass es bei ihrem täglichen Training um weitaus mehr ging als um die Verbesserung seiner Lauftechnik.

Jede Aufgabe, vor die Jericho ihn stellte, beinhaltete eine unausgesprochene Frage: Bist du stark genug? Bist du zäh genug? Bist du entschlossen genug für .... (bitte hier eintragen)? Will bemühte sich, stets mit Ja zu antworten. Aber Jericho schienen seine Bemühungen völlig gleichgültig zu sein, bis Will irgendwann zu der Überzeugung gelangte, dass der Mann entweder verrückt war oder man es ihm einfach nicht recht machen konnte – was Will nur noch mehr anspornte. Er wusste nicht, welchen Druck Jericho auf ihn ausüben würde, wenn er Nein sagte. Er hatte noch nie den Mut aufgebracht, es zu riskieren.

»Ja. Ja, ich kann es.«

Jericho reagierte nicht. Er schien nie auf Wills Worte zu reagieren, sondern sie lediglich zu registrieren. Dann ließ er sich das Gehörte durch den Kopf gehen und antwortete nur, wenn er etwas zu sagen hatte. An den meisten Tagen sprach er so gut wie gar nicht, aber manchmal erging er sich ohne Vorwarnung in weitschweifigen Vorträgen über seine eigenartige Philosophie – ein verwirrender Mischmasch aus New-Age-Metaphysik und antiker Mythologie, gefiltert durch die Linse der Weisheiten und Legenden der nordamerikanischen Indianer, Jerichos Vorfahren. Das konventionelle, bestimmten Rhythmen und Gesetzmäßigkeiten folgende Hin und Her sozialer Interaktion – der höfliche verbale Austausch, das wichtigste Schmiermittel in zwischenmenschlichen Beziehungen – bedeutete ihm nichts.

Aber was mich an diesem Typ wirklich wahnsinnig macht, ist die Tatsache, dass er keine einzige meiner Fragen beantwortet – vor allem nicht die, auf die ich so dringend eine Antwort bräuchte, etwa: Warum tun wir das alles? Was wollen Sie mir beibringen?

Welchem Zweck Jerichos Aufgaben auch dienen mochten, sie wurden im Laufe des Winters immer schwieriger. Oft stellten sie Will nur vor brutale körperliche Herausforderungen: Sprinte von hier nach da; klettere diesen Berg hinauf; spring von dieser Felskante hinab. Dann wieder ging es um Ausdauer: mit geschlossenen Augen auf einem Bein auf einem Felsblock stehen und dem Wind lauschen oder eine Stunde in einer bestimmten schmerzhaften Position verharren, bis die Muskeln versagen. Und zuweilen schienen seine »Übungen« überhaupt keinen Sinn zu haben: Sitz vollkommen still, halte diesen Steinfalken in der Hand, kläre deinen Geist und stelle dir einen gemauerten Brunnen vor. Jetzt lass langsam einen Eimer hinunter, zieh ihn wieder herauf und trink mit kräftigen Zügen.

Obwohl Will nicht begriff, welches Ziel Jericho mit diesen Aufgaben verfolgte, so wurde er doch allmählich stärker und vertraute immer mehr auf seine sich entfaltenden Fähigkeiten – die unheimliche Schnelligkeit und Ausdauer, die er an sich festgestellt hatte, und die Tatsache, dass er Dinge und Menschen um sich herum auf verblüffende Weise mithilfe seines Geistes beeinflussen konnte.

Also was hat Jericho dieses Mal vor?

Der Trainer griff in die Tasche seiner Regenjacke, holte einen Silberdollar heraus, hielt ihn Will vor die Nase und warf ihn dann, so weit er konnte, auf den See hinaus. Die Münze landete auf einer großen Eisscholle, fast 100 Meter vom Ufer entfernt.

»Denk nicht darüber nach«, spornte Jericho ihn an. »Hol sie dir einfach.«

Will drehte sich um, entfernte sich zwanzig Schritte vom Wasser, machte auf dem Absatz kehrt und rannte los. In Windeseile hatte er fast auf seine Höchstgeschwindigkeit beschleunigt. Als er das Ufer erreichte, dachte er: *Denk nicht darüber nach!* Dann stieß er sich ab und sprang auf die erste, etwa 3 Meter entfernte Eisscholle. Die Spikes unter seinen Schuhen bohrten sich in die Eiskruste, aber er spürte sofort, dass die Scholle ihn nicht tragen würde, wenn er mit seinem ganzen Gewicht darauf landete. Sofort stieß er sich erneut ab, um auf die nächste, etwa 2,5 Meter entfernte Eisscholle zu seiner Linken zu gelangen.

Auch hier schwankte das Eis gefährlich unter seinen Füßen. Ohne Schwung zu verlieren, sprang er auf die nächste und übernächste Scholle und hüpfte wie ein flacher Stein über den See. Nach wenigen Sekunden kam er in der Mitte der großen Eisscholle, auf der Jerichos Münze gelandet war, schlitternd zum Stehen. Das Eis schaukelte und schwankte, als Wills Gewicht sich daraufsenkte.

Er bückte sich nach der Münze, aber die Scholle zerbrach und der Silberdollar schwamm rasch auf einem Stück Eis davon, das zu klein war, um Will zu tragen.

Du hast dafür trainiert. Keine Panik. Du weißt, was zu tun ist.

Will richtete seinen Blick auf den Dollar und streckte die Hand aus. Sofort spürte er, wie sich in der Luft zwischen ihm und der Münze eine starke Verbindung aufbaute.

Mach schnell.

Er warf sein gesamtes mentales Gewicht in Richtung des Geldstücks, spürte, wie die Konturen der Münze sich in seine zupackende Hand schmiegten, und zog sie zu sich heran. Der Dollar ruckelte hin und her, bevor er sich vom Eis löste, und flog dann so schnell auf Will zu, dass er mit einem lauten Klatschen in seiner Handfläche landete. Will umschloss ihn mit den Fingern, hielt ihn dann hoch, damit Jericho ihn sehen konnte, und lachte, erstaunt über seine eigene Leistung.

Im nächsten Moment nahm er unter seinen Füßen ein tiefes, gedämpftes Sirren wahr, als würde eine Saite an einer riesigen verstimmten Gitarre reißen. Dann spürte er, wie der Rest der Scholle auseinanderbrach, und sah, dass sich im Eis hinter ihm ein großer Riss mit rasender Geschwindigkeit in seine Richtung bewegte.

»Ach du Scheiße!«

Hastig schaute er zurück in die Richtung, aus der er gekommen war; seine gefrorenen Trittsteine schaukelten noch immer im Wasser und trieben weiter auseinander. Da er weder Zeit noch Platz hatte, um für den Rückweg richtig zu beschleunigen, machte er nur zwei kurze Schritte und stieß sich genau in dem Augenblick vom Rand der Eisscholle ab, als sie in zwei Teile zerbrach.

Als Will auf dem nächsten Stück Treibeis landete, schwankte er hin und her wie ein Surfanfänger und konnte sich nur deshalb aufrecht halten, weil seine Spikes ihn an das Eis nagelten. Seiner Berechnung nach war die nächste Scholle zu weit entfernt und so griff sein Geist – wieder ohne nachzudenken – ins kalte Wasser und zog sie zu sich heran. Will sprang darauf und hüpfte sofort weiter von Scholle zu Scholle, wobei er seinen Schwung nutzte, um jeden schwimmenden Trittstein zum nächsten zu treiben, während das Wasser über seine Schuhe schwappte und seine Füße bis hinauf zu den Knöcheln vor Kälte taub werden ließ.

Als er nur noch 20 Meter vom Ufer entfernt war, sah er, wie vor ihm der letzte, kaum einen Meter breite, eisige Trittstein in Stücke zerbrach. Verzweifelt schaute Will zu Jericho, der reglos am Ufer stand, seine ganze Haltung ein einziges Achselzucken. Will spürte, dass die Scholle unter ihm jeden Moment auseinanderbrechen würde, und sein Geist raste hinab, um den unwirtlichen Boden des Sees zu sondieren, der hier mindestens 4,5 Meter tief war und rasch abfiel: Steine, abgestorbene Wasserpflanzen, träge Fische.

Mit der gleichen unerschütterlichen Konzentration blickte Will wieder hoch und vor ihm erschien jetzt ein Pfad, der direkt über das Wasser zum Ufer führte. Panisch mit den Armen rudernd, rannte er los, peitschte das Wasser auf und erzeugte dabei so viel Oberflächenspannung, dass er spürte, wie diese gerade eben sein Gewicht trug.

Sein Geist und seine Muskeln setzten die Anstrengung fort, bis er nur noch einen Meter vom Land entfernt war und schließlich bis zu den Knien im Wasser versank. Die Kälte schoss wie eine Schockwelle durch seinen Körper. Ein paar taumelnde Schritte später war er am Ufer und rannte auf Jericho zu.

Sein Trainer hatte auf der Sandbank hinter den Felsen ein Feuer entfacht. Ein großes, loderndes Lagerfeuer mit dünnen Zweigen und dicken Holzscheiten. Zitternd zog Will Schuhe und Trainingshose aus, setzte sich auf einen flachen Stein und hielt seine halb erfrorenen Füße vor die Flammen, dankbar für die Wärme.

Wie hat er es bloß geschafft, so schnell ein solches Feuer zu machen?

Coach Jericho befragte ihn nie direkt nach seinen Fähigkeiten, wie sie funktionierten oder woher sie stammten. Will hätte darauf ohnehin keine Antwort gehabt; er wusste es wirklich nicht. Jericho akzeptierte einfach, was seine Augen ihm verrieten – dass Will zu diesen erstaunlichen Dingen in der Lage war. Während des gemeinsamen Trainings war Will zu der Überzeugung gelangt, dass er Jericho vertrauen konnte und dieser seine Geheimnisse bewahren würde. Der Coach schien keine Hintergedanken zu haben und Will befürchtete keine Sekunde, dass er mit irgendjemandem über das sprach, was sie taten.

Und während die Monate verstrichen, war Will in flüchtigen Momenten, die niemals wirklich zufällig zu sein schienen – wie das Feuer, das an diesem trüben Aprilnachmittag einfach am Ufer erschienen war –, allmählich klar geworden, dass Jericho selbst zu ein paar ziemlich verblüffenden Dingen fähig war.

So bewegte Jericho sich stets lautlos. Manchmal schien er seinen Standort zu wechseln, ohne sich überhaupt zu rühren. Einmal war er etwa zwei Sekunden, nachdem Will ihn am Fuß eines Wasserfalls gesehen hatte, oben an dessen Fallkante aufgetaucht. Und ein anderes Mal – obwohl er nach einer Trainingseinheit vor Erschöpfung fast nicht mehr geradeaus gucken konnte – hätte Will schwören können, dass er Jericho an zwei Orten gleichzeitig beobachtet hatte.

Außerdem bestand Jericho darauf, dass Will immer den kleinen Steinfalken bei sich trug, den er ihm gegeben hatte. Gelegentlich befahl er Will stillzustehen. Dann holte er ein paar Stäbe mit daran befestigten Federn hervor und wedelte ohne jede Erklärung ein paar Mal damit um Wills Kopf herum oder berührte ihn an der Stirn, am Hals und an den Schultern.

Das mochte zwar ein wenig sonderbar sein, aber es war ein geringer Preis, den Will für das Wohlwollen und die Unterstützung dieses Mannes gern zahlte. Er wusste, dass ihm die Disziplin und Intensität ihres täglichen Trainings mehr als alles andere dabei geholfen hatten, mit all seinem Schmerz und seinem Kummer fertig zu werden.

Also schob Will seine Verwunderung über das Feuer beiseite, zusammen mit all den anderen unbeantworteten Fragen über seinen rätselhaften Trainer, die er im Laufe der letzten sechs Monate gesammelt hatte. Zum Beispiel: *Stimmt es wirklich, Coach, dass Sie der Ururenkel von Crazy Horse sind?*

Ach, und wo ich schon mal dabei bin, würde ich gern wissen: Wieso konnte ich auf *dem Wasser laufen?*

»Hier ist Ihr Silver Eagle«, sagte Will und schnippte Jericho die Münze zu.

Der Silberdollar landete in Jerichos Handfläche – und blieb aufrecht darin stehen. Dann legte der Coach die andere Hand darauf und ließ ihn mit einer Geste verschwinden, die an einen Zauberer auf einer Geburtstagsparty erinnerte.

Jerichos Augen funkelten und er grinste über beide Ohren. Ein seltener Anblick und Will war jedes Mal erstaunt, dass der Mann sein Gesicht überhaupt zu einem Lächeln verziehen konnte.

»Was hast du gelernt?«, fragte Jericho.

»Wasser ist nass. Eis ist kalt«, erwiderte Will mit klappernden Zähnen.

»Was noch?«

Plötzlich spürte Will einen heißen Stich an seinem Bein. Er schob die Hand in die Tasche und ertastete den kleinen Falken, den er ständig bei sich trug. Der Stein hätte eiskalt sein sollen, fühlte sich aber heiß an, fast zu heiß, um ihn anzufassen – als brenne eine Flamme in seinem Inneren. Will nahm ihn heraus, hielt ihn vorsichtig zwischen Daumen und Zeigefinger und betrachtete ihn verwundert.

»Er beißt nicht«, beruhigte Jericho ihn.

Will schloss die Hand um die Figur und spürte, wie die Hitze durch seine Haut drang, ihn jedoch nicht verbrannte, sondern sich in seinen Fingern, seiner Hand und seinem Arm ausbreitete. Im selben Augenblick ertönte irgendwo hoch oben am Himmel über ihnen der Schrei eines Falken. Will schaute hinauf, konnte den Vogel aber nirgends entdecken; trotzdem spürte er, wie sich seine Brust öffnete und kalte Luft hineinströmte, die ihn von Grund auf stärkte.

»Was hast du noch gelernt?«, fragte Jericho mit einem leichten Lächeln.

»Ich habe das Gefühl, wieder in meinem Körper zu ruhen«, antwortete Will und atmete tief ein; die Hitze drang bis in sein Innerstes und schoss von dort durch seine Glieder zurück an die Hautoberfläche.

»Das bedeutet, dass du geheilt bist.«

Jericho hatte recht. Will spürte förmlich, wie sich neue Lebenskraft in seinen Muskeln und Knochen ausbreitete. Sein Geist schien zu prickeln und seine Sinne öffneten sich für alles um ihn herum. Er fühlte sich verbunden mit den Felsen, dem Wald, dem Feuer, dem Himmel und dem See. Er war wieder lebendig.

Er war ERWACHT.

»Also darum ging es die ganze Zeit?«, fragte Will. »Sie und ich, das Training ... all das sollte mir helfen, wieder gesund zu werden?«

»Sag du es mir.«

»Ja.«

Aber da steckt noch mehr dahinter. Da geht noch etwas anderes vor. Sie helfen mir, mich vorzubereiten ... aber worauf?

»Sag mir, was du noch fühlst, Will.«

Die Ereignisse des vergangenen Herbstes liefen in seinem Kopf ab wie ein wirrer Filmtrailer: die Zerstörung seines Lebens in Ojai; die Entführung und das Verschwinden seiner Eltern, für das Mr Hobbes und die Schwarzkappen verantwortlich waren; die Anschläge auf sein Leben und das seiner Freunde, ausgeübt von Lyle Ogilvy und den Rittern Karls des Großen.

»Ich bin ...«, setzte Will an und holte erneut tief Luft, während etwas in seiner Brust aufstieg. »Ich bin wirklich unglaublich ... wütend.«

»Auf wen, Will?«

»Auf die Leute, die mir und meiner Familie das angetan haben.«

Jericho hielt kurz inne und meinte dann: »Hass zermürbt dich, schadet deinem Feind aber nicht. Das ist so, als würdest du Gift nehmen und hoffen, dass dein Feind daran stirbt.«

»Ich habe nicht gesagt, dass ich sie *hasse«*, stellte Will klar und sah den Coach direkt an. »Ich will sie nur töten.«

Erneut zeigte Jericho sein mysteriöses Lächeln.

NR. 24: DU KANNST NUR DANN ETWAS VERÄNDERN, WENN DU AUCH DEINE MEINUNG ÄNDERN KANNST.

Als Will vom See zurückkehrte, stürmte er förmlich durch die Wohnungstür. Er strotzte nur so vor Energie. Brooke Springer saß am Esstisch, drehte eine ihrer langen blonden Locken zwischen den Fingern und las etwas auf ihrem Tablet. Als er in den Raum platzte, schaute sie erschrocken auf und ihre Blicke trafen sich. Ein elektrisierender Stromstoß durchfuhr Will, aber er sprach Brooke nicht an, hoffte nur, sie würde das Eis brechen und irgendetwas sagen ... nur ein einziges Wort zur Begrüßung ...

Aber Brookes Augen verdüsterten sich und sie schaute fort, nickte nur kurz, um zu zeigen, dass sie ihn registriert hatte. So würde man einem völlig Fremden begegnen, mit dem man zufällig zusammen im Aufzug fuhr.

Seit ihrer Rückkehr vor drei Monaten verhielt sie sich auf diese Weise. Will dachte wieder und wieder darüber nach, sie endlich zu fragen, warum sie so distanziert war, warum eine solche Spannung zwischen ihnen herrschte:

Warum behandelst du mich, als würdest du mich überhaupt nicht kennen, wo wir uns vor ein paar Monaten doch so nah gewesen sind? So nah, wie ich mich noch nie jemandem gefühlt habe, der nicht West heißt.

Aber wenn er jetzt nur ein Wort darüber verlor, würde er sich nicht mehr zurückhalten können, bis er alles losgeworden war, was er bis jetzt unterdrückt hatte.

Kein guter Zeitpunkt.

Will schnappte sich eine Flasche Wasser aus der Küche und verschwand in sein Zimmer. Er schloss die Tür laut, aber beherrscht hinter sich, lief in seinem Zimmer auf und ab und überlegte, wo er anfangen sollte.

In der Hoffnung auf einen Hinweis nahm er das Heft mit Dads Regeln zur Hand und schlug wahllos eine Seite auf. Er wurde nicht enttäuscht, denn sein Blick fiel auf folgende Zeilen:

Nr. 74: 99 PROZENT DER DINGE, ÜBER DIE DU DIR SORGEN MACHST, TRETEN NIE EIN. BEDEUTET DAS, DASS ES HILFT, SICH SORGEN ZU MACHEN, ODER DASS ES EINE VÖLLIGE VERSCHWENDUNG VON ZEIT UND ENERGIE DARSTELLT? ENTSCHEIDE SELBST.

Okay, dachte Will. *Nehmen wir heute mal an, dass es hilft, sich Sorgen zu machen. Was sollte ich als Nächstes tun?*

Erneut blätterte er das Heft durch und schlug es irgendwo auf:

Nr. 22: WENN DIR DER KOPF SCHWIRRT, MACH EINE LISTE.

Das schien ihm der beste Rat zu sein, den sein Dad ihm je gegeben hatte. Sein Notebook konnte er dafür nicht gebrauchen; hier half nur die altmodische Methode. Er schloss die Tür ab, setzte sich mit einem übergroßen Notizblock an den Schreibtisch und machte sich daran, alles zu Papier zu bringen.

Und womit du auch loslegst, fang nicht *mit Brooke an.*

Das Schuljahr dauerte noch sechs Wochen, dann standen die Sommerferien bevor – eine gähnende Leere, vor der ihm graute, weil er nicht die geringste Ahnung hatte, wie er sie füllen sollte. *Aber das könnte auch ein Vorteil sein.* Jetzt, da er wieder in Form war, hatte er sechs Wochen Zeit, um herauszufinden, was er tun und wie er vorgehen musste. All die unerledigten Dinge vom letzten Herbst, um die er sich aus reinem Selbsterhalt nicht hatte kümmern können, während sein Geist, sein Körper und seine Seele ganz langsam wieder heilten.

Also begann Will, seine Fragen aufzuschreiben – in Großbuchstaben:

WELCHE VERBINDUNG BESTEHT ZWISCHEN DEN RITTERN KARLS DES GROSSEN UND MR HOBBES UND DEN SCHWARZKAPPEN?

Alles deutete darauf hin, dass die Ritter erledigt waren, nachdem sie letzten November versucht hatten, ihn umzubringen. Zehn von insgesamt zwölf waren verhaftet worden. Nur der Anführer der Gruppe, Lyle Ogilvy, und sein Komplize Todd Hodak befanden sich noch auf freiem Fuß. Von Todd hatte man seit dem Anschlag nichts mehr gehört oder gesehen. Die Frage nach Lyles Aufenthaltsort bildete auf dem Campus häufig Gegenstand von Spekulationen, stellte aber letztendlich alle vor ein Rätsel. Will wusste nur, dass von dem Lyle, den er gekannt hatte, nicht mehr viel übrig sein konnte – nach dem Angriff des Wendigo, den er selbst herbeigerufen hatte, um Will zu vernichten.

Aber kann ich wirklich sicher *sein, dass die Ritter erledigt sind?*

Will und seine Mitbewohner hatten beängstigende Beweise dafür gefunden, dass es eine Verbindung zwischen den Rittern und den Männern gab, die er die Schwarzkappen nannte – die ihn aus Ojai verjagt, seine Eltern entführt und deren angeblichen Flugzeugabsturz inszeniert hatten. Zusammen mit seinen Freunden war Will auf ein Video von einem Treffen gestoßen, aufgenommen von Ronnie Murso, in dessen Zimmer Will jetzt wohnte und der seit fast einem Jahr verschollen war. Vor seinem Aufbruch zu jenem tragischen Angelausflug mit seinem Vater hatte Ronnie sich heldenhaft bemüht, das Band vor allen *außer* seinen Mitbewohnern zu verstecken, und eine Spur verschlüsselter Hinweise zu seinem Geheimnis gelegt, die Will und die anderen erfolgreich geknackt hatten.

Ronnie hatte heimlich ein Treffen des Anführers der Kappen – dem furchterregenden, kahlen Mr Hobbes – und Lyle Ogilvy aufgenommen. Das Video zeigte Hobbes, wie er Lyle ein mittels aphotischer Technologie angefertigtes Objekt gab, das er den Schnitzer nannte. Mit diesem mysteriösen Ding konnte man ein Portal zwischen dem Hier und Jetzt und einer Dimension namens Niegewesen öffnen.

Will hatte erfahren (von seinem Schutzengel Sergeant Dave Gunner, einem toten-untoten, knallharten Special-Forces-Hubschrauberpiloten), dass das Niegewesen eine dem Fegefeuer ähnliche Dimension darstellte, aus der die Monster kamen, die Dave das Andere Team nannte. Das Niegewesen war ein Gefängnis, in das man diese ältere Rasse von Wesen vor Jahrtausenden von der Erde verbannt hatte. Dafür war die Hierarchie verantwortlich, eine himmlische Organisation, für die Dave arbeitete. Er behauptete, auch Will würde jetzt als ein »Initiierter« niedrigen Ranges in ihrem Dienst stehen. Mit Unterstützung heimtückischer menschlicher Kollaborateure, darunter die Ritter und die Kappen, hatte das Andere Team schon lange einen Ausbruch geplant, um wieder die Herrschaft über den Planeten zu übernehmen; nur die Agenten der Hierarchie standen dem noch im Weg.

Als Mr Hobbes sich als Bundesagent der amerikanischen Luftfahrtbehörde ausgegeben und ihn zu kidnappen versucht hatte, war Will klar geworden, dass der kahlköpfige Mann ebenfalls eine Art Monster-Mensch-Zwitter darstellte. Hobbes hatte sich seitdem nicht mehr blicken lassen. Wie konnten Will und seine Mitbewohner darauf hoffen, Kreaturen wie Hobbes und seine Lakaien aufzuhalten? Wills Gedanken überschlugen sich förmlich und er schaffte es kaum, schnell genug zu schreiben, während er versuchte, all diese Verbindungen zu durchschauen.

FÄHIGKEITEN, DIE WIR IM KAMPF NUTZEN KÖNNEN

ICH

- Schnelligkeit (durch verbesserte weiße Muskelfasern sowie ...?)
- unglaubliches Durchhaltevermögen (extreme Sauerstoffbindung der roten Blutkörperchen)
- erstaunliche Fähigkeit zur Erholung bzw. Selbstheilung (aufgrund der sauerstoffbindenden Eigenschaften des Blutes)
- Telekinese: Ich kann mit meinem *Geist* Energie erzeugen und sie auf Objekte oder Personen lenken (abgefahren; keine Ahnung, WOHER das kommt)
- möglicherweise damit verbunden: die Fähigkeit, meine Sinne über meinen Körper hinaus zu erweitern und exakte Eindrücke über die Welt um mich herum zu empfangen. Vielleicht erkenne ich Magnetfeld-Muster? (Keine Ahnung, ob dieses Phänomen tatsächlich einen Namen hat, eventuell in Romanen, aber ich nenne es das Raster)
- Telepathie: Ich kann »Gedankenbilder« und Worte in den Kopf anderer Menschen schieben (ebenfalls eine Sache, die ich schon seit meiner Kindheit beherrsche, ohne dafür einen Namen zu haben)

- Dads Regelheft ... keine Fähigkeit im eigentlichen Sinne, aber ein verdammt hilfreiches Ass im Ärmel

AJAY JANIKOWSKI
- unglaubliches Sehvermögen, vielleicht sogar *besser* als das eines Adlers, gekreuzt mit einem Kampfjet-Piloten
- fotografisches Gedächtnis: speichert praktisch alles, was er sieht (und leidet komischerweise nicht unter Hirn-Verstopfung)
- absolutes Erinnerungsvermögen: Nichts, was seine Augen einmal gesehen haben, verschwindet je wieder aus seinem Kopf (wo verstaut er das bloß alles? Muss herausfinden, ob von seinem Gehirn schon ein MRT gemacht wurde)

NICK McLEISH
- erstaunliche Kraft, Wendigkeit, Sprungfähigkeit, Augen-Hand-Fuß-Koordination
- Weltklasse-Kämpfer, Meisterturner, beherrscht ein halbes Dutzend Kampfsportarten
- gesteigerter Orientierungssinn (diese Fertigkeit teilt er – warum überrascht mich das nicht? – mit vielen wilden Tieren)
- nahezu – und vielleicht dummerweise – ohne jede Furcht (könnte auch weniger eine »Stärke« als vielmehr ein ernsthaftes geistiges Defizit sein). Damit kommen wir zu ...
  (Nick und Ajay: bislang noch keine Anzeichen von Telepathie. Es ist schon schwer genug, mit Nick einfach nur zu *reden*)

ELISE MOREAU
- Schalldruckfähigkeiten: ist in der Lage, Klangwellen in physische Kraft umzuwandeln und zu steuern
- Telepathie: kann zumindest mit MIR ohne Worte und über unbestimmte Entfernungen hinweg kommunizieren (Verbindung

wird stärker). Verfügt auch über gesteigertes psychologisches Empfinden: Intuition?

- Vorahnung und/oder Fernwahrnehmung: Mögliche intuitive Fähigkeit, zukünftige Ereignisse wahrzunehmen und/oder Ereignisse, die in großer Entfernung stattfinden (anekdotisch; nicht getestet und nicht bestätigt)

BROOKE SPRINGER

- Wunderschön (okay, keine herausragende Eigenschaft, wirkt aber auf mich so)
- *Die unheimliche Fähigkeit, mit einem einzigen kurzen Blick mein Herz zu zertrampeln.* Er strich diesen Satz durch und radierte ihn dann energisch aus.
- Weitere besondere Kräfte???? Unbekannt (und was hat das zu bedeuten?)

Will listete auch Lyles Fertigkeiten auf:

LYLE OGILVY

- telepathische Angriffe: kann Gedanken steuern und manipulieren
- böse Gesinnung: möglicherweise selbst ein Opfer von Gedankenkontrolle (dank eines Mitfahrers, eines der schlimmsten Monster aus dem Niegewesen)
- wurde außerdem von einem Wendigo aus dem Niegewesen gebissen. Endgültige Folgen nicht bekannt – genau wie sein Aufenthaltsort –, aber was ich gesehen habe, war *übel.* Wo auch immer er steckt: Die Aussichten können nicht gut sein.

Erneut fragte Will sich: *Woher stammen diese Fähigkeiten?*

Seine vorläufige Theorie lautete: *Sie sind die Folge einer genetischen Manipulation, die an uns während der In-vitro-Fertilisa-*

tion vorgenommen wurde, und zwar im Rahmen eines geheimen medizinisch-wissenschaftlichen Programms mit Namen Paladin-Prophezeiung.

Aber es wird nur eine Theorie bleiben, bis wir herausgefunden haben, wer dahintersteckt und warum.

Von der einzigen Person, die vielleicht eine Antwort auf diese Fragen geben konnte, hatte Will nicht das leiseste Wort gehört: seinem mysteriösen Beschützer Dave Gunner. Kein Mucks, seit Dave durch ein Portal ins Niegewesen gezogen worden war, während er Will das Leben gerettet hatte (zum *fünften* Mal!). Nachdem der Wendigo mit Lyle Ogilvy fertig war, hatte er Dave an diesen fürchterlichen Ort mitgeschleift. Wie hätte Dave das überleben sollen? Will wusste auch nicht, wo Dave nun sein konnte – *falls* er überhaupt überlebt hatte. Dave hatte ihm erklärt, er sei bereits tot: bei einem Hubschrauberabsturz während des Vietnamkriegs ums Leben gekommen. Konnte ihm also überhaupt noch etwas Schlimmeres passieren? Will hätte sich in den Hintern beißen können, dass er Dave nie gefragt hatte, ob das bedeutete, dass er nicht ein *zweites* Mal getötet werden konnte. Würde sein Schutzengel ihm jemals wieder zu Hilfe kommen?

Angesichts dieser gewaltigen bösen Macht, der wir den Krieg erklären werden, brauche ich nämlich alle Hilfe, die ich bekommen kann. Wo sollen wir zuerst zuschlagen? BEI WEM LAUFEN ALLE FÄDEN ZUSAMMEN?

Will betrachtete seine Notizen. Alle Verbindungen wiesen auf einen Namen hin:

WIR MÜSSEN MR HOBBES FINDEN.

Aber er hatte keine Ahnung, wo er anfangen sollte! Bis jetzt hatte Hobbes immer *ihn* gefunden. Aus Ronnie Mursos Video wussten sie, dass Hobbes im Center gewesen war, sechs Monate *bevor* er Will aufgespürt hatte. Und alles sprach dafür, dass er etwas mit dem mysteriösen Forschungsprogramm namens Paladin-Prophezeiung zu tun hatte. Aber seine eigentliche Rolle war und blieb rätselhaft.

Allerdings gab es noch einen weiteren Anhaltspunkt. Wills Freund Nando Gutierrez – der Taxifahrer, dem er in Ojai begegnet war – hatte Hobbes und seine Schwarzkappen beschattet und bis zu einem Regierungsgebäude in Los Angeles verfolgt, wo sie im Büro einer scheinbar harmlosen akademischen Bewertungsagentur, der »National Scholastic Evaluation Agency« oder NSEA verschwunden waren.

Wie sich herausstellte, war die NSEA die *leitende Instanz,* die Wills Überflieger-Testergebnisse ausgewertet und das Center darauf aufmerksam gemacht hatte – genau wie bei Ajay und Elise.

Und nicht nur das: Danach hatte Will herausgefunden, dass die NSEA dem Center *gehörte,* und zwar über eine Stiftung, die Greenwood Foundation.

Will reduzierte das ganze Rätsel auf die größte der unbeantworteten Fragen: WAS IST DIE PALADIN-PROPHEZEIUNG? STECKEN DIE RITTER UND DIE SCHWARZKAPPEN DAHINTER? UND HAT *DAS CENTER* ETWAS DAMIT ZU TUN?

Zwar hatte er seine Theorie – wonach die merkwürdigen Fähigkeiten, die sich bei ihnen im Laufe des vergangenen Jahres gezeigt hatten, von der genetischen Manipulation während der künstlichen Befruchtung herrührten – bislang nicht beweisen können. Aber drei seiner Mitbewohner – Ajay, Nick und Elise – hatten nach Rücksprache mit ihren Eltern bestätigt, dass sie, genau wie Will, im selben Jahr mittels künstlicher Befruchtung in privaten Fruchtbarkeitskliniken in vier verschiedenen Städten gezeugt und geboren worden waren.

Wie hoch ist die Wahrscheinlichkeit, dass es sich dabei um einen Zufall handelt? Und wenn man dann noch berücksichtigt, dass die NSEA dem Center gehört *und wir alle fünfzehn Jahre später hier landen – im selben Jahr, in dem sich bei jedem von uns diese seltsamen Fähigkeiten zeigen?*

War das alles Teil eines Plans, der sich die Paladin-Prophezeiung nannte? Genau das war DIE FRAGE. Will blieb keine andere Wahl, als sich endlich mit dem Bereich zu befassen, der möglicherweise eine Antwort lieferte:

Er hatte sein ganzes Leben lang geglaubt, er sei Will Melendez West, einziger Sohn von Jordan West, einem bescheidenen Wissenschaftler, und Belinda Melendez West, einer Rechtsanwaltsgehilfin. Die Wests waren scheinbar eine ganz normale Familie, abgesehen von der Tatsache, dass sie etliche Male umgezogen waren, im Schnitt alle fünfzehn Monate. Ein verwirrendes Schema, für das es nun komplizierte Gründe zu geben schien.

Inzwischen wusste Will, dass sein Vater in Wirklichkeit Dr. Hugh Greenwood war, der Enkel von Thomas Greenwood, jenem visionären Pädagogen, der das Center vor fast einem Jahrhundert gegründet hatte. Hughs Vater war Franklin Greenwood, einziger Sohn von Thomas, der seinem Vater wiederum als Direktor der Schule gefolgt war.

Will hatte vorsichtig versucht, etwas über Hugh herauszufinden, und erfahren, dass sein Vater am Center unterrichtet und die Schule vor sechzehn Jahren verlassen hatte, gemeinsam mit seiner Frau und ohne jede Erklärung. Auch Hugh war Absolvent des Centers, aber alle anderen Informationen über die Anwesenheit seiner Eltern an der Schule waren gelöscht worden – mit Ausnahme eines Schnappschusses in einem siebzehn Jahre alten Jahrbuch. Will nahm die Fotokopie, die er davon gemacht hatte, aus dem Schreibtisch und betrachtete sie zum zigsten Mal.

Das Bild zeigte »Hugh und Carol« in legerer Kleidung bei einem Open-Air-Konzert, darunter folgender Kommentar: DER BELIEBTE

NATURKUNDELEHRER HUGH GREENWOOD UND SEINE FRAU AMÜSIEREN SICH BEIM DIESJÄHRIGEN ERNTEFEST.

Es waren eindeutig »Jordan« und »Belinda«. Viel jünger natürlich und mit vollkommen anderen Frisuren – Hugh hatte einen Bürstenschnitt, während Carol das lange blonde Haar zu einem Pferdeschwanz zusammengebunden trug. Hugh war glatt rasiert, aber »Jordan« hatte immer einen Bart getragen und Will kannte »Belinda« nur brünett. Keiner von beiden trug eine Brille oder einen Hut auf dem Foto, was sie in Wills Kindheit jedoch oft getan hatten – vermutlich um sich zu tarnen, wie ihm jetzt klar wurde.

Warum sind sie damals geflüchtet? Wieso haben sie das Center und die Verlockungen von Hughs großem Familienerbe so plötzlich hinter sich gelassen? Wenn ich mich nicht verrechnet habe, muss das zu einem Zeitpunkt gewesen sein, als *sie schon von Carols Schwangerschaft wussten, aber noch* vor *meiner Geburt. Hing ihre Flucht mit mir zusammen, und wenn ja, warum?*

Hugh Greenwood hatte am Center Biologie unterrichtet und war bei den Schülern sehr beliebt gewesen. Sein Vater war studierter Mediziner und hatte noch in anderen Naturwissenschaften promoviert; seine spätere Arbeit als Forscher auf dem Gebiet der Neurobiologie gründete sich eindeutig auf sein früheres Tätigkeitsfeld. Aber ging es dabei nur darum, den Lebensunterhalt für seine Familie zu verdienen, oder steckte mehr dahinter?

Als die Schwarzkappen uns in Ojai ausfindig gemacht und meine Eltern entführt haben, sind sie auch in das Labor meines Vaters eingebrochen und haben alle seine Forschungsunterlagen gestohlen.

Was ist für die Kappen so bedrohlich an Hugh Greenwoods Arbeit, dass sie ein solches Risiko eingegangen sind? Und was haben Hobbes und seine Leute seitdem mit ihnen gemacht?

Zwei Wochen nach dem Flugzeugabsturz hatten Beamte der Bundespolizei behauptet, die Leichen in dem Wrack seien als Wills

Eltern identifiziert worden. Aber Will glaubte ihnen kein Wort, denn ein paar Tage nach dem Absturz hatte er eine schmerzlich hoffnungsvolle SMS von seinem verschollenen, mutmaßlich toten Vater bekommen. Und wegen der darin enthaltenen verschlüsselten Nachricht zweifelte Will keine Sekunde daran, dass sie tatsächlich von Jordan West stammte. Weniger Hoffnungen machte er sich bezüglich seiner Mutter, insbesondere nachdem er gesehen hatte, dass sie mit einem Mitfahrer infiziert war – jenem gedankensteuernden Monster, das zu den schrecklichsten Waffen im Arsenal des Anderen Teams gehörte. Es war durchaus möglich, dass Belinda nicht mehr lebte, und im Laufe der letzten Monate hatte er sich einigermaßen damit abgefunden.

Aber Will war hundertprozentig davon überzeugt, dass sein Vater noch *lebte*, und dieser Glaube hielt ihn aufrecht. Gegenüber seinen Mitbewohnern hatte Will kein einziges Wort über diese grausame Wahrheit verloren. Er fürchtete sich vor all dem Unbekannten, das möglicherweise zurückkam und ihnen Schaden zufügte, wo sie doch bei dem Versuch, ihm zu helfen, schon so viel durchgestanden hatten. Und er konnte ihnen keine Vorwürfe machen, falls sie genau wie er beschlossen hatten, den ganzen Wahnsinn zu verdrängen, sich auf den Unterricht zu konzentrieren, die Erklärung des Centers zu akzeptieren, das Schlimmste läge hinter ihnen, und zu hoffen, all das möge auch stimmen.

Doch seit Will wieder klar denken konnte, wusste er es besser. ES WIRD WIEDER MÄCHTIG ÄRGER GEBEN, DENN DIESES MAL SAGE ICH *IHNEN* DEN KAMPF AN.

Dabei würde er langsam vorgehen, zusammen mit Ajay ihre Nachforschungen wieder aufnehmen und dann eine Strategie entwickeln, wie sie weiter verfahren sollten.

Und das war der Stand der Dinge ... bis zum 3. Juni, dem letzten Tag ihres zweiten Highschool-Jahres, um 21.14 Uhr.

JUNI

Nach der letzten Prüfung in diesem Schuljahr kehrte Will zur Wohngruppe G4-3 in Greenwood Hall zurück, warf seinen Rucksack in die Ecke und wollte gerade in sein Zimmer gehen, als er auf dem Esstisch einen an ihn adressierten Brief entdeckte. Das kam heutzutage wirklich nicht mehr oft vor. Dem Poststempel zufolge war der Brief fünf Tage zuvor aufgegeben worden; der handschriftlich notierte Absender lautete Palm Desert, California, darunter stand der Name N. DEANGELO.

Will nahm den Brief mit in sein Zimmer, klappte das Notebook auf und setzte sich an den Schreibtisch. Seine Syn-App erschien auf dem Monitor und schaute neugierig zu, wie Will den Umschlag öffnete und das einzelne Blatt entfaltete, auf dem dieselbe ordentliche, feminine Handschrift zu erkennen war wie beim Absender:

Lieber Will West,
ich muss mich entschuldigen, dass es so lange gedauert hat, bis ich deinen Brief vom letzten November beantworten konnte. Er wurde an meine ehemalige Adresse in Santa Monica geschickt, wo ich schon seit über zwölf Jahren nicht mehr wohne, und seitdem bin ich noch zwei weitere Male umgezogen. Nur der bewundernswerten Beharrlichkeit unserer viel gescholtenen Post ist es zu verdanken, dass er mich schließlich vor zwei Wochen erreicht hat.

Will erinnerte sich an den Brief, den er letzten November an eine Adresse in Santa Monica geschrieben hatte; seine Syn-App hatte ihm geholfen, sie ausfindig zu machen. Aber er war an eine Frau namens Nancy *Hughes* gerichtet gewesen, die Navy-Krankenschwester, die Dave nach eigenen Angaben kurz vor seinem Tod in Vietnam kennengelernt hatte.

Dein Brief hat mich wirklich zum Nachdenken gebracht. Ich bin seit Kurzem im Ruhestand und daher jetzt in einem Alter, in dem man viel Zeit mit alten Erinnerungen verbringt. Ich dachte, am besten beantworte ich Deine völlig unerwartete Frage, ob ich im Vietnamkrieg einen gewissen Sergeant Dave Gunner kannte, indem ich dir ein Foto schicke, das ich all die Jahre aufbewahrt habe.

Das Foto war mit einer Büroklammer an der Rückseite des Briefes befestigt. Es handelte sich um einen alten Schnappschuss, eine Nahaufnahme von Dave, der braun gebrannt und mit nacktem Oberkörper an einem tropischen Strand lag: Er zwinkerte in die Kamera, während er mit der einen Hand seine Sonnenbrille hochhielt und die andere vor sich ausstreckte, den Daumen nach oben. Ein unbekümmertes Lächeln umspielte seine Lippen, als sei er entschlossen, das Glück beim Schopf zu packen.

Er sah *haargenau* so aus wie der Dave Gunner, den Will kannte; es war derselbe Mann, daran bestand kein Zweifel. Der einzige Unterschied lag darin, dass sein Gesicht nicht durch Narben von dem Hubschrauberabsturz entstellt war. Das sollte erst noch passieren, offensichtlich kurz darauf.

Wie Du vermutlich weißt, hat Dave den Krieg nicht überlebt. Er starb zwei Tage, nachdem ich dieses Foto von ihm gemacht habe. Ich war damals fast noch ein Kind und wir kannten uns erst ein paar Tage, aber er hat mich ziemlich beeindruckt. Er war wirklich ein toller Kerl. So voller Leben, dass es ihm aus jeder Pore strahlte. Sicher wird ihn niemand, der ihm einmal begegnet ist, jemals vergessen. Trotz all der unvorstellbaren Gewalt um uns herum traf mich sein Tod schwer ... so sinnlos und tragisch.

»Das glaube ich sofort«, sagte Will leise.

Aber da ist noch etwas anderes. Es lässt sich schwer beschreiben, Will, aber seit Daves Tod hatte ich mehr als nur einmal in meinem Leben – vor allem in schweren Zeiten – das starke Gefühl, dass Dave in der Nähe war. Auf eine gute Art und Weise. Vielleicht klingt das für Dich jetzt allzu merkwürdig, aber so ist es nun einmal. Das Ganze liegt lange zurück und ich bin inzwischen glücklich mit einem wirklich tollen Mann verheiratet, also werde ich dazu nichts mehr sagen.
Aber ich habe dieses Foto erstaunlich lange aufbewahrt, nicht wahr?
Wie dem auch sei: Ich hoffe, dass ich Deine Frage damit beantwortet habe.

Herzliche Grüße
Nancy (Hughes) Deangelo, examinierte Krankenschwester im Ruhestand

»Ja, das haben Sie, Nancy«, bestätigte Will. »Auf jeden Fall.« Dann ging er in sein Zimmer, setzte sich an den Schreibtisch, faltete den Brief zusammen und nahm noch einmal Daves Foto hervor.

So voller Leben, dass es ihm aus jeder Pore strahlte.

Als Will die Aufnahme betrachtete, spürte er plötzlich, wie sein Schreibtisch zu vibrieren begann. Er öffnete die oberste Schublade, wo er Daves »schwarze Würfel« aufbewahrte. In dessen Händen hatten sie als eine Art holografischer Datenspeicher gedient, der die Informationen, die Dave anforderte, in die Luft projizierte.

Aber seitdem er die Würfel Will zugeworfen hatte, weigerten sie sich beharrlich, anders auszusehen und sich anders zu verhalten als ganz gewöhnliche Spielwürfel.

Jetzt vibrierten sie jedoch so heftig, dass Will sie kaum sehen konnte und sein ganzer Schreibtisch wackelte.

»Was ist los, Will?«, erkundigte sich Wills Syn-App und schaute vom Bildschirm seines Notebooks hoch; er saß an einer virtuellen Version des Schreibtischs, der ebenfalls wackelte.

»Keine Ahnung, Junior. Das Ganze fing an, nachdem ich diesen Brief geöffnet habe.« Will war an die ständige Gegenwart seines computerisierten Doppelgängers inzwischen so gewöhnt, dass er ihn Junior nannte.

»Darf ich den mal sehen, Will?«

Will stand auf, nahm das Notebook hoch, damit es nicht länger vibrierte, und hielt den Brief vor den Bildschirm. »Er stammt von dieser Navy-Krankenschwester, deren Adresse du letztes Jahr ausfindig gemacht hast.«

Dann hob er auch das Foto vor den Monitor. Junior stand auf und schien sich beides ganz genau anzusehen, während er die Unterlagen scannte, analysierte und speicherte.

»Das ist derselbe Typ, oder?«, fragte Will. »Derselbe wie auf dem anderen Foto, das du gefunden hast. Dave Gunner.«

»Ja, stimmt, Will. Das kann ich definitiv bestätigen«, antwortete Junior. »Irgendwie seltsam, oder?«

»Ja. Allerdings.«

»Ich frage mich, wie Nancy damals wohl ausgesehen hat.«

»Wie ich Dave kenne: verdammt gut.«

»Ich habe ihre derzeitige Adresse notiert«, verkündete Junior. »Falls du sie irgendwann noch einmal kontaktieren musst.«

»Danke, Junior.«

Kaum hatte Will den Brief weggelegt, hörte das Vibrieren des

Schreibtischs auf. Er öffnete die Schublade und betrachtete die Würfel: Jetzt wirkten sie wieder so gewöhnlich wie die Würfel aus einem Monopoly-Spiel. Einer plötzlichen Eingebung folgend, nahm er sie aus der Schublade und steckte sie in seine Tasche – irgendetwas sagte ihm, es könnte wichtig sein, dass er sie bei sich hatte.

Draußen fiel die Wohnungstür ins Schloss und kurz darauf klopfte jemand energisch an seine Tür. Will stand auf und öffnete. Sofort stürmte Ajay herein, die großen Augen weit aufgerissen; sein kleiner, elfenhafter Körper sprühte vor Energie.

»Grundgütiger galoppierender Geist von Franklin Delano Roosevelt!«, stieß er aufgeregt hervor. »Ich muss dir unbedingt was zeigen.«

Ajay schwang seinen gewaltigen, bis zum Rand vollgestopften Rucksack auf Wills Bett; das Gewicht hätte ihn fast mitgerissen.

»Tu dir nicht weh«, mahnte Will. »Wozu die Aufregung?«

Ajay riss den Rucksack auf und wühlte darin herum. »Nachdem das ganze Material über die Ritter Karls des Großen aus dem Archiv Seltener Bücher verschwunden war, hatte ich dennoch keinen Zweifel daran, dass ich die gewünschten Informationen irgendwie in die Finger bekommen würde ... Wo habe ich sie bloß?«

Im Januar hatte Ajay sich Zugang zum Archiv Seltener Bücher verschafft, in dem er mehr über die Ritter Karls des Großen zu erfahren hoffte, aber sämtliche Hinweise auf die Edelmänner waren aus den physischen und digitalen Aufzeichnungen verschwunden. Will und seine Freunde hatten auch den Umkleideraum unter der Sporthalle überprüfen wollen, wo sie auf ein Geflecht aus Tunneln gestoßen waren, die direkt zu der Insel mitten im Lake Waukoma führten. Der Zugang war jedoch versperrt gewesen; die Tür, über die man dort hinuntergelangte, führte jetzt in eine Besenkammer.

»Wo hast du *was?*«

»Die Firewall, die mich von einem Server fernhalten kann, muss erst noch erfunden werden. Aber das Auffinden eines Objekts, das in seiner rein physischen/analogen Form *entfernt* wurde, ist schon eine härtere Nuss ...«

»Also was hast du entdeckt, Ajay?«, fragte Will ungeduldig und trat näher.

»Erinnerst du dich ... kurz bevor der ganze Ärger anfing, war Brooke auf ein paar Artikel über die Ritter aus der Schulzeitung gestoßen.«

»Ja, alte Ausgaben, aus den 1920er-Jahren.«

»Und eine aus den Dreißigern«, ergänzte Ajay, während er endlich die dünne Mappe hervorholte, nach der er die ganze Zeit gesucht hatte. »Sämtliche Artikel wurden inzwischen aus den Archiven entfernt. Aber du erinnerst dich doch bestimmt noch, dass Brooke uns eine Fotografie aus der Bibliothek gezeigt hat, als wir über den Rechner mit ihr verbunden waren, kurz bevor sich Lyle in die Verbindung gehackt hat.«

»Ja, das weiß ich noch«, bestätigte Will. »Ein Bild von den Rittern bei einer Dinnerparty. Mit irgendeinem berühmten Politiker, stimmt's?«

»Genau! Henry Wallace, der amerikanische Innenminister, der knapp vier Jahre später Franklin Roosevelts Stellvertreter werden sollte«, erklärte Ajay, als er die Mappe aufschlug und eine Schwarz-Weiß-Fotografie von der Größe einer Postkarte herausholte. »Dieses Bild hat Brooke in die Kamera gehalten, damit wir es sehen.«

»Wie hast du es gefunden?«

»Na ja, ich bin eben ein erstklassiger Trottel – ich hatte die ganze Zeit ein Backup der digitalen Aufzeichnung auf meinem privaten Server. Als mir das endlich aufgegangen ist, hab ich auf sämtlichen Ebenen gesucht und das Bild im Speicher gefunden.

Aber es war in einem furchtbaren Zustand, katastrophale Auflösung, alles grobkörnig und dunkel. Also hab ich es durch ein paar Filter gejagt ...«

»Lass mich mal sehen!«

»In meiner Version gibt es *viel* mehr Details als in der Aufnahme, die Brooke uns gezeigt hat«, versicherte Ajay und legte das Hochglanz-Schwarz-Weiß-Foto auf den Tisch. »Bei diesem Dinner war noch jemand *anderes* anwesend.«

Es handelte sich um dasselbe Foto aus dem Jahr 1937, das Brooke ihnen kurz online gezeigt hatte. Aber Ajay hatte es komplett aufbereitet und man sah die zwölf Ritter Karls des Großen bei einem Gala-Dinner zu Ehren von Innenminister Henry Wallace in einem unbekannten Speisezimmer.

»Versuch's mal damit«, sagte Ajay und holte eine Lupe heraus.

Wills Blick wanderte über die Aufnahme, bis er an einem der jungen Männer am Tisch hängen blieb, die Wallace zuprosteten und in die Kamera lächelten – ein Schüler, einer der Ritter. Derjenige, der ihm irgendwie bekannt vorgekommen war, den er aber nicht hatte zuordnen können.

»Siehst du ihn?«, fragte Ajay.

Ja, jetzt sah er ihn: stämmig, gebaut wie ein Linebacker, unverwechselbare, durchdringende blaue Augen.

Es war der Kahle, der Anführer der Schwarzkappen.

»Oh Mann, Ajay, du hast recht«, bestätigte Will. »Das ist Mr Hobbes.«

»Ich habe gehofft, dass du das sagst«, gestand Ajay. »Ich hatte ihn nur ein einziges Mal gesehen, auf Ronnies Video, deshalb wollte ich dich nicht direkt darauf stoßen. Aber das ist er, oder?«

»Ja, das ist Hobbes, das schwöre ich. Auch wenn er auf dem Foto noch Haare hat und eindeutig jünger ist.« Will betrachtete Hobbes durch die Lupe. »So viel jünger aber auch wieder nicht.«

»Das ist mir auch aufgefallen«, pflichtete Ajay ihm bei und verschränkte die Arme. »Jetzt stellt sich die Frage: Wie ist das möglich? Dieses Foto wurde vor über siebzig Jahren aufgenommen.«

»Weißt du noch, wie Hobbes durch Daves dunkle Brille ausgesehen hat? Ich hab ihn euch doch beschrieben.«

»Natürlich: massives knochiges Außenskelett, rote Augen, wie ein mit menschlicher Haut überzogenes Reptil«, flüsterte Ajay und schüttelte sich. »Selbst wenn ich Details vergessen *könnte*, diese gehören nicht zu der Sorte, die man vergisst.«

»Hobbes ist nicht menschlich. Jedenfalls nicht vollständig.«

»Inzwischen muss er über neunzig sein – was jede körperliche Aktivität ausschließen sollte, die anstrengender ist als Boccia.«

»Hobbes ist eine Art Hybrid aus dem Niegewesen. Normale menschliche Grenzen existieren für ihn nicht.«

Ajay packte Will am Arm. »Verstehst du jetzt, warum ich so aufgeregt bin? Das ist der unumstößliche Beweis, nach dem wir gesucht haben: Es gibt eine Verbindung zwischen den Schwarzkappen und den Rittern. Hobbes ist *beides.«*

»Hobbes war also Schüler am Center, 1937 in der Abschlussklasse und Mitglied der Ritter«, fasste Will zusammen und schaute nachdenklich auf das Foto.

»Was bedeutet, dass ich anhand seines Fotos auf Querverweise in den Schulakten stoßen und seinen wirklichen Namen herausfinden müsste«, folgerte Ajay begeistert. »Man hat sicherlich nicht *alle* Spuren aus seiner Schulzeit vernichten können. Und sobald wir einen Namen haben, führt uns das vielleicht zu all den anderen Dingen, die wir wissen wollen ...«

Während Ajay sprach, entdeckte Will etwas noch Seltsameres auf dem Foto. Ajay musste die Überraschung auf seinem Gesicht bemerkt haben.

»Was ist los, Will?«

Will hatte noch einen *zweiten* Schüler erkannt. Er saß gegenüber von Hobbes am Tisch, schaute wie die anderen direkt in die Kamera, hatte sein Glas erhoben und lächelte. Will schnappte sich die Lupe, und je genauer er ihn betrachtete, desto sicherer war er sich. Das Foto war entstanden, bevor er sich in die verkrüppelte, bemitleidenswerte Kreatur verwandelt hatte, die sie heute kannten. Doch es bestand überhaupt kein Zweifel.

»Halt dich fest, Ajay«, sagte Will, zeigte auf den anderen Schüler und hielt die Lupe darauf. »Diesen Typ kennen wir ebenfalls.«

Ajay beugte sich vor, blickte durch das Vergrößerungsglas und sah Will dann mit großen Augen an. Sie wussten beide, dass er recht hatte.

Bei dem zweiten Schüler handelte es sich um den Gerätewart aus der Herrenumkleide der Sporthalle:

Happy Jolly Nepsted.

»Wir sollten uns mit diesem Mann mal dringend unterhalten«, meinte Ajay.

Nr. 29: MAN KANN ZUFALL AUCH ALS SYNCHRONIZITÄT AUFFASSEN.

»Wir müssen Nick finden«, sagte Will.

»Was hat das alles zu bedeuten?«, fragte Ajay besorgt und bemühte sich, mit Will Schritt zu halten.

»Es bedeutet, dass mich mein Instinkt im Bezug auf Nepsted nicht betrogen hat«, erwiderte Will mit gedämpfter Stimme. »Er weiß viel mehr über das Center, als er zugibt – aber vor allem bedeutet es, dass er weiß, wer *Hobbes* ist. Und das ist ein echter Durchbruch!«

Gemeinsam hasteten sie über den großen Hof und dann auf die Sporthalle zu, von der aus Nick sie zurückgerufen und ihnen mitgeteilt hatte, dass er noch trainierte. Auf dem Campus wimmelte es vor Schülern, die irgendwelchen frühabendlichen Aktivitäten nachgingen; alle genossen das warme, sommerliche Wetter und fieberten dem Ende des Schuljahres entgegen. Schwärme von Eltern waren eingeflogen, um an Abschlussfeiern teilzunehmen oder ihre Kinder für die Ferien abzuholen. Will und Ajay hielten die Köpfe gesenkt und vermieden jeden Blickkontakt.

»Das sehe ich auch so, aber die Sache ist äußerst wichtig und die Nachforschungen erfordern allergrößte Sorgfalt«, mahnte Ajay leise. »Sollten wir beispielsweise nicht in Erwägung ziehen, dass es sich bei der Person auf dem Foto um einen von Nepsteds Vorfahren handeln könnte? Denn wer auch immer das ist: Er müsste genau wie Hobbes an die neunzig Jahre alt sein.«

»Ich kann dir nicht sagen, warum ich mir sicher bin, dass das Nepsted ist, Ajay. Aber es geht nicht nur um sein Aussehen ... es ist dieser Ausdruck in seinen Augen«, erklärte Will. »Und bei einem unserer ersten Gespräche hat er etwas Merkwürdiges gesagt: ›Ich bin älter, als ich aussehe.‹«

Ajay stöhnte fast. »Und dabei war es hier in letzter Zeit so angenehm. Keine paranormalen Katastrophen, nichts, was nachts auf dem Campus herumpoltert. Ich hatte mich schon fast selbst davon überzeugt, dass wir ganz normale Jugendliche sind, die die Highschool genießen.«

»Komm schon, das würde doch keinen Spaß machen.«

»Du hast gut reden. Meine Hände sind feucht und ich habe wieder dieses wacklige Gefühl in den Knien und den Beinstreckern«, klagte Ajay und rieb sich die Handflächen an seinem Hemd trocken. »Sogar meine Atmung setzt schon aus. Ich fühl mich so, als würde ich jeden Moment in Ohnmacht fallen.«

»Du musst einfach nur ein bisschen Adrenalin verbrennen«, beruhigte Will ihn. »Los, lass uns laufen.«

Während sie den überfüllten Hof hinter sich ließen, fiel Will in einen leichten Trab und Ajay lief neben ihm her. »Natürlich, dieses miserable Timing ergibt Sinn. Vor Kurzem bin ich dem fantastischsten Mädchen dieser Welt begegnet und war gerade davon überzeugt, dass sie mich ebenfalls interessant findet«, klagte Ajay.

»Warum weiß ich nichts davon?«, fragte Will.

»Ich will das Pferd nicht von hinten aufzäumen, Will. Stattdessen lege ich mich lieber geduldig auf die Lauer und bleibe rätselhaft. Sie soll glauben, ich sei schwer zu haben und zutiefst geheimnisvoll, und dann, wenn sie reif ist, schnelle ich vor wie eine Kobra.«

Will warf ihm einen Blick von der Seite zu. »Sie will also nicht mit dir reden, stimmt's?«

»Ganz falsch, 100 Prozent falsch«, widersprach Ajay beleidigt. »Wir pflegen einen überaus freundlichen Umgang und ich habe wenig Zweifel, dass auch unsere Pheromone zu 100 Prozent kompatibel sind.«

»Worauf wartest du dann noch?«

»Ich befinde mich noch in der Informationsbeschaffungsphase. Ein kluger General plant seine Feldzüge äußerst umsichtig, bevor er irgendwelche Ressourcen einsetzt.«

»Ich weiß nicht, wie ich es dir sagen soll, Ajay, aber Ratschläge von Sūnzǐ werden dir in Liebesdingen nicht weiterhelfen.«

»Bei allem Respekt, aber da muss ich widersprechen«, erwiderte Ajay verschnupft.

»Na ja, Napoleon, zunächst mal ist dein Timing beschissen. Denn du wirst sie ungefähr drei Monate nicht sehen.«

»Ah, siehst du, und genau da irrst du dich, oh Unwissender. Sie bleibt den Sommer über hier und macht ein naturwissenschaftliches Praktikum, genau wie ich.«

»Vielleicht habe ich Sie unterschätzt, Mr Bond«, meinte Will, als sie sich der Sporthalle näherten. »Also, was ist das Ziel von ›Operation Mongoose‹? Wie heißt sie?«

»Robyn Banks, aus Cincinnati in Ohio. Sie kommt diesen Herbst ins zweite Highschool-Jahr.«

»Zumindest weißt du, dass ihre Eltern Sinn für Humor haben«, sagte Will und hielt Ajay die Tür auf.

»Was meinst du damit, alter Knabe?«

»Vielleicht sind sie mit John Dillinger verwandt«, erklärte Will, und als er sah, dass Ajay es noch immer nicht kapierte, fügte er hinzu: *»Robbin' banks:* Banken ausrauben, Mann.«

»Ach«, sagte Ajay und blieb stehen, um darüber nachzudenken. *»Ach so.«*

Als Nick sah, dass seine beiden Freunde die Turnhalle betraten, legte er sich mächtig ins Zeug. Er beendete die Übung am Reck mit einem vierfachen Salto und landete auf einem Seitpferd – auf den Händen. Dann stieß er sich ab, machte einen Salto rückwärts auf ein Sprungbrett, drehte sich zwei Mal in der Luft und landete – *Tadaa!* – direkt vor ihnen. Der kräftige, kompakte Blonde mit dem Bürstenschnitt wirkte noch muskulöser als sonst.

»Ich hoffe, ihr bringt mir meinen verdienten Snack«, sagte Nick und betrachtete neugierig Ajays Rucksack.

»Nein, aber du hast gerade eine 9,4 vom marsianischen Preisrichter bekommen«, entgegnete Ajay und warf ihm ein Handtuch zu.

»Sieh dir das hier mal an«, bat Will und reichte Nick das Foto.

»Boah«, staunte Nick, »das ist ja ein *echt* antiker Schnappschuss. Irgendwie hab ich nie richtig kapiert, wieso man Bilder in Schwarz-Weiß macht. Ich meine, das *richtige Leben* ist doch nicht nur schwarz und weiß, oder? Wieso sieht die Kamera das nicht?«

Will und Ajay warfen einander ihren üblichen bestürzten Blick zu.

Ajay schüttelte nur den Kopf. »Sieh dir die *Leute* auf dem Foto an, du Affe.«

Als Nick immer noch verständnislos dreinschaute, zeigte Will direkt auf Nepsted. »Dieser Typ hier. Sag uns, was du siehst.«

Nick schaute genauer hin, riss die Augen auf und kniff sie dann wieder zusammen, während er mit stockender Stimme irgendetwas murmelte und sein Verstand stotterte wie ein störrischer Außenbordmotor.

»Dein erster Versuch mit dem neuen Mund, Nick?«, erkundigte sich Ajay.

Nick sprang auf die Füße und lief auf und ab: »Wartet eine Sekunde, sagt nichts ... verdammt, ich kenne diesen Typ. Ich hab ihn schon mal gesehen.«

»Ja, hast du«, bestätigte Will. »Mehr als nur ein Mal ...«

»Na klar!« Nick schnippte mit den Fingern und schlug mit dem Handrücken auf das Foto. »Der Alte sieht *genauso* aus wie dieser Zwergen-Wrestler aus dem Fernsehen, aber haargenau. Eigentlich ist der Kleine gar kein Wrestler, sondern eher ein *Gangster-Manager* für einen *anderen* Wrestler, einer der Schwergewichtstypen, der – in Anführungszeichen – World Champion ist, aber der von den *Heels*, den *Bösen*. Der Weltmeister der Bösen greift den Weltmeister der *Guten* immer aus dem Hinterhalt an. Stellt euch vor, die Guten heißen beim Wrestling immer *Baby Faces* – abgefahren, oder?«

»Bist du fertig mit deinen Halluzinationen?«, fragte Ajay.

»Aber der kleine Kerl ringt manchmal auch«, fügte Nick hinzu und trocknete sich ab. »Bei den *sneak attacks*, also wenn sie sich von hinten anschleichen und angreifen. Er hat ein paar üble Tricks drauf und ist ganz schön muskulös für seine Größe. Ich sag euch, der sieht genauso aus wie ...«

»Das ist *Nepsted*, Nick«, unterbrach Will ihn, ein wenig schärfer als beabsichtigt.

Nick starrte ihn an und blickte dann wieder auf das Foto. »Auf keinen Fall. Wann wurde es aufgenommen?«

»1937«, antwortete Ajay. »Irgendwo auf dem Campus.«

»Dann ist es vielleicht Nepsteds Opa oder sein Uropa«, wandte Nick ein.

»Wir sind uns ziemlich sicher, dass es Nepsted *selbst* ist«, sagte Will.

Nick schwieg einen Moment mit offenem Mund und meinte dann: »Ja, könnte sein.«

»Und wir glauben, dass dieser andere Herr da am Tisch Mr Hobbes ist, Wills gnadenloser Verfolger«, fügte Ajay hinzu und zeigte auf das Foto.

»Alter, du meinst den Holzkopf? Moment mal, Augenblick«, sagte Nick und presste seine Hände an die Schläfen. »Wartet, wartet, oh Gott, könnte das bedeuten, dass ... Holzkopf und Nepsted sich *kennen?«*

»Super, jetzt hast du's endlich kapiert«, gratulierte Will ihm und schaute zu Ajay.

»Das ist ja krass. Unglaublich.« Nick lief nachdenklich auf und ab. »Und es bedeutet, der *Zwergen-Wrestler* könnte *Nepsteds* Urenkel sein.«

»Weshalb mussten wir Nick noch gleich finden?«, fragte Ajay und presste sich beide Hände an die Stirn, als würde er gegen eine Migräne ankämpfen.

»Wegen des Tintenfischs«, antwortete Will.

»Ach ja.«

»Welcher Tintenfisch?«, erkundigte sich Nick.

»Dein Tintenfisch. Als du von der *Paladin*-Statue angegriffen worden bist«, erklärte Will, packte Nick bei den Schultern und zwang ihn, stehen zu bleiben. »Letzten Herbst, unten in der Umkleide, als der *Bär* dir geholfen hat.«

»Alter, meinst du, das könnte ich jemals vergessen?«, fragte Nick empört, machte sich los und streifte sein Sweatshirt über.

»Setz dich mal 'ne Sekunde, Nick«, bat Will und führte ihn zu einer Bank.

»Was habt ihr vor? Wollt ihr mich hypnotisieren?«, lachte Nick, bis er den Ausdruck auf den Gesichtern seiner Freunde sah.

»Nein, dazu braucht man einen Probanden, der mindestens die Intelligenz eines niederen Säugetiers besitzt«, erklärte Ajay.

»Ich möchte, dass du dich noch an etwas anderes erinnerst, Nick. Denk nach«, sagte Will sanft. »Du hast uns erzählt, als der Bär wegrannte und die Statue zerbrach ... da hätte ein riesiger Tintenfisch mit dir gesprochen.«

»Hab ich das gesagt? Ja, hab ich, oder? Okay. Richtig. Aber nicht mit Worten. Es waren eher Gedanken, die direkt in meinen *Kopf* gingen, und ich bin mir auch nicht ganz sicher, ob dieses Ding wirklich ein Tintenfisch war ...«

»Vielleicht war es ja ein tollwütiges Murmeltier«, bot Ajay an.

»Nein, auf keinen Fall«, entgegnete Nick mit entrücktem Ausdruck in den Augen und bewegte die Arme, als würde er die Szene noch einmal erleben. »Das Ding sah eher aus wie tausend blasse Rastalocken, die unter Wasser zum Leben erwachen, jede mit eigenem Willen und Verstand. Sie sind durch die Luft gewogt wie ... lebendige Unterwasser-Rastalocken ... und ich glaube, *sie* haben die Statue getötet.«

»Wie?«, hakte Will nach.

»Sie haben sie zerquetscht«, erläuterte Nick und blinzelte. »Womit sie übrigens meiner Wenigkeit Haut und Haar gerettet haben. Und dann haben mir all diese kleinen schnurartigen Rastalockendinger den Telefonhörer gereicht; ich glaub, sie haben auch für mich gewählt. Da war ich aber längst total durch den Wind.«

»Was du nicht sagst«, kommentierte Ajay.

»Welches Telefon?«, fragte Will.

»Das auf der Theke«, antwortete Nick. »Vor dem Käfig.«

»Nepsteds Käfig?«

»Ja, und wenn ich sage *gewählt,* meine ich, dass sie nur das große C in der Mitte drücken mussten.«

»Und wo kamen die Rastalocken her?«, fragte Will weiter.

»Von irgendwo hinter dem Käfig oder ... *durch* den Käfig«, erinnerte sich Nick und holte dann hörbar Luft. »Moment mal, ihr meint, wenn Hobbes Mr Holzkopf ist ... und er ist zusammen mit Nepsted auf dem Foto... dann könnte Nepsted der *Tintenfisch-Mutant* sein?«

»So was in der Art«, bestätigte Will.

»Abgefahren«, meinte Nick, schnappte sich das Foto und lief zur Tür. »Das muss ich rausfinden.«

Sie folgten Nick die Treppe hinunter in die riesige Umkleide, die zu dieser Tageszeit fast leer war. Will und Ajay blieben hinter der nächsten Ecke zurück, als Nick sich Nepsteds Gerätekäfig näherte.

»Sind wir uns absolut sicher, dass es eine gute Idee ist, ihn das allein erledigen zu lassen?«, flüsterte Ajay.

»Nein«, wisperte Will zurück.

»Und was spricht dafür?«

»Wenn Nick Nepsted tatsächlich im Monster-Modus gesehen hat, sollte er ihn auch darauf ansprechen. Nepsted ist ziemlich schreckhaft. Es wäre besser, wenn wir ihm nicht alle drei auf einmal zu Leibe rücken.«

»Wenn Nepsted uns zu Hobbes führt, dürfen wir uns über Haltungsnoten nicht beschweren. Und manchmal besitzt Nick eine gewisse ... Überzeugungskraft«, räumte Ajay im Flüsterton ein.

Plötzlich erinnerte sich Will an eine Bemerkung, die Nepsted bei ihrer ersten Begegnung gemacht hatte:

»Ich bin der Typ mit den Schlüsseln.«

Vorsichtig spähte Will um die Ecke und sah, wie Nick ein paar Mal auf die Klingel schlug, die auf der Stahltheke stand. »He, Nepsted! Ich hätt da mal 'ne Frage, Alter!«

Kurz darauf kam Nepsteds motorisierter Rollstuhl auf der anderen Seite des Käfigs um die Ecke und fuhr quietschend an den unzähligen Reihen von Sportausrüstung vorbei bis zur Theke. Mit seinem verkümmerten Körper und den verkrüppelten Gliedmaßen sah er aus wie ein achtjähriges Kind mit dem Kopf eines Erwachsenen. Nur seine Hände waren ebenfalls ausgewachsen; seine erstaunlich kräftig wirkende Rechte umklammerte den Joystick des Rollstuhls.

»McLeish«, rief Nepsted mit seiner hohen, zittrigen Stimme. »Sag nicht, du hast schon wieder eine Trainingshose zerschlissen.«

»Ich will dir nichts vormachen, Mann«, sagte Nick, stützte sich auf die Theke und schaute ihm in die Augen. »Ich bin hier, weil ich mit dir darüber reden muss, was letzten Herbst in diesem Raum passiert ist.«

»Keine Ahnung, wovon du redest ...«

»Der Kampf in der Dusche, der hier geendet hat! Die Einzelheiten waren ein bisschen verschwommen, als ich zu Boden ging. Mehrere Schläge auf den Kopf, schwere Gehirnerschütterung. Ich konnte mich nur noch daran erinnern, dass der *Statuen*-Heini den *Bären*-Heini vertrieben hatte und mir gerade das Licht ausblasen wollte ... als irgendein *anderer* Heini direkt durch diesen Käfig kam und mir das Leben gerettet hat.«

Nepsteds große, starre Augen weiteten sich ein wenig, zeigten aber ansonsten keine Reaktion.

»Wie oder warum das alles passiert ist, kann ich nicht erklären«, fuhr Nick fort, beugte sich vor und senkte die Stimme. »Aber da immer mehr Einzelheiten wiederkommen, müssen wir beide uns mal unterhalten.«

»Warum sollte ich mich mit dir unterhalten?«

»Weil ich glaube, dass du der Einzige bist, der diese Frage beantworten kann: Tentakeln, im Ernst, Alter? Das warst du doch, oder? Außer dir ist hier hinten doch keiner.«

Nepsteds linke Gesichtshälfte zuckte ein paar Mal, als könne er sich nicht entscheiden, was er darauf antworten sollte. Dann nickte er kaum merklich.

»Also warum hast du den Kopf hingehalten, um mir zu helfen? Oder welche Teile du auch immer hingehalten hast ...«

Nepsted schwieg weiterhin.

»Lass dir Zeit«, sagte Nick. »Ich bleib den ganzen Sommer über hier. Zur Not kampiere ich direkt vor deinem Käfig – bis du mit mir redest.«

»Ich *kann nicht«*, stieß Nepsted gequält hervor.

»Red keinen Blödsinn, Alter ...«

»Du hast ja keine Ahnung, worauf du dich da einlässt!«, entgegnete Nepsted aufgebracht.

Nick versuchte, ihn zu beruhigen. »Alter, was auch passiert ist, was auch immer hier vor sich gegangen sein mag und egal, in welchen Schwierigkeiten du auch steckst, ich verspreche dir, dass wir dir helfen können.«

»WIR? Wer ist WIR???!!!«

Nick antwortete nicht, aber er warf einen kurzen Blick über die Schulter nach hinten.

»Du bist nicht allein hier unten, stimmt's? Wer ist bei dir? Wer ist es? KOMMT RAUS, DAMIT ICH EUCH SEHEN KANN!«

Will und Ajay sahen sich besorgt an.

»Zeigt euch, und zwar sofort, ihr Feiglinge, oder ich werde mit KEINEM von euch je wieder ein Wort wechseln!«, schrie Nepsted.

Will nickte und dann traten er und Ajay um die Ecke und ins Licht.

»West!«, knurrte Nepsted. »Ich hätte wissen müssen, dass er dich vorschickt, McLeish. Du hast gar nicht den *Verstand* …«

»Du kannst uns anschreien, so viel du willst, Happy«, sagte Will und schob sich vor Nick. »Aber das ändert nichts an der Tatsache, dass wir wissen, was wir wissen …«

»Ihr wisst GAR NICHTS!«

»So viel wissen wir immerhin …«, widersprach Will und hielt die Schwarz-Weiß-Aufnahme dicht vor den Käfig.

Sofort wurde Nepsted vollkommen still, die Augen auf das Foto geheftet.

»Wir wissen zum Beispiel, dass der hier *du* bist«, sagte Will und tippte mit dem Finger auf Nepsteds Bild. »Außerdem wurde dieses Foto in der Schule aufgenommen, also wissen wir, dass du hier Schüler warst.«

Nepsted blinzelte ihn nur schweigend an.

Dann zeigte Will auf Hobbes.

»Wir wissen auch, dass dieser Typ hier – der eigentlich inzwischen auf dem *Friedhof* liegen müsste – letztes Jahr meine Eltern terrorisiert und mich zu entführen versucht hat, indem er sich als Bundespolizist ausgegeben hat. Und möglicherweise stimmt das ja; das können wir nicht beantworten. Aber du weißt, wer er wirklich ist, denn ihr beiden habt zu den Rittern Karls des Großen gehört. *Und zwar 1937.*«

Nepsted schien wirklich perplex und starrte Will mit weit aufgerissenen Augen an.

»Wie lautet der richtige Name dieses Widerlings, Happy? Sag mir, wer er ist, wo ich ihn finden kann und was zum Teufel mit euch beiden passiert ist!«

Im nächsten Moment ballte Nepsted seine kräftige rechte Hand zur Faust und schlug damit zornig auf die Lehne seines Rollstuhls. Beim Auftreffen auf die glatte Oberfläche glaubte Will, für den

Bruchteil einer Sekunde zu sehen, wie sich die Muskeln und Knochen von Nepsteds Hand in Hunderte pulsierender Faserstränge aufteilten, bevor sie wieder zu festem Fleisch verschmolzen. Ein kurzer Blick zu Nick und Ajay verriet Will, dass sie es auch beobachtet hatten. Und als sich ihre Augen weiteten, schien auch Nepsted zu begreifen, denn er zog seine rechte Hand hastig zurück und bedeckte sie mit der Linken.

»Ich kann euch nichts sagen. Ihr ahnt ja nicht mal, in welchen Schwierigkeiten ihr steckt ...«

»Spar dir die Mühe, Happy«, sagte Will und bemühte sich, ruhig zu klingen. »Du versuchst immer, gruselig und rätselhaft rüberzukommen, aber ich verrate dir, was sich inzwischen geändert hat: Nach all dem, was ich erlebt habe, kannst du mir keine Angst mehr einjagen!«

Nepsted stieß einen abgehackten, tiefen Seufzer aus – vielleicht war es auch ein Schluchzen, dachte Will.

»Was haben sie dir angetan?«, fragte Will leise. »Hatte es irgendetwas mit dieser Paladin-Prophezeiung zu tun?«

Bei diesen Worten schlug Nepsted die Hände vors Gesicht und begann, heftig zu schluchzen. *Das ist meine Chance.* Will trat näher an den Käfig heran und bedeutete den anderen, sich still zu verhalten.

»Wie lautet dein richtiger Name, Happy?«

»Raymond«, flüsterte er und bewegte kaum die Lippen. »Das heißt, der war ich einmal ... Raymond Llewelyn.«

»In welchem Jahr wurdest du geboren?«

Nepsted schaute zu Will auf; Tränen liefen ihm übers Gesicht. »Du wirst mir nicht glauben.«

»Vielleicht ja doch«, meinte Will.

»1919.«

Ajay sah, wie Nick im Kopf nachrechnete, und verpasste ihm einen leichten Ellbogenstoß in die Rippen.

»Raymond, ich werde dich das nur ein einziges Mal fragen«, sagte Will ruhig, »und ich nehme an, du weißt, wovon ich spreche: Auf wessen Seite stehst du?«

Nepsted schaute fast enttäuscht, als er die Frage hörte. »Auf eurer«, flüsterte er.

»Gut zu wissen«, bestätigte Will.

Dann schaute er sich zu den anderen um, um seine Überraschung darüber zu verbergen, wie unerwartet leicht bis jetzt alles verlaufen war. Ajay bedeutete ihm, nicht lockerzulassen.

»Raymond«, fuhr Will fort. »Wir haben noch eine Menge weiterer Fragen – zu Hobbes, den Rittern und der Prophezeiung. Aber wenn du uns nicht *alles* erzählst, werden wir uns an den Direktor, die Polizei und jeden anderen wenden müssen, der zuhört …«

»Und das wäre dann der letzte Fehler, den ihr je begeht«, murmelte Nepsted. Aus seiner Stimme war alles Kämpferische verschwunden.

Will schaute ihm in die Augen und sagte in mitfühlendem Ton: »Dann wirst du uns wohl helfen müssen.«

Doch Nepsted wandte sich ab und wurde unruhig. Er schaukelte in seinem Rollstuhl hin und her wie ein gefangenes, verwundetes Tier, stieß kurze schnaubende und klickende Geräusche hervor und an mehreren Stellen seines Körpers bildeten sich beunruhigende Beulen unter seiner Haut.

»Oh-oh«, murmelte Nick aus dem Mundwinkel. »Tintenfisch-Alarm.«

Dünne Tentakel aus blassem Fleisch wanden sich aus Nepsteds Ärmeln und Kragen, schlugen nervös um sich, schlangen sich um Geräte in den Regalen und Objekte auf der Theke und rissen sie zu Boden.

»Heiliger Strohsack«, sagte Ajay und wich einen großen Schritt zurück. »Wir hätten ein Betäubungsgewehr mitbringen sollen.«

»Raymond«, rief Will mit fester Stimme und schlug mit den Händen gegen den Käfig. »Raymond, sieh mich an. Sieh mich *sofort* an!«

Nepsted blickte auf und schaute ihm in die Augen; er wirkte verloren, verängstigt und hoffnungslos. Will konzentrierte sich und schob ihm ein Gedankenbild zu, um ihn zu beruhigen – ein See, weiße Wolken und blauer Himmel. Kurz darauf hörte Nepsted auf zu schaukeln; die Tentakel zogen sich zurück und sein Körper verfestigte sich wieder.

»Sag mir, was wir tun können«, bot Will ihm an und senkte die Stimme. »Du hast Nick letztes Jahr geholfen und deshalb glauben wir dir, dass du auf unserer Seite stehst. Und wenn das stimmt, dann müssen wir uns gegenseitig helfen.«

Nepsted war starr vor Angst und schwieg. Dann ging Nick an Will vorbei zum Käfig und hob beide Hände, um zu zeigen, dass er nichts Böses im Schilde führte.

»Du bist hier drin gefangen, hab ich recht, Raymond?«, fragte Nick mit überraschendem Mitgefühl.

Nepsted schien noch tiefer in seinen Rollstuhl zu sinken. Sämtlicher Widerstand war aus seinen Augen gewichen. Er nickte.

»Du hast mir das Leben gerettet, Mann«, sagte Nick. »Lass uns einfach wissen, wie wir dir helfen können, und wir kümmern uns darum.«

Tränen liefen Nepsted aus den Augen. Er machte keine Anstalten, sie zu verbergen oder wegzuwischen, und dieses Mal schaute er nicht fort. Tentakel schossen aus seinem rechten Ärmel, schlängelten sich durch den Käfig und legten sich um Nicks Hand. Nick hielt sie fest, obwohl Will sehen konnte, dass er eine Heidenangst hatte.

»Ich brauche den Schlüssel«, verkündete Nepsted mit dünner Stimme.

»Welchen Schlüssel?«, fragte Will. »Den Schlüssel zu was?«

Die dünnen weißen Tentakel tasteten sich über die Theke, packten das massive Vorhängeschloss an der Außenseite der Tür und hielten es hoch, damit sie es sehen konnten.

Ein Sicherheitsschloss mit langer Verschlussspange, aber keineswegs unzerstörbar.

Instinktiv holte Will die Spezialsonnenbrille heraus, die Dave ihm bei ihrer ersten Begegnung gegeben hatte und durch die er Kreaturen und Objekte aus dem Niegewesen erkennen konnte. Im Winter hatte Ajay die Originalgläser so zurechtgeschnitten, dass sie in schwarze, altmodische Metallgestelle passten, insgesamt drei Stück, sodass jetzt jeder von ihnen eine solche Brille besaß.

Nick und Ajay setzten ebenfalls ihre Brille auf. Dann beugten sich alle drei hinab, um sich das Schloss an Nepsteds Gerätekäfig genauer anzusehen.

Es glich jetzt keinem Schloss mehr, das sie kannten: so groß wie eine Männerfaust, mit beweglichen, mehrschichtigen Platten undurchdringlichen Stahls rund um einen zentralen Schaft, der wie aus einem massiven zylindrischen Diamanten gefertigt wirkte; von einem Schlüsselloch oder Zahlenschloss dagegen keine Spur. Durch das ganze Ding pulsierte irgendeine blassgrüne giftige Energie.

»Verdammt«, fluchte Will.

»Was für eine Art Schloss ist *das* denn?«, wunderte sich Nick.

»Wenn ich mich nicht total irre, ein Schloss, das das Andere Team gebaut hat ... mit seiner mysteriösen aphotischen Technologie«, flüsterte Ajay, der ein wenig erschüttert klang.

»Und wo sollen wir nach dem Schlüssel suchen?«, wandte Will sich wieder an Nepsted.

»Tief unten«, antwortete der mit einer Stimme, so rau wie Schmirgelpapier.

»Du meinst in den Tunneln?«, fragte Nick.

»Tiefer. Viel tiefer. In der Höhle am Fuß der Treppe. Früher wurde er immer im Krankenhaus aufbewahrt ... aber dahin gelangt man nur, wenn man durch die alte Kathedrale hindurch nach unten geht.« Nepsted sank kraftlos nach vorn.

»Ich bin mir nicht sicher, ob wir wissen, wovon du sprichst ...«, meinte Will zögerlich und schaute zu den anderen.

»Das da bin ich, da auf dem Foto«, gestand Nepsted und tippte mit der Spitze eines Tentakels darauf. »Und ihr habt recht, was den ... den anderen Schüler betrifft. Ich kannte ... kenne ihn, aber mehr kann ich jetzt nicht sagen. Bringt mir zuerst den Schlüssel ... dann werde ich euch alles erzählen ...«

In diesem Moment sah Will Nepsted zum ersten Mal durch Daves Brille. Das arme, bemitleidenswerte Wesen in diesem Stuhl brach ihm fast das Herz. Raymond Llewelyn war nur ein schlaffer Klumpen aus fahlem, unförmigem Fleisch mit verkümmerten Gliedmaßen, der wie ein missgebildeter Seestern zusammengesunken in seinem Rollstuhl saß. Nepsteds unverwechselbare Augen schauten aus seltsam zerflossenen, entstellten Zügen heraus, die nur entfernt an ein Gesicht erinnerten.

Rasch nahm Will die Brille ab, aber Nepsted erwiderte seinen Blick und Will spürte, dass er wusste, was er gesehen hatte. Nepsted wirbelte in seinem Rollstuhl herum und fuhr davon. Die Deckenlampen im Käfig erloschen eine nach der anderen hinter ihm, während er in der Dunkelheit verschwand.

Die Jungen warteten schweigend, bis er fort war. Ajay und Nick nahmen ihre Brillen ab. Will wusste, dass auch sie den wahren Nepsted gesehen hatten.

»Toller Start in die Sommerferien«, fand Ajay.

»Das arme Schwein«, sagte Nick, zutiefst erschüttert. »Habt ihr gesehen, wie ... er aussah?«

»Ja, haben wir, Nick«, versicherte Ajay.

»Verdammt, wer zum Teufel hat ihm das angetan?«

»Darüber können wir später sprechen, aber nicht hier«, erwiderte Will leise. »Kommt mit.«

Er ging schnurstracks zu der Tür, die zur Ausweichumkleide und zu den Tunneln führte.

»Wir müssen uns da noch einmal umsehen«, erklärte er.

Nick versuchte, die Tür zu öffnen. Abgeschlossen. Frustriert schlug er dagegen.

»Nick, du hast unsere Erlaubnis, sie zu öffnen«, teilte Will ihm mit.

Sofort wirbelte Nick herum und verpasste der Tür einen Roundhouse-Kick, sodass sie fast aus den Angeln flog.

»Ajay, check die Wände. Kommen wir irgendwie da durch?«, erkundigte sich Will.

Rasch nahm Ajay ein Gerät aus der Tasche und untersuchte damit die Wände des Besenschranks.

»Massiver Beton, überall versiegelt«, verkündete er kurz darauf. »Keine Chance, Will.«

»Dann müssen wir den anderen Weg in die Tunnel nehmen«, beschloss Will.

»Von der *Insel* im Lake Waukoma?«, fragte Ajay, die Augen weit aufgerissen vor Entsetzen. »Will, beim letzten Mal wären wir fast draufgegangen.«

»Alter, Raymond kannte Hobbes. Sie waren beide bei den Rittern und er wird uns den Rest der Geschichte erzählen, wenn wir diesen Schlüssel finden ...«

»Mal ehrlich: Tunnel, Krankenhäuser, alte Kathedralen – das könnte alles ein Haufen Quatsch sein«, meinte Ajay.

»Aber das ist alles, was wir haben«, gab Will zu bedenken. »Wir müssen die Mädchen informieren, damit sie uns helfen. Wir alle müssen diesen Sommer hierbleiben.«

Frustriert hob Nick die Hände und schlug wütend gegen die aufgebrochene Tür, wobei er eine Delle hinterließ.

»Oh, verdammte Hühnerkacke! Wie kann man nur so blöd sein!«

»Was ist los?«, fragte Ajay.

»Ich hab vergessen, Nepsted nach dem kleinen *Wrestler* zu fragen«, erklärte Nick.

WILL, ELISE UND BROOKE

Elise hatte unter den schrecklichen Ereignissen des vergangenen Herbstes scheinbar weniger gelitten als die anderen, aber Will wusste, dass sie ihre Gefühle nicht unbedingt nach außen trug. Außerdem war sie im Inneren hart wie Stahl und darin ähnelte sie ihm.

Ganz im Gegensatz zu ihrer fünften Mitbewohnerin: Nach den Zwischenfällen war Brooke Springer, das Opfer des Entführungskomplotts der Ritter, während der Ferien und noch einen Monat darüber hinaus zu Hause in Virginia geblieben. Als sie schließlich Ende Januar zurückkam, hatte sie sich verändert: Sie wirkte verschlossen, zog sich zurück und zeigte nie, was sie wirklich empfand.

Mit der Zeit gelangte Elise zu der Überzeugung, dass Brooke mit den Folgen einer posttraumatischen Belastungsstörung kämpfte. Zwar hatte sie nie jemandem erzählt, was Lyle ihr angetan hatte, aber Will war sich sicher, dass der Widerling sie zumindest terrorisiert haben musste. Welche dunklen Erinnerungen an diesen Tag Brooke auch immer verfolgen mochten: Seit ihrer Rückkehr war von ihrer flachsigen, zupackenden Art nichts mehr zu erkennen.

Wie sie mich geküsst hat, bevor sie über Weihnachten zu ihren Eltern gefahren ist. Wie sie mir ins Ohr geflüstert hat: »Lass nicht eine Stunde vergehen, ohne mir genauestens mitzuteilen, was hier passiert, was du weißt und wie es dir geht.« Und danach? Sechs Wochen lang Sendepause. Keine einzige Reaktion auf meine Anrufe, E-Mails oder SMS. Kann dieser Funke wirklich so schnell erloschen sein? Welchen Grund könnte es sonst geben? Seit ihrer Rückkehr behandelt sie mich wie einen Fremden. Der einzi-

ge Trost ist, dass sie uns alle so behandelt. Aber was soll ich von dem Ganzen halten?

Entweder hat sie sich emotional abgeschottet oder sie ist nicht mehr interessiert. Beides war gleichermaßen beschissen. Um das Ganze irgendwie zu überstehen, stützte sich Will auf ...

Nr. 58: DER WAHRHEIT INS GESICHT ZU SCHAUEN, IST LETZTENDLICH VIEL EINFACHER, ALS SICH SELBST ZU BELÜGEN.

Also hatte Will den Rest des Winters Brooke seine (höfliche, krampfhaft zurückhaltende, kumpelhafte) Freundschaft und Unterstützung angeboten, während sie auf mysteriöse Art und zum Verrücktwerden distanziert blieb. Sie waren so gut wie nie allein, und wenn es sich doch einmal ergab, fand Brooke immer schnell einen Grund, den Raum zu verlassen. Wenn er jemals das Eis brechen wollte, würde er Elises Hilfe brauchen.

Die Sonne ging schon fast unter, als Will sie dort fand, wo er sie vermutet hatte: am Klavier in einem der Übungsräume in Bledsoe Hall. Als er die Tür öffnete, saß sie vornübergebeugt an einem der Instrumente, mit dem Rücken zu ihm, und spielte irgendetwas Jazziges und unglaublich Kompliziertes.

»Warte, bis ich fertig bin, West«, wies sie ihn an, bevor er auch nur den Mund aufmachen konnte.

Elise verspielte sich nicht ein Mal und ihre Finger flogen so schnell über die Tasten, dass sie sie kaum zu berühren schienen, bis sie das Stück schließlich mit einer theatralischen Geste beendete.

Bravo, dachte Will und schob ihr das Bild einer stehenden Ovation in den Kopf. Ohne sich umzudrehen, deutete Elise eine einarmige Verbeugung an, wie ein gefeierter Komponist an einem mittelalterlichen Königshof.

Ihr seid zu freundlich, gnädiger Herr, ließ sie ihre Stimme sanft in seinem Kopf ertönen.

»Halb zehn am letzten Abend des Schuljahrs«, sagte Will. »Dachte mir, dass ich dich hier finden würde.«

»Wo sollte ich sonst sein? Vielleicht beim Tussenball und zusammen mit den ganzen Modedeppen Fetenkracher schmettern?«

Elise wirbelte auf der Klavierbank herum. Sie trug einen Minirock und flache Schuhe, schlug die Beine übereinander und legte den Kopf auf die Seite. Ihr glänzendes schwarzes Haar schimmerte im Licht und sie schaute ihn mit ihren grünen Röntgenaugen unverwandt an.

Ein Schauer lief Will den Rücken hinunter – nicht unangenehm, aber trotzdem ein Schauer.

Du weißt etwas, sagte sie in seinem Kopf. *Was?*

Ihrer beider verblüffende Fähigkeit, sich schweigend miteinander zu verständigen, war im Laufe des Winters so zuverlässig und selbstverständlich geworden, dass Will nur noch selten überrascht reagierte. In den vergangenen Monaten hatten sie versucht, die maximale Entfernung für eine störungsfreie Kommunikation zu ermitteln: im Durchschnitt etwa 50 Meter.

Will und Elise stellten fest, dass sich Bilder im Allgemeinen besser und schneller übermitteln ließen als Worte – etwas, das Will bereits als Kind herausgefunden hatte, als er diese Fähigkeit für sich entdeckte. Außerdem bemerkten sie, dass die Übermittlung von Gedanken, die beim anderen intensive Emotionen erzeugten, ihre Verbindung verstärkte und die Übertragung beschleunigte.

Sie hatten sogar »stillschweigend« einen Verhaltenskodex bezüglich ihrer Interaktionen vereinbart und versprochen, die Privatsphäre des anderen zu respektieren. Nach einem ersten »Senden« musste der Empfänger sein Einverständnis erklären, bevor beide tiefer in den Gedankenstrom des anderen eindrangen. Und wenn einer von ihnen sich gerade lieber nicht öffnen wollte, musste er oder sie nur laut antworten.

»Ich hoffe, du hast noch keine festen Pläne für den Sommer«, sagte Will laut in den großen Raum hinein.

»Mein Dad will mir ein Engagement auf einem Kreuzfahrtschiff verschaffen. Klingt das deprimierend genug?«, fragte Elise.

»Ja.«

»Warte, es kommt noch schlimmer: Weich gespülte Cocktail-Lounge-Evergreens für Best-Ager der oberen Mittelklasse. Sie haben sich zur Ruhe gesetzt, warten nur noch auf den Tod und sehen den Gletschern von einem lahmen Kreuzfahrtschiff aus beim Schmelzen zu, als wäre es irgendeine Pausenunterhaltung. Und diese verdammte Generation weigert sich noch immer zu glauben, dass sie nicht mehr der Mittelpunkt des Universums ist.«

Will verzog das Gesicht bei der Vorstellung. »Darüber denkst du doch nicht ernsthaft nach?«

»Quatsch. Ich habe ihm gesagt, ich hätte ein besseres Angebot«, prahlte sie und spielte ein paar schräge Akkorde. »Die Ställe der Hölle ausmisten.«

»Hast du keine anderen Alternativen?«

»Doch. Erstklässlern in Seattle Musikunterricht geben, für einen Bruchteil der Kreuzfahrt-Kohle. Bei der Gelegenheit könnte ich wahrscheinlich sogar die besten zehn Methoden erlernen, wie man Rotze aus einer Plastik-Blockflöte entfernt.« Mit nur einer Hand spielte sie bewusst falsch ein Kinderlied. »Oder ich könnte mich auch einfach in einem Sumpf ertränken.«

»Wie wäre es, wenn du einfach hierbleiben würdest?«, fragte Will und bemühte sich, beiläufig zu klingen.

»Am Center? Und wie soll ich das bezahlen? Meine Eltern können sich kaum die Gebühren für das reguläre Schuljahr leisten, ganz zu schweigen von den Sommerkursen ...« Elise hörte auf zu spielen, drehte sich beunruhigt zu ihm um und sendete ihm einen Gedanken: *Warum fragst du?*

Will machte ein paar Schritte auf sie zu, als könne jemand seine Gedanken mithören, und sendete ihr einen komprimierten mentalen Download von ihrer Unterhaltung mit Nepsted über Hobbes, die Paladine und das alte Foto. Elise schloss die Augen, während sie die Informationen verarbeitete, und als sie sie wieder öffnete, strahlten sie begeistert.

»Das ... ändert die Sachlage ... *aber komplett«*, sagte sie und klang für ihre Verhältnisse beinahe beeindruckt.

»Sehe ich auch so«, bestätigte Will.

»Und wie ist der Plan, Mann?«

»Wir bleiben auf dem Campus. Nepsted hat uns verraten, wo der Schlüssel zu seinem Käfig ist: in den Tunneln unter der Insel. Wenn wir ihn finden, will er uns alles erzählen, was er über die Ritter und die Prophezeiung weiß – und er weiß einen ganzen Haufen.«

Elise packte Will am Arm und zog ihn ganz nah zu sich heran, die gezupften Augenbrauen hochgezogen vor Aufregung. »Hör zu. Ich werde in irgendeinem Café kellnern oder zur Happy Hour im Altenheim eines Trailerparks Musicalmelodien singen, aber eins schwöre ich dir: Ich werde einen Weg finden, das Geld aufzutreiben, um hierbleiben zu können, weil ihr Armleuchter dieses Mal nicht ohne mich da runtergeht.«

»Ich hatte gehofft, dass du das sagen würdest«, gestand Will grinsend.

»Darauf habe ich *seit Weihnachten* gewartet«, erwiderte sie.

Elise beugte sich noch weiter vor, nahm Wills Gesicht in beide Hände und küsste ihn. Dann rückte sie ein paar Zentimeter von ihm ab, lächelte verschmitzt und musterte ihn prüfend.

»*Worauf* hast du gewartet?«, fragte Will. »Darauf, mich zu küssen?«

»Darauf, dass wir den Hintern hochkriegen und diesen Wieseln zeigen, wo der Hammer hängt. Aber du bist unser Anführer, oder? Also dachten wir uns, du brauchst Zeit zum Trauern, und deshalb wollte keiner von uns dich drängen. Doch wenn du bereit bist, wenn du wirklich bereit bist, dann kannst du auf uns zählen.«

»Das ist klasse«, sagte Will und hielt Elise noch immer fest. Ihre Gesichter waren nur wenige Zentimeter voneinander entfernt.

»Und, ja, ich habe darauf gewartet, dich zu küssen, du Blödmann ... denn du warst ja offensichtlich zu gelähmt, um den ersten Schritt zu machen.«

Will räusperte sich und bemühte sich nach Kräften, nicht verlegen zu wirken. »Okay, äh ... und was ist mit Brooke?«

»Echt jetzt, West? Du fragst mich ausgerechnet jetzt nach Brooke? Wo wir uns gerade so nahegekommen sind?«

»Nicht wirklich. Vorher wollte ich noch das hier tun«, sagte Will und erwiderte ihren Kuss.

Jetzt räusperte sich Elise und hielt dann einen Finger in die Luft. Sie runzelte die Stirn, als sei sie leicht verwirrt; dann öffnete sie endlich die Augen.

»Okay«, sagte sie und lächelte strahlend, als sei ihr Kurzzeitgedächtnis gelöscht worden. »Was wolltest du mich fragen?«

»Glaubst du, dass Brooke den Sommer über hierbleiben wird, um uns zu helfen?«

»Nach einem Kuss wie diesem, Mister, darfst du Brooke selbst nach diesem unbedeutenden Detail fragen.«

»Im Ernst, Elise: Ich brauche wirklich deine Hilfe. Du stehst ihr näher als ich und sie meidet mich, als hätte ich die Pest.«

Elise knurrte, aber Will wusste, dass sie es tun würde. Er drückte kurz ihre Hand und ging dann zur Tür.

»Glaubst du, wir schaffen das, West? Wir fünf ganz allein?«

»Hey, wir sind ja nicht irgendein Debattierclub«, meinte Will und griff nach der Türklinke. »Und, ganz unter uns: Ich habe trainiert.«

»Ich ebenfalls«, sagte Elise und hob eine Augenbraue.

Und in der nächsten Sekunde schickte sie ihm ein Bild in den Kopf. Will schwankte einen kurzen Moment und starrte sie dann verblüfft an.

»Also das ... das *muss* ich sehen«, sagte er.

Als Will über den Campus zurücklief, wurde ihm klar, dass Elise zumindest in einem Punkt recht hatte: In den Monaten nach dem Unglück hatte er *tatsächlich* getrauert, aber nicht auf konventionelle Weise. Er hatte berechtigte Gründe zu der Annahme, dass zumindest sein Vater noch lebte, aber niemandem – nicht einmal seinen Mitbewohnern – hatte er von der SMS erzählt, die er von Jordan West nach dem Flugzeugabsturz erhalten hatte. Wenn er diese Hoffnung laut aussprach, konnte er sie damit vielleicht zunichtemachen.

»Trauer ist eine Tür, durch die wir gehen, um zu begreifen, dass die Sonne nie aufhört zu scheinen.«

Das war das Einzige, was Ira Jericho je zum Verschwinden seiner Eltern gesagt hatte. Und jetzt, da Will plötzlich aus seiner Erstarrung erwacht war, erkannte er, dass er um eine bestimmte Lebensweise getrauert hatte, die für immer verloren war – jene herrlich ahnungslose Existenz, die er geführt hatte, bevor schwarze Autos und tote Hubschrauberpiloten aufgetaucht und die komplizierten Lügengebilde ans Licht gekommen waren, die seine Eltern rund um ihre Familie gesponnen hatten. Aber trotz all ihrer Lügen *fehlten* sie ihm – es war wie ein Phantomschmerz. Von den fünfzehn Jahren mit ihnen waren ihm nur eine einzige Fotografie von ihrer Hochzeit und Dads Regelheft geblieben.

Was wäre, wenn meine Eltern etwas mit der Paladin-Prophezeiung zu tun hatten? Wie können sie mir so sehr fehlen, wenn ich nie wirklich gewusst habe, wer sie waren?

Wills Schul-Pager summte in seiner Tasche. Jemand auf dem Campus versuchte, ihn über das zentrale Telefonsystem des Centers zu erreichen. Er sprang in das nächste Gebäude, ging zu einem der überall vorhandenen schwarzen Apparate und nahm den Hörer ab.

»Hier ist Will«, meldete er sich.

»Einen Augenblick, Mr West«, antwortete eine der fröhlichen, allzeit präsenten Frauen von der Zentrale.

Will hörte, wie er verbunden wurde.

»Wir treffen uns hinter der Cumberland Hall«, sagte die Stimme fast flüsternd. »In fünf Minuten.«

Will hängte auf.

Brooke.

Die ersten Worte, die sie seit über einem Monat an ihn gerichtet hatte. Nach fast einem halben Jahr das erste Zeichen, dass sie mit ihm sprechen wollte. Wills Herz flitzte in seiner Brust herum wie eine Flipperkugel.

Was will sie?

Cumberland Hall befand sich auf der anderen Seite des Campus, ein kleiner Bau direkt hinter den Versorgungsgebäuden. Will schaltete den Turbo ein und kam nach zwei Minuten dort an.

Am Himmel im Westen schimmerten die letzten Strahlen der Sonne. Brooke wartete bereits hinter dem Gebäude auf ihn; der gedämpfte Schein einer Straßenlaterne an der Ecke beleuchtete ihr perfektes Profil. Sie drehte sich um, als sie hörte, wie er scharf die Luft einsog; dann streckte sie die Arme aus und schlang sie ihm um den Hals.

Zum ersten Mal seit letzten Dezember berührte sie ihn.

Brooke fühlte sich weich und warm an und der Duft ihres Shampoos – mit einem Hauch von Zitrus und frisch gemähtem Gras – machte Will ein wenig benommen.

»Es tut mir so leid«, flüsterte sie.

»Was meinst du?«

»Sie haben mich gezwungen, Will. Ich musste ihnen versprechen, mich von dir fernzuhalten.«

»Wem?«

»Meinen *Eltern«*, erklärte sie und löste sich von ihm, damit sie ihm in die Augen schauen konnte.

»Wieso?«

»Als ich über die Feiertage zu Hause war, kam ich irgendwann nicht mehr umhin, ihnen zu sagen, was ich für dich empfinde. Zumindest konnte ich es nicht mehr verbergen. Außerdem kannten sie schon alle Einzelheiten, von der Schule, nehme ich an. Sie teilten mir mit, sie hätten beschlossen, dass ich dich nicht mehr sehen dürfte – wegen allem, was du gerade durchgemacht hattest.«

»Das hatten sie also beschlossen? Warum?«

»Sie dachten, du seist zu verletzt oder zu labil oder, um es freundlicher auszudrücken: Sie glauben, dass wir in Anbetracht deiner aktuellen Situation unmöglich eine gesunde Beziehung eingehen können.«

Will hatte Mühe, das alles zu begreifen. »Tust du immer das, was deine Eltern dir sagen?«

»Du kennst meinen Vater nicht. Er ist *Botschafter,* eine echte Naturgewalt! Sie wollten mich nur unter der Bedingung zurück an die Schule lassen, dass ich es ihnen versprach. Und da ich die Vorstellung, dich nie wiederzusehen, nicht ertragen konnte, habe ich schließlich zugestimmt.«

»Warum hast du so lange gewartet, um mir das zu sagen?«

»Weil sie ihre Leute haben, die mich beobachten. Die ganze Zeit.«

Wut durchströmte Will wie eine Woge und er wusste, dass Brooke die Spannung in seinem Körper spüren konnte. »Du meinst, auch jetzt im Moment?«

»Im Moment wäre es mir sogar egal, wenn wir auf der Bühne der Carnegie Hall stünden«, sagte sie. »Ich will einfach nur das tun, wonach ich mich die letzten sechs Monate wie wahnsinnig gesehnt habe.«

Brooke stellte sich auf die Zehenspitzen und küsste ihn und im Bruchteil einer Sekunde vergaß Will fast all seine Einwände. Dann umarmte sie ihn wieder ganz fest.

»Ich hätte mich nicht darauf einlassen dürfen«, flüsterte sie ihm ins Ohr. »Ich hatte Angst und war so furchtbar in Sorge um dich. Ich hasse mich dafür, dass ich so ein Feigling war und mir hab einreden lassen, ich müsse mich von dir abwenden.«

Und dein Timing ist wirklich unglaublich, dachte Will – die Küsse, die er soeben mit Elise getauscht hatte, schienen ihm noch immer ein Loch ins Hirn zu brennen. Aber er hatte nicht den Eindruck, als würden seine Gefühle für das eine Mädchen seine Gefühle für das andere löschen – sie lösten beide einen Sturm in seinen Synapsen aus.

»Ich bin sehr froh, dass du das sagst«, erwiderte Will, der ihr glauben wollte. »Aber warum ausgerechnet jetzt?«

»Weil ich die Vorstellung einfach nicht ertragen konnte, dich weitere drei Monate nicht zu sehen, ohne dich das alles wissen zu lassen. Ich hätte nicht mehr in den Spiegel schauen können.«

»Wo verbringst du den Sommer?«

»Hier und da, Europa, ich werde viel reisen ...«

»Warte mal 'nen Moment«, unterbrach Will sie und umfasste ihre Arme. »Ich war in den letzten Monaten auch nicht gerade ich selbst.«

»Aber das war doch zu erwarten, Will, nach allem, was du durchgemacht hast ...«

»Ja, schon, aber dadurch habe ich das aus den Augen verloren, worauf es wirklich ankommt. Wir müssen weitermachen ... das zu Ende bringen, was wir angefangen haben. Wir müssen herausfinden, was sich hinter all dem verbirgt, was hier passiert ist. Mit uns. Uns allen.«

»Ja, du hast recht«, sagte Brooke und schaute zu ihm hoch. Ihre Augen glänzten im Schein der Straßenlaterne.

An mich glauben, dachte er.

»Brooke, wir sind da auf irgendwas gestoßen«, fuhr Will fort. »Eine bedeutende Entdeckung, die das ganze Bild verändert, und wir werden der Sache auf den Grund gehen. Wir alle. Wir bleiben den Sommer über hier und wir möchten, dass du auch bleibst, wenn du eine Möglichkeit findest. Wir brauchen deine Hilfe.«

Sie schaute ihn noch immer an und ihre Augen leuchteten in dem sanften Licht jetzt noch intensiver. »Wirklich? Nachdem ich dich so behandelt habe?«

»Ja! Natürlich wollen wir das. Ich will es. Dass du hierbleibst.«

Mein Gott, ob sie gemerkt hat, wie holprig das klang?

»Ich bin so froh, dass du das sagst«, versicherte Brooke und umarmte ihn erneut. »Ich kann nichts versprechen ... es wird bestimmt nicht leicht – mit meinen Eltern ist nie etwas leicht –, aber ich werde alles versuchen, um hierbleiben zu können.«

»Gut.«

Einen Moment hielt sie ihn mit ausgestreckten Armen von sich weg, angespannt und ernst. »Meine Eltern wollen übrigens ganz sichergehen, dass wir nicht wieder zusammenkommen.«

»Wie das?«, fragte Will.

»Ich soll im Herbst in eine andere Wohngruppe umziehen ...«

»Das darfst du nicht zulassen.«

»Aber das könnte ein Vorteil für uns sein. Wenn ich jetzt zustimme, kann ich Zeit gewinnen und im Sommer für ein paar Wochen zurück auf den Campus kommen. Ich kann auch ziemlich überzeugend sein.«

Wem sagst du das?

Brooke wollte ihn gerade wieder küssen, als sie hörten, wie hinter ihnen Glas zerbarst. Will wirbelte herum und sah, dass oben in dem hohen Gebäude eine Fensterscheibe in tausend Stücke zerbrochen war. Sofort ging irgendwo im Inneren der Sicherheitsalarm los.

»Was zum Teufel ...?«, murmelte er.

Instinktiv zog er Brooke in die Dunkelheit, an die efeubewachsene Wand von Cumberland Hall.

Dann wurde es um sie herum plötzlich still – Will registrierte, dass sogar die Grillen verstummt waren – und er spürte eine beunruhigende Präsenz im Dunkeln, nicht weit von ihnen entfernt. Brooke wollte etwas sagen, aber Will legte ihr schnell einen Finger auf den Mund.

Ein Schemen erschien und schob sich um die Seite des Gebäudes, verzerrt vom Licht der Straßenlaterne. Er wuchs und wuchs, bis er aussah wie die Umrisse eines Riesen, und blieb dann stehen: die Silhouette einer menschlichen, in einen langen Mantel oder Umhang gehüllten Gestalt. Sie drehte leicht den Kopf, fast mechanisch, schaute sich um und *schnupperte* förmlich die Luft.

Ich weiß, wer das ist, dachte Will. *Aber das kann nicht sein. Unmöglich.*

In der Ferne hörten sie mindestens zwei Sirenen, die rasch lauter wurden, und das Gewirr von Stimmen ganz in der Nähe. Lichter leuchteten in den Fenstern zu beiden Seiten der zerbrochenen Scheibe auf und Sicherheitslampen erhellten die lang gestreckte Fassade des Turms aus Stahl und Glas. Erst jetzt wurde Will klar, dass sie auf die Klinik schauten.

Er beugte sich vorsichtig vor, um einen Blick zu riskieren. Aber er sah nur einen hellen, flatternden Stoff, den die Gestalt hinter sich herzog, während sie sich rasch und lautlos entfernte. Als Will aus dem Schatten trat, um besser sehen zu können, war sie bereits in der Nacht verschwunden.

»Was zum Teufel war das?«, fragte Brooke entsetzt.

»Kennst du die Leute, die dich beobachten?«, wollte Will von ihr wissen.

»Es sind insgesamt drei Bodyguards, die für meinen Vater arbeiten. Man sieht sie fast gar nicht.«

»Echt?«

»Ich hab dir doch gesagt, dass der Botschafter keine halben Sachen macht.«

»Könnte das einer von ihnen gewesen sein?«

»Auf keinen Fall«, erwiderte Brooke. »Sie werden dafür bezahlt, dass sie *nicht* auffallen. Außerdem bin ich mir sicher, dass ich ihnen dieses Mal entwischt bin.«

Der Aufruhr auf dem Gelände nahm zu und zog eine immer größere Menschenmenge an. Über ihnen erschienen Sicherheitskräfte in dem klaffenden Loch in der Fassade der Klinik und schauten hinunter.

»Ich bringe dich besser hier weg«, meinte Will.

»Wir sollten nicht zusammen gesehen werden. Lass uns in der Wohnung weiterreden.«

Brooke wollte sich entfernen, aber Will hielt sie am Arm fest. »Nach dem, was hier gerade passiert ist, denke ich nicht, dass du allein gehen solltest.«

»Mach dir keine Sorgen. Sobald meine Aufpasser den Alarm hören, sind sie sofort zur Stelle«, beruhigte Brooke ihn und hielt dann ein kleines schwarzes Ding hoch. »Außerdem habe ich sie gerade angepiepst.«

Sie küsste ihn erneut, was Will fast umgehauen hätte, und stahl sich dann in Richtung der Lichter in der Mitte des Campus davon. Will lief direkt zur Klinik. Auf dem Boden unterhalb des Lochs lagen viele Trümmer herum – Glas, Teile eines Metallrahmens und sogar Stahlträger und große Betonstücke. Ein komplettes Doppelfenster war aus der Wand gerissen worden, zusammen mit einem gewaltigen Stück Mauer auf beiden Seiten. Eine Gruppe des samoanischen Sicherheitspersonals der Schule war bereits dabei, eine Absperrung rund um den Vordereingang zu errichten, und drängte neugierige Schüler zurück.

Will entdeckte seinen Freund Eloni unter ihnen, den größten in der Gruppe und Leiter des Sicherheitsdienstes. Als er näher kam, tauschte Will einen kurzen Blick mit ihm und fragte damit, ob er hineinschlüpfen könne, bevor die Sicherheitsleute das Gebäude abriegelten. Eloni winkte ihn mit einer raschen Handbewegung durch in die Lobby.

Dort waren der Aufruhr und das Durcheinander sogar noch größer; medizinisches Personal und Sicherheitsleute liefen hektisch durcheinander. Will blieb im hinteren Teil der Eingangshalle, schlich sich zur nächsten Treppe und flitzte hinauf in den vierten Stock, wo der Ausbruch stattgefunden hatte.

Diese Etage hatte er noch nie betreten. Die Eingangstür war mit schweren Schlössern gesichert und das kleine Sichtfenster mit Panzerglas. Er duckte sich, als weitere Sicherheitsleute vorbeihasteten und dann in einem Zimmer auf halber Strecke des Gangs verschwanden.

In dem Zimmer, in dem die Mauer explodiert war.

Will duckte sich erneut, als der Direktor des Centers, Stephen Rourke, aus einem Aufzug in den Gang hinaustrat, flankiert von Wills Genetiklehrer Professor Rulan Geist und der Schulpsychologin Dr. Lillian Robbins. Sie steuerten ebenfalls auf das Zimmer zu und blieben dann in der Tür stehen, um den Schaden im Inneren zu begutachten.

Ein stämmiger Wachmann hastete durch die Eingangstür und lief die Treppe hinunter. Will hatte gerade noch Zeit zurückzuweichen und sich an die Wand hinter der Tür zu pressen; rasch streckte er den Fuß aus, damit sie nicht ins Schloss fiel.

Er stoppte die Tür sanft mit der Schuhspitze und hielt sie einen Spalt offen. Auf dem Korridor gingen weitere Personen vorbei. »Findet ihn!«, hörte er Rourkes Stimme. Will lauschte aufmerksam, bis alles still blieb, und betrat dann den Gang.

Hier sah es ganz und gar nicht aus wie im Rest der Klinik, eher wie in einem Hochsicherheitsgefängnis. Will bemerkte mehrere Überwachungskameras oben an der Wand und kam an zwei weiteren verschlossenen Räumen mit massiven Metalltüren vorbei, bevor er die offene Tür erreichte.

Auf einem kleinen Einsteckschild an der Wand neben der Tür stand folgender Name: L. OGILVY.

Großer Gott.

Ein gewaltiges Krankenbett mit vielen mechanischen Vorrichtungen stand in der Mitte eines großen quadratischen Raums, umgeben von Monitoren, Messinstrumenten und anderen Geräten, die rundherum auf dem Boden verstreut lagen. Die warme Nachtbrise, die durch das Loch in der Mauer hineinwehte, wirbelte Papiere auf. Eine gewaltige Kraft hatte die herunterklappbaren Rahmenteile des Bettes zurückgebogen oder abgebrochen. Vier Metallfesseln auf Höhe der Arme und Beine des Patienten waren ebenfalls zerstört worden.

In jeder Ecke des Raums hatten auf das Bett gerichtete Kameras gehangen. Will hörte, wie sich draußen ein Hubschrauber näherte, und als dessen Suchscheinwerfer über die Fassade des Gebäudes schwenkte und in das Zimmer leuchtete, wich er in den Gang zurück und lehnte sich an die offen stehende Zimmertür. Wie die anderen Türen schien auch diese aus massivem Stahl zu bestehen. Die Seite, die ins Innere des Zimmers wies, war aufgeschlitzt und stark eingedrückt.

Was oder wer auch immer durch das Fenster nach draußen gedrungen war, hatte hier den ersten Ausbruchversuch gestartet.

Als Nächstes hörte Will, wie sich die Aufzugtür öffnete. Er sauste in die andere Richtung davon, stürmte durch eine Tür und überwand mit einem Satz eine Treppe nach unten bis zum Absatz, schwang um die Ecke und sprang hinunter auf die nächste Etage. Dort hielt er kurz inne und rief sich den Grundriss der Klinik in Erinnerung, positionierte sich auf dessen Raster, lokalisierte das Sicherheitszentrum des Gebäudes und ermittelte den kürzesten Weg dorthin.

Zwei Stockwerke nach unten, durch eine weitere Tür, noch einen Gang entlang. Wenn er jemandem begegnete, richtete Will einfach den Kopf nach unten und lief zielstrebig weiter.

Nr. 62: WENN DU AN EINEM BESTIMMTEN ORT NICHT AUFFALLEN WILLST, TU SO, ALS WÜRDEST DU DORTHIN GEHÖREN UND HÄTTEST ZU TUN.

Das Sicherheitszentrum lag vor ihm auf der rechten Seite. Fenster auf dem Gang gaben den Blick frei auf einen halbrunden Raum, der von Monitoren über einem großen, hufeisenförmigen Schreibtisch beherrscht war. Zwei Wachen und Eloni hatten sich dort versammelt, während ein weiterer Sicherheitsbeamter etwas auf einer Tastatur tippte. Als Will Eloni sah, stürmte er, fast ohne nachzudenken, in den Raum, denn er ahnte bereits, was ihn dort auf den Bildschirmen erwartete – aber er musste es mit eigenen Augen sehen.

Es handelte sich um die Videoaufzeichnungen aus dem Zimmer, das er gerade verlassen hatte. Das Licht in diesem Raum war zwar nicht allzu hell gewesen, aber das hochauflösende digitale Video ließ viele Einzelheiten erkennen. Will kam gerade rechtzeitig, um eine große, unheimliche Gestalt mit langem, zotteligem Haar zu sehen, die sich von einer der Fesseln an ihren Handgelenken befreite.

Will hatte das Gefühl, als habe ihn jemand in die Brust geboxt. Dieses Gesicht. Die Art, wie er seine Schultern hielt.

Lyle. Verwandelt. Größer, schlanker, zerzaust, aber in seiner Körpersprache und der gebieterischen Haltung unverwechselbar.

Erneut riss die Gestalt an einer der Fesseln, bekam auch den anderen Arm frei und entfernte sich dann aus dem Blickfeld der Kamera. Kurz darauf schlug irgendetwas heftig gegen die Metalltür. Dann tauchte blitzschnell und kaum erkennbar die Gestalt wieder auf, die man bisher als Lyle Ogilvy gekannt hatte, und stürmte mit dem Kopf voran durch den Raum. Wie ein Fullback beim Football senkte er die Schulter und rannte in die Panzerglasscheibe hinein. Das gesamte Fenster zerbarst und die Gestalt verschwand ins Freie.

Eloni schaute sich um und sah Will dort stehen. Sofort packte er ihn am Arm und führte ihn zur Tür hinaus.

»Du darfst nicht hier sein, Will«, mahnte Eloni eindringlich. »Nicht jetzt. Vergiss das, was du gerade gesehen hast.«

»Er war nie weg«, sagte Will fassungslos. »Lyle war die ganze Zeit hier. Wieso hat uns das keiner gesagt?«

Bevor Eloni antworten konnte, hörten sie, wie eine Menschenmenge von der Lobby aus in ihre Richtung kam.

»Verschwinde durch die Seitentür«, wies Eloni ihn an. »Und sag niemandem, dass du hier gewesen bist.«

»Nein. Keine Sorge.«

Will preschte durch die Tür hinter ihm, gerade als die Menschenmenge in Sicht kam. Er glaubte, allen voran Direktor Rourke zu erkennen. Während sich seine Gedanken im Kopf überschlugen, lief er zu einem Seitenausgang und vergewisserte sich, dass niemand bemerkte, wie er sich hinausstahl.

Inzwischen war es vollkommen dunkel. Will zog sich die Kapuze über den Kopf und entfernte sich rasch von dem Gebäude. Sobald er weit genug weg war, dass es keinem auffiel, rannte er los.

Ein kurzer Blick auf die Uhr verriet ihm: 21.14 Uhr.

DIE WIEDERGEBURT DER ALLIANZ

»Ich weiß, dass wir über all das schon längere Zeit nicht mehr gesprochen haben«, setzte Will an und lief nervös auf und ab. »Ich habe ein bisschen Zeit gebraucht, um zu begreifen, was da tatsächlich passiert ist.«

»Du brauchst das nicht zu erklären, Will«, versicherte Ajay.

Die fünf aus der Wohngruppe hatten sich um den Esstisch versammelt, jeder seinen Tablet-Computer vor sich. Es war fast elf Uhr abends geworden, bis Will alle hatte zusammentrommeln können. Zuerst zeigte er den Mädchen das Foto der Ritter bei ihrem Dinner 1937 und erklärte Brooke kurz die Vereinbarung, die sie mit Nepsted getroffen hatten: Sie sollten den Schlüssel holen, mit dem er befreit werden konnte, und würden dafür von ihm erfahren, was er über die Ritter und die Prophezeiung wusste.

»Wieso glaubt ihr, dass die Ritter noch immer aktiv sind?«, fragte Brooke und schaute nervös zu den anderen. »Ich dachte, wir hätten sie ausgeschaltet.«

»Das dachten wir auch, bis Ajay das hier gefunden hat«, erwiderte Will und zeigte auf das Foto. »Mr Hobbes ist ein Ritter. Und er ist noch immer irgendwo da draußen.«

»Wir haben nur die letzten zwölf *Schüler* der Ritter erwischt«, sagte Ajay düster. »Keine Ahnung, wie viele *Ehemalige* es noch geben mag.«

»Ich glaube, das lässt sich herausfinden«, behauptete Will. »Wie wir aus den Aufzeichnungen der Schule wissen, waren die Ritter bis kurz vor dem Zweiten Weltkrieg aktiv, als das Center die Vereinigung verbot. Sie könnten sich danach jederzeit wieder neu formiert haben. Aber was wäre, wenn sie seit ihrer Gründung in den 1920er-Jahren bis jetzt im Verborgenen weitergemacht haben?«

»Das würde bedeuten, dass über einen Zeitraum von fast fünfundachtzig Jahren zwölf Ritter pro Jahr hier ihren Abschluss gemacht haben«, rechnete Ajay vor.

»Alter, das sind ja über zweihundert Mann«, meinte Nick mit angestrengtem Gesichtsausdruck.

»Eintausendundzwanzig«, korrigierte Ajay.

»Ja, *weit* über zweihundert«, pflichtete Nick ihm bei.

»Und es müssen nicht notwendigerweise alles *Männer* gewesen sein«, fügte Elise hinzu.

»Inzwischen könnten die meisten von ihnen mächtige Positionen in fast allen Bereichen der Gesellschaft innehaben«, überlegte Ajay weiter. »Ein Netzwerk aus Macht, Reichtum und Einfluss mit dem Ziel, die eigenen geheimen Interessen zu verfolgen.«

Einen Moment lang herrschte Stille, während alle auf Brookes Kommentar warteten. Aber sie hielt den Blick gesenkt und schwieg; auch ihr Gesichtsausdruck verriet keinerlei Emotionen.

»Wir haben es Ajays Hartnäckigkeit zu verdanken, dass er die Wahrheit hinter alldem aufgedeckt hat«, sagte Will schließlich.

Während er in die Gesichter seiner Freunde schaute, fragte er sich, warum er sich überhaupt Sorgen über ihre Reaktionen gemacht hatte; diesen vier Menschen vertraute er am meisten auf dieser Welt. Allerdings wurde er vollkommen paranoid, wenn er Brooke länger als eine Sekunde anschaute, während Elise ihn beobachtete. Denn er erinnerte sich: *Ich brauche mir nicht vorzustellen, dass sie meine Gedanken lesen kann. SIE KANN SIE TATSÄCHLICH LESEN.*

Doch bis jetzt machte Elise nicht den Eindruck, als würde sie eine der unsicheren, zerrissenen Gefühlsregungen auffangen, die in ihrer und Brookes Anwesenheit durch sein Inneres tobten. Die Mädchen schienen einander nicht einmal großartig zu beachten; beide, nein alle vier richteten ihre Aufmerksamkeit auf ihn.

»Da ist noch etwas, worüber wir sprechen müssen«, fuhr Will fort. »Ich hab eine weitere große Neuigkeit für euch: Lyle Ogilvy ist die ganze Zeit auf dem Campus gewesen ...«

»Echt jetzt?«, staunte Ajay.

»Ja. Die Schule und die Cops hatten ihn in irgendeinem geheimen Behandlungszimmer in der Klinik eingesperrt und jetzt ist er auf freiem Fuß ...«

»War *er* das, den wir gesehen haben?«, fragte Brooke mit weit aufgerissenen Augen.

Will nickte mit düsterem Blick.

»Moment mal, ihr habt Lyle *gesehen?«,* hakte Elise nach.

»Nur flüchtig«, antwortete Will. »In der Nähe der Klinik. Er ist durch das Fenster geflohen. Aus seinem Zimmer im vierten Stock.«

Brooke wich zurück, schlang die Arme um den Oberkörper und wurde ganz blass. »Sechs Monate Therapie umsonst«, murmelte sie resigniert.

»Mach dir keine Sorgen, Kleines«, tröstete Nick sie und legte ihr einen Arm um die Schulter. »Wir lassen diese wandelnde Beulenpest nicht in deine Nähe.«

»Es gab viele Gerüchte, dass Lyle noch irgendwo rumspuken würde«, sagte Ajay und schaute in die Runde. »Dann war er also deshalb nicht mit dem Rest der Schlägertruppe im Knast.«

»Alter, ich hab gehört, er hätte sich mehr oder weniger in eine Zucchini verwandelt«, warf Nick ein.

»Nach dem zu urteilen, was letztes Jahr mit ihm passiert ist, würde mich das nicht wundern«, meinte Will. »Der Wendigo hat ihn zombifiziert – das mag zwar nicht unbedingt ein medizinischer Fachbegriff sein, aber ich weiß nicht, wie ich es sonst ausdrücken sollte.«

»Aber wie kann eine ›Zombie-Zucchini‹ einen Sturz aus dem vierten Stock überleben?«, fragte Elise trocken.

»Gute Frage«, bestätigte Will. »Ich habe mich reingeschlichen und das Video der Überwachungskamera gesehen, die seinen Sprung aufgezeichnet hat. Lyle schien nicht wirklich ... er selbst zu sein.«

»Wie *meinst* du das?«, hakte Nick nach.

»Er erwacht aus einem siebenmonatigen Koma und als Erstes zerschmettert er doppelt gesichertes Panzerglas, springt 15 Meter in die Tiefe und trabt im Laufschritt davon«, erklärte Will.

»Klingt nach *dir«*, stellte Elise fest und stieß Nick mit dem Ellbogen in die Seite.

»Ja, praktisch mein Morgentraining«, bestätigte Nick.

»Inzwischen scheint er noch weniger menschlich zu sein als früher«, fügte Will hinzu. »Und er ist größer geworden. Um einiges.«

»Okay, das ist ungewöhnlich«, räumte Nick ein.

»Also, was wollen wir unternehmen?«, fragte Ajay.

»Die Cops werden bestimmt alles daransetzen, das Ganze aufzuklären«, meinte Elise und warf Brooke einen Blick zu. »Ich glaube nicht, dass einer von uns sich wirklich Sorgen machen muss.«

»Aber vergiss nicht, dass auch Lyle besondere Fähigkeiten hatte«, gab Will zu bedenken. »Er kann Gedanken manipulieren und Menschen psychisch attackieren. Schon vor dem Wendigo-Angriff waren seine Kräfte stärker als unsere zusammengenommen. Und wer weiß, ob sie sich nicht noch gesteigert haben ... bei all dem, was er seither durchgemacht hat.«

Will nahm sich vor, Coach Jericho zu fragen: *Was passiert mit den überlebenden Opfern eines Wendigos?*

»Solltest du die Absicht haben, mir Angst einzujagen«, setzte Brooke an und schlang die Arme um ihre angezogenen Knie, »kann ich dir nur gratulieren.«

»Aber das will ich doch gar nicht ...«

»Du vergisst immer, dass ich im Gegensatz zu euch allen *keine* besonderen Fähigkeiten habe. Jedenfalls keine, die ich gegen den Widerling einsetzen könnte, der mich entführt hat.«

»Null Problemo, Brooksie, wir sind doch bei dir«, versuchte Nick zu trösten und legte den Arm um sie.

Das hätte ich sagen sollen, dachte Will, sauer auf sich selbst. *Sagen und tun.*

Aber dann verdarb Nick alles, als er seinen Bizeps anspannte, Brooke mit einer Hand von ihrem Stuhl hochhob und meinte: »Sieh dir mal diese Muckis an.«

Brooke versetzte ihm einen spielerischen Schlag, woraufhin Nick sie wieder runterließ. In der Zwischenzeit war Will aufgestanden und lief nun auf und ab.

»Ich glaube, Elise hat recht«, sagte er schließlich. »Wir überlassen Lyle der Schule und der Polizei. Vielleicht verschafft uns das die Deckung, die wir brauchen, um unsere eigenen Nachforschungen anzustellen. Und der erste Punkt auf unserer Tagesordnung lautet: runter in die Tunnel und nach dem Schlüssel zu Nepsteds Käfig suchen.«

»Alter, lass uns heute Nacht loslegen!«, rief Nick, sprang auf und schlug auf den Tisch. »Warum gehen wir nicht jetzt gleich? Worauf warten wir noch?«

»Du meinst, abgesehen davon, dass das bescheuert und selbstmörderisch wäre?«, fragte Elise.

»Das erfordert umfangreiche Vorbereitungen, Will«, mahnte Ajay. »Wir brauchen Ausrüstung, Werkzeug und vor allem einen hervorragenden *Plan.*«

»Ich arbeite dran«, beschwichtigte Will ihn.

»Das gefällt mir!«, sagte Nick, zeigte auf Will und schlug erneut auf den Tisch.

»Wo fangen wir an?«, erkundigte sich Elise.

»Bei den Tunneln unter der Insel«, verkündete Will und warf auch Brooke einen kurzen Blick zu.

»Die Insel im Lake Waukoma?«, fragte Brooke leicht bestürzt.

»Wir nehmen den Eingang hinter der Burg«, erklärte Will. »Dort, wo wir beim ersten Mal rausgekommen sind.«

»Auf der ganzen Insel wimmelt es nur so von knallharten Sicherheitsleuten«, gab Ajay zu bedenken, lief dann ebenfalls auf und ab und rang die Hände. »Ich will euer Gedächtnis mal auffrischen: Männer mit Gewehren! Wütende Hunde! Sie hätten uns beinahe den Allerwertesten aufgerissen.«

»Ich habe nicht behauptet, dass es einfach wird, Ajay«, räumte Will ein und legte ihm die Hand auf die Schulter. »Ich habe zwar einen *Plan,* aber zuerst müssen wir ein paar Vorbereitungen treffen.«

»Die Burg gehört irgendeinem steinreichen Typ, oder?«, fragte Elise.

»Stan Haxley«, bestätigte Brooke. »Vorstandsmitglied des Centers und großer Geldgeber.«

»Spendet mal eben zehn Millionen, damit sein Name an der Klinik steht«, ergänzte Elise.

»Und wie wir wissen, heißt er ungebetene Gäste nicht gerade willkommen«, fügte Ajay hinzu.

»Er wird mich einladen«, erwiderte Will schlichtweg.

»Häh?«, staunte Nick.

»Damit wir in die Burg reinkommen?«, fragte Ajay.

»In die Burg rein und runter in den Tunnel«, sagte Will.

»Hoffentlich kann ich irgendwie helfen«, meinte Brooke und seufzte, als sie auf ihre Armbanduhr schaute. »Meine Eltern werden mich von hier wegschaffen, sobald die Schule sie darüber informiert, dass Lyle geflohen ist. Und das ist wahrscheinlich bereits geschehen.«

»Dann warten wir, bis du wieder da bist«, erwiderte Will. »Frag deinen Vater nach Stan Haxley. Vielleicht haben die Buschtrommeln der Ehemaligen etwas über ihn zu berichten. In der Zwischenzeit machen wir uns an die Arbeit.«

»An wie viel Arbeit hattest du denn gedacht?«, erkundigte sich Nick widerstrebend.

»Warum fragst du?«

»Alter, sie haben uns monatelang mit den Büchern gequält. Ehrlich gesagt hätte ich nichts dagegen, mal fünf Minuten den *Sommer* zu genießen.«

»Okay, gut, während du unten am Strand deinen Cocktail mit Schirmchen schlürfst, möchte ich die anderen bitten, noch über eine Frage nachzudenken«, sagte Will. »Habt ihr sonst irgendjemanden auf dem Campus getroffen, von dem ihr glaubt, er könnte besondere Fähigkeiten haben, ähnlich wie unsere?«

Die anderen schauten einander über den Tisch hinweg überrascht an.

»Du meinst andere Schüler?«, hakte Ajay nach.

»Genau.«

»Inwiefern ähnlich?«, fragte Elise.

»Was auch immer euch aufgefallen ist. Vielleicht etwas ganz Subtiles, das ihr an einer Person beobachtet habt. Oder auch etwas unglaublich Abgefahrenes und total Erstaunliches.«

»Alter, das kannst du bei mir jeden Tag beobachten«, prahlte Nick.

»Warum fragst du?«

»Lyle hat letzten Herbst etwas gesagt, das mir zu denken gegeben hat«, erläuterte Will. »Wenn die Paladin-Prophezeiung wirklich so eine große Sache ist, wie die Anstrengungen zu ihrem Schutz vermuten lassen, glaubt ihr dann, dass wir fünf als Einzige davon betroffen sind?«

»Nein«, antwortete Ajay und schaute sich um. »Das scheint eine ziemlich naheliegende Erklärung zu sein, Will.«

»Es könnte bedeuten, dass es noch mehr Schüler wie uns hier gibt – vermutlich mehr als nur ein paar, auch wenn sie vielleicht noch nicht ›erwacht‹ sind und ihre Fähigkeiten noch gar nicht kennen. Sie könnten ebenfalls Teil der Prophezeiung sein. Deshalb ist es umso wichtiger, dass *wir* sie finden, und zwar vor den Rittern Karls des Großen.«

Im nächsten Moment flog die Tür auf. Drei durchtrainierte, professionelle Bodyguards – zwei Männer und eine Frau – ganz in Schwarz postierten sich in der Wohnung, die Hände an ihren Schulterholstern. Einer behielt die Tür im Auge, der andere die Mitbewohner und die Frau bedeutete Brooke wortlos mitzukommen.

DER PFAD

Am Mittag des darauffolgenden Tages waren über drei Viertel der Schüler mit ihren Familien in die Sommerferien aufgebrochen und der Campus hatte sich merklich geleert. Ihre Abwesenheit wurde jedoch durch Beamte der örtlichen Polizei, zusätzliches Sicherheitspersonal und sogar ein paar FBI-Leute fast wieder aufgewogen, die sich eingefunden hatten, um bei der Suche nach dem verschwundenen Lyle Ogilvy zu helfen.

Die Beamten hatten einen Kommandoposten im Erdgeschoss der Klinik eingerichtet und das Gebäude ringsum so abgesperrt, dass nur Objekte mit Flügeln hätten eindringen können. Außerdem waren zusätzliche Wachleute vom Sicherheitsdienst des Campus nach Greenwood Hall beordert worden. Demzufolge begleitete Eloni Will und Ajay am nächsten Tag zum Mittagessen. Die beiden fragten ihn nach den Gründen, doch Eloni wollte nichts dazu sagen. Wahrscheinlich befürchtete man, Lyle könne zurückkommen und Will erneut angreifen. Eloni wartete auch nach dem Mittagessen auf sie, und als sie gemeinsam den Hof überquerten, bemerkte Will einen kleinen silberblauen Bus des Centers, der gerade vor Berkley Hall anhielt, dem Gästehaus für besuchende Eltern und andere Familienangehörige von Schülern.

Die Türen des Busses öffneten sich und fünf Personen stiegen aus, alle mit den gleichen schwarzen Reisetaschen: drei junge Männer und zwei junge Frauen, kaum älter als die letzten Schulabsolventen. Sie alle trugen dunkle Brillen und Schul-Blazer und waren durchgehend groß und athletisch – jeder auf seine Art eine auffällige Erscheinung. Ihre gesamte Körperhaltung strahlte Selbstvertrauen und Disziplin aus. Die am Eingang des Gästehauses postierten Sicherheitsmänner hielten den Gästen, die untereinander kein Wort sprachen, bereitwillig die Tür auf.

»Wer sind diese Typen?«, wandte Will sich an Eloni.

»Absolventen der letzten Jahrgänge. Jeden Sommer kehrt eine Gruppe von ihnen an die Schule zurück. Sie werden als Tutoren beim Sommercamp eingesetzt.«

»Für Schüler unterer Schulklassen, die hoffen, eines Tages ans Center wechseln zu können«, erläuterte Ajay. »Vor ein paar Jahren hab ich selbst einen dieser Sommerkurse besucht.«

»Wann haben sie ihren Abschluss gemacht?«, erkundigte sich Will und beobachtete, wie die Tutoren einer nach dem anderen im Gebäude verschwanden.

»Letzten Sommer«, erklärte Eloni.

Eines der Mädchen in der Gruppe, eine große, sportliche Brünette, blieb vor der Eingangstür stehen, nahm ihre Brille ab und schaute direkt zu Will hinüber. Sie lächelte – ein wenig zu aggressiv für seinen Geschmack – und zeigte dabei strahlend weiße Zähne. Dann berührte sie einen Jungen aus ihrer Gruppe an der Schulter und zeigte auf ihn.

Will wandte sich ab, warf Ajay einen Blick zu und wusste, dass sie beide genau dasselbe dachten.

»Lass uns herausfinden, wer diese Typen sind«, flüsterte Will.

»Einverstanden«, wisperte Ajay zurück.

»Und wir sollten Lyle finden, bevor er unseren Plan zunichtemacht.«

»Dafür bist du zuständig«, erwiderte Ajay, immer noch im Flüsterton, und schaute ängstlich.

Eloni brachte sie bis zur Tür von Greenwood Hall, wo Coach Ira Jericho wartete. In seiner typischen schwarzen Laufhose stach er wie ein Ausrufezeichen aus der Umgebung heraus. Er nahm Eloni zur Seite und sprach leise mit ihm. Eloni nickte und bedeutete dann Ajay, ihm nach drinnen zu folgen, während Jericho Will zu sich winkte und losmarschierte.

»Wohin gehen wir?«, fragte Will.

»Trainieren.«

»Ich hätte nicht gedacht, dass man mir das heute erlauben würde.«

»Solange du bei mir bist, kein Problem.«

»Gut«, meinte Will. »Wir müssen nämlich jemand finden.«

Jericho schwieg. Will ging neben dem großen, resoluten Mann her und erkannte dann, dass sie sich der Klinik näherten.

»Was wissen Sie über diese Tutoren, die zurück an die Schule kommen, um mit den Schülern des Sommercamps zu arbeiten?«, fragte Will.

»Nicht mehr als das, was du mir gerade gesagt hast.«

»Haben Sie welche von ihnen trainiert?«

»Ja, vermutlich. Es ist jedes Jahr eine andere Gruppe.«

Will wartete, bis niemand mehr in Hörweite war, und drehte sich erneut zu Jericho um, dessen Augen unablässig den Horizont sondierten. *Er weiß bereits, dass ich Lyle suche,* dachte Will.

»Coach, Sie wissen, was letzten Herbst mit Ogilvy passiert ist, stimmt's?«, fragte er fast flüsternd. »Nicht die offizielle Version, sondern das, was ich tatsächlich in dieser Höhle gesehen habe?«

Jericho verzog keine Miene und schaute ihn nicht einmal an. »Ich lebe nicht hinter dem Mond.«

»Also, unter uns – und nur für den Fall, dass das Ganze wirklich passiert ist und ich nicht bloß halluziniert habe: Was geschieht mit jemandem, der von einem Wendigo angegriffen wurde?«

Jericho warf ihm einen kurzen Blick zu. »Den Legenden nach stirbt er einen schrecklichen Tod und seine Seele ist für alle Ewigkeit verdammt.«

Will musste schlucken. »Und was passiert, wenn so jemand *nicht* stirbt?«

»Hypothetisch? Ich glaube nicht, dass das sehr oft vorkommt.«

»Aber was wäre, wenn es *dieses Mal* so gewesen ist?«, fragte Will nachdrücklich.

Abrupt blieb Jericho stehen. Sie befanden sich in der Nähe der Stelle, wo Lyle nach seinem Sprung aus dem Gebäude gelandet war. »Die Legende besagt, dass diese Person mit der Zeit selbst zu einem We-in-di-ko wird.«

Erneut musste Will schlucken. »Und wie lange dauert so was?«

»Das sind Legenden, Will, keine Busfahrpläne. Es gibt keine Zeitangaben.«

»Aber wie genau vollzieht sich diese Verwandlung? Ich meine, wenn Sie mal für eine Sekunde spekulieren könnten – und ich weiß, wie sehr Sie das hassen und wie sehr diese Fragen Sie nerven, aber ich bitte Sie nur dieses eine Mal, sozusagen als einen Gefallen –, wie würden Sie das, was mit ihm geschehen ist, *beschreiben?«*

Jericho wandte sich Will zu und musterte ihn eindringlich. »Ich würde sagen ... der We-in-di-ko hat Lyles Seele geraubt ... und an ihrer Stelle etwas sehr Übles und Düsteres hinterlassen.«

Ein Schauer lief Will von den Knien bis hinauf zur Brust.

»Hey, du hast gefragt«, meinte Jericho.

»Und was hat der Wendigo stattdessen hinterlassen?«

»Soweit ich es beurteilen kann, könnte das alles Mögliche gewesen sein, von einer ›Hello Kitty‹-Lunchbox angefangen ... Hat Lyle sich bei dem Sprung verletzt?«

»Das sollte man annehmen, wenn jemand durch Panzerglas hechtet und aus dem vierten Stock in die Tiefe fällt, oder?«

»Dann warst du also dabei«, schloss Jericho.

Will nickte. »Ich habe ihn eher gespürt als wirklich gesehen. Und als ich um die Ecke schaute, war er verschwunden. Er trug einen Arztkittel. Ich habe nur etwas Weißes davonrauschen sehen.«

»In welche Richtung ist er verschwunden?«

Will zeigte auf den Wald. Sofort steuerte Jericho darauf zu und bedeutete Will, ihm zu folgen.

»Wollen Sie ihn aufspüren?«, fragte Will.

»Ihn aufspüren?«

»Ja, ich meine, das können Sie doch, oder?«

»Nein, aber du«, entgegnete der Trainer. »Und du musst ihn finden, bevor er dich findet.«

Sie folgten einem schmalen Pfad in den Wald hinein.

»Hast du irgendwelche Waffen dabei?«, fragte Jericho.

Will kramte in seinen Taschen und holte sein Schweizer Armeemesser hervor. »Die Panzerfaust habe ich leider in meiner anderen Hose.«

Jericho lächelte beinahe.

»Und was haben Sie dabei?«, fragte Will.

Der Coach hielt einen kleinen Lederbeutel hoch.

»Na toll«, murmelte Will. »Feenstaub.«

»Verurteile es nicht, solange du es noch nie ausprobiert hast«, sagte Jericho und steckte den Beutel wieder in die Tasche. »Feenstaub ist starke Medizin.«

Je tiefer sie in den Wald vordrangen, desto heißer und feuchter wurde die Luft. Eine dicke Schicht aus verrottetem Laub auf dem Boden dämpfte jeden Schritt und nach weniger als 100 Metern sahen und hörten sie nichts mehr vom Campus.

»Wie gehen wir vor?«, erkundigte sich Will und sondierte den Boden. »Suchen wir nach Fußspuren und abgebrochenen Zweigen?«

»Seh ich aus, als wäre ich in einem Tipi geboren?«

»*So* habe ich das nicht gemeint ...«

»Fußspuren bringen dich nicht dahin, wo die Action ist. Wir suchen nach einem haarigen, hässlichen Freak in einem weißen

Arztkittel, der über zwei Meter groß ist. Wie schwer wird der wohl zu finden sein?«

Als sie an einer Weißbirke vorbeikamen, blieb Jericho stehen und zeigte auf einen dunkelroten, schmierigen Fleck an der Borke, ungefähr auf Schulterhöhe.

»Okay«, sagte Will. »Solange Sie wissen, was zu tun ist.«

Jericho schaute sich um. Der Wald vor ihnen wurde immer dichter, wobei der Boden in alle Richtungen zu kleinen Hügeln anstieg und wieder abfiel, sodass man sich zwischen den Bäumen kaum bewegen konnte. Will wartete darauf, dass der Coach ihm sagte, wie es weiterging.

»Er ist in diese Richtung gelaufen. Aber du bist der Einzige, der weiß, wie man ihn finden kann, Will«, eröffnete ihm Jericho. »Das heißt, wenn du *willst.*«

Will kochte innerlich über die Provokation in der Stimme des Trainers und Wut verwandelte sich in Entschlossenheit.

»Und ob ich will!«

Er schloss die Augen und rief sein inneres sensorisches Raster auf. Es setzte sich vor seinem geistigen Auge zusammen, und als er nach vorn schaute, wimmelte der Wald vor Energiemustern und -strudeln. Die Welt um sie herum wurde still wie in einer Schneekugel. Will bemerkte die kleinen Tiere, die überall herumwuselten und von deren Nervensystem Wärme abstrahlte. Außerdem konnte er jeden einzelnen Vogel singen hören und dadurch orten, so als würde dessen Standort auf einem dreidimensionalen Rundum-Bildschirm angezeigt.

Langsam zeichnete sich eine Unregelmäßigkeit im Raster ab und zwischen den Blättern am Boden nahm ein schwach schimmernder Pfad Gestalt an, der von der Birke wegführte. Will *spürte,* wie irgendetwas Seltsames von diesem Pfad aufstieg, eine Eigenschaft oder ein Gefühl, und erkannte dann, dass Lyle eine

Art Energiespur hinterlassen haben musste, als er hier entlanggelaufen war ...

Heißhunger.

Plötzlich schoss ihm dieses Wort durch den Kopf und ein eisiger Schauer lief ihm über den Rücken.

»Hier lang«, sagte er.

Vorsichtig gingen sie weiter. Hinter der nächsten Anhöhe stießen sie auf den abgerissenen Kopf und die abgenagten Knochen eines Lebewesens, bei dem es sich einmal um ein Eichhörnchen gehandelt haben musste. Nach etwa 50 Metern kamen die Überreste einer großen Krähe in Sicht, umgeben von ausgerupften Federn.

»Er hat Hunger«, stellte Jericho fest.

»Mordsmäßigen sozusagen.«

»Ist nicht so lustig, wie es sich anhört«, fand Jericho.

»Warum ist er nicht einfach in den nächsten Supermarkt marschiert?«

Will hoffte wenigstens auf ein Lächeln, aber der Coach reagierte nicht. Eigentlich wirkte er sogar ein wenig besorgt, dachte Will. Was vermutlich bedeutete, dass er innerlich *sehr* besorgt war – nicht gerade ein besonders wohliges und beruhigendes Gefühl in dieser Umgebung. Trotz der Tageszeit – früher Nachmittag an einem heißen, sonnigen Junitag – kam es ihm in diesem Wald so finster und düster vor wie an Halloween.

Will hörte die Rufe eines Falken, der irgendwo hoch über ihnen kreiste. Auch Jericho hörte ihn. Die beiden blickten nach oben – Will konnte den Himmel durch die Bäume kaum ausmachen – und warfen sich dann einen Blick zu. Will suchte nach dem kleinen Steinfalken in seiner Tasche und fühlte sich sofort besser, als seine Finger die vertrauten Konturen ertasteten.

Als Jericho ihm zunickte, wusste Will ganz genau, was er dachte: *Dein Krafttier ist in der Nähe. Wir sind auf dem richtigen Weg.*

»Wenn Sie es sagen«, flüsterte Will.

Dann ging er voran, während sie dem »Pfad« folgten. Er nahm eine starke Wärmespur wahr, die darauf hindeutete, dass etwas ziemlich Massives hier entlanggelaufen war; das Raster in seinem Kopf erfüllte sich von Sekunde zu Sekunde mit mehr Leben. Hinter dem nächsten Anstieg fiel der Boden steil ab und endete in einer tiefen, runden Mulde.

In der Mitte der Vertiefung lag ein Kadaver, ein kapitaler Achtender, in einem Lichtstrahl, der durch die Bäume fiel. Auf seinem Raster sah Will gespenstische, wild verzweigte und verschwommene Bewegungsmuster. Es musste sich um das Echo dessen handeln, was sich hier abgespielt hatte. Offensichtlich war die Energie so gewaltig gewesen, dass sie sich in das Raum-Zeit-Gefüge gebrannt hatte. Das Ganze lief fast zu schnell ab, um jeden Schritt verfolgen zu können, doch Will erkannte den Hirsch, der in wilder Panik durch den Wald brach. Für einen Sekundenbruchteil hielt er inne, nur wenige Meter von der Stelle entfernt, an der Jericho und Will jetzt standen, und wurde dann von einer großen, undeutlichen Gestalt, die aus dem Dickicht sprang, von hinten angefallen und in die Mulde gezerrt.

Angewidert von der unglaublichen Gewalt – eine schnelle, bestialische Ausweidung – taumelte Will gegen einen Baum und musste sich festhalten, um nicht vornüberzukippen. Er wollte den Rest von dem, was hier nachhallte, nicht sehen, warf Jericho einen Blick zu und schüttelte den Kopf.

Einen Moment lang blieb Will zurück, während Jericho die Überreste des Kadavers studierte – kaum mehr als Hufe und Hörner, der Boden ringsum schwarz von trocknendem Blut. An einem Zweig entdeckte Will ein abgerissenes Stück weißen Stoff, der tiefrot gefärbt war.

»Er arbeitet sich die Nahrungskette hinauf«, sagte Will und atmete tief ein und aus, um ruhig zu bleiben.

»Und zwar schnell«, ergänzte Jericho.

»Halten Sie das Ganze noch immer für eine gute Idee, Coach?«

»Es wird nicht mehr lange dauern.«

»Was?«

»Bis wir ihn finden.«

»Oder er uns«, spekulierte Will.

»Wieso, hast du Angst, dass wir nicht mit ihm fertig werden?«

»Was meinen Sie mit ›wir‹?«, hakte Will nach und zeigte dann nach hinten in Richtung Schule. »Ich werde jedenfalls *dorthin* laufen.«

Nach 50 Metern gelangten sie an eine weitere kleine Anhöhe, wo der Wald inzwischen so dicht wuchs, dass um sie herum nahezu Dunkelheit herrschte. Hinter der Kuppe fiel der Hügel in eine felsige, ungefähr 6 Meter tiefe Schlucht ab, ausgewaschen von einem trüben Bach, der in der Mitte langsam dahinfloss. Halb im Wasser, mit dem Gesicht nach unten, lag eine reglose Gestalt in einem weißen Kittel, der aus der düsteren Umgebung herausstach wie Schnee.

Jericho erstarrte, genau wie Will, der seinen Trainer fragend ansah in der Hoffnung, dieser wisse, was nun zu tun sei. »Versucht er, uns an der Nase rumzuführen, und stellt sich tot?«, flüsterte Will.

»Es gibt nur eine Möglichkeit, das herauszufinden.«

Der Coach stieg den Hang hinunter und hielt sich dabei an vorstehenden Wurzeln fest, um nicht das Gleichgewicht zu verlieren. Will folgte erst, als Jericho sich auf halbem Weg nach unten umdrehte und ihm einen strengen Blick zuwarf. »Wo bleibst du, West?«

Am Fuß der Schlucht wartete Jericho auf Will und gemeinsam gingen sie vorsichtig auf den Körper zu, der sich noch immer nicht bewegt hatte. Will klappte sein Messer auf und hielt es bereit, während sie sich näherten.

»Ist er tot?«, fragte Will.

»Na ja, im Moment würde ich nicht unbedingt einen Cappuccino bei ihm bestellen«, meinte Jericho.

Der Coach kniete sich neben den Toten, um ihn genauer zu untersuchen. Will schaute ihm über die Schulter: Lyles weit aufgerissene Augen blickten leblos ins Nichts. Er lag auf dem Bauch, den Kopf zur Seite gedreht. Sein Gesicht hatte hundeartige, fast wilde Züge angenommen, mit langen Schneidezähnen, die bis über seine Lippen reichten, und einem strahlenförmigen Riss in den starren Pupillen.

Will stockte der Atem. Er hatte Lyle nie leiden können – eigentlich hatte er sogar allen Grund, den Typ zu hassen, der mehr als nur ein Mal versucht hatte, ihn zu töten –, aber jetzt erfüllte ihn sein Anblick mit Mitleid und Entsetzen.

»Was macht man mit einem toten Wendigo?«, fragte Will und trat einen Schritt zurück.

»Du meinst, um sicherzustellen, dass sich dieser Zustand nicht verändert?«

»Ja, es gibt doch bestimmt irgendwelche Maßnahmen, oder? Ihm einen Pflock ins Herz rammen oder Knoblauch in den Mund stopfen ...«

»Ihr Kids und eure verdammten Vampire«, schnaubte Jericho. »Woher, zum Teufel, soll ich das wissen? Ich bin bisher auch noch keinem begegnet. Und wieso bist du dir so sicher, dass er tot ist?«

»Er sieht auf jeden Fall so aus«, sagte Will und zeigte auf den feuchten, durchweichten Boden rund um den Körper. »Mit all diesen ... Flüssigkeiten und dem ganzen Zeug.«

»Es gibt nur eine Möglichkeit, es herauszufinden.«

Jericho drehte Lyles Körper um und sie erkannten, dass es sich im Grunde nicht mehr um Lyle handelte – sondern eher um das, was von Lyle übrig geblieben war, nachdem man ihn wie mit einem gigantischen Dosenöffner von oben bis unten aufgeschlitzt hatte: Vom Hals bis zur Taille verlief ein grober Riss durch das Gewebe. Jetzt, da er auf dem Rücken lag, wirkten sein Brustkorb und sein Bauch eingesunken, als sei er von einer Dampfwalze überfahren worden.

»Was in aller Welt ist mit ihm passiert?«, fragte Will schockiert.

»Wenn ich raten soll, und was anderes bleibt mir hier nicht, dann sieht es danach aus, als wäre in seinem Inneren ... etwas herangewachsen ... etwas, das nun nach außen gedrungen ist. Und dabei hat es offensichtlich eine große Schweinerei hinterlassen.«

»Augenblick mal – ist das nun Lyle oder nicht?«

»Ich würde sagen, das *war* mal Lyle.«

»Sie meinen also, das hier ist eher so was wie eine ...«

»Eine Schlangenhaut«, bestätigte Jericho und erhob sich. »Aber du kannst darauf wetten, sobald die Cops ihn sehen, werden sie davon überzeugt sein wollen, dass sie die gesuchte Person gefunden haben.«

Will spähte tiefer in den Wald hinein und versuchte, zwischen den dichten Baumreihen etwas zu erkennen, das sie vielleicht beobachtete. Die nackte Angst, die ihn erfasste, hinderte ihn fast daran, sein Raster zu aktivieren.

»Dann ist das also nur eine leere Hülle ... und Lyle ist *nicht* tot«, fasste Will zusammen.

»Die Person, die Lyle einmal *war*, ist mit Sicherheit tot«, stellte Jericho klar und warf ebenfalls einen prüfenden Blick in den Wald. »Aber das Ding, das sich in ihm entwickelt hat, aus seiner Brust ausgebrochen und direkt in diesem Bach weitergelaufen ist, damit niemand seine Fährte aufnehmen kann ... dieses Etwas ist quicklebendig. Allerdings würde ich es nicht länger ›Lyle‹ nennen.«

Der Coach nahm ein Handy aus der Tasche und wählte den Notruf.

»Ich bin echt froh, dass ich nicht viel zu Mittag gegessen habe«, gestand Will und schaute fort, denn ihm war wirklich übel.

»Ist wohl keine gute Idee, der Polizei von unserer kleinen Theorie zu erzählen«, meinte Jericho, die Hand über der Sprechmuschel. »Oder sonst irgendjemandem.«

»Verstehe.«

»Wir haben im Wald trainiert, die Leiche oben vom Hügel aus entdeckt und den Fund gemeldet. Ich habe dich zurück zum Campus geschickt und bin nach unten geklettert, um mir ein Bild zu verschaffen. Du hast von alldem nichts gesehen. Los, verschwinde.«

»Fordern Sie mich etwa auf zu lügen, Coach?«

»Sagen wir, ich zeige dir, wie du überlebst.«

Das würde Dad genauso sehen, dachte Will.

»Einverstanden.«

Will lief in Richtung Schule davon. Er hörte noch, wie Jericho mit einem Polizisten am anderen Ende der Leitung sprach.

»Ich muss eine Leiche melden«, sagte er.

DER FRISEUR

Die allgemeine Erregung, die die Entdeckung von Lyles Leiche verursachte, hielt drei Tage an. Will und seine Mitbewohner verfolgten die offiziellen Erklärungen und Berichte sehr aufmerksam und stellten fest, dass darin keines der beunruhigenden Details vorkam, die Will beobachtet hatte: Ein schwer kranker Patient war aus der Klinik entflohen und in den Wäldern gestorben, offensichtlich infolge eines Genickbruchs nach einem Sturz. Wer auch immer für diese Version verantwortlich war, schien entschlossen, die Geschichte so darzustellen, dass sie zu dieser Folgerung passte – das traurige Ende eines problembeladenen Schülers, der tragischerweise auf die schiefe Bahn geraten war. Das Center schien Lyles Tod außerdem dazu nutzen zu wollen, einen Schlussstrich unter die Geschichte der Ritter Karls des Großen zu ziehen. Nur ein einziger Bericht erwähnte kurz, dass der Aufenthaltsort von Todd Hodak – dem anderen Hauptverantwortlichen in der Hierarchie der Ritter, der im letzten November verschwunden war – bis heute nicht festgestellt werden konnte.

Während sich der Campus langsam leerte, machten Will und die anderen sich an die Arbeit. Ajay hatte sich schon einen Praktikumsplatz im Labor gesucht und auch die anderen sicherten sich rasch Sommerjobs im Center. Elise kümmerte sich um die Pferde in den Stallungen der Schule und gab an den Wochenenden Klavierunterricht, während Nick einen Job als Rettungsschwimmer im Freibad der benachbarten Kleinstadt fand. Als sie sicher sein konnten, dass Lyle »tot« war, meldeten Brookes Eltern sie bei der Schulverwaltung für ein Praktikum an und erlaubten ihr zurückzukehren.

Will hatte als Einziger noch keinen Job, aber dafür gab es gute

Gründe. Nachdem er sich über die Gepflogenheiten seines Zielobjekts informiert hatte, musste er eine Woche warten, bis er den ersten Teil seines Plans in die Tat umsetzen konnte.

Nr. 57: WENN DU WISSEN WILLST, WAS IN EINER KLEINEN STADT ALLES PASSIERT, GEH ZUM FRISEUR.

Auf Wills Anweisung hatte Ajay eine kleine Überwachungskamera vor dem Friseursalon installiert, denn sie warteten auf einen bestimmten Kunden, der alle zwei Wochen zum Haareschneiden und Rasieren den Laden betrat.

Will wärmte sich gerade vor der Scheune für sein tägliches Training mit Jericho auf, als er den Anruf auf einem der schwarzen Haustelefone erhielt.

»Es wird Zeit für unsere Arbeitsgruppe, Will.« Ajay benutzte den vereinbarten Code.

Sofort sprintete Will die gut 1,5 Kilometer von der Scheune zum Friseursalon, wofür er weniger als drei Minuten brauchte. Der Salon gehörte seit den Goldenen Zwanzigern zur Schultradition und lag ein paar Stufen unter Gehweghöhe an der südwestlichen Ecke von Harvey Hall versteckt, einem der älteren efeubewachsenen Gebäude am zentralen Platz des Campus.

Als Will eintrat, klingelte über der Tür eine Glocke. Wie schon bei seinem ersten Besuch versetzten ihn die Dinge und Gerüche, die ihn hier begrüßten, in eine andere Zeit; so war es ihm auch in der Eisdiele der Schule ergangen. Als Kind war er ein paar Mal in solchen Läden gewesen – später hatte ihm sein Vater meistens die Haare geschnitten – und sie hatten starke sinnliche Erinnerungen hinterlassen. Mit diesen Dingen und Gerüchen verband er seine ersten Berührungen mit der Männerwelt.

Ein schwarz-weiß gefliester Fußboden, zwei alte Stühle mit Lederpolstern in der Farbe von Ochsenblut, montiert auf einen verchromten Sockel mit Hydraulikpumpe, eine verspiegelte Wand, zwei schneeweiße Porzellanwaschbecken. Auf einem Regal dazwischen waren glänzende Haarschneidemaschinen, Scheren und Rasiermesser wie chirurgische Instrumente angeordnet. Kämme und Bürsten lagen zum Reinigen in einer Schüssel mit scharfem meerblauem Desinfektionsmittel. Von irgendwoher drangen Opernklänge aus einem winzigen Kofferradio. Will roch den Duft von Haarwasser und würzig-starkem Aftershave, der in der Luft hing. Eine alte Pendeluhr tickte an der Wand; daneben hingen gerahmte Fotografien alter Sporthelden von Clubs wie den Green Bay Packers oder den Milwaukee Braves und eines von einem Pferd auf der Rennbahn. Ein paar der Aufnahmen trugen Unterschriften – Fuzzy Thurston, Joe Adcock und andere Namen, die Will nicht kannte.

Der Mann, wegen dem Will hier war, trug einen eleganten, maßgeschneiderten Anzug und saß reglos und weit zurückgelehnt in einem der Stühle, ein dampfendes Handtuch über dem Gesicht. Ein anderer Mann in grauer Stoffhose mit Bügelfalte und einer sauberen, zweireihigen weißen Jacke – die Schüler kannten ihn als Joe, den Friseur – kam aus dem Hinterzimmer, als er die Glocke hörte. Er pfiff zur Begleitung der Oper und trug ein kurzes weißes Handtuch über dem Arm. Sein Haar war pechschwarz und kunstvoll mithilfe eines seiner eigenen Produkte glatt nach hinten frisiert. Er kaute dezent einen Kaugummi, den er zwischen den hinteren Backenzähnen versteckt hielt.

»Mr West«, sagte Joe und lächelte erfreut. »Schön, Sie wieder einmal zu sehen, Sir.«

»Danke, Joe.«

»Nehmen Sie gleich hier Platz, mein Freund«, bat Joe, wirbelte den zweiten Stuhl herum und senkte ihn, indem er auf das Fußpedal trat, bevor er ein paar Mal mit seinem Handtuch über die Sitzfläche wedelte.

Will setzte sich auf den Stuhl und ließ sich in das alte, weiche Leder sinken. Mit fliegenden Händen, so schnell und elegant wie ein Zauberer, nahm Joe einen Frisierumhang von einem Regal in der Nähe, schlug ihn aus, drehte den Stuhl zum Spiegel hin, legte Will schwungvoll den Umhang um und verschloss die Druckknöpfe hinten im Nacken.

»Und was kann ich an diesem schönen Tag für Sie tun?«, erkundigte sich Joe in seinem typischen nasalen Chicago-Akzent.

»Coach Jericho meinte, ich brauche einen Sommerschnitt.«

»Wenn der Coach Ihnen das geraten hat«, sagte Joe und pumpte den Stuhl nach oben, »werden wir ihm nicht widersprechen.«

»Er meinte, bei diesem Wetter würde ich mit meiner normalen Frisur nicht viel Freude am Training haben.«

»Sie kommen aus Südkalifornien, wenn ich mich recht erinnere«, bemerkte Joe.

»Sie haben ein gutes Gedächtnis, Joe.«

»Dann sind Sie mit unserem herrlichen Sommerklima also gar nicht vertraut«, folgerte der Friseur, trat ein wenig zurück und maß die Länge der Haare über Wills Ohren ab.

»Ich weiß nur, dass es sich so anfühlt, als würde man in einer Sauna laufen.«

»Es ist erst Juni, mein Freund. Warten Sie erst mal bis August – so etwas haben Sie noch nicht erlebt.« Joe ließ zur Betonung seinen Kaugummi knallen.

Höflich lachend schaute Will hinüber zu dem Mann in dem anderen Stuhl, der sich noch immer nicht bewegt hatte. Will fragte sich, ob er wohl eingeschlafen war.

Joe machte sich daran, Wills widerspenstige Mähne mit einer

Sprühflasche und einer Bürste zu zähmen. So gut wie kein Tropfen ging daneben. Der Friseur bewegte sich geschickt um ihn herum und verströmte dabei den Duft von Aftershave und seinem schwarzen, aromatischen Kaugummi.

»Wie lange arbeiten Sie schon hier, Joe?«

»Inzwischen sind es siebzehn Jahre, Will.«

»Kommen Sie aus Chicago?«

»Hört man das etwa?«, fragte Joe und kicherte.

Nr. 52: WENN DU DAS EIS BRECHEN WILLST, LOBE
DIE HEIMATSTADT DEINES GEGENÜBERS.

»Tolle Stadt«, sagte Will. »Von wegen zweitgrößte Stadt. Für mich ist sie Nummer eins.«

»Da muss ich Ihnen zustimmen«, bestätigte Joe erfreut.

»Haben Sie noch Familie dort?«

»Und ob! Ich fahre sechs bis acht Mal pro Jahr nach Chicago.«

Nr. 53: UND SYMPATHISIERE IMMER MIT
DEM FOOTBALLTEAM SEINER STADT.

»Sieht so aus, als würden die Bears dieses Jahr Ernst machen«, meinte Will.

»Wird auch endlich Zeit. Während meiner Kindheit hatte mein Dad immer Saisonkarten. Er konnte es sich zwar kaum leisten – hat bei der Stadtreinigung gearbeitet –, aber er meinte, lieber würde er nichts mehr essen, als darauf zu verzichten.«

»Das war aber nicht in der Zeit von Walter Payton, oder?«

»Doch, doch«, widersprach Joe. »Sweetness war der Beste.«

Im Regal hinter den Stühlen klingelte eine Zeitschaltuhr.

»Und was ist dein Lieblingsteam, Will?«, fragte die Stimme unter dem Handtuch auf dem Stuhl neben ihm – ein tiefer, angenehmer und freundlicher Bariton.

Sofort ging Joe hinüber, um dem anderen Kunden das Handtuch abzunehmen, das dieser sich gerade vom Gesicht gezogen hatte. Er besaß das typische gute Aussehen eines Mannes, der den Präsidenten in einem aufwendigen Hollywood-Film spielen könnte: groß, gebräunt und fit, vermutlich etwa Mitte vierzig. Sein volles braunes Haar war an den Schläfen so exakt ergraut, dass es aussah wie gefärbt – aber wenn das zutraf, war es so gut gemacht, dass man es nicht mit Sicherheit sagen konnte. Will erinnerte sich dunkel an einen Satz aus einem alten Werbespot: »Nur Ihr Friseur weiß es genau.« War Joe dieser Friseur? Und wie viel wusste er?

»Ich habe eigentlich keinen besonderen Favoriten«, antwortete Will.

»Einer der Nachteile des Lebens in Südkalifornien, stimmt's?«, meinte der Mann und lächelte. Seine strahlend weißen Zähne waren ebenso beeindruckend wie seine Haarpracht.

»Das stimmt, Sir«, pflichtete Will ihm bei. »Da gibt es kein Team zum Anfeuern.«

»Entschuldigen Sie mich einen Augenblick«, bat Joe und ging zum Tresen, wo er ein wenig warme Rasiercreme aus einem Spender drückte, die er dann im Gesicht des anderen Kunden verteilte.

»Ach du meine Güte, sind Sie etwa Mr Haxley?«, fragte Will, als mache er gerade eine Entdeckung, die ihn total begeisterte.

»Ja, der bin ich, Will«, bestätigte der Mann und streckte Will die Hand entgegen, ohne einen anderen Teil seines Körpers zu bewegen. »Stan Haxley. Sehr erfreut.«

Stan Haxley, der Fantastillionär, dem die Burg auf der Insel im Lake Waukoma gehört.

Haxley hatte einen mörderischen Händedruck, aber Will erwiderte ihn. Joe stand mit einem ausgeklappten Rasiermesser daneben und wartete, bis das Händeschütteln vorbei war.

»Ich habe Ihr Bild in der Klinik gesehen, Sir«, verriet Will. »Ich muss Ihnen sagen, dass ich das, was Sie getan haben, großartig finde – eine so großzügige Spende für den Bau dieser Einrichtung.«

»Patricia und ich haben das Center schon immer unterstützt«, erklärte Haxley, schloss die Augen und bedeutete Joe, mit der Rasur zu beginnen.

Als müsste ich wissen, wie seine Frau heißt. (Was ich in der Tat weiß.) Ganz schön eingebildet, der Knabe.

»Die Ärzte dort haben sich hervorragend um mich gekümmert, das kann ich Ihnen versichern«, sagte Will und bemühte sich, möglichst aufrichtig zu klingen. »Dafür bin ich sehr dankbar.«

»Das höre ich immer gerne«, erwiderte Haxley jovial. »Bleibst du den Sommer über auf dem Campus, Will?«

»Ja, Sir.«

»Was für einen Job hat man dir gegeben?«

»Noch keinen«, gestand Will.

Nr. 21: DAS GLÜCK IST MIT DEN MUTIGEN.

Na los, mach schon.

»Eigentlich hatte ich ja gehofft, Sir ... Ich hatte gehofft, es bestünde vielleicht eine Möglichkeit, für Sie zu arbeiten.«

Haxley reagierte eine Sekunde lang nicht, da Joe das Rasiermesser direkt unter seine Nase hielt. Will widerstand dem Impuls, das unbehagliche Schweigen zu brechen. Währenddessen wartete Joe auf ein Zeichen von Haxley, setzte dann das Messer an, führte es nach unten und wischte es ab.

»Und wofür interessierst du dich, Will?«, fragte Haxley.

»Medizin. Medizinische Forschung.«

Joe wartete, ob Haxley reagierte, bevor er mit der Rasur fortfuhr. Schließlich gab Haxley ihm ungeduldig ein Zeichen: *Mach weiter.* Joe trat heran, um die letzten Bartstoppeln zu entfernen, und wischte dann den restlichen Schaum vom Gesicht seines Kunden.

Haxley setzte sich im Stuhl auf, reckte den Hals und lehnte sich dann wieder zurück. Joe trug einen Spritzer Rasierwasser auf und massierte es in Haxleys rosige Wangen.

»Medizinische Forschung ist ein ziemlich spezialisiertes Interessensgebiet für jemanden in deinem Alter«, befand Haxley mit einem Lächeln. »Wie kommst du darauf?«

»Es war das Fachgebiet meines Vaters, Sir«, erklärte Will. »Und es ist wichtig, um Menschen zu helfen.«

Will vertraute darauf, dass Haxley gerade genug von der öffentlichen Version über das Verschwinden und den Tod seiner Eltern kannte, um das sehr sympathisch zu finden. Haxley setzte sich aufrecht hin, während Joe die Rückenlehne seines Stuhls wieder in die normale Position pumpte und den Umhang von seinem Hals entfernte.

»Das ist eine bewundernswerte Einstellung, Will«, meinte Haxley und richtete seinen Kragen, während er aufstand.

»Es ist mehr als nur eine Einstellung, Sir. Ich habe es mir zur Lebensaufgabe gemacht, in die Fußstapfen meines Vaters zu treten.«

»Ich bin sicher, dass er sehr stolz wäre, das zu hören«, lobte Haxley. »Und das zu Recht.«

Haxley musterte Will einen Moment lang mit einem angedeuteten, gönnerhaften Lächeln, das so viel sagte wie *Armer kleiner Waisenjunge* – genau der Blick, auf den Will gehofft hatte. Dann erschien eine Visitenkarte in seiner Hand, die er Will entgegenhielt.

»Ich bin noch bis Ende der Woche in der Stadt«, teilte Haxley ihm mit. »Wie wäre es, wenn du mich auf der Insel besuchen kommst? Dann können wir über deine ... Ziele sprechen.«

»Was? Auf der Burg?«

»Ja, genau«, bestätigte Haxley. »Ruf in meinem Büro an – die Nummer steht auf der Karte – und frag nach Barbara. Sie wird alles arrangieren. Heute Abend, so gegen sechs.«

»Ich bin Ihnen wirklich sehr dankbar für diese Chance, Sir«, beteuerte Will und stand auf, um Haxleys ausgestreckte Hand zu schütteln. »Ich werde Sie nicht enttäuschen.«

»Will, du bist ein sehr beeindruckender junger Mann«, urteilte Haxley und streifte sein Sakko über. »Joe hier wird sich gut um dich kümmern.«

Haxley schüttelte Joe die Hand – wobei er ihm dezent einen Hundert-Dollar-Schein zusteckte – und ging dann zur Tür.

»Wir sehen uns, Will«, sagte er und lächelte zum Abschied.

Die Glocke klingelte noch, als Joe sich daranmachte, Will mit dem gleichmäßigen und mühelosen Tempo eines Rasenmähers zu bearbeiten.

Will warf einen Blick auf Haxleys Visitenkarte. Es handelte sich nicht um eine dieser traditionellen bedruckten Papierkarten, sondern um ein Stück dünnes, flexibles Metall. Die einzige Abbildung darauf – das 3-D-Logo einer sich drehenden Weltkugel mit Haxleys Namen darunter – leuchtete dank einer ausgeklügelten Mikroprozessor-Technik. Als Will den Namen mit dem Finger berührte, erschien darunter eine Telefonnummer, wie ein Hyperlink im Web.

Joe knipste einen elektrischen Haarschneider an und fuhr ihm damit über den Nacken und um die Ohren herum.

»Er scheint wirklich nett zu sein«, sagte Will beiläufig.

»Stan und seine Frau sind ganz besondere Leute. Sie haben vor fünfzehn Jahren die Klinik gebaut. Du kannst dir nicht vorstellen, was sie alles für Menschen in Not tun.«

Ganz zu schweigen von diesem streng geheimen Stockwerk, wo sie Lyle festgehalten haben und wo es Zimmer gibt, die aussehen wie Gefängniszellen. Die hat Haxley auch gebaut. Würde mich interessieren, ob Joe über diese Seite seiner »Menschenfreundlichkeit« Bescheid weiß.

»Einen besseren Menschen als ihn gibt es nicht«, behauptete der Friseur.

»Wann hat er diese Burg im See gekauft?«

»Bevor ich hierherkam. Das muss also ungefähr zwanzig Jahre her sein.«

Joe spritzte ein wenig Haarwasser aus einer dunkelgrünen Flasche in seine Hände und massierte es energisch in Wills Kopfhaut. Es duftete angenehm nach Minze und Zitrone und Wills ganzer Kopf fühlte sich auf angenehme Art an wie elektrisiert – als sei er gerade wieder daran erinnert worden, dass er lebendig war.

»Von wem hat er sie gekauft?«, erkundigte er sich.

»Von Franklin Greenwood.«

»Wirklich? War das nicht der alte Direktor der Schule?«

Und mein Großvater.

Joe ging jetzt mit Bürste und Kamm zu Werke, formte, drehte und zog Wills Haare in alle möglichen Richtungen.

»Richtig«, bestätigte Joe. »Er hat das Institut geleitet, als Mr Haxley hier zur Schule ging. Nachdem er sich einen Namen gemacht hatte, hätte er überall auf dem Planeten leben können. Aber er kam hierher zurück. Und warum? Aus Loyalität. Und das macht ihn so einzigartig. Ein wohlhabender und gebildeter Mann, wie er im Buche steht. Es gibt niemanden, den ich mehr respektiere als Mr Stan Haxley.«

»Eine Klasse für sich, was?«, bemerkte Will.

»Wenn er sich für Sie interessiert, dann haben Sie echt Glück, mein Freund.«

Mit einem letzten schwungvollen Einsatz des Kamms hatte Joe Wills Haare schließlich gebändigt. Er nahm einen weißen rechteckigen Handspiegel, reichte ihn Will und drehte ihn dann in seinem Stuhl herum. Als Will hineinschaute, sah er seinen Hinterkopf in dem großen Wandspiegel hinter sich.

»Und, wie gefällt es Ihnen?«, fragte Joe.

Will erkannte sich selbst kaum wieder. Seine wilde Mähne – die sich gewöhnlich ebenso wenig kultivieren ließ wie der Regenwald – war zur klassischen Frisur des Centers gezähmt worden: Seitenscheitel nach links, aus der Stirn gekämmt, das Haar in Fasson geschnitten, aber dennoch voll, nüchtern und trotzdem irgendwie cool.

»Ich denke, Jericho wird zufrieden sein«, fand Will.

Joe verneigte sich leicht, als habe Will ihm das größte Kompliment der Welt gemacht. Er löste den Umhang und bürstete Will dann Gesicht, Nacken und Schultern mit einem großen silbergrauen Pinsel ab, dessen Haare so weich waren, dass Will sie kaum spürte. Mit einer schnellen, effizienten Bewegung entfernte Joe den Umhang und beförderte sämtliche Haare daran auf den Boden, senkte den Stuhl und drehte ihn um.

Will stand auf und betrachtete sich im Spiegel. Dann schaute er zur Uhr an der Wand: Seine gesamte Verwandlung hatte knapp zehn Minuten gedauert.

»Wie kann ich bezahlen, Joe? Akzeptieren Sie die Karte?« Will griff nach seiner Brieftasche, in der sich die schwarze Allzweck-Kreditkarte der Schule befand.

»Stecken Sie die weg. Das geht aufs Haus, Mr West«, sagte der Friseur und umschloss Wills Hand mit beiden Händen.

»Vielen Dank«, sagte Will, öffnete die Tür und trat hinaus auf den Gehweg.

Kaum war Will gegangen, leerte Joe den Inhalt der Kehrmaschine, Wills abgeschnittene Haare, in eine kleine Plastiktüte, die er in eine Schublade des Schranks im Hinterzimmer legte.

Will ging zum nächsten schwarzen Telefon und hinterließ eine Nachricht für Ajay, die nur aus drei Worten bestand:

»Ich bin drin.«

DIE INSEL

Nachdem er sich bei seinen Mitbewohnern zurückgemeldet hatte, traf Will kurz vor sechs beim Bootshaus ein. Am Steg erwartete ihn Stan Haxleys Motorboot – ein klassisches Modell aus Teak und Mahagoni, etwa sechs Meter lang und mit zwei Innenbordmotoren ausgestattet. Kaum hatte der Fahrer es gestartet, schienen sie den knappen halben Kilometer über den Lake Waukoma zur Insel wie im Flug zu überwinden. Dort legten sie an einem langen, ausgedehnten Dock an, das vom gegenüberliegenden Ufer zu sehen war und zu einem aufwendigen Landungskomplex gehörte, wo auch Haxleys Wasserflugzeug lag.

Zwei Sicherheitsleute in schwarzer Uniform begleiteten ihn vom See hinauf zur Burg. Anders als bei ihrer nächtlichen Flucht von der Insel im letzten Herbst sah Will jetzt, dass es sich um ein parkartiges, sehr gepflegtes Gelände handelte. Aus der Nähe betrachtet, kam die überwältigende Größe und Ausdehnung der Burg viel besser zur Geltung; es war die mit Abstand größte Privatresidenz, die Will je gesehen hatte. Das Gebäude bestand aus grob behauenen Granitblöcken in einem Farbton, der auch in den umliegenden Bergen vorherrschte. Der Granit musste aus einem hiesigen Steinbruch stammen. Dekorative Efeuranken schlängelten sich über viele der Mauern. Wills Begleiter führten ihn über einen schmalen Weg zu einem Seiteneingang, der vermutlich für die Bediensteten vorgesehen war.

Durch die Tür gelangte man in eine große Küche, die dafür ausgelegt war, sehr viele Gäste zu bewirten; ein Dutzend Köche war eifrig mit der Zubereitung von Speisen beschäftigt. Hier übergaben ihn die beiden Sicherheitsleute an einen stämmigen Mann, den Will für einen Butler hielt, obwohl er einen einfachen schwarzen Anzug, Hemd und Krawatte trug und keine der Uniformen, in denen die Butler in Filmen immer herumliefen. Der Mann musterte ihn irgendwie verächtlich von oben herab und Will empfand sofort eine starke Abneigung gegen ihn. Er sagte kein Wort, bedeutete Will nur, ihm zu folgen, und führte ihn durch eine Flucht beeindruckender Räume – Esszimmer, Wohnzimmer, Billardzimmer – zu einem privaten Arbeitszimmer.

Bücherregale säumten Wände, die zu einer sechs Meter hohen Decke aufragten, und ein gewaltiger offener Kamin beherrschte den Raum. Butterweiche Ledersofas, dicke Perserteppiche, massive Hartholzmöbel und ein riesiger Schreibtisch in der Ecke. Auf der anderen Seite bemerkte Will einen großen Globus auf einem dicken gedrechselten Fuß. Im gesamten Raum roch es schwach nach herbem Aftershave und teuren Zigarren. Es hätte das Arbeitszimmer eines Kongressabgeordneten oder eines Entdeckers aus dem 19. Jahrhundert sein können.

Der »Butler« schloss die hohe, zweiflüglige Schiebetür hinter sich und ließ Will allein. Da er sich nicht traute, irgendetwas anzufassen oder auch nur lange zu betrachten, sah er sich rasch und verstohlen um. Er konnte zwar nirgends eine Kamera entdecken, hatte aber das Gefühl, als würde ihn jemand über Video beobachten.

Eine weitere Tür an der gegenüberliegenden Seite des Zimmers öffnete sich und Stan Haxley betrat mit großen Schritten den Raum. Er rauchte eine Zigarre und trug Anzughosen, Hosenträger, ein weißes Smokinghemd und eine nicht gebundene Fliege um den Hals. Haxley schien von einem geschäftsmännischen Eifer beseelt, den Will am Tag zuvor nicht an ihm bemerkt hatte.

»Du bist pünktlich, Will, im Gegensatz zu mir«, entschuldigte sich der Burgherr mit breitem Lächeln und einem kräftigen Handschlag. »Hoffentlich stört dich die Zigarre nicht. Das hier ist der einzige Raum im Haus, wo ich meinem Laster frönen kann.«

Will wusste nicht, was er darauf erwidern sollte. *Echt jetzt, Alter, du darfst in deinem eigenen Büro tatsächlich keine Havanna qualmen?*

»Meine liebe Frau Patricia hat leider vergessen, mir mitzuteilen, dass wir heute Abend eine Dinnerparty geben«, erklärte Haxley und goss sich an der Hausbar hinter seinem Schreibtisch einen Drink ein. »Daher fürchte ich, wir müssen uns kurz fassen.«

Dann nahm er seinen Drink – dem Etikett auf der Flasche zufolge ein schottischer Single Malt – und ließ sich damit auf einem der Sofas nieder. Mit seiner Zigarre bedeutete er Will, sich ihm gegenüber hinzusetzen, und musterte ihn schließlich mit einem angedeuteten Lächeln, als amüsiere ihn irgendetwas.

Will schwieg.

Nr. 12: LASS DEN ANDEREN REDEN.

»Ich habe Erkundigungen über dich eingezogen, Will.«

Will sagte noch immer nichts.

»Wir sind sehr daran interessiert, dir einen Job für diesen Sommer zu beschaffen«, fuhr Haxley fort.

Will nickte, schwieg aber weiterhin. Entspannt sog Haxley an seiner Zigarre und blies einen dicken Rauchkringel in die Luft, der träge im Raum hängen blieb.

»Möglicherweise habe ich sogar schon etwas Passendes für dich. Wann könntest du anfangen, Will?«

»Morgen?«

»Dieser Enthusiasmus gefällt mir! Bist du an Geschäften interessiert? Ich meine, als Ergänzung zu deinen wertvollen altruistischen Anliegen.«

»Fragen Sie mich, ob ich daran interessiert bin, Geld zu verdienen, Sir?«

Haxley grinste. »Ja, so könnte man es wohl ausdrücken.«

»Nun, wer wäre das nicht?«, erwiderte Will und versuchte, genauso breit zu grinsen.

»Es gibt kein Gesetz, das das verbieten würde«, sagte Haxley. »Zumindest keines, das es explizit so formuliert.«

»Ich würde also nicht gegen das Gesetz verstoßen?«, fragte Will betont locker.

»Das kommt darauf an, mit wem du sprichst – ich mache natürlich nur einen Scherz.« Haxley lachte gutmütig. »Wir leben in schwierigen Zeiten, Will, und gerade dann sollte man die Dinge möglichst einfach halten. Deshalb fangen wir mit ein paar relativ unkomplizierten Aufgaben an, um zu sehen, wie du dich machst, und entscheiden anschließend, wie es weitergeht.«

Haxley kippte den Rest seines Drinks hinunter, klemmte sich die Zigarre zwischen die Lippen und stand auf. Will erhob sich ebenfalls.

»Das war's auch schon, Will«, sagte Haxley und grinste wie ein Politiker. »Du hast den Job.«

Hinter Haxley öffnete sich eine Tür und ein Mann erschien im Türrahmen, von hinten beleuchtet und daher nur schwer zu erkennen. Wie Haxley trug auch er einen Smoking, hatte seine Fliege aber bereits gebunden. Er war groß, schlank und schlaksig, die langen Arme hingen locker an den Seiten herab. Bei seinem Anblick schrillten bei Will sofort alle Alarmglocken.

»Will, das ist Mr Elliot, ein Kollege von mir.«

Mr Elliot kam mit ausgestreckter Hand auf Will zu. Als er ins Licht trat, sah Will, dass es sich um einen Mann in den Sechzigern handelte, mindestens zwanzig Jahre älter als Haxley. Sein Gesicht war von feinen Falten überzogen und die Haut wirkte fast wie Pergament, aber seine Schritte waren energisch, sein Händedruck kräftig. Er hatte volles weißes Haar, trug eine randlose Brille und einen grauen Schnurrbart, der so dünn war wie ein Strich.

»Wie geht es dir, Will?«, fragte Elliot mit einem warmen Lächeln und legte beide Hände um Wills Hand. »Ich freue mich sehr, dich kennenzulernen.«

»Die Freude ist ganz auf meiner Seite, Sir«, erwiderte Will höflich.

Obwohl der Mann auf den ersten Blick harmlos wirkte, machte irgendetwas an ihm Will trotzdem nervös.

Elliots blassblaue Augen funkelten vor Begeisterung und er tätschelte Wills Hand ein paar Mal, bevor er sie wieder freigab. Er strahlte etwas sehr Ernstes und Würdevolles aus, so ziemlich der »erwachsenste« Erwachsene, dem Will je begegnet war.

»Stan hat mir schon viel von dir erzählt«, verriet Elliot. Seine Stimme klang tief und sonor, fast wie das Schnurren einer Katze, aber seine Worte waren präzise artikuliert.

Haxley dirigierte alle dezent zur Tür. Aus einem der benachbarten Räume drang Orchestermusik.

»Ich würde dich ja gern einladen, mit uns zu Abend zu essen«, setzte Haxley an, »aber ehrlich gesagt möchten wir dich nicht zu Tode langweilen.«

»Nein, wirklich nicht«, pflichtete Elliot ihm mit einem leisen Lachen bei.

»Schon in Ordnung, Sir. Ich habe meinen Smoking sowieso vergessen«, beschwichtigte Will.

Haxley und Elliot lachten höflich.

Die Art von Lachen, mit der man auf ein kleines Kunststück seines Polo-Ponys reagieren würde.

»Morgen früh Punkt neun Uhr, Will«, sagte Haxley und band seine Fliege, während er davonging.

»Wir freuen uns schon, dich öfter hier zu sehen«, versicherte

Elliot, winkte freundlich zum Abschied und folgte Haxley dann durch einen Torbogen.

Will winkte zurück und lächelte breit. *Ich bin tatsächlich drin. Dann will ich mal die Lage peilen.*

Doch als er sich umdrehte, stand direkt hinter ihm eine junge Frau. Sie trug ein schwarzes Cocktailkleid und war mit ihren hohen Absätzen um einige Zentimeter größer als Will.

»Was machst du hier, West?«, fragte sie finster.

Will brauchte einen Moment, um sie zuzuordnen: das Mädchen aus der Tutorengruppe der Ehemaligen, das ihn letztens vor dem Gästehaus so angestarrt hatte. Das dunkle Haar fiel ihr bis auf die gebräunten, muskulösen Schultern. Sie hatte die Figur einer Schwimmerin, endlos lange Beine und auffällige blaue Augen, die ihm irgendwie vertraut vorkamen.

»Ich hatte eine Besprechung mit Mr Haxley«, erklärte er. »Entschuldigung, kennen wir uns?«

»Meine Familie hat im letzten Jahr eine Menge über einen gewissen Will West erfahren.«

»Wieso?«

»Du hast meinen Bruder gekannt.«

In dem Moment fiel Will die Ähnlichkeit auf und seine Augen wanderten zu dem Namensschild an ihrem Kleid:

COURTNEY HODAK.

Todds Schwester.

»Ich habe dich ankommen sehen«, sagte Will, weil ihm nichts anderes einfiel.

Courtney schlenderte um ihn herum und musterte ihn mit der gleichen hochnäsigen Verachtung, die er schon von Todd kannte. »Ich verstehe gar nicht, warum alle so ein Theater machen.«

Will spürte Wut in sich aufsteigen. »Du sagtest, ich hätte deinen Bruder gekannt. Vergangenheitsform.«

»Du *kennst* ihn doch im Augenblick nicht, oder?«

»Ich hab ewig nichts von ihm gehört«, entgegnete Will.

»Genau wie wir!« Sie schrie fast – ihm direkt ins Gesicht.

Will hatte Mühe, sich zusammenzureißen, bevor er antwortete: »Was auch immer mit deinem Bruder passiert ist ... es tut mir leid für ihn.«

Mit einem wilden Ausdruck in den Augen beugte Courtney sich weit vor, fast so, als wolle sie ihn küssen, und flüsterte dann in aggressivem Ton: »Es wird dir noch viel mehr leidtun.«

Der Butler, der Will hineinbegleitet hatte, erschien am anderen Ende des Raumes und bedeutete Will, ihm zu folgen. Als sie hinausgingen, hörte Will, wie sich Courtney Hodak mit klackernden Absätzen in die andere Richtung entfernte. Auf dem Rückweg kamen sie erneut an den großen Zimmern vorbei. Will konnte einen kurzen Blick auf die Cocktailparty werfen und sah weitere der Tutoren aus Courtneys Gruppe sowie etwa ein Dutzend Erwachsene, darunter auch Haxley. Schon bald waren sie in der Küche angelangt, wo die Vorbereitungen für das Dinner inzwischen auf Hochtouren liefen.

Der Butler öffnete ihm die Hintertür und Will trat ins Freie. Die beiden Männer, die ihn vom Landesteg hierhergeführt hatten, erwarteten ihn bereits. Will warf einen Blick auf die Küchenuhr: Schon nach sieben, aber die Sonne stand noch immer hoch am Himmel.

Die Männer brachten ihn jedoch nicht zu demselben Landesteg zurück – Will sah aus der Entfernung, dass dort noch immer Gäste in Abendkleidung eintrafen –, sondern zu einem kleineren Anleger auf der Nordseite der Insel, wo bereits ein anderes Boot auf ihn wartete. Es handelte sich um den Steg, von dem aus Will und die anderen während ihres dramatischen Abenteuers im letzten Herbst von der Insel geflohen waren. Auf dem Weg dorthin warf

Will einen Blick nach links in den Wald und entdeckte einen hölzernen Rahmen rund um die Bodenluke – der rettende Ausgang nach ihrer Flucht aus den Tunneln. Die Luke sah noch genauso aus wie im letzten Jahr.

Sein Plan ging perfekt auf: Er hatte einen Zugang gefunden. In Gedanken sprang er schon zur nächsten Phase, der morgigen Erkundung des Geländes. Wenn dabei alles glattging, waren sie bereit, durch diese Luke nach unten in die Tunnel zu steigen und nach Nepsteds Schüssel zu suchen. Vielleicht fanden sich dort ja auch Hinweise auf eine Verbindung zwischen Stan Haxley und den Rittern. Die Anwesenheit von Courtney Hodak und den anderen Ehemaligen erschien ihm dabei als ein guter Anhaltspunkt.

Am Abend rief Will seine Mitbewohner zusammen, informierte sie über die neuesten Entwicklungen und teilte ihnen mit, wenn alles so gut laufen würde wie heute, könnten sie schon morgen Abend loslegen. Gemeinsam überprüften sie jeden Punkt auf Wills Liste doppelt und dreifach, lernten ihren Zeitplan auswendig und gingen mit Nick mindestens fünf Mal seinen Einsatz durch. Will bat Ajay, sich mit den Nachforschungen bezüglich der Herkunft von Haxleys Vermögen zu beeilen – worauf Ajay entgegenhielt, er brauche noch mehr Zeit – und dann gingen alle früh schlafen, um am nächsten Tag ausgeruht zu sein.

Will war noch auf und packte seine Ausrüstung in einen Rucksack, als Brooke leise an die Tür klopfte. Er ließ sie herein und überzeugte sich, dass Elises Tür geschlossen war und sie nichts mitbekam, bevor er die Tür hinter Brooke schloss. Sie wirkte beunruhigt.

»Ich wollte nicht vor den anderen davon anfangen«, sagte sie, lehnte sich an seinen Schreibtisch und schlang die Arme um den Körper. »Glaubst du wirklich, es ist sicher, in die Tunnel einzudringen?«

»Schwer zu sagen«, erklärte Will. »Es kommt ganz darauf an, was Haxley mit den Rittern zu tun hat.«

»Er muss doch von den Tunneln wissen«, wandte Brooke ein. »Ich meine, schließlich gehört ihm die Burg.«

»Natürlich weiß er davon. Die Tunnel existierten schon hundert Jahre, bevor er auftauchte.«

»Aber denkst du nicht auch, er hat ein wenig zu schnell zugestimmt, dir einen Job zu geben? Was wäre, wenn das eine Falle ist?«

»Komm schon, du könntest mir ruhig ein bisschen mehr zutrauen. Ich habe ihm aufgelauert und ihm die Idee untergejubelt. Er konnte meinen großen, traurigen Waisenaugen nicht widerstehen.«

Will rang die Hände und schaute Brooke mit einem mitleiderregenden, flehentlichen Gesichtsausdruck an. Sie musste lachen, riss sich aber sofort wieder zusammen.

»Hör auf, Will, das ist nicht lustig«, wies sie ihn zurecht. »Die Ritter haben versucht, dich zu töten.«

»Mehr als einmal«, bestätigte er und drückte ihre Hand, um sie zu beruhigen. »Ich werde vorsichtig sein, versprochen. Und wenn es schiefgeht, kann ich einfach ... über den See zurücklaufen.«

Sie schenkte ihm einen vernichtenden Blick und zog ihre Hand weg.

»Du denkst, ich mache Witze«, sagte er, ohne eine Miene zu verziehen.

»Ich denke, du bist *verrückt*«, korrigierte sie ihn. »Was wäre, wenn Haxley der Drahtzieher ist? Was, wenn er dir den Job nur gegeben hat, damit sie dich im Auge behalten können oder weil sie noch etwas Schlimmeres mit dir vorhaben?«

»Ich glaube wirklich, dass er Mitleid mit mir hat«, beharrte Will.

»Das ist noch lange kein Grund, ihm zu vertrauen. Woher willst du wissen, was er dadrüben treibt?«

»Das gehört zu den Dingen, die wir herausfinden müssen«, erwiderte Will. »Ajay sammelt Hintergrundinformationen ... apropos, wusste dein Vater etwas über Haxley?«

»Sie kennen sich«, antwortete Brooke und drehte eine Haarsträhne zwischen den Fingern. »Vater sagt, er ist ein guter Mann, sehr vertrauenswürdig. Sie waren zusammen im Vorstand der Schule.«

»Dein Dad war im Vorstand?«, fragte Will überrascht.

»Ja, ich dachte, das hätte ich dir erzählt.«

»Kann sein. Muss ich wohl vergessen haben.«

»Es ist schon ewig her, vor seiner letzten Entsendung ins Ausland. Jedenfalls lange, bevor ich an die Schule kam. Übrigens wollen meine Eltern dafür sorgen, dass ich im nächsten Schuljahr in eine andere Wohngruppe umziehe.«

»Tut mir leid, das zu hören«, meinte Will und versuchte, sich nicht anmerken zu lassen, dass ihm diese Nachricht einen Stich ins Herz versetzte.

»Das war der Kompromiss, den ich eingehen musste, um diesen Sommer hierbleiben zu dürfen«, erklärte sie, ging zum Fenster und öffnete es. Sie lehnte sich hinaus und zeigte auf Berkeley Hall, das zweite Wohnheim neben Greenwood Hall, das für Kinder von Ehemaligen vorgesehen war und wo man Courtney Hodak und ihr Team untergebracht hatte.

»Wir können uns mit Taschenlampen Zeichen geben«, schlug Will vor. »Morsezeichen.«

»Es ist bestimmt gar nicht so schlimm«, versicherte Brooke. »Und sollte sich herausstellen, dass welche von diesen Absolventenkindern noch immer etwas mit den Rittern zu tun haben, kann ich verdeckt arbeiten und sie im Auge behalten.«

»Weißt du etwas über diese Tutoren, die für das Sommercamp hier sind?«

»Was ist mit ihnen?«, fragte Brooke, ohne sich zu ihm umzudrehen.

»Ajay und ich haben gesehen, wie sie angekommen sind. Sie haben letztes Jahr ihren Abschluss gemacht ... der Jahrgang vor Lyle. Eine von ihnen ist Todd Hodaks ältere Schwester.«

Brooke wirbelte herum und schaute ihn bestürzt an. »Courtney ist hier?«

»Ja. Ich hab mir schon gedacht, dass du sie kennst.«

»Natürlich kenne ich sie. Ich bin mit ihr aufgewachsen. Sie ist nur ein Jahr älter als Todd.«

Will sah, wie sich ihr Körper versteifte und sie eine undurchdringliche Miene aufsetzte. »Was ist mit ihr?«, fragte er.

»Courtney ist wie all die anderen Monster in dieser Familie«, erwiderte Brooke. »Störrisch, eingebildet und egoistisch. Und sie geben nicht eher nach, bis sie bekommen, was sie wollen.«

»Von den anderen kannte ich keinen, aber irgendwas an ihnen erinnerte mich an die Ritter. Sie waren heute Abend alle in der Burg bei Haxleys Dinnerparty.«

»Und, was schließt du daraus?«

»Wenn unsere Theorie stimmt und die Ritter über Jahrzehnte hinweg pro Abschlussklasse zwölf Absolventen gestellt haben, dann könnten sie zu denen vom vergangenen Jahr gehören ...«

Plötzlich wandte sich Brooke vom Fenster ab und umarmte ihn ganz fest, als würden sich ihre aufgestauten Gefühle ruckartig Bahn brechen. Will erwiderte ihre Umarmung – Verwirrung und Begeisterung hielten sich die Waage.

»Was auch passieren mag, ich weiß, dass es dir gut gehen wird«, flüsterte sie ihm ins Ohr.

Sie küsste ihn schnell, flog dann praktisch aus dem Zimmer und zog die Tür hinter sich zu.

Will setzte sich einen Moment aufs Bett, um wieder einen klaren Kopf zu bekommen. Er hatte das seltsame Gefühl, als sei jemand im Raum und beobachte ihn. Als er sich zu seinem aufgeklappten Notebook umdrehte, saß seine Syn-App an einem virtuellen Schreibtisch, drehte einen Bleistift zwischen den Fingern und pfiff vor sich hin.

»Was gibt's, Junior?«, fragte Will.

»Kümmer dich nicht um mich, Boss.«

»Was würdest du in meiner Situation machen? Gleich zwei Mädchen, die sich für mich interessieren.«

»Ich würde das Beste daraus machen«, antwortete Junior und lächelte wissend.

Als Will am nächsten Morgen zum See kam, wartete am Ufer dieselbe Barkasse wie am Tag zuvor. Während sie zur Insel übersetzten, bemerkte er, dass das Wasserflugzeug nicht mehr am Dock lag.

Stan Haxley hatte die Burg verlassen.

Dieses Mal standen keine Wachen an der Anlegestelle, um ihn in Empfang zu nehmen: Offenbar ging man davon aus, dass er den Weg zum Hintereingang allein fand. Will schulterte seinen Rucksack, marschierte um das Gebäude herum und trat ein.

In der Küche war alles still bis auf das Surren mehrerer Spülmaschinen. Derselbe untersetzte Butler saß an einem einfachen Tisch, trank Kaffee und las die Zeitung. Als er Will hereinkommen sah, seufzte er ein wenig genervt, wirkte aber insgesamt entspannter, als er aufstand und den Haupttrakt ansteuerte.

»Komm mit«, sagte er.

Als sie an der Zimmerflucht im Wohnbereich vorbeikamen, hörte Will eine Armada von Staubsaugern, die dort am Werk waren, und sah ein Heer von Hausangestellten, die noch immer die Spuren der gestrigen Party beseitigten. Der Butler führte ihn durch eine Tür unter einer Treppe, eine weitere Treppe hinab in einen langen, geraden unterirdischen Gang aus Beton, wo nur eine nackte Glühbirne brannte. Ihre Schritte hallten in der kühlen Luft wider.

»Wo ist Mr Haxley?«, erkundigte sich Will.

»Auf Geschäftsreise«, knurrte der Butler, ohne sich umzudrehen. »Kümmer dich gefälligst um deine eigenen Angelegenheiten.«

Wills Blick fiel auf den gedrungenen Rücken des Butlers, den steifen, rasierten Nacken und den strengen Haarschnitt. Und er empfand eine fast schon körperliche Abneigung gegen die arrogante Art dieses Mannes.

Am anderen Ende des Gangs gelangten sie in eine runde Felskammer mit einer schmiedeeisernen Wendeltreppe, die nach Wills Schätzung mindestens vier Stockwerke nach oben führte. Will blieb ein paar Schritte hinter dem Butler, während dieser stur die Treppe hinauftrottete. Oben angekommen, traten sie durch eine dem steinernen Torbogen angepasste Holztür in einen sehr großen Raum mit hoher Decke.

Sie befanden sich im Inneren eines der beiden Burgtürme. Hohe, schmale, dreigeteilte Fenster waren in die runden Mauern eingelassen, die oben unter der Turmspitze zusammenliefen. Hier gab es keinerlei Möbel, weder einen Stuhl noch irgendeine Beleuchtung – die Fenster ließen sehr viel Licht hinein –, nur eine unordentliche Ansammlung unzähliger verstaubter Kisten. Will schätzte, dass es mindestens hundert sein mussten.

»Die müssen alle sortiert werden«, wies der Butler ihn an.

»Hatte Herkules keine Zeit oder wie?«

Der untersetzte Mann fixierte ihn mit einem kalten, finsteren Blick. »Soll ich Mr Haxley sagen, dass du den Job nicht willst?«

»Nein, denn das würde ja nicht stimmen. Wie heißen Sie?«, fragte Will.

»Lemuel.«

»Lemuel. Darf ich fragen, was Lemuel für ein Name ist?«

Jetzt schaute der Typ ernsthaft verärgert. »Er stammt aus der Bibel und bedeutet ›Gott ergeben‹.«

»Wirklich«, meinte Will. »Ich will nicht unhöflich sein, aber diesen Namen hab ich noch nie gehört.«

»Im 19. Jahrhundert war er weit verbreitet«, erklärte Lemuel herablassend.

Will konnte sich nicht verkneifen zu entgegnen: »Das waren die Pocken auch, aber dagegen hat man inzwischen einen Impfstoff entwickelt.«

Lemuel kochte vor Wut und Will wurde klar, dass er es gewöhnt war, sich als der Herr des Hauses aufzuspielen, wenn Haxley nicht da war.

»Das ist ein Familienname«, erklärte Lemuel.

»Verstehe. Nennen die Leute Sie Lem?«

»Du kannst mich Mr Clegg nennen. Das ist auch ein Familienname.«

Will dachte darüber nach. »Clegg. Hm.« Er ließ den Blick über die Kisten schweifen. »Wonach sollen sie sortiert werden?«, fragte er.

»Mr Haxley hat keine genaueren Anweisungen gegeben.«

»Nach Datum, Größe, Inhalt? Und aus reiner Neugier: Was ist in den Kisten?«

»Archivmaterial über die Insel und die gesamte Anlage. Sortier es zuerst mal nach Datum«, sagte Lemuel und ging dann zur Tür. »Damit wirst du wohl ein paar Tage beschäftigt sein.«

Das war ein unerwarteter Bonus: Er konnte sich während der Arbeit in der Burg umsehen, musste aber dafür sorgen, dass Clegg ihn in Ruhe ließ.

»Gibt es hier oben eine Toilette?«, fragte Will.

»Unten neben der Treppe.«

»Was ist mit Wasser? Ist verdammt staubig hier. Meine Kehle wird ganz schön austrocknen.«

»Du kannst in die Küche gehen und dir da was zu trinken holen«, teilte Lemuel ihm mit und wandte sich dann wieder zum Gehen.

»Und wie sieht es mit Mittagessen aus?«

»Das Mittagessen für das Personal wird um Punkt zwölf serviert«, antwortete Lemuel, der immer ungeduldiger wurde.

»Aber ich gehöre nicht zum Personal.«

»Das wirst du auch nie, wenn du so weitermachst«, zischte Lemuel mit hochrotem Kopf, bevor er zur Tür stapfte und sie hinter sich zuwarf.

Will lauschte, wie der Mann die Metalltreppe hinunterging. Die Tür besaß kein Schloss und so wartete er, bis Clegg unten angekommen war, dann öffnete er sie einen Spalt und vergewisserte sich, dass der Butler durch den Betongang davonmarschierte.

Rasch holte Will eines von Ajays Geräten aus seinem Rucksack und überprüfte damit den Raum auf elektronische Signale, spürte aber weder Kameras noch Mikrofone auf. Dann ging er zum Fenster und nahm eines von Ajays kompakten Walkie-Talkies heraus. Nachdem er sich einen Ohrstöpsel eingesetzt hatte, schaltete er das Gerät ein, drückte auf den Knopf und sprach leise in das Mikrofon.

»Yo, Yo, Ma«, sagte er.

Es knackte und rauschte, bevor er Ajays Stimme hörte, dünn und ein wenig abgehackt: »Wie lautet deine Position, Will?«

»Ich bin hoch oben in einem der beiden Türme. Echt perfekt. Von hier aus kann ich die ganze Insel überblicken.«

»Kann jemand reinplatzen?«

»Nein, ich hab dafür gesorgt, dass der Butler mich eine Weile in Ruhe lässt, und hier in dem Raum gibt es keine Wanzen.« Will nahm ein kleines Fernglas und sein Notebook aus der Tasche, dann noch ein Sandwich und eine große Flasche Wasser. »Ajay, ist das wirklich eine abhörsichere Frequenz?«

»Das ist UHF«, erläuterte Ajay. »Uns kann niemand hören außer einem Garagentor-Öffner.«

»Seid ihr auf Position?«, fragte Will.

»Ja, wir sind auf dem Felsvorsprung nördlich des Sees. Am Fuß von Suicide Hill. Ich kann gerade eben die Türme durch die Bäume erkennen.«

»Ich stehe an einem der Fenster im linken Turm. Kannst du mich winken sehen?«

»Nick, gib mir mal das Fernglas«, sagte Ajay und dann: »Hier, sprich mit Nick.«

»Will, mein Bruder«, meldete sich Nick über das Walkie-Talkie. »Was für eine üble Suppe hast du uns denn dieses Mal wieder eingebrockt?«

»Bis jetzt nur eine mit einem angefressenen Butler«, antwortete Will.

»Mehr nicht? Ist ja echt schwach, Alter«, fand Nick.

»Wir haben gerade mal halb zehn. Gib mir ein bisschen Zeit.«

»Was ist, Ajay? ... Ajay sagt, er sieht dich winken wie blöd und dass du jetzt aufhören sollst, bevor irgendwelche Unholde dich bemerken.«

»Sag Mama, sie soll sich keine Sorgen machen«, meinte Will und nahm die Hand herunter.

Dann sprach Ajay wieder in das Walkie-Talkie. »Deine Position scheint ideal zu sein, Will. Kannst du von da oben den Eingang zu den Tunneln sehen? Over.«

Will schaute durch das Fernglas und suchte die Dächer einiger Außengebäude ab, bevor er einen Weg verfolgte, der durch ein Tor hinaus und in den Wald führte. Nach etwa 20 Metern sah er einen Holzrahmen und senkte das Fernglas, bis er die runde Klappe der Bodenluke fand.

»Wir haben Glück«, meldete Will. »Ich kann den Zugang ganz deutlich sehen.«

»Meinst du, er ist verschlossen?«

»Kann ich auf die Entfernung nicht sagen. Sieht so aus, als wäre das Holz verstärkt worden.«

»Sind irgendwelche Wachen in der Nähe?«

Sorgfältig sondierte Will das Gelände. »Nein. Haxley ist heute Morgen abgeflogen, deshalb scheinen nicht so viele Leute da zu sein.«

»Hervorragend! Kannst du feststellen, ob die Luke von einem der Fenster im Erdgeschoss aus zu sehen ist?«

Will ging zum nächsten Fenster, auf der Suche nach einem anderen Blickwinkel. »Könnte sein, dass sie von einem Zaun und ein paar Schuppen verdeckt ist.«

»Gut. Siehst du den Friedhof?«

Will bewegte sich nach rechts und schaute durch ein anderes Fenster. »Entweder bin ich zu nah dran oder ich habe nicht den richtigen Winkel. Was ist mit dir?«

Nach einer kurzen Pause antwortete Ajay: »Ja, ich kann ein paar Grabsteine auf der Lichtung im Westen erkennen.«

»Ich sehe mich dort mal um, wenn sich die Gelegenheit ergibt«, teilte Will mit. »Sind die Mädchen schon da?«

Elises Stimme drang im Flüsterton durch das Rauschen: »Sag jetzt nichts Falsches über uns – du könntest es bereuen. Und zwar sofort.«

»Ich bereue nie etwas, das ich über Mädchen sage«, entgegnete Ajay. »Hast du verstanden, Elise? Gib deine Position durch. Over.«

»Ajay, willst du wirklich auf dieser dämlichen Militärsprache bestehen?«, schnaubte Elise. »Wie alt sind wir noch mal, sieben?«

»Ich muss doch sehr bitten! Schließlich folge ich nur einer altbewährten Tradition des geheimen Sprechfunks.« Will hörte Nick im Hintergrund lachen. »Präzision und Kürze«, fuhr Ajay fort. »Es sei denn, du willst endlos über die Farbe deines Nagellacks quatschen. Over.«

»Hübsche *ad hominem*-Attacke, Ajay«, konterte Elise. »Wird immer gern genommen.«

»Homonym? Ist das nicht irgendwas, das so klingt wie was anderes?«, mischte sich Nick aus dem Hintergrund ein.

»Ja, ein *Homonym* ist etwas, das wie etwas anderes klingt«, bestätigte Ajay genervt. »Und das hier ist sogar ein perfektes Beispiel dafür, denn es handelt sich nicht um das, was sie *gemeint* hat. *Argumentum ad hominem* ist Latein und bezeichnet einen persönlichen Angriff in einem Streitgespräch, um den Standpunkt des Gegners anzufechten.«

Einen Moment herrschte Stille, dann drang Nicks Stimme erneut aus dem Hintergrund: »Außer Ja hab ich kein Wort kapiert.«

»Lasst uns Klartext reden, Leute«, schlug Will vor. »Elise und Brooke, wo seid ihr jetzt?«

»Wir paddeln gerade in dem Kanu, das wir im Bootshaus gefunden haben, über den See. Oder, wenn euch das lieber ist ...« Elise imitierte in heiserem, abgehacktem Tonfall die Sprechweise der Marines: »... unsere Position ist 1-7-9 Grad von Alphabet Bingo – Bango – Unterhose. Erreichen in Kürze plangemäß vorgesehene Abwurfzone Zamboni um neunzehnhundertfünfundsiebzig Uhr, CDT, BYOB, LOLZ. Over.«

»Ihr sollt wissen, dass ich das kein bisschen komisch finde«, verkündete Ajay sauer. »Over.«

Dieses Mal hörte Will Brooke im Hintergrund kichern. Er ging zu einem der Fenster im Westen und entdeckte das Kanu, das sich dem nördlichen Ufer der Insel näherte.

»Ich kann euch jetzt sehen«, teilte er den Mädchen mit. »Haltet nach Sicherheitsleuten Ausschau, wenn ihr das Nordufer passiert.«

»Vielleicht könnt ihr vor den Deppen ein bisschen mit dem Hintern wackeln, damit sie ihre Waffen fallen lassen und zu sabbern anfangen«, schlug Nick vor.

»Würdest du mir das bitte geben«, forderte Ajay gereizt.

Will hörte, wie Ajay Nick das Walkie-Talkie aus den Händen riss.

»Vergesst nicht, das ist unsere Erkundungstour«, mahnte Will. »Verhaltet euch unauffällig. Wir wollen einfach nur sehen, ob sie euch beachten.«

Sie warteten. Will beobachtete die Mädchen durch das Fernglas. Als das Kanu näher kam, konnte er vorn Brooke und hinten Elise erkennen, die paddelte, aber dann versperrten ihm die Bäume die Sicht.

»Am Nordstrand ist niemand«, flüsterte Elise in ihr Mikro. »Keine Wachen in Sicht.« Er hörte, wie Brooke sie auf etwas hinwies. »Da ist eine Überwachungskamera auf einem Pfosten über dem hinteren Steg.«

»Bewegt sie sich?«, fragte Will.

»Ja. Ich sehe sie ebenfalls«, schaltete sich Ajay aufgeregt ein. »Sie hat das Kanu im Blick. Elise, sprich auf keinen Fall in das Walkie-Talkie. Sie können euch sehen.«

Will entdeckte das Kanu kurz zwischen den Blättern der Bäume, etwa 20 Meter vom Ufer entfernt in der Nähe des Stegs.

»Vier weitere Kameras«, meldete Ajay mit gesenkter Stimme. »Insgesamt fünf, ziemlich klein und unauffällig an Bäumen installiert. Sie folgen alle der Bewegung des Kanus.«

»Die waren letztes Jahr noch nicht da«, stellte Will fest.

»Sie müssen sie nach unserer kleinen Exkursion angebracht haben«, meinte Ajay. »Wahrscheinlich sind sie mit Bewegungsmeldern verbunden.«

»Deshalb brauchen sie keine Sicherheitsleute vor Ort«, folgerte Will.

»Ich vermute, die Kameras haben auch eine Nachtsicht-Funktion«, fügte Ajay hinzu.

»Und jetzt – weil es so viel Spaß macht – paddeln wir den GANZEN Weg bis zum Bootshaus zurück«, verkündete Elise.

»Nein, tut ihr nicht, *chicas*«, mischte sich Nick ein. »Paddelt hier rüber und bringt uns was zu essen. Ihr habt doch bestimmt 'nen Picknick-Korb gepackt, oder?«

»Du kannst davon ausgehen, dass sie Nachtsicht-Funktion haben«, sagte Will und ignorierte Nicks Kommentar. »Wir müssen zu der Luke, bevor es dunkel wird.«

»Will, irgendwo im Haus muss es einen Kontrollraum geben«, flüsterte Ajay.

»Ich werd mich gleich mal umsehen«, versicherte Will und verstaute sein Fernglas.

»Können wir das Kanu nicht einfach in die Büsche schieben und es später benutzen?«, fragte Elise.

»Und was ist, wenn ihr es heute Abend nicht zurück zum Bootshaus bringt?«, erwiderte Will.

»Wir sagen ihnen, ein See-Monster hat das Boot in der Mitte durchgebissen und wir sind nur knapp mit dem Leben davongekommen«, schlug Elise vor.

»Glaubt mir: Solange ihr im Bikini zurückkommt, ist es vollkommen egal, was ihr erzählt«, versicherte Nick.

»Halt 's Maul, du geiles Karnickel«, wies Elise ihn zurecht.

»Macht euch keine Sorgen, wie ihr zur Insel kommt«, beschwichtigte Ajay. »Ich bringe uns über den See.«

»Ohne Kanu?«, wunderte sich Brooke.

»Paddelt einfach weiter, ihr Ungläubigen«, entgegnete Ajay.

»Ich muss jetzt weiterarbeiten«, sagte Will. »Geht zurück in die Wohnung und haltet euch bereit. Heute Nacht schlagen wir zu.«

MR ELLIOT

Will verschlang sein Sandwich, trank eine halbe Flasche Wasser und begann dann, die Kisten zu inspizieren, die alle an der Seite mit einem handschriftlichen Datum versehen waren. Er machte sich mit Höchstgeschwindigkeit an die Arbeit, flitzte durch den Raum und hatte die Kisten nach weniger als zwanzig Minuten ordentlich und in chronologischer Reihenfolge in der Mitte des Raums aufgestellt: drei Reihen zu jeweils vierzig Boxen. Einige waren versiegelt, aber die meisten Kisten waren offen. Und sie hatten unterschiedliches Gewicht: Manche waren bis oben hin vollgepackt mit Büchern und Ordnern, andere enthielten lediglich zusammengerollte Karten.

Er nahm sich eine Kiste nach der anderen vor, und obwohl er nicht sofort eine Verbindung zwischen Haxley und den Rittern herstellen konnte, war er begeistert von dem, was er entdeckte. Eine wahre Fundgrube – offenbar lag die ganze Geschichte der Burganlage vor ihm. In einer Kiste mit der Aufschrift CORNISH fand er Karten der Insel aus dem 19. Jahrhundert, zusammen mit den Originalplänen der Burg, und machte sofort Bilder davon. Darüber hinaus stieß er auf jede Menge Informationen über das Center, inklusive Dokumenten über die Schule, die bis ins Schuljahr 2006 reichten.

Das überraschte ihn: Er hatte geglaubt, das Anwesen sei immer ein privates Wohnhaus gewesen. Daher war es nur logisch, dass hier Dokumente über die Geschichte der Burg aufbewahrt wurden, aber was machten all diese Schulunterlagen hier?

In diesem Raum gab es eine solche Menge an Material, dass er nicht wusste, wo er mit seiner Suche beginnen sollte. Will beschloss, sich auf ein bestimmtes Jahr zu konzentrieren – das erste Jahr, von dem er mit Sicherheit wusste, dass die Ritter Karls des Großen und die Schwarzkappen aufeinandergetroffen waren: 1937. Damals war die Aufnahme entstanden, die Hobbes und Nepsted gemeinsam beim Gala-Dinner zu Ehren von Henry Wallace zeigte.

Schließlich fand Will ein paar Kisten, die mit dem handschriftlichen Datum 1937 an der Seite versehen waren. Das meiste darin schien banaler Papierkram zu sein, der mit der Instandhaltung der Burg zu tun hatte: Buchführung und Lohnabrechnungen, Ordner mit Lieferantenquittungen. Hunderte von beglichenen Schecks, abgebucht von einem Konto der Greenwood Foundation – der Mutterorganisation, der das Center und seine Vermögenswerte gehörten, darunter auch die NSEA – und größtenteils vom Kassenwart und Buchhalter der Schule unterzeichnet.

Aber nicht alle. Während Will die abgehefteten Schecks durchblätterte, stieß er auf einen, der im Oktober 1937 über den Betrag von dreihundertfünfzehn Dollar ausgestellt war. Der Begünstigte dieses »Greenwood Foundation«-Schecks war Henry Wallace, der damalige Landwirtschaftsminister der Vereinigten Staaten.

In der unteren linken Ecke stand *Reisekostenerstattung.* Das Datum stimmte mit dem der Fotografie von Wallace bei dem privaten Empfang in der Schule überein, die Brooke gefunden hatte.

Dann entdeckte Will etwas noch Seltsameres: Dieser Scheck – und *nur dieser eine* von den Hunderten, die er sich angesehen hatte – war unterzeichnet von Wills Urgroßvater, Thomas Greenwood, dem Gründer und ersten Direktor der Schule.

Es hatte also den Anschein, als hätte das Center – und Thomas Greenwood *persönlich* – Wallace zu diesem Anlass und vielleicht auch zu anderen Aktivitäten an die Schule eingeladen und sogar seine Anreise bezahlt.

Aber warum? Ganz offensichtlich sprachen diese Unterlagen

dafür, dass das Center – und sein Gründer und Direktor – die Ritter zu diesem Zeitpunkt noch immer akzeptierte. Die Dokumente ließen sogar vermuten, dass Thomas Greenwood, aus welchen Gründen auch immer, eine prominente Persönlichkeit bei dem Treffen dabeihaben wollte.

Will konnte keine anderen Unterlagen im Zusammenhang mit dem Dinner mehr finden, aber er wollte noch die Kisten von 1938 durchsehen. Ein Blick auf die Uhr verriet ihm, dass es fast elf Uhr war.

Lemuel Clegg würde ihn in einer Stunde zum Mittagessen in der Küche erwarten. Bis dahin musste er den Kontrollraum finden und die Bodenluke auskundschaften; ihm blieb also keine Zeit mehr, weitere Kisten so gründlich zu durchsuchen, wie es eigentlich erforderlich war. Den Stichproben nach zu urteilen, gab es hier noch sehr viel mehr und vermutlich wirklich wichtige Dinge über die Burg und die Schule zu erfahren, aber wenn er zu schnell vorging, würde irgendwann alles vor seinen Augen verschwimmen und er würde bestimmt etwas übersehen.

Das hier war ein perfekter Job für Ajay: Er musste nur einen Blick darauf werfen und würde alles so genau in Erinnerung behalten, als habe man die Daten eingescannt.

Nur wie sollte er das ganze Material zu ihm bringen? Will konnte ein paar Ordner in seinem Rucksack nach draußen schmuggeln, doch es würde ewig dauern, alles auf diese Weise durchzusehen – dazu blieb einfach nicht genug Zeit. Die andere Möglichkeit bestand darin, Ajay bei Tag irgendwie ins Schloss zu schleusen, damit er selbst alle Kisten durchgehen konnte, aber das Risiko war eindeutig zu groß.

Auf die Schnelle fand er keine Lösung.

Er musste also zuerst diesen stumpfsinnigen Job so in die Länge ziehen, dass Lemuel ihm nicht irgendeine andere banale Aufgabe zuteilte. Da Will keine Ahnung hatte, wohin man ihn als Nächstes schicken würde, und da Haxley zurzeit außer Haus war, musste er also dafür sorgen, dass Mr Clegg ihn auch weiterhin für einen aufsässigen Faulpelz hielt. Schnell brachte er einen Großteil der Kisten wieder in Unordnung, damit es so aussah, als habe er gerade erst angefangen, sie zu sortieren. Dabei merkte er sich genau, wie sie gestanden hatten, damit er die chronologische Reihenfolge wiederherstellen konnte.

Dann ging er nach unten, um den Kontrollraum der Burg zu suchen.

Der lange Steinkorridor führte von der Treppe zu einer Reihe labyrinthartiger Nebengänge, von denen einige vor verschlossenen Türen endeten, andere in staubigen Vorratsräumen, gefüllt mit alten Möbeln und gerahmten Gemälden. Will entdeckte sogar einen Gewölbekeller, in dem vermutlich unbezahlbare Weinflaschen lagerten.

Die Luft hier unten kam ihm so alt vor wie die Steinmauern und die ausgetretenen Böden; wahrscheinlich war das der älteste Teil des gesamten Anwesens. Er folgte den Gängen, die sich wie ein Netz unter der gesamten Burg ausbreiteten, in der Hoffnung, dass sie irgendwo mit dem Tunnel zusammentrafen, der unter den See führte. Aber einen solchen Verbindungspunkt konnte er nicht finden und bis jetzt auch keinen Kontrollraum.

Auf dem Weg zurück zur Treppe ins Haupthaus spürte Will plötzlich ein seltsames Kribbeln, das sich entlang seiner Wirbelsäule bis hinauf in den Nacken ausbreitete. Er blieb stehen, und nachdem er sich davon überzeugt hatte, dass niemand ihn beobachtete – denn genau so kam es ihm vor –, schloss er die Augen und versuchte, die Quelle dieses unheimlichen Gefühls ausfindig zu machen.

Bislang hatte er sein sensorisches Raster noch nie in geschlossenen Räumen angewendet und zuerst schien es auch nicht so recht zu funktionieren. Seine mentale Landkarte stieß gegen die Mauern um ihn und über ihm und geriet durcheinander, doch als Will sich an eine von Jerichos Anweisungen erinnerte und es nicht mehr so angestrengt versuchte, verschwanden alle Barrieren und seine Sinne konnten sich frei entfalten.

Langsam isolierte er die Quelle dieses gespenstischen, *beobachtenden* Gefühls. Sie befand sich ganz in der Nähe, auf der gleichen Ebene wie er selbst, und zeichnete sich auf dem Raster als flackerndes Leuchten hinter einer Mauer ab. Als Will darauf zuging, stellte er fest, dass dieses Licht mehr als nur ein körperliches Empfinden übermittelte – worum auch immer es sich dabei handelte, das Ganze besaß auch eine emotionale Komponente.

Allerdings nicht von Angst beherrscht, sondern warm und freundlich.

Irgendwer – irgendwas – will mir Guten Tag sagen.

Will konzentrierte sich auf dieses Gefühl und ließ sich von ihm um eine Ecke herum durch den Gang leiten. Er gelangte zu einer verschlossenen Tür etwa in der Mitte des Korridors – einer altmodischen, abgenutzten und oben abgerundeten Tür, an der es nicht einmal ein Schloss zu geben schien.

Die Empfindung aus dem Inneren des Raumes zog ihn an wie ein Magnet. Sie fühlte sich so liebenswürdig und freundlich an, dass es Will gar nicht in den Sinn kam, sich dagegen zu wehren. Er drückte die alte Eisenklinke hinunter, die mit einem Knarren nachgab, und spähte durch die Tür.

Sie öffnete sich in einen langen, niedrigen Raum, in dem ein paar verstaubte Landschaftsgemälde an den Wänden hingen. An der Decke brannte eine nackte Glühbirne über dem einzigen Möbelstück am anderen Ende des Raums: einem großen, schlichten Schrank aus massivem Eichenholz, glatt und ohne Verzierung.

Wie war noch mal der französische Name für einen solchen Kleiderschrank?

Armoire.

Als Will sich dem antiken Schrank näherte, wurden die angenehmen Gefühle stärker. Irgendetwas befand sich im *Inneren* des Schranks und er glaubte, einen schwachen weißen Lichtschein rund um die Kanten der Türen zu erkennen.

Ich soll ihn öffnen.

Will streckte die Hände nach den Türen aus, die daraufhin zu zittern schienen, als würden sie gleich vor lauter Freude von selbst aufspringen. Er spürte, wie sie vibrierten, als sich seine Finger um die Knäufe schlossen, und dann öffneten sie sich sanft, mit einem leisen Knarren.

Auf einem der Regalböden, nur knapp unter Wills Augenhöhe, lag ein Gegenstand: eine flache, schlichte rechteckige Holzschachtel, etwa 30 mal 45 Zentimeter groß, weder beschriftet noch sonst irgendwie markiert. Sie wirkte älter als einfach nur antik, verwittert und verkratzt. Will konnte der Versuchung nicht widerstehen, sie in die Hand zu nehmen. Das Holz fühlte sich warm an, war geölt, dunkel und glatt. Er öffnete den einfachen Verschluss.

In einer vorgeformten, mit zerknitterter königsblauer Seide ausgeschlagenen Vertiefung im Inneren der Schachtel steckte eine kupferne Scheibe von etwa 15 Zentimeter Durchmesser, mit einem komplexen Muster aus geraden und geschwungenen Linien verziert. Auf dieser größeren Scheibe waren alte, angelaufene Kupferscheiben und Ringe kunstvoll zu Mustern übereinandergelegt. Einige von ihnen bildeten Räder, Halbmonde und Schnörkel; andere endeten in scharfen Zacken oder waren eingekerbt wie Messschablonen. All diese kleineren Bestandteile waren zwar im Augenblick arretiert, sahen aber so aus, als könnten sie sich unabhängig voneinander bewegen. Bei dem Ding handelte es sich eindeutig um ein altes Messinstrument, aber Will hatte nicht die geringste Ahnung, wie es funktionierte.

Es ist ein Astrolabium.

Will wusste nicht, woher dieses Wort kam, das plötzlich in seinem Kopf auftauchte; er konnte sich nicht einmal daran erinnern, dass er darüber nachgedacht hatte. Es hatte etwas mit Seeleuten und Navigation in der Antike zu tun, aber das war auch alles, was ihm dazu einfiel. Er nahm das Astrolabium aus der Schachtel; es fühlte sich fantastisch an, war perfekt ausgewogen in Größe, Gewicht und Form. Will konnte sich gut vorstellen, wie sehr sich ein Schiffskapitän mit einem solchen Objekt verbunden gefühlt haben musste, von dem seine ganze Existenz abhing. Aber er hatte keine Ahnung, wie jemand ein so kompliziertes und aufwendiges Instrument bedienen konnte.

Dann tauchte etwas anderes unter all diesen Eindrücken auf, das überhaupt keinen Sinn ergab: Will hatte das Gefühl, als würde es dem Objekt *gefallen*, dass er es in der Hand hielt – was jedoch keinen logischen Sinn ergab. Dieses Ding war nichts weiter als kaltes Metall in seinen Händen und kein lebendiger Organismus ...

Plötzlich hörte er das Schlurfen von Schuhen auf dem Steinboden und drehte sich um. In der Tür hinter ihm stand niemand, aber aus dem Augenwinkel nahm er eine leichte Bewegung wahr: Eines der Gemälde an der Wand war verrutscht.

Erneut sträubten sich ihm die Nackenhaare. Es bestand überhaupt kein Zweifel: Er wurde *tatsächlich* beobachtet. Will blieb stocksteif stehen und hatte plötzlich das Gefühl, jemanden in der Nähe *atmen* zu hören.

Vorsichtig legte er das Astrolabium zurück in die Schachtel. Zu seiner Überraschung empfand er tiefes Bedauern, als er es aus seinen Händen gleiten ließ. Dann klappte er die Schachtel zu, legte sie zurück in den Schrank und schloss leise die Türen, bevor er den Raum wieder verließ.

Auf dem Korridor war niemand. Und er sah auch keine Tür zu einem Zimmer auf der rechten Seite, von wo aus ihn jemand beobachtet haben konnte.

Aber das hieß nicht, dass dort niemand war.

Will sprintete durch den Gang und lief eine halbe Minute lang mit Hochgeschwindigkeit um eine Ecke nach der anderen durch die Korridore in Richtung der Treppe, die er am Morgen mit Clegg heruntergekommmen war, bis er vollkommen sicher war, dass ihm niemand gefolgt war.

Wenn seine Augen den Kontrollraum nicht finden konnten, würde es eben sein Raster schaffen. Er lief die Treppe bis zur Hälfte hinauf, blieb kurz vor der Tür zum Haus stehen, schloss die Augen und aktivierte wieder seine besonderen sensorischen Fähigkeiten.

Als er das Raster durch die oberen Räume lenkte, fing er die Energiespuren der Bediensteten auf, die im Haus arbeiteten – Staub saugten, bügelten, Betten bezogen, Geschirr einräumten. Doch er war auf der Suche nach einem auffällig hohen Stromverbrauch.

Seine Wahrnehmung wanderte zu einer Energiekonzentration im Erdgeschoss des Flügels rechts von ihm, den er bereits als Personaltrakt identifiziert hatte. Dort machte er nicht nur menschliche Energie, sondern auch sehr starke Elektroenergie aus. Vorsichtig öffnete er die Tür und schlüpfte ins Haus. Auf der rechten Seite fand er keine Tür, die zur Quelle dieser Energie hätte führen können, doch dafür war er in der Lage, durch ein rückseitiges Fenster einen kurzen Blick auf den Westflügel des Anwesens zu werfen.

Erneut schloss er die Augen und lokalisierte rasch den gesuchten Kontrollraum. *Da ist er! Im Erdgeschoss, erreichbar durch eine Außentür.*

Will ging zur nächsten Tür, die nach draußen hinter das Haus führte, und tat dabei so, als hätte er sich verlaufen und würde nach etwas suchen. Als er die Tür öffnete, rechnete er damit, dass ein Alarm losging oder Sicherheitsleute auf ihn zustürmten. Doch nichts Derartiges geschah – also spazierte er ins Freie, schob die Hände in die Taschen und schlenderte auf die Mauer des Westflügels zu. Keine patrouillierenden Wachen, keine Hunde, keine Stolperdrähte in Sicht. An der Mauer angekommen, bewegte er sich an ihr entlang, bis er ein kleines Fenster mit Stahlrahmen neben einer weiteren Tür erreichte.

Durch das Fenster sah Will den Kontrollraum der Burg, den er mit seinem Raster erfasst hatte. Es handelte sich um ein mittelgroßes Büro mit einer Ansammlung von mindestens fünfundzwanzig Monitoren, haufenweise komplizierter Elektronik und Computertürmen, die entlang einer Wand aufgebaut standen. Ein bulliger junger Mann in blauem Blazer und Krawatte saß an einem Schreibtisch vor den Monitoren. In seinem rechten Ohr steckte ein Stöpsel und ein Spiralkabel verschwand unter seinem Hemdkragen.

Will starrte auf den Hinterkopf des Mannes und schob ihm ein Bild zu: *eine Uhr, deren Zeiger sich rasend schnell drehten.*

Als der Mann daraufhin zur Uhr an der Wand schaute, schob Will rasch ein weiteres Bild hinterher: *ein üppiges Mittagsbüfett mit köstlichen Speisen, direkt wie aus einem Werbespot.*

Der Wachmann sah sich um, legte eine Hand auf seinen beachtlichen Bauch und schaute wieder auf die Uhr. Zehn vor zwölf, noch nicht ganz Zeit fürs Mittagessen. In schneller Folge schickte Will ihm Bilder von einem fettigen Cheeseburger, einem Haufen Pommes frites und einer kalten Coke.

Die Willensstärke des Mannes geriet ins Wanken, sein Pflichtgefühl kämpfte nur halbherzig gegen seinen plötzlichen Heißhunger an. Will konnte förmlich hören, wie ihm der Magen knurrte. Mit einem weiteren Bild gab er ihm den Rest: *ein Stück Kirschkuchen mit einer Kugel Vanilleeis.*

Der Dicke sprang auf und eilte zum Ausgang. Schnell drückte sich Will gegen die Mauer hinter der Tür, als sie auch schon aufflog und der Wachmann in Richtung Haupthaus davonstürmte.

Will wartete, bis er außer Sicht war, und betrat dann den Raum. Sein Blick wanderte über die Monitore – Aufnahmen des gesamten Anwesens, Außen- und Innenansichten und allesamt in gestochen scharfer Bildqualität. Wie er gehofft hatte, war das Turmzimmer mit all seinen Kisten *nicht* zu sehen.

Eine der Kameras verfolgte den hungrigen Wachmann, wie er in die Küche des Haupthauses hastete. Die Küchenhilfe hatte gerade alle Speisen aufgebaut und Will lachte amüsiert, als der Dicke sich wie ein ausgehungerter Wolf auf das Büfett stürzte.

Fünf in einer Reihe angeordnete Monitore zeigten die Bilder der fünf Kameras, die am Nordufer der Insel versteckt waren; alle bewegten sich in unterschiedlichen Intervallen langsam von links nach rechts. Will studierte ihre Bewegungsmuster und schaute auf seine Uhr, um festzustellen, wann sie über den Strand schwenkten und wie lange die kurze Pause währte, in der sich alle Objektive von der rechten Seite abwandten. An der Konsole entdeckte er einen Schalter für Infrarot-Betrieb; wer auch immer an den Monitoren saß, konnte das gesamte Nordufer auch im Dunkeln überwachen.

Eine einzelne Person mochte sich vielleicht unbemerkt an den Strand schleichen – wenn sie Glück hatte *und* gut war –, aber zu fünft und mitsamt ihrer Ausrüstung? Den direkten Weg konnten sie wohl vergessen, und das würde eine Änderung ihres Plans erfordern.

Auf einem der anderen Monitore machte Will dann jedoch ein wesentlich gravierenderes Problem aus: Eine weitere fest installierte Kamera war direkt auf die Holzkonstruktion und die Bodenluke gerichtet, die zu den Tunneln hinabführte. Außerdem sah er in dieser Nahaufnahme, dass die hölzerne Klappe, die sie im letzten Jahr vorgefunden hatten, nicht einfach nur verstärkt, sondern komplett durch eine Luke aus Metall ersetzt worden war.

Und zu allem Überfluss hatte man die Bodenluke auch noch mit einem massiven Sicherheitsschloss aus Edelstahl gesichert.

Will durchsuchte den Kontrollraum nach einem Schlüssel für dieses Schloss und entdeckte ein quadratisches Metallschränkchen an der Wand. Als er näher trat, sah er durch das kleine Fenster neben dem Schränkchen, dass der Wachmann auf dem Rückweg zu seinem Posten war. Er trug zwei mit Essen beladene Teller und ging wie auf rohen Eiern, um nichts von seiner Beute zu verlieren.

Rasch lief Will zu einer anderen Tür, die ins Innere des Hauses führte. Abgeschlossen. In dem Moment, in dem der Wachmann die Außentür mit seinem beachtlichen Hinterteil aufdrückte und rückwärts den Raum betrat, sprang Will dahinter, packte den inneren Knauf und hielt sie auf.

Der Mann stellte die Teller auf seinen Schreibtisch und summte voller Vorfreude eine Melodie, als wolle er sagen: »Gleich werde ich mich bis zum Anschlag vollstopfen.« Will beugte sich ein wenig vor und beobachtete, wie der Wachmann ein saftiges Roastbeef-Sandwich von der Größe eines Softballs nahm, es in den Fleischsaft dippte und herzhaft hineinbiss. Dann atmete Will tief ein, konzentrierte sich und schob dem Mann das erste unsinnige Bild zu, das ihm einfiel: Auf dem Monitor über dem Schreibtisch erschien ein ausgewachsener Indischer Elefant an der Ecke des Westflügels der Burg.

Der Dicke schaute nach oben und hörte auf zu kauen, als er das Bild auf dem Monitor »sah«. Fleischsaft lief ihm übers Kinn, während er wie versteinert dasaß.

»Was zum Teufel ...«, murmelte er.

Jetzt veränderte Will das Bild: Der Elefant hob seinen Rüssel und trompetete und der Wachmann »hörte« ihn. Das Sandwich fiel auf den Schreibtisch, als er fassungslos in seinen Stuhl zurücksank, dann ruckartig aufsprang und nach draußen rannte, während er sein Headset aktivierte und nach der Pistole griff, die in einem Holster um seine Hüfte steckte.

»Ich brauch Verstärkung!«, rief er in sein Mikrofon. »Tier an der äußeren Ecke des Westflügels!«

Er bemerkte überhaupt nicht, dass die Außentür noch offen stand. Lautlos schob Will sie zu, trat zurück und öffnete den kleinen Metallschrank.

Darin hingen Schlüssel in allen Formen und Größen an Haken, manche einzeln, andere in einem Bund, ungefähr hundert Stück in ordentlichen Reihen. Unter den Haken waren kleine beschriftete Schildchen angebracht. Mit rasender Geschwindigkeit verarbeitete Wills Gehirn die Informationen, während er eine Reihe nach der anderen durchging.

Da, unten rechts: *Tunneleingang.*

Er wollte weitersuchen, aber die Uhr in seinem Kopf sagte ihm, dass die Zeit ablief. Will schnappte sich den kleinen Schlüsselring, schloss das Schränkchen und lief nach draußen, wobei er darauf achtete, dass die Tür hinter ihm zufiel. Rechts von sich hörte er Stimmen; dort hatte er den »Elefanten« platziert und er wusste, dass schon bald noch mehr Wachmänner eintreffen würden. Ihm blieb nicht genügend Zeit, um wieder durch die Tür zu schlüpfen, durch die er das Haus verlassen hatte.

Abgesehen davon flog diese Tür gerade auf und ein gehetzter Sicherheitsmann stürmte hinaus.

Will schaltete den Turbo ein und rannte in Richtung Wald. Sobald er weit genug entfernt war, blieb er stehen, drehte sich um und wartete, ob ihn jemand bemerkt hatte. Zu seiner Linken hörte er Stimmen und sah fünf Sicherheitsleute, die auf den »Elefanten-Alarm« reagiert hatten und jetzt ins Haus zurückkehrten. Der untersetzte Wachmann, der sie gerufen hatte, bildete verlegen die Nachhut. Kaum waren sie verschwunden, eilte Will durch die nächstgelegene Tür im Westflügel zurück ins Haus.

Er betrat eine Art Wäscherei. An einer Wand standen ein halbes Dutzend Waschmaschinen und Trockner, von denen einige in Betrieb waren. Dazu kamen Tische mit Stapeln gefalteter Laken und Handtücher neben einer Reihe von Bügelbrettern, doch ansonsten war der Raum leer.

Schnell lief Will zu einer anderen offenen Tür, die ins Innere des Anwesens führte, und lauschte. Als er auf dem Gang die Stimmen einiger Angestellten hörte, schaute er vorsichtig durch einen Türspalt und sah sie um ein Fenster versammelt. Sie schauten hinaus zu den Sicherheitsleuten und fragten sich, was die Aufregung zu bedeuten hatte.

Dann rannte Will einen gewundenen Gang nach rechts entlang und suchte sich den Weg zurück in den zentralen Teil der Burg. Ein Blick auf die Uhr verriet ihm, dass es inzwischen ein paar Minuten nach zwölf war. Er musste zur Küche, bevor Clegg nach ihm suchte. Schließlich gelangte er durch eine weitere Tür in einen mit Marmor verkleideten Flur im Haupthaus, folgte ihm bis zum Ende und bog dann durch eine Schwingtür nach rechts. Sein Instinkt sagte ihm, dass das der Weg zur Küche war.

Stattdessen kam er in ein intimes, privates Esszimmer mit antiken Möbeln, in dessen Mitte ein langer, imposanter Mahagonitisch stand. Hohe Decken, an einem Ende ein Kamin sowie große Bleiglasfenster. Über dem Tisch hingen zwei auffällige Kronleuchter aus schwerem schwarzem Schmiedeeisen mit Glühbirnen in der Form von Kerzen und an der Wand dazu passende einzelne Leuchter.

Er hatte diese Einrichtung schon einmal gesehen. Dann fiel es ihm wieder ein: *Das ist das Zimmer von dem Foto. Hier haben die Ritter 1937 das Gala-Dinner für Henry Wallace gegeben.*

Auf einem Sideboard an der Wand lag etwas, das aussah wie ein Gästebuch. Er ging hinüber und wollte es gerade aufschlagen, als jemand sagte: »Suchen Sie etwas, Mr West?«

Will drehte sich um. In der Tür stand Lemuel Clegg, die Arme vor der Brust verschränkt, und musterte ihn streng. Mit einem breiten Lächeln ging Will auf ihn zu.

»Oh Mann, bin ich froh, Sie zu sehen«, log er und gab sich wieder als der freche, unbeholfene Teenager.

»Wieso das?«

»Hallo, vielleicht bin ich am Verhungern? Hab da oben so viel Gewicht verloren, dass ich fast meinen Schuh verspeist hätte. Ich wollte den gleichen Weg zurückgehen, den wir heute Morgen genommen haben, aber hab mich total verlaufen.«

»Ach ja? Und wie sind Sie im privaten Wohnbereich gelandet?«

»Ehrlich gesagt, keine Ahnung. Mindestens zwölf Mal links, wenn ich nach rechts gemusst hätte, und umgekehrt. Aber jetzt sagen Sie mir nicht, ich hätte das Mittagessen verpasst!«

»Zur Küche geht es *hier* entlang«, belehrte ihn Lemuel und zeigte wütend mit dem Finger auf eine andere Tür. »Und wenn Sie in Zukunft nicht wissen, wo es langgeht, werde ich jemanden abstellen, der Sie begleitet.«

»Danke, Mr Clegg, aber ich komm schon klar«, versicherte Will und ging an ihm vorbei zur Tür.

»Das darf nicht wieder vorkommen«, sagte Lemuel.

»Mr Haxley weiß Ihren Sinn für Humor bestimmt zu ...«

»Abmarsch!«

Nach einem schnellen Mittagessen kehrte Will in das Turmzimmer zurück, wo er einen großen Mann antraf. Er stand am anderen Ende des Raums, mit dem Rücken zur Tür, und studierte einen Ordner, den er offenbar aus einer der Kisten genommen hatte. Als der Mann hörte, wie Will die Tür hinter sich schloss, drehte er sich um.

Es war Mr Elliot, Haxleys älterer Freund vom Abend zuvor. Er trug eine teuer aussehende Hose aus schwarzer Schurwolle, ein weißes, bis oben zugeknöpftes Anzughemd und eine graue Strickjacke aus Kaschmir. Als er Will sah, breitete sich ein Lächeln auf seinem mit feinen Falten überzogenen Gesicht aus.

»Du hast mein Geheimnis entdeckt«, sagte Elliot.

Will erwiderte nichts, weil er fürchtete, man hätte ihn irgendwie entlarvt.

»Dieser Turm ist mein liebster Teil des Hauses. Die gesamte Geschichte des Anwesens befindet sich in diesen Kisten. Das alles ist leider jahrelang vernachlässigt worden.«

»Ja, ist alles ziemlich durcheinander«, bestätigte Will und ging auf ihn zu.

Elliot lächelte erneut, strahlte Will förmlich an und klopfte ihm leicht auf die Schulter.

»Ich bin so froh, dass Stan die richtige Person gefunden hat, um hier wieder für Ordnung zu sorgen.«

»Ich weiß nicht, warum er glaubt, ich sei die richtige Person dafür«, gestand Will. »Ich meine, es ist eine ziemlich große Aufgabe, Sir.«

»Oh, Stan ist ein hervorragender Menschenkenner. Ich bin fest davon überzeugt, er hat für eine so wichtige Aufgabe wie diese die richtige Wahl getroffen«, sagte Elliot aufrichtig.

Will bemerkte, dass Elliot denselben Ordner in der Hand hielt, den er selbst vorhin durchgesehen hatte – denjenigen mit den Schecks aus den 1920er-Jahren.

Seltsam ... Wie groß war die Wahrscheinlichkeit, dass es sich dabei um einen Zufall handelte? Aber da Elliot keine Anstalten machte, den Ordner vor ihm zu verstecken, wusste er es entweder nicht oder es war ihm egal ... oder er wollte, dass Will ihn sah.

»Hast du dir schon etwas von diesem Material vorgenommen?«, erkundigte sich Elliot und schlug den Ordner erneut auf.

»Nein, Sir. Bis jetzt habe ich nur die Kisten sortiert«, erklärte Will und richtete einen Karton mit dem Fuß ordentlich aus.

»Vielleicht sollte man sie nach Jahren ordnen. Chronologisch.«

Wieder lächelte er auf eine Art, die Will allmählich unheimlich wurde. Der Mann machte ihn wirklich nervös. *Warum interessiert sich dieser Typ so für all das und für mich?*

»Ich nehme an, Sie arbeiten mit Mr Haxley zusammen, Sir? Wenn Sie mir die Frage gestatten.«

»Ja, ich bin sein Berater.«

»In geschäftlichen Dingen?«

»In vielen Dingen«, erwiderte Elliot und blickte wieder in den Ordner, in dem er blätterte. »Auch in geschäftlichen.«

»Ich habe mich gefragt, ob Sie irgendetwas mit der Schule zu tun haben.«

»Nicht in offizieller Eigenschaft. Inoffiziell sehe ich mich gern als ihr ... Amateurhistoriker.«

Will ließ den Blick über die Kisten schweifen. »Ich kann mir vorstellen, dass die Geschichte der Schule ziemlich interessant ist.«

»Geschichte ist eine meiner vielen Interessen«, sagte Elliot, schaute aber noch immer nicht auf. »Die Geschichte dieser Schule fasziniert mich. Man könnte sich fragen, warum so viel Material über das Center hier in einem privaten Wohnhaus aufbewahrt wird.«

Will wusste nicht, was er dazu sagen sollte, aber Elliot schien zu wissen, was er dachte.

»Die Burganlage war im Laufe der Zeit das Heim beider Direktoren. In diesem Archiv befinden sich viele ihrer privaten Unterlagen.«

»Ich dachte, sie hätten in Stone House gewohnt?«

»Du fragst dich bestimmt auch, ob ich selbst hier Schüler gewesen bin«, fuhr Elliot fort und ignorierte Wills Frage. »Das war mir leider nicht vergönnt. Es ist erstaunlich, wie viele außergewöhnliche Männer durch diese Flure gewandelt sind. Zum Beispiel ...« Elliot drehte den Ordner um, den er in der Hand hielt, und zeigte Will ein Foto von – wem wohl? – Henry Wallace, dem dreiunddreißigsten Vizepräsidenten der Vereinigten Staaten.

»Eine der ungewöhnlichsten Personen des öffentlichen Lebens in unserem Land«, meinte Elliot. »Was weißt du über ihn?«

»Nicht allzu viel, fürchte ich.«

»Du würdest gut daran tun, dich mit Henry Wallace zu beschäftigen. Du könntest eine Menge nützlicher Dinge lernen. Interessierst du dich genauso für Geschichte wie ich, Will?«

»Schwer zu sagen. Bevor ich hierherkam, habe ich mich jedenfalls nicht besonders dafür interessiert. Vielleicht liegt es daran, wie Geschichte im Unterricht vermittelt wird.«

»Zweifellos. Die pädagogischen Methoden, die an den meisten amerikanischen Schulen angewendet werden, sorgen dafür, dass kluge Köpfe abstumpfen. Die Vergangenheit kann uns viel lehren und wir ignorieren sie auf eigenes Risiko. Wenn man nicht weiß, wo man war, wie soll man dann wissen, wo man ist?«

Will war sich nicht sicher, ob Elliot eine Antwort erwartete.

»Und wenn man nicht weiß, wo man ist«, sagte er, »wie soll man dann wissen, wohin man geht?«

Elliot strahlte ihn wieder an. »Ich hätte es nicht besser ausdrücken können. Mr Haxley erwartet, dass du dich hier sehr gut machen wirst. Damit meine ich: Er erwartet wesentlich mehr von dir, als einfach nur die Kisten zu ordnen. Die Dokumente *in* den Kisten müssen ebenfalls sortiert werden.«

»Verstehe. Mr Clegg hat nicht erwähnt, dass ...«

»Mr Clegg spricht nicht für Mr Haxley«, unterbrach Elliot ihn leicht gereizt. »Das Material muss chronologisch geordnet werden. In *allen* Kisten.«

»Das ist gut zu wissen.« Will war insgeheim begeistert, dass er mehr Zeit für diese Dokumente haben würde, versuchte aber, es sich nicht anmerken zu lassen. »Mr Elliot, das ist eine so umfangreiche Aufgabe, dass ich Mr Haxley gern fragen würde, ob ich beim nächsten Mal einen Freund mitbringen kann, der mir hilft.«

»Ah ja?«

NR. 80: GEH BEHUTSAM VOR, WENN DU ETWAS VERKAUFEN WILLST. ÜBERZEUGUNG IST DIE KUNST, ANDERE GLAUBEN ZU MACHEN, DASS ES IHRE IDEE WAR.

»Ich möchte diese Aufgabe möglichst gut erledigen«, beteuerte Will und versuchte, nicht zu enthusiastisch zu klingen, »und ich glaube, zwei Köpfe könnten mehr leisten als einer.«

»Ich nehme an, dieser Freund ist ein Schüler des Centers?«

»Einer meiner Mitbewohner«, bestätigte Will. »Und er ist wirklich gut in solchen Dingen. Meinen Sie, ich könnte Mr Haxley deswegen fragen?«

»Er ist eine Weile fort«, teilte Elliot ihm mit und musterte Will – der Mühe hatte, dem Blick dieser durchdringenden blassblauen

Augen standzuhalten. »Aber ich glaube, in einer Angelegenheit wie dieser kann ich für ihn sprechen. Ich werde darüber nachdenken.«

»Danke, Sir.«

Elliot fixierte ihn weiterhin mit seinem undurchdringlichen Pokerface. Falls er eine Meinung zu diesem Vorschlag hatte, konnte Will nicht sagen, in welche Richtung er tendierte.

»Warum legst du das nicht wieder zurück in die Kiste, mit der du schon angefangen hast«, sagte Elliot und reichte ihm den Ordner. »Dann komm bitte kurz mit. Ich möchte dir draußen etwas zeigen, das auch mit Geschichte zu tun hat. Es dauert nicht lange.«

Elliot setzte sich in Bewegung, wandte sich aber nicht zur Wendeltreppe, sondern in die andere Richtung, zur Rückseite des Raums. Will legte den Ordner wieder in die mit »1937« markierte Kiste, warf allerdings noch schnell einen Blick hinein: Der von Thomas Greenwood unterschriebene und auf Henry Wallace ausgestellte Scheck war verschwunden.

Elliot ging voran durch eine Tür, die Will bis jetzt nicht bemerkt hatte. Sie war nahtlos in die Mitte der hinteren, mit dunklem Holz vertäfelten Wand eingelassen – zwar keine richtige Geheimtür, denn sie besaß einen winzigen, erkennbaren Knauf, aber ohne genaues Hinsehen nicht zu bemerken. Sie kamen in ein kleines, fensterloses Vestibül, das zum definitiv ältesten Aufzug führte, den Will je gesehen hatte.

Der Aufzug hatte keine Tür: Elliot schob ein kleines Scherengitter auseinander und bedeutete Will, vor ihm einzutreten. Das Innere der Kabine war mit dunklem Holz verkleidet und mit Gußeisen verstärkt. Elliot folgte ihm und schloss das Gitter hinter sich.

»Leider ist das alte Treppenhaus inzwischen eine ziemliche Tortur für mich«, entschuldigte er sich.

Der Aufzug besaß auch keine Knöpfe, die man drücken konnte. Stattdessen bediente Elliot eine Metallkurbel auf einer sich drehenden Scheibe – silbern und glänzend von jahrelangem Gebrauch –, wie Will sie nur aus uralten Filmen kannte. Damit setzte er den Motor in Gang. Nach einem holprigen Start bewegte sich der Aufzug langsam abwärts. Durch das Gitter blickte Will auf dem Weg nach unten auf die rauen Steinmauern des Turms.

»Wenn du mehr über das Anwesen herausfindest«, sagte Elliot und schaute hinauf zur Decke, »wirst du wahrscheinlich auch herausfinden, dass dieser Aufzug einer der ältesten in Nordamerika ist, die noch in ständigem Gebrauch sind.«

»Das ist beruhigend«, meinte Will.

Die gesamte Kabine zitterte und stockte alle paar Sekunden, was Will dann doch ein wenig bedenklich fand.

»Keine Sorge«, beruhigte ihn Elliot. »Er wird regelmäßig gewartet und ist in hervorragendem Zustand. Der ursprüngliche Besitzer verpflichtete die Söhne von Mr Elisha Graves Otis – dem Erfinder des vertikalen Transportmittels –, diesen Aufzug ein paar Jahre nach dem Bau des Anwesens 1870 zu entwerfen und zu installieren.«

Schließlich kamen sie an einem kleinen Fenster etwa zehn Meter über dem Erdgeschoss vorbei und Will konnte einen Blick auf die Insel und den See werfen.

Fachmännisch bediente Elliot die Handkurbel und brachte den Lift, wenn auch etwas holprig, im untersten Stock zum Stehen.

»Du siehst, Will: Viele alte Dinge funktionieren sehr gut, solange sie ordentlich instand gehalten werden«, verkündete Elliot mit einem Augenzwinkern, als er das Scherengitter aufzog.

Sie traten in ein etwas größeres Foyer aus grob behauenem Stein und dann öffnete Elliot eine Tür, die direkt auf eine Terrasse auf der Westseite der Burg führte. Farbenfrohe Blumenbeete säumten ihren Rand, alle ebenso sorgfältig gepflegt wie der Rest des Geländes.

»Folge mir«, bat Elliot.

Der alte Mann zog einen runden weißen Falthut aus der Tasche und setzte ihn vorsichtig auf. In der Nachmittagssonne wirkte seine Haut fast durchscheinend. Als Elliot vor ihm herging, bemerkte Will hinter dessen Ohr ein seltsames Muster in der Haut – abwechselnd rosafarbene und weiße Streifen, fast wie bei Pfefferminzbonbons.

Das ist keine Narbe von einem Mitfahrer, aber was zum Teufel ist es dann?

Elliot, der beim Gehen leicht schwankte, führte ihn von der Terrasse über einen gepflasterten Weg eine kleine Anhöhe hinauf. Über die flache Kammlinie gelangten sie zu einem Hain mit Ahornbäumen und Eschen, die in einer leichten Brise wogten, welche in der Mittagshitze für ein wenig Kühlung sorgte.

Der Weg endete auf einer Wiese hinter den Bäumen und Will erkannte, dass sie sich auf dem kleinen Friedhof befanden, den Ajay vom gegenüberliegenden Ufer aus entdeckt hatte. Etwa ein Dutzend alter Grabsteine, verwittert und teilweise mit Flechten bedeckt, standen über eine Fläche von etwa 15 Quadratmetern verteilt. Die Inschriften waren schwer zu entziffern, aber Will konnte auf vielen den Namen »Cornish« erkennen.

»Der Erbauer der Burg, Ian Cornish, hat diesen Teil für den Familienfriedhof ausgesucht«, erklärte Elliot. »Die Insel war nur zwei Generationen lang im Besitz der Familie Cornish, bevor Thomas Greenwood sie kurz vor dem Ersten Weltkrieg für das Center erwarb.«

Will bemerkte ein weiteres, deutlich jüngeres Steinmonument direkt hinter dem Friedhof, das durch einen kleinen schwarzen Zaun abgetrennt war. Ein einzelnes, großes und schweres Kreuz auf einem Sockel, schlicht und ohne jede Verzierung, in den zwölf Namen und das Datum *Mai 1938* gemeißelt waren.

»Was ist das?«, fragte Will.

»Ein Denkmal.«

»Wofür?«

»Meines Erachtens für die schlimmste Tragödie in der Geschichte der Schule«, erläuterte Elliot und ging direkt daran vorbei. »Ein Flugzeugabsturz, bei dem elf Oberstufenschüler und einer unserer Lehrer ums Leben kamen.«

Zwölf Opfer. 1938? Will dachte nach und überflog in Gedanken das Foto vom Dinner der Ritter. *Das war im Oktober 1937 aufgenommen worden. Also sieben Monate zuvor. Zwölf Personen. Die zwölf Ritter?*

»Schüler der Abschlussklasse 1938«, ergänzte Elliot und wirkte dabei nicht sonderlich interessiert für jemanden, der von sich behauptete, er sei der Historiker des Centers.

Da er mit Elliot Schritt halten wollte, konnte Will nicht stehen bleiben und sich die Namen auf dem Denkmal ansehen, doch da er nun wusste, wo das Kreuz zu finden war, schwor er sich, wie geplant zurückzukommen.

Elliot zeigte auf etwas vor ihnen und führte Will zu zwei wesentlich größeren Monumenten am äußeren westlichen Ende des Friedhofs. Sie blieben am Rand des Hügels stehen, der vor ihnen abfiel und etwa 100 Meter entfernt sanft zum Seeufer auslief. Aus dem gleichen Stein gehauen, mit dem man auch die Burg erbaut hatte, und nach Westen zur untergehenden Sonne hin ausgerichtet, standen aufwendig gearbeitete Statuen, Figuren aus dem Wappen der Schule.

Ein Engel mit Flügeln erhob sich auf einer 2,5 Meter hohen Säule, die Augen zum Himmel gerichtet, in der linken Hand ein Buch und in der rechten ein erhobenes Schwert. Darunter sah man einen Ritter, der direkt aus der Säule herauszutreten schien – doch dann erkannte Will, dass es sich eher um eine Abwandlung des Paladins handelte, der Symbolfigur der Schule. Der Ritter nahm eine defensive Haltung ein, hielt den Schild aufwärts und richtete die Schwertspitze auf einen unsichtbaren, am Boden liegenden Feind.

Das Motto der Schule war in eine steinerne Schriftrolle eingraviert, die sich zu Füßen des Paladins ausbreitete: *Wissen ist der Weg, Weisheit das Ziel.*

Auf den ersten Blick schienen die beiden Statuen genau gleich gearbeitet zu sein, aber die rechte Figur war aus einem etwas helleren Stein gehauen, der neuer und weniger verwittert wirkte.

»Die Ruhestätte unseres Gründers«, erklärte Elliot. »Und seines einzigen Sohnes. Die beiden einzigen Direktoren der Schule.«

Unser (!) Gründer. Dabei hatte Elliot eben noch behauptet, er sei hier nie Schüler gewesen.

Auf den Sockeln der Statuen waren jeweils zwei Namen eingraviert. Die auf der linken Seite lauteten:

THOMAS WILLIAM GREENWOOD 1883–1958
MARY FRANCIS GREENWOOD 1890–1962

Auf dem rechten Sockel stand zu lesen:

FRANKLIN WILLIAM GREENWOOD 1920–1995
ELIZABETH HOWARD GREENWOOD 1921–1993

Unterhalb der beiden Namen hatte man betende Hände und die lateinischen Worte *Requiescat in pace* in den Stein gehauen.

Ruhe in Frieden.

Will blickte auf das Grab seiner Großeltern und auf das seiner

Urgroßeltern. All die Geschichten, die ihm seine Eltern über ihre eigenen Eltern erzählt hatten – dass sie vor seiner Geburt gestorben waren –, all das war gelogen. Nichts als ein Haufen Lügen.

Bis jetzt hatte er nicht einmal den richtigen Namen seiner Großmutter gekannt. Und Franklins zweiter Name war William.

Also ist William ein Familienname.

Seine Augen wurden feucht und sein ganzer Körper schien zu glühen, aber das lag nicht nur an der sengenden Hitze. Will wandte sich ein wenig ab und hatte Mühe, sich seine Emotionen nicht anmerken zu lassen.

Mr Elliot beobachtete ihn genau.

»Aber Mr Rourke ist jetzt der Direktor«, wandte Will schließlich ein.

»Selbstverständlich ist er das«, bestätigte Elliot.

»Sie hatten doch gesagt, sie seien die einzigen beiden Direktoren gewesen.«

Elliot lächelte gespenstisch. »Dann sind es also drei, nicht wahr?«

ÜBERS WASSER

Ajay marschierte aus seinem Zimmer in den Gemeinschaftsraum und hielt triumphierend sein Notebook hoch. »Es war zwar etwas Hirnschmalz nötig, weil sie eine Verschlüsselung wie im Pentagon verwenden, aber ich habe die Datenbank von Haxley Industries gehackt!«

»Schieß los«, forderte Will ihn auf.

»Also«, setzte Ajay an und ging zum Tisch, den Blick fest auf den Bildschirm geheftet, »Stan Haxley ist das, was man als Musterbeispiel eines modernen Multimillionärs bezeichnen könnte. Kommt mal alle her!« Er winkte die anderen heran. »Ich habe eine bescheidene kleine Präsentation vorbereitet.«

Inzwischen war es halb sieben. Die anderen WG-Bewohner stellten gerade die Ausrüstung zusammen, die sie in ihre Rucksäcke packen wollten, bewegten sich aber jetzt zum Esstisch im großen Raum. Ajay brachte den Bildschirm seines Notebooks auf Leinwandgröße, dann aktivierte seine Syn-App eine schnelle Montage von Fotos und Zeitungsartikeln über ihren lokalen Magnaten.

»Laut ihren vertraulichen Akten betreibt Haxley zwei Unternehmen. Einen traditionellen privaten Aktienfonds, mit dem er jede Menge Kohle scheffelt. Dabei folgt er dem altbewährten Pfad von Gier und Opportunismus, kauft mit dem Geld anderer Leute die Firmen anderer Leute, behält die gewinnbringenden Teile für sich und verscherbelt den Rest.«

Auf dem Bildschirm erschienen schmalzige Fotos von Stan Haxley »in Aktion«, wie aus typischen Unternehmensbroschüren: Haxley mit Schutzhelm auf einer Baustelle, Haxley mit einigen seiner Untergebenen über Baupläne gebeugt, Haxley, der hinauf zu einem im Bau befindlichen Hochhaus zeigte.

»Ich schlaf gleich ein«, meinte Nick gähnend.

»Beachtet ihn gar nicht. Er verliert immer das Interesse, wenn er die Bilder nicht mit Buntstiften ausmalen kann«, erklärte Elise.

»Haxley gründete 1989 noch ein *zweites* Unternehmen, und zwar in Chicago«, fuhr Ajay fort, als weiteres Bildmaterial erschien. »Ein Unternehmen mit einem deutlich begrenzteren Kerngeschäft. In den darauffolgenden Jahren erwarb er eine Reihe von kleinen, in Schwierigkeiten geratenen Firmen im ganzen Land – 157, um genau zu sein –, die alle etwas mit wissenschaftlicher Forschung zu tun hatten, vor allem mit dem Schwerpunkt Genetik.«

Bei dieser Information setzten sich alle auf und hörten interessiert zu. »Was du nicht sagst«, meinte Will.

»Dieses Unternehmen ist nicht an der Börse notiert, deshalb bleibt sein wahres Geschäftsfeld ein Geheimnis. Aber man kann sich des Gefühls nicht erwehren, dass mit dieser Strategie ein einheitliches, wenn auch unbekanntes Ziel verfolgt wird.«

»Worum geht es dabei, deiner Meinung nach?«, fragte Brooke.

»Und warum sollten wir uns überhaupt um einen dieser korrupten Wall-Street-Affen scheren?«, warf Nick ein.

»Wegen zwei bedeutsamer Details, mein unwissender Freund«, entgegnete Ajay mit geheimnisvollem Lächeln. »Haxleys Stellvertreter in diesem Unternehmen war Ronnie Mursos Vater ...«

»Was?«, fragten alle wie aus einem Mund.

»Es kommt noch besser: Der Name dieser undurchsichtigen Organisation lautet Paladin Group.«

»Das glaub ich nicht!«, staunte Elise.

Will holte ein paar Mal tief Luft, um sich zu sammeln. Dann warf er Brooke einen Blick zu. Gelegentlich musste er sich selbst daran erinnern, dass sie eher aus Stan Haxleys Welt als aus seiner oder der Welt der anderen stammte. Brooke hörte aufmerksam zu, sagte aber nichts und ließ sich ihre Gefühle nicht anmerken.

»Und falls einer von euch das für einen Zufall halten sollte«, fügte Ajay hinzu und schloss sein Notebook, »dann glaubt er auch an den Weihnachtsmann.«

»Wie viel ist Haxley wert?«, fragte Will, stand auf und lief unruhig hin und her.

»Soweit ich es abschätzen kann ...« Ajay warf einen Blick auf den Bildschirm. »Irgendwas in der Region von siebzehn Milliarden Dollar.«

»Wow, wo find ich den Bus in diese Region?«, meinte Nick.

»Haxley ist einer reichsten Männer des Landes«, ergänzte Ajay.

»Der seine eigene Mutter über den Haufen fahren würde, wenn sie auf einer Zehn-Cent-Münze stünde«, bemerkte Elise. »Für seine Steuerklasse ist es sozusagen ein Muss, eine Burg zu kaufen.«

»Okay, der Typ ist also ein stinkreicher Sack, aber heißt das, dass er auch hinter der Prophezeiung steckt?«, überlegte Nick.

»Das ist die entscheidende Frage, Nick«, erwiderte Will und wandte sich dann an Elise. »Erinnert euch an das, was letztes Jahr passiert ist, als Ronnie dieses Video von Lyle und Hobbes aufgenommen hat. Elise, du dachtest, Ronnie könnte es vielleicht seinem Vater gezeigt haben. Und was geschah dann?«

»Die beiden verschwanden von der Bildfläche«, sagte Elise.

»Du meinst, Haxley hatte etwas damit zu tun?«, hakte Brooke nach.

»Möglicherweise«, sagte Will in einem Ton, der zur Vorsicht mahnte. »Was wäre, wenn Haxley und Murso während ihrer Schulzeit zu den Rittern gehörten? Sie haben beide 1976 ihren Abschluss gemacht. Und dreizehn Jahre später starten sie dieses Unternehmen, die Paladin Group.«

»Rede weiter«, ermunterte ihn Ajay.

»Nehmen wir mal an, Ronnies Dad traf keine Schuld. Vielleicht wusste er nicht alles über das Programm. Als sein Sohn ihm das

Video zeigt, ist er möglicherweise so verwirrt, dass er beschließt, Haxley darauf anzusprechen. Der gelangt zu der Überzeugung, dass es wesentlich einfacher wäre, wenn Ronnie und sein Vater verschwinden.«

Der Gedanke an *Mord* mit einem nachvollziehbaren *Motiv* ließ es plötzlich ganz kalt im Raum werden.

»Ich würde eine Wette um Haxleys ganzes Geld eingehen, dass du den Nagel auf den Kopf getroffen hast«, sagte Ajay.

»Hoffen wir, dass wir diese ganze Bande auch damit festnageln können, wenn wir Nepsteds Schlüssel finden«, erwiderte Will und schloss seinen Rucksack. »Ajay, hast du bei deinen Recherchen vielleicht irgendwas über einen Partner von Haxley namens Elliot gefunden?«

Ajay schaute auf und blickte dann nach rechts. Mit dieser Bewegung, so wusste Will, aktivierte er die gigantische »Festplatte«, auf der seine Erinnerungen gespeichert lagen.

»Nein«, sagte er schließlich. »Warum?«

»Ich habe ihn bei Haxley auf der Burg kennengelernt. Die beiden haben sich in irgendeiner geschäftlichen Angelegenheit zusammengetan, waren diesbezüglich aber sehr vage. Dieser Elliot hat etwas Unheimliches an sich, das ich aber nicht genau benennen kann.«

»Hat er etwas gesagt, das dich misstrauisch gemacht hat?«, fragte Brooke.

»Nein, es war eher etwas, das er getan hat. Als ich diesen Ordner nach Informationen über das Abendessen der Ritter im Jahr 1937 durchgeblättert habe, bin ich auf einen beglichenen Scheck gestoßen, unterschrieben von Thomas Greenwood, dem Gründer der Schule.«

»Und? Was ist daran so außergewöhnlich?«, fragte Ajay.

»Das weiß ich noch nicht. Der Scheck war ausgestellt auf Henry

Wallace, den Ehrengast an diesem Abend, als Erstattung für dessen Reisekosten. Es sieht so aus, als habe Thomas Greenwood Wallace zu diesem Essen mit den Rittern eingeladen.«

»Warum sollte der Direktor der Schule das tun?«, wunderte sich Brooke.

»Keine Ahnung, aber wir müssen es herausfinden«, erwiderte Will.

»Und was war mit diesem Scheck, Will?«, hakte Brooke nach.

»Später ist etwas Merkwürdiges passiert«, erklärte er. »In einem Raum im Keller hab ich in einer Holzkiste so ein seltsames Ding gefunden, ein antikes Astrolabium. Dabei hatte ich die ganze Zeit das Gefühl, beobachtet zu werden. Als ich dann nach dem Mittagessen wieder in den Turm kam, hielt Mr Elliot *denselben* Ordner in der Hand, den ich vorher durchgesehen hatte. Und der von Greenwood auf Wallace ausgestellte Scheck war nicht mehr da.«

»Du glaubst also, Mr Elliot will nicht, dass du etwas von Greenwoods Einladung an Wallace erfährst«, folgerte Elise.

»Ja, vielleicht«, bestätigte Will. »Ich habe auch den Raum gefunden, in dem das Gala-Dinner damals stattgefunden hat. Er befindet sich ebenfalls in der Burg. Und auf der Insel gibt es eine Gedenktafel für zwölf Oberstufenschüler, die im Mai 1938 bei einem Flugzeugabsturz ums Leben kamen. Wetten, dass die Namen darauf dieselben sind wie die derjenigen, die bei dem Essen waren?«

Will wartete einen Augenblick, bis sich all diese Informationen bei den anderen gesetzt hatten.

»Wow«, sagte Nick schließlich.

»Aber wenn es sich bei den Schülern im Flugzeug um dieselbe Gruppe gehandelt hat, dann wissen wir, dass zumindest zwei von ihnen überlebt haben«, überlegte Ajay. »Nepsted und Hobbes.«

»Richtig«, bestätigte Elise nach einem kurzen Augenblick. »Und wenn niemand *erfahren* sollte, dass es Überlebende gab, war es das Beste, ihre Namen zusammen mit denen der anderen auf die Gedenktafel zu schreiben.«

Wäre nicht das erste Mal, dass hier jemand einen »Flugzeugabsturz« überlebt hat, dachte Will bei sich.

»Alles führt wieder zurück zu diesem einen Abend«, stellte Will fest und hielt das Foto hoch. »Hobbes und Nepsted und die Ritter Karls des Großen in einem Raum mit Thomas Greenwood und dem angehenden Vizepräsidenten des Landes.«

»Woher weißt du, dass Greenwood dabei war?«, fragte Nick. »Er ist nicht auf dem Bild.«

»Ich glaube, dass er die Aufnahme gemacht hat.«

»Es sind noch zehn andere Schüler abgebildet«, bemerkte Ajay. »Ich versuche noch immer herauszufinden, wer sie waren, aber in der Bibliothek steht kein einziges Jahrbuch von 1937.«

»Ich glaube, diese Namen finden wir auf der Gedenktafel«, meinte Will.

»Henry Wallace ...«, warf Elise nachdenklich ein. »Über den müssen wir auch mehr in Erfahrung bringen.«

»Ajay, ich habe um Erlaubnis gebeten, dich in den Turm mitbringen zu dürfen, um die Kisten durchzusehen.«

»Ich kann es kaum erwarten«, grinste Ajay und stopfte die letzten Sachen in seinen prallen Rucksack.

Nick nahm ein Beil und eine Dose Feuerzeugbenzin, die Ajay gerade einpacken wollte, in die Hand. »Alter, wozu nimmst du das denn mit?«

»Alles im Sinne des Pfadfindermottos, mein Freund«, antwortete Ajay, nahm ihm die Sachen ab und rammte sie in den Rucksack. »Was ist, wenn wir zum Beispiel ein Feuer machen müssen? *Allzeit bereit.* Und dieses Beil aus hochfestem Karbonstahl habe ich selbst im Labor hergestellt. Könnte außerordentlich nützlich sein.«

»Leute, wir gehen morgen Abend rein«, erinnerte Will. »Morgen ist Samstag, also müssen wir uns wegen der Sperrstunde weniger Sorgen machen. Packen wir alles zusammen und ruhen wir uns ein bisschen aus. Wir werden es brauchen.«

Zielstrebig und schweigsam widmeten die anderen sich wieder ihren Rucksäcken. Ajay schnallte sich seinen um und stapfte damit durch das Zimmer. Will schätzte, dass der Rucksack mindestens vierzig Pfund wog – Ajay hatte jedes Gerät eingepackt, das er besaß, beschwerte sich aber mit keinem Wort darüber, wie schwer das Ding nun war.

Will gefiel, was er sah. Seit sie eine Verbindung zwischen Stan Haxley und der Paladin-Prophezeiung nachgewiesen hatten, waren alle noch entschlossener als zuvor.

Als sie am Samstagabend um Punkt sieben Uhr von Greenwood Hall aufbrachen, stand die Sonne noch hoch am westlichen Horizont, aber die Hitze hatte endlich nachgelassen. Sie teilten sich in zwei Gruppen auf, Jungen und Mädchen, und gingen im Abstand von einigen Minuten in verschiedene Richtungen los, um keinen Verdacht zu erregen. In den Sommermonaten wurde die Sperrstunde wesentlich lockerer gehandhabt. Falls sich irgendwelche Sicherheitsleute die Mühe machten, sie anzuhalten, würden sie sagen, sie seien zu einer Wanderung mit anschließendem Picknick am Seeufer unterwegs. Da es bis fast zehn Uhr hell blieb, würde sich niemand über dieses Vorhaben wundern.

Die Jungen machten sich direkt zu der alten Sporthalle auf, die alle nur die Scheune nannten. Auf dem Weg dorthin kamen sie an der grimmigen Statue des Schulmaskottchens, dem Paladin, vorbei – oder eher einer Replik, die man vor Kurzem aufgestellt hatte, nachdem sich das Original letzten November losgerissen und Nick angegriffen hatte.

»Seit wann steht denn der wieder da?«, fragte Ajay.

»Seit letzter Woche«, sagte Nick. Er musterte die Statue argwöhnisch und dann fiel ihm plötzlich etwas ein. »Hey, ich wollte euch das schon vorhin zeigen. Das müsst ihr euch ansehen. Haben sie heute im Schwimmbad verteilt.«

Er nahm seinen Rucksack ab, kramte in der vorderen Tasche herum und fischte einen dieser gelben Zettel heraus, wie sie oft auf dem Parkplatz beim Einkaufszentrum unter den Scheibenwischer geklemmt wurden.

»Das ist der Kerl, von dem ich euch erzählt habe«, sagte Nick und zeigte auf eines der Fotos. »Das ist der kleine Wrestler, der aussieht wie Nepsted.«

Es handelte sich um eine billig zusammengeschusterte Werbung für ein Wrestling-»Spektakel«, das am darauffolgenden Samstag im alten Zeughaus in New Brighton stattfinden sollte, der nahe gelegenen Stadt, in der Nick als Bademeister im Freibad arbeitete.

Das Foto zeigte sechs Wrestler in kitschigen, inszenierten Kampfposen: vier Männer und zwei Frauen. Sie waren stark geschminkt und trugen absurde Kostüme – allesamt Fleischberge, die aggressive, unfreiwillig komische Fratzen schnitten.

Mit Ausnahme eines der Männer in der unteren Reihe: ein muskulöser, gut proportionierter kleiner Wrestler, dessen Name fett gedruckt darunterstand: der Professor. Verglichen mit den anderen strahlte er würdevolle Zurückhaltung aus, was aber offenbar zu seiner Rolle gehörte. Er hielt einen Spazierstock in der Hand und trug eine ärmellose Cartoon-Version eines Fracks mit Krawatte, einen lustigen Zylinder und ein Monokel im rechten Auge.

Obwohl das Foto eine lausige Reproduktion war und der Kerl in einem lächerlichen Kostüm dastand, musste Will zugeben, dass der Professor tatsächlich verblüffend große Ähnlichkeit mit Happy Nepsted besaß.

»Seht ihr? Ich hab's euch doch gesagt!«, freute sich Nick. »Wie ein Ei dem anderen!«

»Ja, stimmt«, bestätigte Ajay. »Aber was hat das zu bedeuten?«

»Ich habe keinen blassen Schimmer«, gestand Nick. »Aber, Leute, nächsten Samstag sitzen wir *direkt* in der ersten Reihe. Ich habe uns schon Karten besorgt.«

Will und Ajay sahen einander unentschlossen an.

»Was haben wir zu verlieren?«, fragte Will.

»Nur unsere Würde«, entgegnete Ajay und deutete mit der Hand auf den Zettel. »Was glücklicherweise mehr ist, als man von diesen Komikern behaupten kann.«

Sie setzten sich wieder in Bewegung und marschierten von der Scheune aus bergab in Richtung Wald.

»Klasse«, meinte Nick. »Jetzt muss ich nur noch die Mädchen bearbeiten.«

Gegen 19.30 Uhr erreichten sie den Beobachtungspunkt, den Ajay zuvor ausfindig gemacht hatte. Elise und Brooke kamen eine Viertelstunde später von Osten über einen Pfad, der am Ufer entlangführte. Bis jetzt waren sie ganz allein im Wald und niemand hatte die beiden Gruppen gesehen.

So weit, so gut.

Will und Ajay schauten lange hinüber zum Nordufer der Insel; auch dieses Mal waren keine Wachleute in Sicht. Ajay brauchte nicht einmal sein Fernglas, um zu bestätigen, dass die fünf in den Bäumen installierten Sicherheitskameras noch immer regelmäßig über die Uferlinie schwenkten.

»Dann mal los«, forderte Nick und hüpfte vor überschüssiger Energie auf der Stelle. »Worauf warten wir noch?«

»Darauf, dass die Sonne hinter den Bäumen verschwindet«, klärte Will ihn auf. »Dann startest du als Erster.«

»Okay, cool. Wann auch immer. Ich bin bereit.«

Nick zog sich bis auf die Badehose aus und holte Flossen, eine Taucherbrille und einen Schnorchel aus seinem Rucksack.

»Ich präsentiere euch meine zwei starken Argumente, Ladys«, prahlte Nick und brachte in einer Bodybuilder-Pose seine Oberarmmuskeln zur Geltung.

»Ausgerechnet jetzt hab ich meine Kotztüte nicht dabei«, klagte Elise.

Gemeinsam warteten sie im Gebüsch, bis die Sonne endlich um 20.10 Uhr hinter den Bäumen im Westen unterging. Das Zwielicht tauchte die Welt um sie herum in ein einheitliches Schiefergrau, dessen Farbe sich auf der Wasseroberfläche widerspiegelte. Eine leichte Brise kräuselte das Wasser, aber ansonsten blieb alles ruhig.

»Ich habe gerade nachgedacht«, setzte Nick an und konzentrierte sich angestrengt.

»Und, hast du dir dabei wehgetan?«, erkundigte sich Ajay.

»Worüber hast du nachgedacht?«, fragte Elise.

»Mal im Ernst: Der schlechteste Zeitpunkt für einen Schlaganfall muss doch mitten während einer Scharade sein, oder nicht?«

Will schaute wieder auf die Uhr. »Es wird Zeit, Nick«.

»Wir sehen uns drüben«, verabschiedete sich Nick.

»Sei vorsichtig, Nicky«, bat Elise.

»Sie macht sich Sorgen«, flötete Nick und faltete die Hände unter dem Kinn wie ein liebeskranker Trottel. »Sie macht sich wirklich Sorgen.«

Elise knuffte ihn gegen den Arm. Dann kroch Nick um die Sträucher herum und schlich zum Wasser hinunter, während die anderen das etwa 200 Meter entfernte Inselufer sorgfältig beobachteten. Als Nick die letzten schützenden Büsche vor dem Strand erreicht hatte, schaute er sich um und wartete auf ein Zeichen. Will zeigte ihm den nach oben gestreckten Daumen.

Vollkommen lautlos ließ sich Nick in den See gleiten, legte Flossen, Maske und Schnorchel an und hechtete sofort tief unter Wasser. Etwa 15 Meter vom Ufer entfernt tauchte die Spitze des Schnorchels kurz auf, gerade lange genug, dass Nick Luft holen konnte, und verschwand dann wieder.

»Meine Güte, seht euch mal an, wie weit er schon getaucht ist«, staunte Ajay und verfolgte Nicks Fortschritte genau. »Er schwimmt wie ein Seehund.«

»Wirf ihm einen Fisch zu und er balanciert einen Ball auf der Nase«, meinte Elise.

»Dahinten am Strand ist jemand«, meldete Brooke, die das Ufer durch ihr Fernglas im Auge behielt.

Will richtete seinen Feldstecher auf die Stelle.

Ein Wachmann ging über den Kiesstrand direkt auf den Punkt zu, an dem Nick an Land gehen wollte.

»Was tut er?«, fragte Elise.

Will sah, wie der Mann kurz vor dem Wasser stehen blieb, eine Packung Zigaretten und ein Feuerzeug aus der Tasche holte und sich ein wenig verstohlen umschaute, während er sich eine Zigarette ansteckte.

»Er hat sich rausgeschlichen, um eine zu rauchen«, stellte Will fest.

»Gut zu wissen«, meinte Elise trocken. »Selbst die Bösen halten nichts vom Rauchen.«

Erneut tauchte die Spitze von Nicks Schnorchel auf, dieses Mal fast auf halber Strecke zur Insel.

»Der Wachmann wird ihn sehen«, verkündete Ajay mit weit aufgerissenen Augen. »Wir müssen Nick warnen!«

Will und Elise schauten sich an und dachten dasselbe.

Willst du es versuchen?, fragte Will sie stumm.

Elise legte den Kopf auf die Seite und antwortete: *Wenn es bei meinem Golden Retriever funktioniert, sollte ich wohl auch zu unserem Delfin-Jungen durchdringen können.*

Sie nahm das Fernglas herunter, schloss die Augen und konzentrierte sich.

Will richtete seinen Feldstecher wieder auf den See und sah, wie Nicks Schnorchel nun etwa 50 Meter vor dem Ufer an die Oberfläche drang. Er verschwand kurz unter Wasser und tauchte dann einen Moment später an derselben Stelle wieder auf.

Elise öffnete die Augen und zwinkerte Will zu.

»Was ist los?«, fragte Ajay.

»Er tritt Wasser«, antwortete Brooke. »Nick muss ihn gesehen haben.«

»Warum muss dieser dämliche Wachmann so langsam rauchen?«, stöhnte Ajay. »Versucht er etwa, von einer einzigen Zigarette Lungenkrebs zu kriegen?«

»Mach dir keine Sorgen. Nick kann vermutlich einen Monat lang Wasser treten«, versicherte ihm Elise.

»Nur aus Neugier, Ajay: Kannst du mir sagen, welche Marke er raucht?«, fragte Will.

Ajay riss die Augen weit auf und schaute ohne Fernglas hinüber zu dem Wachmann. »Das ist eine Filterzigarette, allerdings schon zu weit heruntergebrannt. Außerdem hat er die Schachtel wieder eingesteckt.«

»Solche Details kannst du erkennen?«, staunte Brooke und nahm ihr Fernglas herunter. »Ohne *das hier?*«

Ajay druckste herum. »Na ja, weißt du, aus dieser Entfernung habe ich einfach nur gut geraten ...«

»Ja, er kann so weit und so gut sehen«, unterbrach Will ihn. »Du bist hier unter Freunden, Ajay. Wir werden es keinem verraten.«

»Aber ich dachte, deine große Fähigkeit bestünde darin, dass du dich an alles *erinnerst,* was du siehst«, meinte Elise.

»So ist es.«

»Und außerdem kann er alles sehen«, ergänzte Will.

»Im Rahmen des Möglichen«, stellte Ajay klar.

»Wie viele Finger halte ich hinter dem Rücken hoch?«, fragte Brooke.

»Ich kann Dinge in der Ferne sehen. Ich habe nie behauptet, ich könnte durch irgendetwas hindurchschauen.«

»Dann kannst du unsere Unterwäsche also jetzt nicht sehen?«, fragte Elise trocken.

Ajay wurde rot und kicherte, erstickte sein Kichern dann aber mit beiden Händen und drehte sich weg.

Brooke und Elise klatschten sich ab.

Will nahm seinen Feldstecher und schaute wieder hinüber zum Wachmann. Der trat gerade seine Zigarette aus, setzte sich auf einen großen Stein und packte einen Schokoriegel aus.

»Na super«, sagte Will. »Jetzt gönnt er sich auch noch 'nen Snack.«

»Snickers«, meinte Ajay. »Um genau zu sein.«

Kannst du ihn dazu bringen, dass er verschwindet?, hallte Elises Stimme durch Wills Kopf.

Will war sich nicht sicher, ob er jemanden über eine solche Entfernung gedanklich manipulieren konnte, erwiderte aber: *Was soll's, wir dürfen keine Zeit verlieren. Ich versuch es einfach mal.*

Dann konzentrierte er sich auf den Kopf des Mannes, schloss die Augen und schob ihm ein Wortbild zu – zwei andere Wachleute, die sich vor der Burg unterhielten: *Ist der Idiot schon wieder eine rauchen gegangen? Jemand soll mal unten am Ufer nachsehen.*

Es dauerte über drei Sekunden, bis das Bild den Wachmann erreichte, aber als Will wieder durch seinen Feldstecher blickte, sah er, dass der Mann so reagierte, als wäre er gerade beim Klauen erwischt worden. Er drehte sich zur Burg um, warf das Einwickelpapier hastig ins Wasser und rannte zurück in den Wald.

»Er ist weg«, verkündete Will.

»Und er ist ein Umweltverschmutzer«, stellte Ajay fest.

Kurz darauf ragte Nicks Schnorchel wieder aus dem Wasser auf, gefolgt von seinem Kopf, als er sich rasch davon überzeugte, dass der Mann verschwunden war. Dann tauchte er wieder ab und kroch ungefähr zehn Sekunden später an den Strand. Sofort drückte er sich flach auf den Boden und schaute sich um, aber sobald er festgestellt hatte, dass die Kameras in die andere Richtung schwenkten, huschte er über die Steine in den Schutz der Bäume.

Will entdeckte Nick, der den hochgestreckten Daumen in ihre Richtung hielt.

»Er ist drüben«, verkündete Will und schaute auf die Uhr. »Es kann losgehen.«

Will stand auf und winkte Nick mit beiden Armen zu. Nick winkte zurück und lief dann durch den Wald auf den Baum zu, in dem die Sicherheitskamera hing, die von den fünf Überwachungsgeräten am weitesten links installiert war. Dort angekommen, kletterte er außer Sichtweite der Kamera den Stamm hinauf.

Will verfolgte ihn die ganze Zeit durch das Fernglas. »Nick ist in Position. Gib Gas, Ajay.«

Ajay hetzte mit seinem schweren Rucksack hinunter zum Ufer und setzte ihn dicht am Wasserrand ab. Dann holte er einen kompakten schwarzen Würfel von etwa 30 Zentimeter Kantenlänge heraus, stellte ihn auf den Boden und riss an einer Leine. Zischend strömte Luft in den Würfel, der sich rasch entfaltete. Innerhalb weniger Sekunden hatte er eine völlig neue Form angenommen: ein längliches schwarzes Schlauchboot von etwa zwei Metern Länge und einem Meter Breite.

Will, Brooke und Elise nahmen jeder ein Klapppaddel aus ihren

Rücksäcken. Rasch holte Will ein weiteres Paddel aus Nicks Rucksack, dann rannten sie zusammen hinunter zum See.

In dem Moment, in dem Nick sie am Ufer entdeckte, umfasste er mit einer Hand die Sicherheitskamera und verlangsamte deren Drehbewegung. Will nahm die Zeit: Sie hatten drei Minuten, bevor die nächste Kamera weit genug herüberschwenken würde, um sie zu erfassen.

Ajay watete mit dem Boot bis zu den Knöcheln ins Wasser und setzte es ab. Er und die Mädchen luden die Rucksäcke ein, kletterten an Bord und nahmen ihre Plätze ein. Dann warf Will Ajay das zweite Paddel zu, schob das Schlauchboot weiter ins Wasser und sprang hinein. Eilig paddelten alle vier auf die Insel zu.

»Gute Arbeit, Ajay«, lobte Will leise, der hinten neben Brooke saß.

»Sie hält ziemlich gut zusammen, findet ihr nicht auch?«, meinte Ajay und lächelte stolz.

»Wie hast du das gemacht?«, fragte Brooke.

»Mit einer Latexform, die ich heimlich im Labor angefertigt habe, nach dem Vorbild der Zodiac-Schlauchboote, die von den Navy Seals benutzt werden. Ich habe einfach ein selbstfüllendes Einlassventil hinzugefügt, das durch Reibung funktioniert, indem man die Reißleine betätigt – entschuldigt, ich wollte euch nicht mit den Einzelheiten langweilen.«

»Aber nicht doch«, meinte Elise trocken. »Erzähl bitte weiter.«

»Jedenfalls könnte ich über das Ergebnis nicht mehr erfreut sein …«

»Weniger reden«, mahnte Will, »mehr paddeln. Geräusche tragen weit übers Wasser.«

»Übrigens, warum heißt es im Zusammenhang mit Schiffen immer ›sie‹? Warum nicht ›es‹?«, flüsterte Brooke.

»Ah, eine sehr interessante Geschichte«, wisperte Ajay zurück.

»In früherer Zeit benannten die Seeleute ihre Schiffe nach verschiedenen Göttinnen, die sie auf ihren gefährlichen Fahrten beschützen sollten ...«

Elise drehte sich um und warf Brooke einen mürrischen Blick zu: »Musstest du unbedingt fragen?«

»... und dieser Brauch hat sich bis heute gehalten, da Kapitäne die Schiffe nach ihren Frauen oder Freundinnen benennen. Schiffe sind noch immer eines der wenigen *geschlechtsspezifischen* unbelebten Objekte in der englischen Sprache, was eine ziemliche Ironie ist, da eine *echte* Frau an Bord angeblich Unglück verheißt.«

In diesem Augenblick schlug das Boot in der Nähe des Bugs leck und direkt vor Elise sprudelten Blasen hoch.

»Das sich bei zwei weiblichen Wesen dann wohl verdoppelt«, meinte Brooke.

»Warum reparierst du es nicht mit deinem Beil?«, fragte Elise.

»Sehr witzig«, fand Ajay. »Zufällig habe ich Flickzeug in der Tasche.«

Er kniete sich, um das Leck zu verschließen, und wäre dabei fast kopfüber in den See gekippt.

»Pass auf, Ismael«, warnte Elise und hielt ihn fest.

Will schaute in Richtung Ufer. Sie hatten etwa zwei Drittel der Überfahrt geschafft und er sah Nick im Baum, der die Kamera festhielt, damit sie das Schlauchboot nicht erfasste.

Dann wanderte sein Blick zu der nächsten Kamera, die etwa 20 Meter rechts von Nick in einem Baum hing und langsam in ihre Richtung schwenkte. Da Ajay das Leck flickte und nur drei von ihnen paddelten, würden sie sehr wahrscheinlich entdeckt werden, bevor sie es ans Ufer schafften.

»Sie werden uns sehen, stimmt's?«, fragte Brooke, die Wills Blickrichtung folgte.

»Wartet mal 'ne Sekunde«, bat Will.

Es war eine Sache, jemandem über den See hinweg ein Bild zuzuschieben, aber etwas ganz anderes, über diese Distanz ein Objekt zu bewegen. Etwas Derartiges hatte er noch nie versucht. Will legte sein Paddel ab, konzentrierte sich mit zusammengekniffenen Augen auf die zweite Kamera und blendete alles andere aus, genau wie Jericho es ihm beigebracht hatte.

»Was tust du?«, fragte Brooke leise.

Doch Wills tiefe Konzentration ließ keine Antwort zu. Stattdessen spürte er, wie die Finger seiner Willenskraft sich blitzschnell über das Wasser zu der zweiten Kamera hin ausstreckten, und dieses Mal folgte ihnen sein geistiges Auge. Plötzlich »sah« er die Kamera aus der Luft, direkt neben dem Baum. Er »schlang« die Finger um die Halterung am Stamm, hielt sie fest und spürte, wie der Motor der Kamera sich auflehnte, während sie nur noch im Schneckentempo herumschwenkte.

»Paddelt«, stieß Will zwischen zusammengebissenen Zähnen hervor, wobei ihm Schweißtropfen über Stirn und Hals liefen. »Schnell!«

Ajay hatte das Leck inzwischen abgedichtet und schnappte sich sein Paddel. Gemeinsam schaufelten sie das Wasser weg und stimmten ihre Schläge auf Brookes geflüsterte Kommandos ab. Währenddessen »hielt« Will die Kamera mit aller Kraft fest und ließ sie erst los, als der Boden des Bootes über den Kies am Ufer schrammte.

Sofort schnellten alle hinaus und schleppten das Boot bis zum Waldrand. Nick sprang von seinem Baum herunter und eilte ihnen zu Hilfe. Gemeinsam hievten sie es außer Sichtweite und gingen gerade noch rechtzeitig in Deckung, bevor beide Überwachungsgeräte auf ihre Seite des Strandes schwenkten.

Sie warteten, bis sich die Kameras wieder in die andere Richtung bewegten, und deckten das Schlauchboot dann mit losen

Zweigen zu. Plötzlich wurde Will schwindlig. Er sank auf die Knie und rang nach dieser doppelten Anstrengung um Luft. Als Brooke sah, was mit ihm los war, kniete sie sich besorgt neben ihn.

»Deine Herzfrequenz ist wahnsinnig hoch«, stellte sie im Flüsterton fest und nahm seine Hand. »Und dein Puls schlägt unregelmäßig. Alles in Ordnung mit dir?«

Will nickte, denn er war noch immer nicht in der Lage zu sprechen.

»Atme tief ein und aus«, riet Brook leise.

Will holte tief Luft, spürte, wie sein Herz allmählich langsamer schlug, und wurde sofort ruhiger. »Wieso wusstest du über meine Herzfrequenz Bescheid, bevor du mir den Puls gefühlt hast?«

Brooke dachte einen Augenblick nach. »Keine Ahnung. Aber ich habe mich doch nicht geirrt, oder?«

Will schüttelte den Kopf.

Erneut nahm Brooke seine Hand. »Dein Puls beruhigt sich. Aber eben lag er fast bei zweihundert pro Minute und dein Blutdruck war auch astronomisch hoch. Was hast du denn während der Überfahrt bloß gemacht?«

Will wollte diese Frage lieber nicht beantworten – Brooke hatte noch nie miterlebt, wie er seine telekinetischen Fähigkeiten einsetzte, und sie hatten auch noch nie darüber gesprochen. Doch bevor er etwas erwidern konnte, räusperte sich Elise und lenkte die Aufmerksamkeit auf sich. Sie und die anderen hockten hinter ihnen, beobachteten sie und warteten. Brooke zog ihre Hand fort und Will vermied jeden Blickkontakt mit Elise.

»Glaubst du, die Leute im Kontrollraum haben mitgekriegt, dass die beiden Kameras langsamer geworden sind?«, fragte Ajay und schaute nervös zur Burg.

»Dann hätten sie wahrscheinlich inzwischen reagiert«, meinte

Will und rappelte sich auf. »Aber lass uns lieber auf Nummer sicher gehen.«

»Leute, das war absolut cool«, flüsterte Nick begeistert und streifte seine Kleidung über die Badehose. »Ich hau rein, was das Zeug hält, und zische durchs Wasser, als ich plötzlich *weiß*, dass ich anhalten muss. Also tauch ich auf und da sitzt doch tatsächlich dieser Wachmann auf einem Stein und raucht eine. Das war regelrecht prothetisch.«

Elise und Will tauschten einen Blick und mussten ein Grinsen unterdrücken.

»Prophetisch«, korrigierte ihn Ajay. »Nicht prothetisch. Eine *Prothese* brauchen Hirnamputierte wie du.«

»Du solltest dich auch mal untersuchen lassen, Alter«, entgegnete Nick.

Dann schulterten alle ihre Rucksäcke und folgten Will schweigend in den Wald. Er entdeckte einen schmalen Pfad, kaum mehr als ein Wildwechsel, der zur Burg führte. Per Handzeichen zeigte Will die Richtung an. Der Wald dünnte nach etwa 100 Metern aus, und nachdem Will sich orientiert hatte, führte er sie von hinten zu der Holzkonstruktion über der Bodenluke.

Der Streifen offenen Geländes hinter dem Haus lag leer vor ihnen. Von der Burg war kein Geräusch zu hören und nur wenige Lichter brannten im Gebäude. Wenn Haxley nicht da war, zog sich das Personal vermutlich schon am frühen Abend in seinen Flügel des Anwesens zurück. Als die Hintertür in Sicht kam, gab Will den anderen ein Zeichen. Sie duckten sich und er überprüfte die Fenster durch sein Fernglas.

Unter einer hellen Hängelampe saß Lemuel Clegg am Küchentisch, tief über irgendwelchen Papierkram gebeugt und mit dem Rücken zum Fenster. Sonst sah Will niemand, weder drinnen noch draußen.

»Wartet eine Minute hier und verhaltet euch ruhig«, befahl er. »Ich seh mich mal kurz auf dem Friedhof um.«

Ajay reichte ihm einen kleinen Stift. »Der müsste prima helfen.«

Will lief nach links, weg vom Haus, und dann durch den Wald zurück. Er zog das Tempo an und ließ sich von seiner Erinnerung leiten, bis er nach wenigen Minuten den alten Friedhof erblickte.

Dort angekommen, sprang er über den Zaun, der die Gedenkstätte an den Flugzeugabsturz von 1938 umgab, und holte Ajays Stift aus der Tasche. Unter der Kappe verbarg sich das Objektiv einer winzigen Digitalkamera, die Will jetzt auf die Liste der eingravierten Namen richtete und dann vier Mal betätigte. Bei jeder Aufnahme erleuchtete ein winziger LED-Blitz die Buchstaben. In der Dämmerung konnte Will nicht alle zwölf Namen lesen, aber dank des kurzen Blitzlichts erfassten seine Augen den einen, den er zu finden gehofft hatte. Er steckte den Stift wieder ein und lief den Pfad zurück zu der Stelle, wo sich seine Freunde versteckt hielten.

»Und?«, flüsterte Ajay neugierig.

»Der Name Raymond Llewelyn steht ebenfalls auf dem Stein«, erklärte Will.

»Also stimmt Nepsteds Geschichte«, folgerte Elise.

»Zumindest insofern, als es zu dieser Zeit an der Schule jemanden mit diesem *Namen* gegeben hat.« Will nahm den entwendeten Schlüsselbund aus seiner Tasche und reichte ihn Nick. »Dann mal los. Die Luft ist rein.«

»Welcher Schlüssel ist der richtige?«, erkundigte sich Nick. »Hier sind fünf.«

»Keine Ahnung. Probier sie aus, bis du den richtigen findest.«

»Würdet ihr bitte alle euer Kommunikationssystem aktivieren«, sagte Ajay und stellte die Regler an seinem Gürtel ein. »Und setzt eure Knopfhörer ein.«

Alle schalteten die Walkie-Talkies an und setzten sich die Bluetooth-Ohrstöpsel ein. Ajay testete das System bei jedem von ihnen und reichte Nick dann ein kleines selbst gebasteltes Gerät – eine schwarze Schachtel von der Größe eines Handys, an der außen eine Halterung angebracht war.

»Ich habe es eigens für diesen Zweck gebaut«, erklärte Ajay, »konnte die Abmessungen aber nur schätzen. Du musst die Bügel justieren, sobald du es auf den Rahmen gesetzt hast.«

»Schon kapiert, schon kapiert«, erwiderte Nick. Er schob das Gerät in seine Tasche, zwinkerte den anderen zu und grinste angeberisch. »Showtime!«

Will schaute auf die Uhr. »Los.«

Nick robbte auf die etwa 15 Meter entfernte Holzkonstruktion rund um die Bodenluke zu.

»Wird dieses Ding auch funktionieren?«, fragte Elise.

»Der Prototyp hat keine Probleme gemacht«, antwortete Ajay. »Aber da Tarzan, der Affenmensch, es jetzt benutzt, garantieren vergangene Ergebnisse nicht für zukünftige Leistung.«

»Elise, beobachte Nick durch dein Fernglas«, wies Will sie an. »Ich behalte den Typ in der Küche im Auge. Ajay, du scannst den ganzen vorderen Bereich. Brooke, du übernimmst die Rückseite in Richtung See.«

Nick kam nur langsam voran und hielt sich dicht am Boden, damit die Kamera über der Luke ihn nicht entdeckte. Als er sich näherte, konnte er nicht widerstehen und machte ein paar gymnastische Überschläge, die ihn auf die Rückseite der Konstruktion katapultierten.

»Wie sieht's aus?«, flüsterte Nick in sein Walkie-Talkie.

»Alles klar«, antwortete Will.

Nick manövrierte sich um den hölzernen Aufbau herum. Dies war der heikelste Moment, denn er war nun für jeden, der vorbeikam oder aus dem Fenster schaute, deutlich zu sehen, befand sich aber vollkommen außer Sichtweite seiner Freunde. Falls jetzt jemand im Kontrollraum auf den Monitor schaute, auf den das Bild der Luke übertragen wurde, waren sie erledigt.

Nick holte Ajays Gerät heraus, klappte die Halterung halb auf und befestigte sie rund um den Rahmen der Sicherheitskamera, die auf die Luke gerichtet war. Dann klappte er sie vollständig auf und brachte den schwarzen kleinen Bildschirm direkt zwischen Kamera und Luke an.

»Fertig«, flüsterte er in sein Mikrofon. »Passt wie angegossen.«

Ajay lächelte Will zu. »Jetzt mach die Aufnahme«, bat er Nick.

Nick drückte auf den Knopf an dem Gerät und ein Bild der Luke erschien auf dem Schirm.

»Erledigt«, meldete Nick.

»Du übertriffst meine Erwartungen«, sagte Ajay leise und beobachtete ihn genau. »Jetzt dreh ihn um und drück den anderen Knopf.«

Nick drehte den Bildschirm mit der Aufnahme von der Luke, die er gerade gemacht hatte, zur Kamera hin.

»Funktioniert das auch bestimmt?«, fragte Brooke.

»Wir warten eine Minute«, sagte Will und schaute auf seine Uhr. »Wenn bis dahin keine Wachleute in unsere Richtung kommen, wissen wir es.«

Sie warteten. Elise reckte den Kopf hoch und überprüfte beide Seiten des Hauses.

»Niemand zu sehen«, meldete sie.

»Okay, gebt es zu«, forderte Ajay mit einem kecken Grinsen. »Ich bin ein kleines Genie.«

»Jetzt das Schloss, Nick«, instruierte Will über sein Mikro.

Einen kurzen Moment verschwand Nick aus der Sicht. »Ich bin da«, flüsterte er dann. »Ist ein dickes, fettes Ding. Ich probiere den ersten Schlüssel aus ... Fehlanzeige. Jetzt den zweiten ... Satz mit X. Nummer drei ... Leute, der passt! Ich drehe ihn und ... Bingo! Die Luke ist offen.«

»Klapp sie wieder zu und geh zurück hinter den Aufbau«, ordnete Will an. »Schaltet jetzt alle eure Stirnlampen ein.«

Nick rollte hinter die Holzkonstruktion und war dann wieder zu sehen. Die anderen holten jeder ein elastisches Band hervor, an dem eine kleine LED-Lampe befestigt war, und zogen es über die Stirn.

»Nick, ich komme jetzt rüber«, kündigte Will an. »Steigt die Leiter hinunter, einer nach dem anderen, in der besprochenen Reihenfolge.«

Will lief zu Nick und lehnte sich neben ihm gegen den Aufbau.

»Auf drei.«

Nick gab ihm zu verstehen, dass er bereit war. Will zählte mit den Fingern bis drei und dann gingen sie an entgegengesetzten Seiten um den Aufbau herum. Will hob die Luke hoch und Nick schlüpfte hinein, fand die Leiter und begann sofort mit dem Abstieg. Rasch schloss Will die Luke wieder und eilte zurück hinter die Holzkonstruktion, wo Brooke auf ihn wartete.

»Alles klar, Nick?«, fragte Will.

»Aber immer. Schick das nächste Opfer runter.«

Will wandte sich Brooke zu, die ihn nervös anschaute, und legte ihr die Hände auf die Schultern. »Halt dich mit beiden Händen an den Sprossen fest und sieh nicht nach unten. Nick ist da und wartet auf dich. Dir kann gar nichts passieren.«

»Mir kann gar nichts passieren«, wiederholte Brooke und schaute ihm fest in die Augen.

»Bist du sicher, dass du mitkommen willst?«, fragte Will und nahm ihre Hand.

»Ein bisschen spät, um es sich anders zu überlegen, aber danke, dass du fragst. Ja, ich bin mir sicher.«

»Auf drei«, sagte Will in sein Mikrofon.

Gemeinsam huschten sie um den Aufbau herum. Will hob die Luke hoch und sah, dass Nick mit seiner Stirnlampe den oberen Teil der Leiter erleuchtete. Brooke ließ sich auf die Knie fallen, ertastete mit dem Fuß die erste Sprosse und verschwand dann nach unten. Sofort schloss Will die Luke und eilte wieder hinter den Verschlag.

Dort kniete bereits Elise und wartete auf ihn, angespannt, aber beherrscht; sie genoss den Adrenalinrausch wie den Ritt auf einem ihrer Pferde.

»Mir gefällt das hier, sogar ziemlich gut«, gestand sie leise und lächelte souverän.

»Mir auch«, bestätigte Will, der den gleichen Nervenkitzel spürte, als er die Hand hob, um zu zählen. »Auf drei.«

»Da kommt jemand«, hörten sie plötzlich Ajay aufgeregt über ihre Knopfhörer.

Will und Elise erstarrten.

»Wer ist es?«, fragte Will.

»Ein Wachmann ... nein, zwei Wachmänner. Und sie haben einen Hund dabei.«

»Wo?«

»Ist ein ziemlich großer Hund.«

»*Wo* sind sie, Ajay?«, wiederholte Will seine Frage.

»Sie kommen gleich an eurer Seite des Hauses um die Ecke. Sieht aus wie eine normale Wachrunde und ... oh Mann ...«

»Oh Mann *was?*«

»Bei dem Hund scheint es sich um einen Boerboel zu handeln.«

»Was ist ein Boerboel?«, fragte Will.

»Eine besonders große und relativ seltene südafrikanische Mastiff-Rasse, eigens zum Schutz der Farmen gezüchtet und dafür bekannt, dass sie Löwen jagen und töten können ...«

»Schon kapiert, Ajay«, unterbrach ihn Will. »Wissen die Wachleute, dass wir hier sind?«

»Noch nicht«, antwortete Ajay. »Der Wind kommt überwiegend aus Westen und deshalb glaube ich nicht, dass der Hund ... sorry, ich war wohl zu voreilig.«

»Was?«

»Der Hund hat euch soeben gewittert und führt die Wachmänner in eure Richtung. Habe ich den außerordentlichen Geruchssinn dieser Rasse schon erwähnt?«

Will drehte sich zu Elise um und wusste sofort, dass sie das Gleiche dachte wie er.

»Wir kümmern uns darum«, versicherte Will.

»Und selbst nach Boerboel-Standard scheint der hier ein *außergewöhnlich großes* Exemplar zu sein«, fügte Ajay hinzu.

»Muss ich wieder raufkommen und ihm in den Hintern treten?«, meldete sich Nick über das System.

»Ich sagte doch, dass wir uns darum kümmern«, beschwichtigte ihn Will. »Wo sind sie jetzt?«

»Nähern sich rasch eurer Position, etwa 15 Meter rechts von euch«, flüsterte Ajay.

Will riskierte einen Blick um die Ecke und sah, dass die Wachmänner mit dem Hund direkt auf sie zukamen; die Strahlen ihrer Taschenlampen durchschnitten die dunkler werdende Abenddämmerung.

»Das ist wirklich ein großer Hund«, wisperte Will Elise zu.

Soll ich es zuerst versuchen?, fragte sie lautlos.

Will nickte.

Elise schlich zum Rand des Verschlags und öffnete den Mund. Will konnte nichts hören, aber er wusste, dass sie einen Laut von so hoher Frequenz ausstieß, dass menschliche Ohren ihn nicht wahrnehmen konnten.

»Der Hund ist stehen geblieben«, meldete Ajay. »Er hört etwas ... wartet mal. Das ist ja irre. Er dreht völlig durch, windet sich und zerrt an der Leine. Die Wachmänner flippen gleich völlig aus.«

Will beugte sich vor und schob dem Hund ein Bild zu – das erste Mal bei einem Tier, seit er im Alter von fünf Jahren diese Fähigkeit bei sich festgestellt hatte. Aber warum nicht?

Ein Löwe. Auf der anderen Seite der Insel, in der Nähe des Anlegers. Er hebt seinen Kopf und brüllt wie in diesem alten Film-Logo ...

»Wow, das ist echt klasse. Der Hund hat sich losgerissen«, verkündete Ajay. »Er rennt in die andere Richtung davon, runter zum Steg, und die Wachmänner hinter ihm her.«

Elise musterte Will mit einem verschmitzten Lächeln.

Ein Löwe?

Will zuckte die Achseln. Elise konnte sich nur mühsam ein Lachen verkneifen.

»Tempo, Dr. Doolittle«, sagte sie.

Sie eilten zur Luke und innerhalb von fünf Sekunden kletterte Elise die Leiter hinunter. Nach weiteren fünf Sekunden hockte Will wieder hinter dem Aufbau bei Ajay, der ihn mit weit aufgerissenen Augen und schwer atmend anschaute.

»Ich habe keine besonders guten Erinnerungen an diese Leiter, Will«, gab Ajay zu. »Ich weiß, ich sollte als Nächster nach unten steigen, aber würde es dir was ausmachen, wenn ich als Letzter gehe, damit ich in meinem eigenen Tempo hinunterklettern kann?«

»Ich muss die Luke schließen, Ajay«, entgegnete Will. »Mach dir keine Sorgen wegen des Tempos. Stell dir nur den Atem eines Boerboel in deinem Nacken vor.«

Will schlüpfte um die Seite zur Luke und öffnete sie. Ajay ließ sich auf den Boden fallen und glitt langsam rückwärts, bis seine Füße die erste Sprosse ertasteten.

»Warum in aller Welt habe ich bloß eingewilligt?«, stöhnte Ajay. »Ich verfüge über die notwendige Technologie und hätte diese ganze Operation bequem von meinem Zimmer aus überwachen können.«

»Ach was, das machst du doch mit links«, ermunterte ihn Will.

Er hielt Ajay fest, bis der die Leiter erreicht und mit beiden Händen umklammert hatte. Dann schaltete er Ajays Stirnlampe ein.

»Wenigstens lande ich auf den Mädchen, wenn ich falle«, meinte Ajay mit einem matten Lächeln und verschwand dann in dem Loch. »Könnte schlimmer kommen, meinst du nicht auch?«

Will schlüpfte hinter Ajay in den Schacht. Er schloss die Luke zur Hälfte, drehte sich um, ertastete die Leiter mit den Füßen und einer Hand, hängte dann das Schloss wieder an den Bügel – ohne es jedoch zu schließen – und zog dann langsam mit der anderen Hand die Luke über sich zu.

Schweigend kletterten sie einer nach dem anderen nach unten. Ihre Stirnlampen spendeten ausreichend Licht und nicht einmal Ajay geriet in Panik. Als er schließlich auf dem Boden ankam, wurde den anderen klar, warum er sich während des Abstiegs kein einziges Mal über irgendetwas beschwert hatte.

»Dreihundertneununddreißig Sprossen«, sagte er. »Mit jeweils 30 Zentimetern Abstand, also sind wir ungefähr 104 Meter tief unter der Erde. Aber lasst mich das schnell überprüfen ...«

Während Ajay ein kleines Multifunktions-GPS aus einer der vielen Taschen an seiner Weste nahm, sprang Will die letzte Sprosse hinunter und landete neben ihm.

»Damit müssten wir noch tiefer sein als der Grund des Sees«, meinte Brooke.

Ajay hielt sein GPS in die Höhe. »Um genau zu sein, sind es 104,85 Meter. Auf der anderen Seite der Insel – am seichteren Ende – ist der See rund 18 Meter tief. Brookes Annahme ist korrekt. Daran besteht kein Zweifel. Wir befinden uns also deutlich unterhalb des Seebodens.«

Sie nahmen ihre kompakten, leistungsstarken Taschenlampen aus den Rucksäcken und schalteten sie ein.

»Wir befinden uns in derselben Felskammer wie damals«, stellte Ajay fest und beleuchtete die grob behauenen Wände mit seiner Taschenlampe. »Und dieser Tunnel, der einzige Weg nach draußen, führt südwärts in Richtung See.«

»Alles unverändert«, meinte Nick.

»Bis auf eine Sache.« Will leuchtete nach oben, um einen letzten Blick auf die Leiter zu werfen. »Dieses Mal weiß niemand, dass wir hier sind. Also los«, sagte er und ging voran.

Will führte sie aus der Kammer in den Tunnel; Nick bildete die Nachhut.

»Der Fels schwitzt«, bemerkte Elise und fuhr mit der Hand über die Felswand.

»Das ist der See, der auf den Tunnel drückt«, erklärte Ajay. »Er strebt nach dem Grundwasserspiegel unter uns.«

»Das ist lächerlich«, fand Nick.

»Wieso?«

»Man kann doch aus Wasser keinen Spiegel machen. Wenn überhaupt, dann ein Bett«, fügte er nach kurzem Nachdenken hinzu.

Der Tunnel fiel allmählich weiter ab, mindestens noch 7,5 Meter, und seine Wände waren hier mit dicken, verwitterten Holzplatten abgedichtet. Überall um sie herum tropfte geräuschvoll Wasser auf den Boden, der von der Feuchtigkeit ganz glatt und rutschig war.

»Wir sind jetzt direkt unter dem See«, sagte Ajay und schaute nervös auf sein GPS.

»Man kann sein Gewicht regelrecht spüren«, meinte Brooke.

»Dieser Tunnel muss schon sehr alt sein«, vermutete Elise und ließ das Licht ihrer Taschenlampe über die Holzbalken gleiten.

»Mindestens hundertfünfzig Jahre«, sagte Ajay. »Vielleicht erinnert ihr euch an meine Theorie, dass das Tunnelsystem von demselben Mann angelegt wurde, der auch die Burg erbaut hat.«

»Ich habe letztes Jahr in der Bibliothek ein Buch über ihn gefunden, wisst ihr noch?«, fragte Brooke.

»Mr Elliot hat ihn gestern erwähnt«, berichtete Will. »Sein Name war Ian Cornish.«

»Ian Lemuel Cornish«, korrigierte Ajay.

»Sein zweiter Name lautete Lemuel?«, fragte Will und drehte sich ruckartig zu Ajay um.

»Ja, warum?«

»So heißt Haxleys Butler mit Vornamen. Er hat mir gesagt, das sei ein alter Familienname.«

»Muss wohl seine alte Familie sein, Mann«, folgerte Nick und schüttelte den Kopf. »Lemuel? Was haben die bloß geraucht?«

»Könnte auch Zufall sein«, gab Elise zu bedenken.

»Oder ein Abkömmling der Familie Cornish arbeitet als Butler in dem Haus, das sein Ur-Ur-Irgendwas erbaut hat«, überlegte Ajay.

»Was erklären könnte, warum er sich so benimmt, als würde ihm der Kasten gehören«, sagte Will. »Erzähl uns, was du über Cornish weißt, Ajay.«

»Ian Lemuel Cornish, Waffenfabrikant aus Boston, spezialisiert auf Gewehre und Munition, hat während des Bürgerkriegs ein Vermögen verdient«, berichtete Ajay, während er stehen blieb und nach rechts schaute. »Er war außer sich vor Schmerz, als er erfuhr, dass sein geliebter Sohn Josiah einen Tag vor Kriegsende im Gefecht bei Appomattox Court House getötet wurde, und unternahm daraufhin eine lange Reise durch Europa. Als er zurückkehrte, zog Cornish nach Wisconsin und baute The Crag nach dem Vorbild einer der romantischen Burgen, die er in Deutschland während einer Rheintour besichtigt hatte.«

»Andere haben das Internet. Wir haben ihn«, sagte Nick und deutete auf Ajay.

»Hatte Cornish irgendwelche anderen Erben?«, fragte Will.

»Sein einziger überlebender Sohn – Lemuel – verkaufte die Burg 1932 an Franklin Greenwood, siebzehn Jahre nachdem dessen Vater Thomas das Center gegründet hatte«, fuhr Ajay fort.

»Stimmt. Das hat Mr Elliot mir gestern erzählt.«

»Und wozu brauchte er diese Tunnel?«, wunderte sich Brooke.

»Tut mir leid, darüber habe ich keine Informationen«, entschuldigte sich Ajay.

»Glaubst du, Cornish könnte ein Ritter gewesen sein?«, fragte Elise.

»Wäre möglich«, antwortete Will. »Wir wissen ja, dass die Ritter die Tunnel benutzen.«

»Aber wofür?«, wiederholte Brooke ihre Frage.

»Ist doch klar«, meinte Nick. »Um zum ›Krankenhaus‹ und zur ›Alten Kathedrale‹ zu kommen – was immer das ist.«

»Nepsted wird uns das alles erklären, wenn wir seinen Schlüssel gefunden haben«, sagte Will. Dann wandte er sich an Ajay. »Im Turm wartet eine ganze Kiste mit Unterlagen über Ian Cornish, die du dir später ansehen kannst.«

»Endlich ein Job, für den ich tatsächlich geeignet bin«, freute sich Ajay. »Besser, als meine Zeit hier unten in den Eingeweiden der Erde zu verschwenden.«

Der Tunnel stieg im gleichen Winkel wieder an, in dem er kurz zuvor abgefallen war. Hier war der Steinboden trockener und der Durchgang wurde nach und nach schmaler.

Erneut schaute Ajay auf sein GPS. »Wir haben den See hinter uns gelassen und sind jetzt unterhalb des Südufers.«

»Wir müssten an der T-Kreuzung herauskommen, die wir beim letzten Mal gesehen haben«, vermutete Will und leuchtete nach vorn.

Sie folgten dem Gang um eine leichte Biegung und nach etwa 15 Metern zweigte ein weiterer Gang im Winkel von 90 Grad nach links ab, während der andere Gang weiter geradeaus führte und nach ein paar Metern in einer Kurve nach rechts abfiel. Will blieb stehen und richtete den Strahl seiner Taschenlampe in den schmalen, felsigen Tunnel.

»Von dort sind wir letztes Jahr gekommen, wisst ihr noch?«

»Ja, dieser Tunnel führt zurück zur Ausweichumkleide«, stellte Ajay fest und hielt sein GPS hoch.

»Und was ist dort?«, fragte Elise und zeigte geradeaus.

»Wir hatten keine Gelegenheit, das herauszufinden«, sagte Nick. »Da waren uns die Ritter ganz dicht auf den Fersen und wir mussten echt Gas geben.«

»Okay, wenn ihr also wisst, wohin dieser Weg führt, dann sollten wir den anderen nehmen«, meinte Brooke und marschierte geradeaus.

»Warte«, hielt Will sie zurück.

Ein vages Bild, das undeutlich in Wills Kopf herumgespukt war, nahm langsam Gestalt an. Dieser Tunnel, diese besondere Biegung. Eine Art doppeltes Déjà-vu, ein Gefühl der Vertrautheit überwältigte ihn, bis er begriff: Ich habe noch eine andere Erinnerung an diesen Ort. Nicht nur vom letzten Jahr. Woher kommt sie? Habe ich geträumt, dass ich hier unten war? War es das?

Nein, das konnte es nicht sein. Will legte eine Hand auf die Felswand und versuchte, das Bild näher heranzuholen.

»Ich weiß, was dort hinten ist«, sagte er schließlich. »Auf der rechten Seite.«

»Alter, ich hab doch gerade gesagt, dass wir letztes Jahr genau an dieser Stelle waren ...«

»Nein, ich meine hinter der Biegung. Ich habe es in einem Traum gesehen oder ... irgendwo anders. Ich kann es nicht erklären.«

Nein, nicht in einem Traum. Die einzige Erklärung, die Will für sich selbst hatte, klang zu verrückt, um sie laut auszusprechen: Jemand schiebt mir Bilder in den Kopf.

Aber wer?

»Was siehst du, Will?«, hakte Elise nach und trat neben ihn.

»Dahinten rechts ist ein riesiges, massiv gesichertes Tor«, verkündete Will und zeigte in diese Richtung. »Und darauf steht etwas geschrieben. Ajay, beim letzten Mal hat keiner von uns um diese Ecke geschaut, oder?«

»Dazu hatten wir keine Zeit«, bestätigte Ajay. »Die Ritter waren uns auf den Fersen.«

»Probieren wir es aus«, schlug Will vor. »Ich muss wissen, ob es tatsächlich so ist. Seht nach.«

»Okay«, sagte Brooke argwöhnisch.

Brooke, Nick und Ajay bogen rasch um die Ecke, während Elise bei Will blieb.

»Siehst du das auch?«, flüsterte Will ihr zu.

»Nein.«

»Ich hab nicht die geringste Ahnung, woher es kommt …«

Er hielt inne, als die anderen gegen massives Holz schlugen. Einen Moment später kam Brooke mit besorgter Miene zurück.

»Ich werde nicht verraten, ob du recht hattest oder nicht, aber erinnerst du dich, ob auf diesem angeblichen Tor irgendetwas geschrieben stand?«, fragte sie, leicht außer Atem.

»Oder eingeritzt war!«, rief Nick, der gerade um die Ecke bog.

»Du sollst ihm doch keine Hinweise geben«, mahnte Ajay, der kurz danach folgte.

Erneut schloss Will die Augen, lehnte sich gegen die Wand und rief sich das Bild des Tors ins Gedächtnis: dick, massiv, aus dem Holz hoher Bäume gebaut.

Zwei Worte schwammen undeutlich vor seinen Augen – eines davon wie mit einem Messer grob ins Holz geritzt. Aber er konnte sie nicht vollständig erkennen.

»Das erste ist ein etwas kürzeres Wort und beginnt mit einem C, alles in Großbuchstaben«, sagte er. »Das zweite steht darunter und fängt mit einem T an.«

»Also jetzt machst du mich echt nervös«, sagte Ajay. »Bist du irgendwann noch mal hier unten gewesen … und wir wissen nichts davon?«

»Natürlich nicht«, stellte Elise klar und musterte Will besorgt.

»Und ich bin natürlich geneigt, ihm zu glauben«, beteuerte Ajay. »Will, kannst du zufällig einen Blick in die Vergangenheit werfen und sehen, wer diese Worte eingeritzt hat?«

»Tut mir leid«, sagte Will, als das Bild verblasste. »Das ist alles, was ich zu bieten habe.«

»Wow, das ist so unglaublich enttäuschend«, fand Nick.

»Also, was steht auf dem Tor?«, wollte Will wissen.

»Komm, sieh selbst«, forderte Brooke ihn auf.

Hinter der Biegung wurde der Tunnel breiter und höher. Dann standen sie vor einem 2,50 Meter breiten und 4,50 Meter hohen Doppelflügeltor aus dicken, grob geschnittenen, vertikalen Holzbohlen. Zwischen den beiden Flügeln verlief ein kaum sichtbarer Spalt. Will entdeckte eines der Wörter, die er vor seinem geistigen Auge gesehen hatte: Es war sorgfältig und gleichmäßig über seiner Augenhöhe in Großbuchstaben in das Holz geschnitzt.

CAHOKIA

Darunter hatte jemand, erst kürzlich und in großer Hast, ein weiteres Wort regelrecht in die Bohlen eingeritzt:

TEOTWAWKI

»Teotwawki ... und Cahokia«, las Ajay vor.

»Sagt euch das irgendwas?«, fragte Elise.

»Nein«, antwortete Will.

»Bei mir klingelt da leider auch nichts«, sagte Ajay.

»Alter, das ist doch nicht etwa der Name von irgendjemand, oder?« Nick starrte auf die Worte.

»Ist das dein Ernst?«, fragte Elise und verzog das Gesicht.

»Ja, könnte doch Norwegisch sein oder so was.«

»Natürlich – Cahokia Teotwawki, die berühmte norwegische Opernsängerin«, meinte Ajay und verdrehte die Augen.

»Echt jetzt?!«, fragte Nick hoffnungsvoll.

»Nein.«

»Also wenn ihr jetzt gemein werdet, dann spiele ich nicht mehr mit«, erwiderte Nick beleidigt.

»Hört sich irgendwie an wie Wörter aus einer Indianersprache, meint ihr nicht auch?«, überlegte Brooke.

»Vielleicht«, sagte Will. »Ich werde mal Coach Jericho danach befragen.«

»Elise, du beschäftigst dich doch mit Kalligrafie und Schriften. Was denkst du?«, fragte Ajay.

Elise betrachtete die Buchstaben bereits aus der Nähe. »Wer auch immer das war, bei CAHOKIA hat er sich Zeit gelassen. Macht einen offiziellen Eindruck – seht ihr, wie sauber der Schriftzug in der Tormitte ausgerichtet ist? Als hätte eine Autoritätsperson die Buchstaben so anbringen lassen. Außerdem stammt die Inschrift definitiv aus dem 19. Jahrhundert, wie man an all den Serifen erkennen kann.«

»Stammen Tor und Wort von derselben Person?«, fragte Ajay.

»Ich denke schon«, bestätigte Elise.

»Was ist mit dem anderen Wort?«, hakte Brooke nach.

»Das ist total anders«, erklärte Elise und fuhr mit dem Finger über die Buchstaben. »Es kam später hinzu. Die Kerben im Holz sehen neuer aus. TEOTWAWKI. Schnell geschrieben, geradezu gekritzelt, als eine Art Kommentar zum ersten Wort. Fast wie Graffiti.«

Nick hüpfte kurz auf der Stelle, nahm ein paar Schritte Anlauf und sprintete auf das Tor zu. Dann sprang er hoch und trat mit beiden Füßen dagegen, bevor er wieder federnd auf dem Boden landete. Das Holz hatte nicht einen Millimeter nachgegeben.

»Und falls ihr euch fragen solltet, diese Angeln sind stärker verankert als eine Luke an einem nukular betriebenen U-Boot«, verkündete Nick und untersuchte die Ränder.

»Nuklear«, berichtigte Ajay genervt.

»Kein Knauf, keine Klinke, kein Schloss. Keine Möglichkeit, einen Hebel anzusetzen. Nichts.«

»Die Angeln müssen sich auf der Innenseite befinden«, vermutete Ajay und vermaß eine der Wände mit einem anderen kleinen Gerät aus seiner Weste. »Und laut meiner Dichtemessung ist dieses Holz unglaublich massiv, mindestens 25 Zentimeter dick. Vermutlich wurde es auf der anderen Seite noch verstärkt.«

»Sieht so aus, als kämen wir hier nicht weiter«, meinte Brooke.

»Wir müssen es öffnen«, sagte Will. »Nepsteds Schlüssel ist irgendwo auf der anderen Seite.«

»Tretet zurück«, verlangte Nick. »Ich will mal was versuchen.«

Er ging nahe an das Tor heran, breitete die Arme aus und rief: »Freund!« Nichts passierte. »Amigo!« Immer noch nichts. Dann drehte er sich zu den anderen um und flüsterte: »Welche ausländischen Wörter gibt es noch für Freund?«

»Mon ami«, sagte Brooke.

»Mon ami!«, schrie Nick das Tor an.

»Was machst du da?«, fragte Elise verwundert.

»Ich versuche es mal mit der unkonventionellen Methode«, antwortete Nick, und als sie die Augen verdrehte, fügte er hinzu: »Hey, in Herr der Ringe hat es funktioniert.«

»Dümmer als Brot«, meinte Ajay kopfschüttelnd. »Vielleicht sollte ich es mal mit meinem Beil bearbeiten.«

»Und meine Idee hat dir nicht gefallen?«, wunderte sich Nick.

»Wartet«, sagte Will und bat mit erhobener Hand um Ruhe. Er schloss die Augen und ein weiteres Bild erschien vor seinem geistigen Auge. »Da ist noch etwas anderes«, erklärte er. »Irgendwo dort hinten.«

Rasch führte er sie zurück zur T-Kreuzung. Dann ging er in den schmaleren Gang hinein, die Augen fest auf die Wand direkt vor ihm gerichtet. Nick wollte ihm folgen, aber Elise riss ihn zurück.

»Lass ihm Platz, du Pfosten«, schimpfte sie.

Will öffnete und schloss die Augen ein paar Mal hintereinander und versuchte, das Bild, das sich in seinem Geist materialisiert hatte, vor der realen Wand aufzurufen.

»Was ist da, Will?«, fragte Brooke.

»Irgendetwas ist in der Mauer verborgen«, erwiderte Will und steuerte langsam darauf zu. »Mit Steinen, Schlamm und Moos bedeckt. Auf Augenhöhe. Irgendwo dadrin.«

Dann nahm er sein Schweizer Messer heraus, klappte eine Klinge aus und kratzte ein Quadrat in den Stein. Sofort richteten die anderen ihre Taschenlampen auf den etwa 60 mal 60 Zentimeter großen Umriss.

»Soll ich mein Beil rausholen?«, fragte Ajay und griff in seinen Rucksack.

»Nicht nötig, Kumpel«, sagte Nick hinter ihm und nahm ein langes Jagdmesser aus der Tasche. »Jetzt seht ihr mal, was ein richtiges Messer ist.«

Nick zog die gefährlich aussehende, etwa 30 Zentimeter lange Klinge aus der Scheide und half Will an der Mauer, die von den anderen erleuchtet wurde. Nachdem sie etwa eine Minute lang Stücke aus dem Stein gehackt hatten, schimmerte etwas im Licht der Taschenlampen. Nick drehte sein Messer und stach mit der Spitze auf die Stelle, woraufhin das klirrende Geräusch von Metall auf Metall ertönte.

»Das ist es«, sagte Will.

Mit neuem Mut kratzten sie rasch Schlamm und Erde von einer verrosteten metallenen Oberfläche – stumpfes Messing, etwa 30 mal 30 Zentimeter groß und tief in den Fels eingelassen.

»Es ist irgendeine Metallplatte«, erklärte Nick.

Will entfernte ein letztes Stück Gestein und legte ein großes, altmodisches Schlüsselloch in der Mitte der Platte frei.

»Nein«, korrigierte Will. »Das ist ein Schloss.«

Nachdem sie die letzten Steinreste weggekratzt hatten, traten sie zurück und betrachteten es genauer.

»Fünfzig Dollar, dass es zum Tor gehört«, sagte Elise.

»Klar – als ob ich auf die Wette eingehen würde«, erwiderte Nick.

»Gib mir den Schlüsselbund, Nick.«

Nick reichte Will den Ring, aber keiner der fünf Schlüssel war auch nur annähernd groß genug, um in das Schlüsselloch zu passen.

»Hätte ich mir denken können«, meinte Nick und trat frustriert gegen die Wand.

»Glaubst du im Ernst, dass jemand ein doppelt und dreifach gesichertes Tor baut und dann den Schlüssel einfach an irgendeinem Haken hängen lässt?«, fragte Elise.

»Wir wissen nicht einmal, ob es überhaupt einen Schlüssel für dieses Schloss gibt«, bemerkte Will.

»Ich könnte es mit meinem Beil zertrümmern«, bot Ajay an.

»Nicht gerade dein bester Vorschlag«, fand Brooke.

»Dann sieht es so aus, als wären wir aufgeschmissen«, entgegnete Ajay. »Und den Schlüsseldienst können wir ja nun auch schlecht rufen.«

Will wandte sich an Nick. »Das ist dein Stichwort, Bruder.«

»Geeenau«, freute sich Nick und kramte dann schnell die Außenfächer seines Rucksacks durch.

»Wovon redet ihr?«, erkundigte sich Brooke.

»Ihr habt bereits einen Schlüsselmeister in eurer Mitte, *mis amigos*«, teilte Nick den anderen mit und öffnete seinen Rucksack. »Er steht vor euch.«

»Nick hat sich ... in seiner Kindheit verschiedene Fertigkeiten angeeignet«, erklärte Will.

»Einer der zufälligen Vorteile einer vergeudeten Jugend«, meinte Nick und holte den Ring mit professionellen Dietrichen heraus. »Macht dem Meister mal Licht.«

Die anderen vier richteten ihre Taschenlampen auf die Messingplatte. Nick erleuchtete mit seiner Stirnlampe das Schlüsselloch und machte sich dann mit verschiedenen Dietrichen und Spannern an die Arbeit. Als er das Innere des Schlosses mit den gebogenen Instrumenten bearbeitete, hörte man ein verheißungsvolles Klicken und Schnappen. Darauf folgte jedoch sofort ein ganz und gar nicht verheißungsvolles Knirschen und Schleifen der Verzahnung. Die Dietriche wurden Nick förmlich aus der Hand gerissen und verschwanden dann klirrend und scheppernd im Schlüsselloch.

»Das verdammte Ding hat meine Dietriche gefressen!«, stellte Nick verblüfft fest.

»Was meinst du, Will, ist das aphotische Technologie?«, fragte Brooke.

»Das hier ist schlimmer – das ist eine Art Raubtier«, knurrte Nick.

Will nahm seine dunkle Brille heraus, setzte sie auf und studierte die Platte eingehend. »Ich sehe nichts ...«

»Ich habe neununddreißig Dollar für die Dietriche bezahlt«, beschwerte sich Nick.

»Wo? Im Klaumarkt?«, neckte ihn Elise.

Nick schlug frustriert mit der Faust auf die Platte, woraufhin die anderen einen Schritt zurückwichen, als könne sie zurückschlagen.

»Das ist nicht aphotisch«, erklärte Will, als er die Brille wieder abnahm. »Aber lasst uns mal nachdenken: Wenn es tatsächlich eine Art Schloss ist, muss es doch zur gleichen Zeit hier installiert worden sein wie das Tor, oder?«

»Schwer zu sagen«, meinte Ajay. »Es dauert ewig, bis das Metall durch einen natürlichen geologischen Prozess so aussieht, es sei denn ...«

»Es sei denn, was?«, fragte Brooke ungeduldig.

»Es sei denn, die Steine wurden künstlich hinzugefügt«, beendete Will seine Überlegungen. »Als Tarnung. Was mehr Sinn ergibt.«

»Vielleicht ist es eine Falle«, überlegte Nick. »Und wenn du dieses Tor öffnest, beißt dir ein Monster den Kopf ab.«

»Ja, vielleicht sollten wir es in Ruhe lassen«, pflichtete Ajay ihm bei und bewegte sich langsam rückwärts, Richtung Ausgang. »Außerdem müssen wir wieder auf dem Campus sein, bevor die Sperrstunde beginnt ...«

»Immer Ruhe mit den jungen Pferden, Cowboy«, beschwichtigte Elise und fasste Ajay am Ellbogen. »Es ist halb zehn und wir haben gerade erst angefangen zu suchen.«

»Genau. Meinst du, wir wollen noch so eine amphorische Landung hinlegen, nur um uns hier unten wieder rein- und rauszuschleichen?«, fragte Nick.

»Amphibisch«, berichtigte Ajay.

»Vielleicht ist der Schlüssel ganz in der Nähe versteckt«, spekulierte Brooke. »Ihr wisst schon, der berühmte Ersatzschlüssel in einem Blumentopf auf der Terrasse hinter dem Haus.«

»Ich stelle allerdings fest, dass es in unmittelbarer Umgebung keinen Rittersporn in Terrakotta-Töpfen gibt«, sagte Ajay.

»Gute Idee, Brooke«, meinte Will. »Sehen wir uns mal um.«

Fünf Minuten lang untersuchten sie jeden Zentimeter der Kreuzung, bis zum Tor und zurück, und schauten in allen Nischen und Spalten nach.

Nirgends ein Schlüssel.

»Ich habe eine Frage«, setzte Brooke an und hob die Hand.

»Ja, Miss Springer«, sagte Ajay.

»Ich will ja kein Spielverderber sein, aber sind wir uns absolut sicher, dass wir dieses Tor öffnen wollen?«

»Oh Mann«, stöhnte Nick ungeduldig und zeigte auf die Tür. »Nepsteds Schlüssel?!«

»Aber sollte man nicht mal darüber nachdenken, dass dieses Tor vielleicht gar nicht gebaut wurde, um jemandem am Betreten des Ganges zu hindern, sondern deshalb, damit etwas auf der anderen Seite nicht herauskann?«

Alle hielten einen Moment inne. Ajay wischte sich mit einem Taschentuch den Schweiß von der Stirn.

»Also«, fasste Will dann zusammen. »Nepsted sagt, dass es einen Schlüssel gibt – ganz tief unten, am Fuß der Treppe –, der das magische Schloss an seinem Käfig öffnet. Und er wird uns erst verraten, was er über die Schule, die Ritter und sonst noch alles weiß, wenn wir diesen Schlüssel finden.«

»Und eins ist sicher: Er weiß eine Menge«, fügte Nick hinzu.

»Und deshalb gehe ich nicht eher hier weg, bis wir dieses Tor geöffnet und gefunden haben, was wir suchen«, erklärte Will.

Elise machte eine Geste mit den Händen, als würde sie die beiden Ideen gegeneinander abwägen. »Also gut, dann lasst uns das Tor öffnen.«

Im nächsten Moment drängte sich Will eine weitere Idee auf. Er fragte sich inzwischen nicht länger, wo diese Ideen herkamen, sondern ging zu Elise.

»Sing dem Schloss etwas vor«, sagte er sanft.

»Ist das dein Ernst?«

»Ich weiß noch nicht mal, warum ich glaube, dass es den Versuch lohnt – aber versuch es bitte.«

»Du meinst ... ein Lied singen?«

»Nein«, sagte Will und erklärte dann so unauffällig wie möglich: »Kein richtiges Lied. Eine dieser anderen Fertigkeiten, an denen du arbeitest.«

Elise begriff. Sie ging hinüber zu der Platte, atmete tief ein, schloss die Augen und führte die Hände in einer Yoga-Stellung zusammen, um sich zu konzentrieren. Einen Augenblick später nahm sie eine Kampfhaltung ein, warf den Kopf nach hinten und öffnete den Mund.

Ein klarer, hoher Ton, wie das ununterbrochene Läuten einer Glocke, drang durch den unterirdischen Raum. Elise hob die Hände und bewegte sie, woraufhin sich der Klang veränderte, als würde sie ihn biegen und formen oder ...

Schärfen. Der Ton wurde durchdringender und eindeutig kräftiger. Dann richtete Elise ihn auf die Platte in der Wand und Will war sich sicher, dass er förmlich sah, wie die Schallwellen durch die Luft flogen.

Als der erste Ton die Platte berührte, erklang ein zweiter, der harmonisch auf den ersten abgestimmt war und auf dem Messing widerhallte. Diese Schwingungen wurden immer schneller und erfüllten die Luft mit Klang.

Die anderen wichen erschreckt zurück. Nick hielt sich sogar die Ohren zu, aber Will trat näher heran, um besser sehen zu können.

Das ist unglaublich. Sie kann es jetzt viel besser steuern. Als würde sie ein Instrument vollkommen beherrschen ... mit dem Unterschied, dass sie selbst dieses Instrument ist.

Elise modulierte und verfeinerte den Ton, bis er auf einen schmalen Strahl reduziert war. Will sah, wie das Messing heftig in Schwingung geriet, als würde es mit einer Bohrmaschine bearbeitet. Dann bewegte Elise die Hände ein weiteres Mal und richtete den Klangstrahl direkt in das Schlüsselloch.

Der Ton war jetzt so hoch, dass die anderen ihn nicht mehr

wahrnehmen konnten, und wurde von dem Loch verschluckt, erzeugte in seinem Inneren spürbare Hitze und Lärm.

Mit einem wilden Ausdruck in den Augen schaute Elise zu Will. Sie wollte etwas sagen, war aber zu konzentriert, um es laut auszusprechen. Ihre Lippen waren geschürzt, als pfeife sie einen Laserstrahl.

Was jetzt?, fragte sie ihn stumm.

»Was meinst du?«

Wonach soll ich hier drin suchen?

»Nick, wie knackt man ein Schloss?«, wollte Will wissen.

»Keine Ahnung, das macht man nach Gefühl, Alter.«

»Okay, wonach fühlt man?«

»Ist schwer zu beschreiben.«

»Wäre wirklich toll, wenn du es mal versuchen könntest«, meinte Will und winkte ihn hinüber zu Elise vor die Wand. »Hier. Sag es ihr.«

»Also, da ist dieses runde Ding, okay?«, setzte Nick an und beschrieb die Form mit den Händen. »Und da ragen eine Menge von diesen winzigen, scharfen Dingern heraus ... wie heißen die noch gleich?«

»Du meinst einen Zylinder, durch dessen Mitte eine Reihe von Stiften verläuft«, erläuterte Ajay.

»Ja, danke. Stifte, wie er gesagt hat.«

Wieder bat Elise Will mit den Augen um Hilfe.

»Also, was soll sie damit machen?«, fragte Will.

»Die Stifte auf eine bestimmte Höhe und in der richtigen Reihenfolge anheben«, antwortete Ajay, »sodass sich der Zylinder drehen und den Verriegelungsbolzen zur Seite schieben kann ...«

»Okay, halt den Mund. Ich muss mich konzentrieren«, stieß Elise zwischen zusammengebissenen Zähnen hervor.

Sie hatte Mühe, den Druck ihres Klangstrahls im Zylinder aufrechtzuerhalten. Irgendwie gelang es ihr noch immer, beim Einatmen Töne zu erzeugen, aber Will sah, dass die Anstrengung an ihren Kräften zehrte. Er warf den anderen einen Blick zu und bemerkte, dass Brooke dastand und Elise anstarrte, als sei sie ein Alien, das gerade aus einem Ufo gesprungen und direkt vor ihr gelandet war.

»Es kommt vor allem darauf an, dass du konstante Drehkraft auf den Zylinder ausübst, damit die Stifte, die du nach oben gedrückt hast, nicht wieder herunterfallen«, erklärte Ajay. »Dann ziehst du den Riegel ...«

»Hör auf, ihr zu helfen«, forderte Will.

Erneut wandte Elise sich an Will: Ich weiß nicht, wie lange ich das noch durchhalten kann. Ihr ganzer Körper zitterte vor Anstrengung und Schweiß tropfte von ihrer Stirn.

Ich fühle was ... werde versuchen, daran zu ziehen.

Will trat näher an das Schlüsselloch heran. Er hörte den Klangstrahl darin vor Spannung trommeln und zischen, dann ein scharfes Klicken und schließlich ein Knirschen von Zahnrädern, das abrupt aufhörte.

»Das ist es«, sagte Will. »Ich glaube, du hast es fast geschafft.«

Elise mobilisierte ihre letzten Kräfte und verdoppelte den Druck. Will spürte, wie die Messingplatte glühend heiß wurde und ihre gesamte Oberfläche vibrierte. Dann folgten ein lauteres Klicken, eine nervenzerreißende Stille und schließlich ein fortgesetztes Abrollen von Zahnrädern hinter der Platte.

Elise sackte in sich zusammen. Sofort sprang Nick zu ihr, um sie aufzufangen, und ließ sich mit ihr in den Armen vorsichtig auf den Boden sinken. Sie war halb bewusstlos, ihre Lider flatterten und ihre Arme hingen schlaff an den Seiten herab.

Will warf Brooke einen eindringlichen Blick zu, mit dem er sie um Hilfe bat. Sie kniete sich neben Elise und legte ihr eine Hand auf den Arm.

»Es wird ihr gleich wieder besser gehen«, versicherte sie nach kurzer Zeit. »Sie ist nur erschöpft, nicht verletzt.«

»Woher weißt du das?«, fragte Nick verblüfft.

Bevor Brooke antworten konnte, hörten sie ein gewaltiges Rumpeln hinter der Biegung, das beständig lauter wurde.

»Das Tor öffnet sich«, stellte Ajay fest.

Und in diesem Moment hatte Will plötzlich erneut eine Eingebung, die er weder mit seinen Sinnen erfassen noch zu ihrem Ursprung zurückverfolgen konnte. Er starrte angestrengt in den Gang hinter ihnen – zuerst in die Richtung, aus der sie gekommen waren, und dann zu dem Tunnel, der zu der Umkleide führte. Zwar sah und hörte er nichts, aber seine Sinne sendeten ihm noch immer dieselbe Botschaft.

Irgendjemand – oder irgendetwas – folgte ihnen.

PALADINE

Während Brooke und Nick sich um Elise kümmerten, liefen Ajay und Will um die Ecke und sahen nach dem gigantischen Tor. In der Mitte hatte sich ein Spalt geöffnet und die beiden Flügel bewegten sich ganz langsam, Zentimeter für Zentimeter, nach außen, begleitet vom schleifenden Geräusch der sich drehenden und ineinandergreifenden Zahnräder.

Will und Ajay richteten ihre Taschenlampen auf den größer werdenden Spalt, aber die Strahlen durchdrangen kaum die tiefe, Furcht einflößende Finsternis auf der anderen Seite. Luft wehte ihnen von innen entgegen – eine leichte Brise, die einen Hauch von Moder, Verfall und uralter Erde herantrug.

»Wie lange ist es wohl nicht mehr geöffnet worden?«, fragte Ajay und blinzelte nervös.

Will leuchtete nach unten. Die Torflügel schleiften leicht über den Boden und hinterließen auf ihrem Weg nach außen Rillen in der Erde. Er kniete sich mit einem Bein auf den Boden, um sie zu begutachten.

»Offenbar werden sie nicht besonders häufig geöffnet. Sonst hätten sie mit der Zeit tiefe Furchen in den Boden gegraben.«

»Will, schau dir das mal an«, sagte Ajay.

Er hielt seine Taschenlampe auf die Rückseiten der sich öffnenden Flügel, die mit schweren, fast drei Zentimeter dicken Stahlplatten verstärkt waren. Zufällige, chaotische Muster aus breiten Kratzspuren verliefen auf beiden Seiten über die Oberfläche.

»Was glaubst, wodurch die entstanden sind?«, wandte Will sich an Ajay und untersuchte die Furchen dann aus der Nähe. »Sieht nicht so aus, als sei ein Werkzeug oder eine Maschine dabei zum Einsatz gekommen, oder?«

»Nein. Ich würde sagen, dass hier etwas ... Organisches am Werk war. Vielleicht hatte Brooke ja recht.« Plötzlich hielt Ajay abrupt inne. »Ich will dich nicht beunruhigen, aber dahinten im Tunnel steht etwas ... oder jemand.«

Will wirbelte herum und leuchtete in die gleiche Richtung wie Ajay, aber die Strahlen seiner Taschenlampe konnten die Finsternis nicht durchdringen. »Wo? Ich seh nichts.«

»Also ich kann es ganz genau sehen«, erwiderte Ajay. »Warte, bis sich deine Augen an die Dunkelheit gewöhnt haben.«

Will wartete. Inzwischen war der Spalt zwischen den beiden Torflügeln über einen Meter breit. Langsam zeichnete sich eine Gestalt in dieser Öffnung ab, sie schien in unbestimmter Entfernung vom Tor in der Finsternis zu schweben. Will konnte unmöglich abschätzen, wie weit sie weg war.

»Was ist das?«

»Es bewegt sich nicht«, flüsterte Ajay. »Es ist zu groß für eine menschliche Gestalt, besitzt aber eine ähnliche Form. Und es leuchtet gleichmäßig, durch irgendeine phosphoreszenzartige Reaktion. Mach mal deine Taschenlampe aus.«

Beide schalteten ihre Lampen aus und wurden augenblicklich von pechschwarzer Finsternis umhüllt. Der Mechanismus der schweren Flügel schien in der Dunkelheit noch lauter zu knarren. Will konnte absolut nichts erkennen.

»Ist deine Sehfähigkeit in der Dunkelheit besser?«, fragte er.

»Natürlich«, antwortete Ajay leise.

»Wichtige Frage: Kann es uns sehen?«

»Es bewegt sich nicht und scheint auch nicht zu reagieren.«

Hinter ihnen kamen Lichtstrahlen und Stimmen um die Ecke: Nick, Brooke und Elise, die wieder auf den Beinen war.

»Was ist los, Leute?«

»Leise!«, zischte Ajay. »Schaltet eure Taschenlampen aus. Benutzt nur eine Stirnlampe, um den Weg zu beleuchten, und kommt langsam näher.«

Die anderen taten, was er sagte, und traten dann neben sie. Will tastete nach Elises Hand und drückte sie. Alles in Ordnung?, fragte er sie stumm.

Es geht mir gut. Bitte mich nur in nächster Zeit nicht, die Lieder im Radio mitzusingen.

Als die Flügel sich zur Hälfte geöffnet hatten, hielten sie plötzlich mit einem lauten, rostigen Knarren an. Die Brise, die ihnen aus der Öffnung entgegenwehte, war stark genug, um die Haare der Mädchen zu bewegen.

»Riecht so, als hätten wir gerade eine der alten Pyramiden aufgebrochen«, meinte Brooke.

»In gewisser Hinsicht haben wir vielleicht genau das getan«, bestätigte Ajay flüsternd. »Richtet bitte alle eure Taschenlampen auf die gleiche Stelle wie ich und knipst sie dann an, wenn ich es sage.« Er wartete, bis alle bereit waren. »Jetzt.«

Alle fünf Lampen gingen gleichzeitig an und die anderen beeilten sich, den Strahl in die gleiche Richtung zu senden, in die Ajay leuchtete.

Wie Ajay bereits vermutet hatte, stand etwa 15 Meter entfernt, mitten im Gang, die Statue einer menschlichen Figur. Das Gesicht war nicht zu erkennen, weil sie dem Tor den Rücken zugewandt hatte. Sie stellte einen mindestens 4,5 Meter großen, muskulösen Mann mit breiten Schultern dar und war aus einer mattgrün schimmernden Metall-Legierung gefertigt, die die Strahlen der Taschenlampen fast gar nicht reflektierte.

»Kommt, den sehen wir uns mal genauer an«, forderte Will die anderen auf.

»Glaubst du wirklich, das ist eine so gute Idee?«, fragte Ajay. »Was, wenn wir reingehen und das Tor schließt sich hinter uns?«

»Ich würde sagen, das sollte man in Erwägung ziehen«, meinte Elise.

»Dann gehe ich allein«, schlug Will vor. »Ich schaffe es mühelos bis dahin und wieder zurück, bevor sich die Flügel schließen.«

»Niemand geht da allein rein«, stellte Brooke klar.

»Also gut«, sagte Will, wusste aber nicht, wie es weitergehen sollte.

»Moment mal«, schaltete Nick sich ein. »Wartet hier.«

Nick ließ seinen Rucksack fallen und verschwand um die Ecke. Ein paar Minuten später hörten sie, wie er sich ächzend mit etwas abmühte. Steine gerieten ins Rutschen, etwas fiel mit einem lauten, dumpfen Geräusch herunter und wurde dann über den Boden geschleift.

»Was zum Teufel macht er da?«, wunderte sich Elise.

»Bevor irgendwer deswegen ausflippt ...«, setzte Nick an, als er wieder auftauchte und einen der schweren Holzbalken von den Tunnelwänden hinter sich herzog, »der hier war schon lose und hat nichts zum Einstürzen gebracht.«

Nick ließ den Balken auf den Boden fallen. Er sah aus wie eine Eisenbahnschwelle, war 15 mal 15 Zentimeter breit und knapp zwei Meter lang. Will half Nick, ihn zwischen den geöffneten Torflügeln zu verkeilen.

»Sollten sie sich schließen, müssten sie so eine Weile zurückgehalten werden«, sagte Nick.

Will fühlte sich nicht wohl dabei, das Tor offen zu lassen. Er schaute zurück in den leeren Tunnel, nahm Nick beiseite und flüsterte: »Hast du dahinten irgendwas gesehen oder gehört?«

»Nein, Alter. Nichts, niemand. Wieso fragst du?«

»Ich will nur vorsichtig sein«, erwiderte Will und wandte sich dann den anderen zu. »Gehen wir rein.«

Bis auf Nick traten alle durch die geöffneten Flügel. Will drehte sich zu ihm um.

»Kommst du nicht mit?«

»Ich hatte vor Kurzem eine ziemlich schlechte Erfahrung mit einer, äh, du weißt schon, mit einer Statue«, druckste Nick herum.

»Natürlich«, sagte Will. »Durchaus verständlich. Warte hier, wenn du willst.«

Nick zögerte. »Nein. Was ist, wenn sie runtersteigt? Was wollt ihr dann tun? Sie zu Tode langweilen?«

Nachdem Nick ebenfalls das Tor passiert hatte, gingen sie vorsichtig weiter. Boden, Wände und Decken waren mit grauen, staubigen und verwitterten Lehmziegeln verkleidet. Außerdem nahm der Tunnel hier allmählich eine rundere, symmetrischere Form an.

»Eine vollkommen andere Bauweise«, stellte Ajay fest, während er den Strahl seiner Taschenlampe über die Wände bewegte.

»Seltsam«, fand auch Elise. »Mit nichts zu vergleichen, was wir bisher gesehen haben.«

»Genau«, pflichtete Nick ihr bei. »Sieht aus wie ein U-Bahn-Tunnel.«

Als sie bei der Statue ankamen, weitete sich der Tunnel um drei Meter zu einer leicht abgerundeten Nische, einer Art Alkoven. Die Figur stand auf einem einfachen quadratischen, etwa einen Meter hohen Sockel aus grob behauenem Stein. Langsam gingen die Freunde um sie herum und musterten sie mithilfe ihrer Taschenlampen von Kopf bis Fuß.

»Sieht irgendwie vertraut aus«, fand Ajay.

»Der Paladin«, sagte Will. »Eine moderne Version des Paladins.«

Die Statue stand genau wie das Schul-Maskottchen mit erhobener Waffe da und starrte wachsam in die Dunkelheit. Aber das hier war kein mittelalterlicher Ritter mit Schwert und Schild, sondern ein amerikanischer Soldat in Uniform, samt Stahlhelm auf dem Kopf und einem Gewehr in der Hand.

»Was ist das?«, fragte Brooke.

»Ein Infanterist aus dem Zweiten Weltkrieg«, erklärte Ajay und beleuchtete mehrere Stellen an der Figur. »Ein gemeiner Soldat, im Rang eines Obergefreiten, wie man an dem einzelnen Streifen auf seinem Ärmel erkennen kann. Er trägt ein halb automatisches M1-Garand-Gewehr, die Standardwaffe der U.S. Army zu dieser Zeit.«

»Ist das wichtig?«, erkundigte sich Elise.

»Ja, und ich will euch auch sagen, warum: Das M1 wurde 1939 eingeführt, während der Nachfolger, das automatische M1 Carbine mit größerem Magazin, erst ab 1942 zum Einsatz kam. Diese Waffe verrät uns also, wann die Statue entstanden ist.«

»Man könnte auch einfach nur auf das Datum schauen, das hier unten in den Sockel eingemeißelt ist«, regte Brooke an und richtete ihre Lampe auf eine kleine römische Ziffer in der rechten oberen Ecke.

»Errichtet 1939«, las Will vor.

»Ich bin mit meiner ursprünglichen Schätzung ziemlich zufrieden«, meinte Ajay mit einem stolzen Lächeln.

»Also sind auf jeden Fall Menschen hier gewesen«, bemerkte Will. »Zumindest 1939.«

»Bei der Statue handelt es sich um einen Bronzeguss«, verkündete Elise, die auf den Sockel geklettert war, um sich den Soldaten genauer anzusehen. »So etwas muss in einer Gießerei gefertigt werden.«

Brooke kletterte zu ihr hoch. »Die große Frage lautet: Wie hat man die Statue hier herunterbekommen?«

»Die größte Frage lautet: Was macht sie hier?«, meinte Will.

»Alter, ist doch klar: Sie steht Wache«, klärte Nick ihn auf.

»Was bewacht sie denn?«, hakte Elise nach.

»Wie, da kommst du nicht drauf?« Nick drehte sich um und leuchtete in die unendliche Finsternis vor ihnen. »Irgendwas dahinten.«

In diesem Augenblick frischte die leichte Brise, die durch den Tunnel wehte, deutlich auf und erzeugte ein leises Stöhnen – eine echte Strapaze für das Nervenkostüm der fünf.

»Also, wer hat sie hier aufgestellt und warum?«, fasste Brooke zusammen, die sichtbar zitterte.

»Lässt sich noch nicht sagen«, meinte Will und kniff die Augen zusammen, um tiefer in den Tunnel hineinsehen zu können.

»Folgendes können wir jedoch festhalten«, verkündete Ajay mit leicht brüchiger Stimme. »Es handelt sich um eine moderne Version der ursprünglichen Paladin-Statue, die 1917 aufgestellt wurde.«

»Stimmt«, bestätigte Will.

»Der Paladin ist das Maskottchen des Centers«, fuhr Ajay fort, »aber die Ritter Karls des Großen wurden vormals auch Paladine genannt. Können wir daraus schließen, dass er entweder etwas mit den Rittern oder mit dem Center zu tun hat?«

»Oder mit beiden«, ergänzte Will. »Aber wir wissen noch immer nicht, warum.«

Elise und Brooke sprangen vom Sockel herunter und gingen dann gemeinsam mit den anderen weiter. Als sie den Alkoven verließen, wurde der Tunnel wieder schmaler.

»Jetzt schaltet eure Lampen aus und schaut zurück«, forderte Will die anderen auf.

Die Statue des Soldaten etwa 20 Meter hinter ihnen leuchtete hell in der Dunkelheit und hielt die Waffe auf sie gerichtet – ein wirklich unheimliches Gespenst.

»Mit unseren Lichtern haben wir das phosphoreszierende Material aufgeladen«, erklärte Ajay.

Will hatte noch immer das Gefühl, dass etwas in der Dunkelheit hinter der Statue sie entweder beobachtete oder verfolgte. Doch er behielt diese Befürchtung für sich.

»Ich glaube, wir können eine Vermutung darüber anstellen, wozu die Statue dient«, meinte Ajay, dessen Stimme inzwischen noch zittriger klang. »Sie soll jedem, der sie sieht – ob Mensch oder nicht – eine Heidenangst einjagen.«

»Alter, ich hab's euch doch gesagt«, beharrte Nick. »Es ist eine Wache.«

»Aber was bewacht sie?«, fragte jetzt auch Brooke und warf einen ängstlichen Blick über die Schulter.

Keiner antwortete, aber die anderen wandten sich ebenfalls rasch um und schalteten ihre Taschenlampen wieder ein, deren Strahlen von der Finsternis förmlich verschluckt wurden.

»Kommt weiter«, sagte Will, der seine Angst verdrängte und voranging.

»Der Tunnel hat ein leichtes Gefälle«, meldete Ajay nach ein paar Minuten und schaute auf sein GPS. »Und er führt kaum merklich nach links, also nach Südwesten.«

Sie gingen schneller, und als sie mit dem gebündelten Licht ihrer Taschenlampen den gesamten Tunnel um sie herum erleuchteten, sahen sie, dass er tatsächlich eine leichte Linksbiegung hatte.

»Wartet mal«, bat Ajay. »Macht die Lampen wieder aus.«

Die anderen kamen seiner Aufforderung nach, worauf Ajay ein paar Schritte vorwärtsging und in den Gang spähte.

»Da unten ist noch eine Statue. Sie leuchtet ebenfalls im Dunkeln.«

Sie schlossen zu Ajay auf, mussten sich aber noch weitere 20 Meter vorwärtstasten, bevor allmählich die zweite Gestalt auftauchte. Etwa 30 Meter entfernt, in einer leichten Senke, leuchtete sie blassgrün in der Dunkelheit. Nachdem die fünf ihre Taschenlampen wieder angeknipst hatten, marschierten sie darauf zu. Auch hier weitete sich der Gang erneut zu einem Alkoven rund um die Statue.

Genau wie die erste stand auch diese hier auf einem Sockel und hatte ihnen den Rücken zugekehrt. Wieder ein Soldat, von ähnlicher Größe und ebenfalls aus einer Metalllegierung. Will und die anderen gingen um ihn herum und musterten ihn gründlich. Er hatte eine ähnliche Haltung eingenommen wie der GI und der ursprüngliche Paladin – kampfbereit und das Gewehr im Anschlag.

»Der hier stammt aus dem Ersten Weltkrieg«, stellte Ajay fest, während er mit weit aufgerissenen Augen jedes Detail analysierte. »Gemeiner Soldat, ebenfalls Infanterie, im Rang eines Obergefreiten, die gleiche Verteidigungshaltung, trägt allerdings ein britisches Enfield-Gewehr, also stammt er aus dem Jahr ...«

»1917«, sagte Elise und leuchtete mit ihrer Lampe auf eine römische Ziffer am Sockel.

»Wenn er Amerikaner ist, warum hat er dann ein britisches Gewehr?«, wunderte sich Brooke.

»Das Enfield-Gewehr war die Standardwaffe der britischen Streitkräfte«, erklärte Ajay, »wurde aber von amerikanischen Infanteristen benutzt, weil wir nicht genügend Waffen besaßen, als wir in den Krieg eintraten. Die amerikanische Version war allerdings 5 Zentimeter länger und ein paar Gramm schwerer als ...«

»Oh Mann, du solltest eine App für Leute mit Schlafstörungen rausbringen«, regte Nick an.

»Danke, Ajay«, sagte Will.

»Diese Statue ist älter als die andere«, bemerkte Elise und kratzte an deren Bein. »Ebenfalls ein Bronzeguss, aber wesentlich stärker zersetzt.«

»Aber wieso leuchten die Dinger? Ich dachte, das wäre irgendeine moderne Halloween-Technologie«, fragte Nick.

»Ich würde sagen, die Legierung enthält bei beiden eine Phosphorverbindung«, vermutete Ajay.

»Gehen wir weiter«, forderte Will die anderen auf.

Ein paar Hundert Meter weiter entdeckten sie noch eine leuchtende Statue in einem Alkoven. Dieses Exemplar stellte die Paladin-Figur als Infanterist aus dem amerikanischen Bürgerkrieg dar, bewaffnet mit Muskete, Pistole und Handbeil. Elise glaubte, dass sie aus Gusseisen bestand, weil sie gröber wirkte als die anderen beiden.

»Auf diesem Sockel steht kein Datum«, registrierte Elise, »aber die Initialen I. L. C.«

»Ian Lemuel Cornish«, erläuterte Will.

»Wenn Ian Cornish die Statue hat aufstellen lassen«, überlegte Ajay, »dann muss sie aus den späten 1860er-Jahren stammen.«

»Ich frage noch einmal«, meldete sich Brooke und trat einen Schritt zurück. »Wozu dienen sie?«

»Das sind alles Soldaten«, sagte Nick. »Wachen.«

»Versionen des Paladins, jedes Mal aktualisiert, sobald eine weitere hier unten aufgestellt wurde«, ergänzte Will und fügte dann hinzu: »Amerikanische Versionen.«

»In Gestalt des archetypischen Kriegers der jeweiligen Zeit«, bemerkte Ajay.

»Und ich glaube, Nick liegt richtig«, meinte Will. »Es sind tatsächlich Wachen, die vor irgendetwas schützen sollen.«

»Wie Vogelscheuchen, aber ziemlich steife«, warf Nick ein.

»In den letzten hundertfünfzig Jahren hat also jemand ziemliche Anstrengungen unternommen, um die Figuren hier aufzustellen«, sagte Ajay. »Das Center kommt dafür nicht infrage, denn das Ganze setzte fünf Jahrzehnte vor Grundung der Schule ein.«

»Der Paladin war tausend Jahre lang das Symbol der Ritter Karls des Großen«, erinnerte Elise. »Wenn die Schule nicht dahintersteckt, dann bleiben nur die Ritter übrig, meint ihr nicht auch?«

»Wir wissen, dass Cornish den ersten aufgestellt hat«, sagte Will. »Entweder haben die Ritter die Tradition fortgesetzt ...«

»Oder Ian Cornish war einer der Ritter«, beendete Ajay den Satz. Dann fuhr er nach kurzem Nachdenken fort: »Was wäre, wenn Cornish der erste moderne Ritter war? Vielleicht hat er sie wieder aufleben lassen.«

»Wir wissen, dass er die Tunnel angelegt hat, zumindest bis zu dem Tor«, meinte Brooke. »Aber hat er auch diesen Tunnel gebaut?«

Während Will sich erneut umschaute, schoss ihm eine klare, intuitive Antwort durch den Kopf.

»Nein«, sagte er entschieden und betrachtete die Konstruktion des Alkovens. »Der Teil hinter dem Tor war zuerst da. Er ist wesentlich älter als die Statuen. An irgendeinem Punkt während seiner Grabungsarbeiten ist Cornish zu diesem Bereich hier durchgestoßen.«

»Dann hat Cornish die erste Statue aufgestellt und aus irgendeinem Grund das Tor gebaut?«, fragte Elise.

»Ich verstehe noch immer nicht, wieso sie als Wachen dienen sollen«, beharrte Brooke. »Was könnten sie denn schon ausrichten?«

»Dazu habe ich eine Idee«, sagte Ajay und schritt um die Statue herum. »Es könnte sich um eine moderne Variante einer alten Stammestradition handeln, die in der ganzen Welt gebräuchlich war.«

»Und die wäre?«, wollte Elise wissen.

»Die Wasserspeier, die man außen an gotischen Kathedralen wie Notre-Dame findet, oder die mit Schwertern bewaffneten Wächterstatuen, die den Eingang zur Halle des Großen Buddha im japanischen Nara flankieren. Es sind spirituelle Wächter, die bedeutende heilige Stätten beschützen.«

»Wovor?«, fragte Nick.

»Einigen Theorien zufolge wurden sie dort aufgestellt, um dämonische Wesen aus anderen Dimensionen abzuwehren«, erklärte Ajay und warf Will einen Blick zu.

»Das Niegewesen«, rief Will, als es ihm plötzlich wie Schuppen von den Augen fiel. »Diese Statuen wurden von den Leuten aufgestellt, die von dem Anderen Team erfahren hatten.«

»Wo die Monster herkommen«, fügte Elise hinzu und schaute ihn direkt an.

»Moment mal – soll das heißen, irgendwo da unten befindet sich so eine Art Portal zur Monsterzentrale?«, fragte Nick entsetzt.

»Ich weiß es nicht«, gestand Will. »Aber wenn wir hier herumstehen, werden wir es nie herausfinden. Die Antworten gibt es in dieser Richtung.« Er zeigte nach vorn, als plötzlich ein flüsternder, stöhnender Wind von irgendwo tief unten zu ihnen hinaufdrang. Will spürte, wie ihm ein eiskalter Schauer über den Rücken lief. Er schüttelte das Gefühl ab, ging ein paar Schritte in die Dunkelheit hinein und richtete seine Lampe geradeaus.

»Die rechte Tunnelwand fällt hier ab«, verkündete er. »Sieht aus, als wäre da irgendein Hang. Leuchtet alle mal hier hinunter.«

Gemeinsam richteten sie ihre Lampen so aus, dass sie einen einzigen hellen Strahl erzeugten, der die Dunkelheit durchdrang. Zwar konnten sie nicht das Geringste sehen, aber allen wurde schwindelig, ja fast übel, während sie orientierungslos ins Nichts starrten.

»Ich habe genug davon, in der Dunkelheit rumzuturnen, Leute«, beklagte sich Nick. »Zeit, mal wieder für ein bisschen Licht zu sorgen.«

Er holte zwei rote Leuchtfackeln aus seinem Rucksack, streifte dicke Lederhandschuhe über und riss dann die Schutzkappen der Fackeln ab. Sofort wurden der Alkoven und der Tunnel in beide Richtungen von grellrotem Licht erfüllt. Nick sprang auf den Sockel und rammte eine der Fackeln in die Lücke zwischen dem Gewehr und der Hand der Statue, hüpfte wieder hinunter und hielt die andere Fackel hoch.

»Ich habe noch einen ganzen Haufen von den Dingern mitgenommen, falls wir sie brauchen, und auch eine Signalpistole«, sagte er. »Genug für eine Stunde Licht. Reicht das, um Nepsteds verdammten Schlüssel zu finden?«

Ajay schaute auf seine Uhr. »Es ist erst kurz nach zehn.«

»Ich habe ohnehin nicht vor, länger hier unten zu bleiben«, meinte Will. »Was ist mit euch?«

Alle waren einverstanden.

Nick ging vorsichtig vorwärts, bis er den Rand des Abhangs sehen konnte. Selbst mit dem helleren Licht der Leuchtfackel war es unmöglich, etwas in der Dunkelheit dort unten zu erkennen.

»Halt mal eine Sekunde«, bat Nick und reichte Will die brennende Fackel.

Nick nahm die Signalpistole heraus, legte eine Patrone ein, streckte den Arm hoch und drückte ab. Die Leuchtkugel flog in einem hohen Bogen durch die Luft und zog eine Leuchtspur von etwa 400 Metern Länge hinter sich her, bevor sie explodierte und die Dunkelheit mit dem weißen Licht eines plötzlich aufsteigenden Vollmondes erhellte.

Jetzt sahen sie, dass sich in der Dunkelheit eine Art Felshöhle mit gewölbter Decke verborgen hatte, mindestens 1,5 Kilometer breit und knapp einen Kilometer tief. Die Leuchtkugel sank langsam wie an einem Fallschirm herab und erleuchtete schließlich den Boden tief unter ihnen.

»Wonach sieht das für euch aus?«, fragte Nick und zeigte hinunter auf den flachen Grund der Höhle.

»Nach einer Stadt«, meinte Will.

CAHOKIA

Aus der Ferne konnten sie im Licht der Leuchtkugel nur Konturen erkennen – Ajay identifizierte sie als Dächer –, die jedoch einen beträchtlichen Teil der Höhle einnahmen und sich offenbar sehr weit ausdehnten. Dagegen sahen sie keine weiteren Statuen mehr. Die nächsten zehn Minuten folgten die fünf dem gewundenen Pfad in die Tiefe, wobei sie sich sorgfältig vom Abhang fernhielten, bis sie zu einer breiten, steilen Steintreppe ohne Brüstung kamen, die in den Fels gehauen war und frei in der Dunkelheit zu schweben schien. Sie leuchteten nach unten, konnten aber das Ende der Stufen nicht ausmachen.

»Erinnert euch an das, was Nepsted gesagt hat«, forderte Will die anderen auf.

»Der Schlüssel ist in der Höhle am Fuß der Treppe«, antwortete Ajay.

»Also die Treppe haben wir gefunden«, stellte Nick fest und feuerte eine weitere Leuchtkugel ab. Als sie über ihnen zündete, sahen sie, dass die Stufen mindestens 400 Meter nach unten zum Grund der großen Höhle führten.

»Nepsteds Gebäude müssen da unten sein«, vermutete Will. »Die Kathedrale und das Krankenhaus.«

Inzwischen waren sie so weit hinabgestiegen, dass sich die Stadt nicht mehr erkennen ließ, da sie von einem riesigen grauen Gebilde am anderen Ende der Höhlenebene verdeckt wurde.

»Seid vorsichtig«, mahnte Will. »Wir wissen nicht, in welchem Zustand sich die Stufen befinden.«

Nick ging langsam voran und achtete darauf, dass jeder sich Zeit ließ. Die Stufen waren uneben, manche hatten Risse, andere waren fast völlig zerfallen. Es dauerte zwanzig Minuten, bis sie unten ankamen. Hier wurde die Treppe abrupt schmaler und endete in einer Felskammer, von wo aus nur ein Gewölbegang weiterführte. Vorsichtig gingen sie hindurch und erreichten den Rand der Ebene, die bis zu dem grauen Etwas in der Ferne reichte. Die Luft war still und kalt und sie hielten an, um sich wärmere Sachen aus ihren Rucksäcken zu holen.

»Schaut mal: Man kann sehen, wo wir gestanden haben«, sagte Brooke und zeigte hinter ihnen nach oben.

Das Licht der Fackel, die Nick an der Statue befestigt hatte, erschien als schwaches rotes Leuchten hoch über ihnen, sodass Ajay mithilfe seines GPS ihre Position bestimmen konnte.

»Möchte nicht vielleicht jemand mal kommentieren, wie abgefahren das ist?«, fragte Nick und fügte dann hinzu: »Lasst gut sein ... reicht ja, wenn ich es sage.«

Will schloss die Augen, rief sein Raster auf und glaubte, das kurze Aufblitzen einer Wärmequelle am oberen Ende der Treppe wahrzunehmen. Das Flackern verschwand jedoch und tauchte nicht wieder auf. Ein Schweißtropfen lief ihm den Rücken hinab.

»Gib mir noch zwei von den Fackeln«, bat er.

Will streifte ein Paar Lederhandschuhe über, während Nick beide Fackeln für ihn entzündete. Dann nahm er sie entgegen, hielt sie hoch und stapfte los. Soweit das Auge reichte, bedeckte ein mehrere Zentimeter dicker Staubteppich wie grauer Schnee den Boden und wirbelte bei jedem Schritt in kleinen Wolken auf. Die einheitlich graue Oberfläche schimmerte im Licht der Fackeln in einem unheimlichen Purpurrot.

Jetzt konnten die fünf in der Ferne erkennen, was ihnen den Blick auf die Stadt versperrt hatte: Eine hohe Mauer erstreckte sich über den gesamten Horizont. In der eintönigen grauen Ebene ließ sich ihre Entfernung und Höhe nur schwer abschätzen, aber sie verlief in beide Richtungen, so weit, wie sie sehen konnten.

Eine befestigte Stadt.

Will blinzelte, rief erneut sein Raster auf und suchte in der Landschaft vor ihnen nach Anzeichen von Leben. Nichts. Grau und öde wie der Mond. Er wischte mit dem Fuß eine kleine Fläche frei vom Staub und legte eine der Fackeln auf den Boden.

»Sie wird uns helfen, wieder zurückzufinden«, erklärte er. »Okay, gehen wir weiter.«

Er wollte seine Freunde nicht dadurch beunruhigen, dass er ihnen auch den zweiten Grund für seine Maßnahme nannte: Auf diese Weise versuchte er herauszufinden, ob ihnen jemand in die Ebene folgte. Dann hob er die zweite Fackel hoch und ging voran, dicht gefolgt von den anderen. Schweigend stiefelten sie vor sich hin, zu überwältigt, um zu sprechen; das Schlurfen ihrer Füße im Staub bildete das einzige Geräusch weit und breit.

»Was ist das hier?«, wisperte Brooke schließlich.

»Jericho hat mir letztes Jahr von einer alten Legende erzählt«, erwiderte Will, ebenfalls im Flüsterton. »Eine Lakota-Legende über eine alte Rasse, die in der Region gelebt hat, lange bevor die menschliche Rasse auftauchte.«

»Wo hat sie gelebt? Hier?«, fragte Ajay.

»Echt, in Wisconsin?«, staunte Nick.

»Er sagte ›genau hier‹ und vielleicht beinhaltet das ja auch ›ganz tief unter uns‹.«

»Wir sind mindestens 1,5 Kilometer unter der Erde«, meldete Ajay, die Augen auf eines seiner Messinstrumente geheftet. »Könnte eine dieser ›Legenden‹ an die Oberfläche gedrungen sein?«

»Oder umgekehrt«, sagte Will, während er weiterging. »In der Gegend gibt es jede Menge Höhlen. Vielleicht haben die Lakota diesen Ort oder einige zurückgelassene Artefakte entdeckt.«

»Oder ein paar Leute ...«, warf Nick ein.

»Was ist mit dieser älteren Rasse passiert?«, erkundigte sich Brooke. »Der Legende nach.«

»Jericho meinte, sie sei zerstört worden ... Nein, wartet, er sagte, sie hätte sich selbst zerstört. Durch irgendeinen Wahnsinn oder ... durch Disharmonie.«

»Scheint, als hätte was deutlich Schlimmeres ihren Untergang verursacht – und nicht irgendein falsch singender Chor«, meinte Nick.

»Hat Jericho vielleicht erwähnt, ob es sich bei dieser alten Rasse von unterirdischen Bewohnern um ... L-l-leute wie uns gehandelt hat?«, fragte Ajay, der ausnahmsweise einmal nicht auf Nicks Kommentar einging.

»Nein, hat er nicht.«

»Das ist natürlich sehr hilfreich«, meinte Nick sarkastisch.

»Was hat das deiner Meinung nach mit dem zu tun, wonach wir suchen?«, fragte Brooke. »Gibt es eine Verbindung zu den Rittern oder dem Anderen Team?«

»Im Moment habe ich noch nicht die leiseste Ahnung, wie das alles zusammenpasst«, räumte Will ein und hielt seine Fackel in die Höhe.

»Also, ich würde sagen, das könnte sehr, sehr gut werden oder auch sehr, sehr schlecht«, meinte Nick.

»Danke für deine fachmännische Analyse«, sagte Elise.

»Was mich betrifft«, setzte Nick an und kramte wieder in seinem Rucksack herum, »sind wir hier unten, um Nepsteds Schlüssel zu finden. Und je früher uns das gelingt, desto schneller können wir aus diesem H-ö-l-l-e-n-schlund verschwinden, ehe man uns hier die Hölle heißmacht.«

»Wozu gibst du dir überhaupt Mühe, das Wort Hölle zu buchstabieren, wenn du es sieben Worte später dann doch benutzt?«, fragte Ajay.

»Verzeihung?«, fragte Nick.

»Ajay, kannst du irgendwo in dieser Mauer eine Öffnung sehen?«, mischte Will sich ein.

»Ich wollte dir gerade dabei helfen«, sagte Nick, streckte den Arm hoch und feuerte eine weitere Leuchtkugel in die Luft. Als sie oberhalb der Mauer zündete, erschien die gesamte Umgebung wie in hellem Tageslicht.

»Bist du verrückt?«, rief Brooke entsetzt und packte Nick am Arm. »Was ist, wenn wir hier nicht allein sind?«

»Bring mich nicht zum Lachen«, erwiderte Nick. »Sieh dich doch mal um, Brooks. Hier ist absolut tote Hose.«

Will schaute zu der Fackel zurück, die er bei der Treppe deponiert hatte. Er glaubte, erneut einen Schatten zwischen sich und der Fackel vorbeihuschen zu sehen, aber vielleicht spielten ihm seine Augen auch nur einen Streich. Als er sich wieder umdrehte, erkannte er im Licht von Nicks Leuchtkugel, dass große Teile der Mauer durch Erosion und Schwerkraft in Mitleidenschaft gezogen waren.

»Da.« Ajay zeigte nach links. »Dahinten sehe ich eine Lücke.«

Gemeinsam steuerten sie in die Richtung, die Ajay vorgab. Das Ganze dauerte deutlich länger als erwartet, da sich in dieser monotonen, schwach beleuchteten Ebene Entfernungen nur schwer abschätzen ließen, und als Will und die anderen sich der Mauer näherten, entpuppte sich diese als sehr viel größer, als es zuerst den Anschein gehabt hatte. Mit über 15 Metern Höhe bildete sie ein nahezu unüberwindliches Bollwerk, das zudem so breit war, dass man mit einem Lastwagen darüber hätte fahren können. Inzwischen waren die fünf dicht genug herangekommen, um zu erkennen, dass die Mauer aus den gleichen Lehmziegeln bestand, die auch den Tunnel auskleideten. Aber während die Tunnelwände noch intakt waren, glich die Mauer einer Ruine, die bei jedem

Schritt in ihre Richtung weitere schadhafte Stellen und Löcher enthüllte.

»Was erkennst du?«, wandte Will sich an Ajay, der die Mauer eingehend studierte.

»Eine Reihe von zerklüfteten Kerben in den Ziegeln, die ich nicht unbedingt dem Zahn der Zeit zuschreiben würde«, flüsterte Ajay. »An sehr vielen Stellen bis hinauf zur Mitte und darüber hinaus scheint das Mauerwerk von Projektilen zerstört worden zu sein.«

»Und was schließt du daraus?«, fragte Elise.

»Offenbar wurde dieser Ort irgendwann einmal belagert. Wie eine befestigte Stadt im Mittelalter.«

»Vielleicht ist sie deshalb verlassen«, vermutete Will.

»Wollen wir hoffen, dass sie verlassen ist«, meinte Brooke.

»All along the watchtower, princes kept the view«, sagte Elise leise und blickte an der zerfallenen Mauer hoch.

»Jimi Hendrix«, meinte Nick.

»Bob Dylan«, widersprach Elise.

»There must be some kind of way out of here, said the joker to the thief«, zitierte Will weiter. »Meine Eltern hatten die Platte.«

»Dylan hat den Song geschrieben«, stellte Ajay klar.

»Ja, aber Hendrix hat ihn bekannt gemacht«, wandte Nick ein.

»Hoffen wir, dass es tatsächlich einen Weg hier raus gibt«, sagte Brooke.

»Seid ihr jetzt fertig?«, murrte Ajay und lenkte dann die Aufmerksamkeit der anderen wieder auf die Mauer: »Diese Einkerbungen unterscheiden sich deutlich von den tiefen Kratzspuren, die wir auf der Rückseite des Eingangstors gesehen haben.«

»Kratzspuren? Du hast nichts von Kratzspuren gesagt«, protestierte Nick beunruhigt. »Was für Kratzspuren?«

»Geht noch nicht zu nah heran«, warnte Will und ignorierte Nicks Frage. »Lasst uns mal die Öffnung da drüben ansteuern.«

Sie hielten sich weiter links, bis sich die Öffnung, die Ajay entdeckt hatte, für die anderen als großes, gähnendes schwarzes Loch abzeichnete.

»Schieß noch eine Leuchtkugel ab«, bat Will.

Nick betätigte die Signalpistole, und zwar direkt über ihnen. Als die Leuchtkugel zündete und die Lücke vor ihnen beleuchtete, sahen sie, was geschehen war: Zwei gigantische Metalltore waren umgefallen, eingestürzt oder wohl eher mit brutaler Gewalt aufgebrochen worden. Sie lagen auf der Innenseite der Mauer, eingedrückt und aufgeschlitzt, und die massiven eisernen Angeln, an denen sie einst gehangen hatten, ragten völlig deformiert aus dem Mauerwerk heraus.

»Was ist hier passiert?«, wunderte sich Nick.

»Sieht so aus, als habe hier irgendein Krieg stattgefunden«, meinte Elise, während alle die Szenerie stumm bestaunten.

Will erinnerte sich an etwas, das Dave einmal gesagt hatte: »Ein Krieg zwischen der Hierarchie und den Alten, der verdorbenen Älteren Rasse, die den Planeten beherrscht und ruiniert hatte. Bis die Hierarchie sie durch die Tore der Hölle zurücktrieb.«

Konnte dies dieser Ort sein?

»Meinst du wirklich, wir sollten da reingehen?«, fragte Brooke ängstlich.

»Jetzt sind wir schon so weit gekommen ...«, erwiderte Will.

»Hey, und wir sind noch nicht gefressen worden«, ergänzte Nick.

»Echt beruhigend«, meinte Elise.

»Wenn jemand jetzt umkehren will, braucht er es nur zu sagen«, verkündete Will.

Niemand meldete sich.

»Geh du voran, Will«, bat Ajay, der die Gruppe bis dahin geführt hatte und nun hoffte, dass jemand anderes die Leitung übernahm.

»Sobald wir im Inneren der Stadt sind, fasst nichts an«, mahnte

Will. »Bleibt zusammen, sprecht leise und haltet euch fluchtbereit. Wenn wir abhauen müssen, lauft so schnell wie möglich zurück zur Treppe und hinauf zum Tunnel.«

Dann hob Will seine Fackel und führte sie zum Tor; Nick bildete die Nachhut. Die Energie der Leuchtkugel ließ allmählich nach und hüllte sie in eine wandernde Glocke aus hellrotem Licht.

Schließlich erreichten die fünf die umgestürzten, mindestens 15 Meter hohen Tore: Sie waren aus dickem, massivem Metall gefertigt, an den Kanten mit breiten Stahlbändern vernietet und trugen die Narben eines brachialen Angriffs: Risse, tiefe Kerben und Dellen entstellten ihre Oberfläche.

»Das sind andere Schäden als oben am Tor«, stellte Ajay fest.

»Du meinst die Kratzspuren?«, fragte Nick.

»Ja.«

»Da ist etwas eingraviert«, bemerkte Elise und leuchtete mit ihrer Taschenlampe zuerst auf den einen und dann auf den anderen Torflügel. »Seht mal.«

Der Lichtstrahl wanderte über einen gigantischen Buchstaben oder ein Schriftzeichen, tief in das Metall geprägt.

»Willkommen in Cahokia«, sagte Nick, sprang auf das Tor und breitete die Arme aus. »Touristenhauptstadt der Unterwelt.«

»Das ist einer der größten archäologischen Funde in der Geschichte der Menschheit«, meinte Brooke.

»Mit dem Wort Mensch wäre ich vorsichtig«, erwiderte Elise.

Gemeinsam gingen sie weiter. Hinter dem Tor schien die Zerstörung weniger massiv zu sein, aber auch hier lag eine dicke Staubschicht auf dem Boden, so weit das Auge reichte. Obwohl die Mauern vieler Häuser zerfallen waren, standen noch genügend Gebäude, um das Straßennetz der Stadt zu erkennen. Auf beiden Seiten der breiten Hauptstraße, die vom Tor hereinführte, zweigten Gassen und Wege ab.

Will sah, dass Brooke die Arme um ihren Oberkörper schlang und den Kopf senkte.

»Alles in Ordnung?«, fragte er leise.

»Hier ist es so leer und kalt. Wie ein Friedhof auf einem anderen Planeten. Macht nicht den Eindruck, als hätte es hier jemals Leben gegeben.«

»Haltet mal 'ne Sekunde an«, forderte Elise und wartete darauf, dass auch die anderen stehen blieben. »Ich würde gern mal darüber sprechen, wie genau wir diesen Schlüssel finden wollen. Wie sieht er eigentlich aus?«

Will fragte sich, ob sie deswegen so gereizt war, weil sie ihn mit Brooke hatte flüstern sehen.

»Wir wissen nicht viel«, setzte er an, »nur, dass es sich um irgendein aphotisches Gerät handelt und dass Nepsted meinte, wir würden es in der Höhle am Fuß der Treppe finden.«

»Höhle, Treppe – alles da«, bestätigte Nick.

»Außerdem soll der Schlüssel im Krankenhaus zu finden sein«, fügte Ajay hinzu. »Wohin man nur durch die ›alte Kathedrale‹ gelangt.«

»Ich nehme an, ihr habt ihn nicht nach einem Stadtplan gefragt, oder?«, bemerkte Elise schnippisch.

»Solche Orientierungspunkte sollten ja wohl nicht so schwer zu finden sein«, meinte Ajay. Er gestikulierte vor dem GPS-Monitor in seiner Hand herum. Wenige Sekunden später projizierte das Gerät eine 3-D-Karte vor ihnen in die Luft und mit jedem Fingerstreich fügte Ajay weitere Details hinzu.

»Primitive Städte entwickelten sich entlang eines logischen Aufbaus, anhand praktischer Erwägungen und entsprechend bestimmter Zwecke. So gab es hier bestimmt einen Marktplatz in der Nähe eines großen Zugangstors, flankiert von Wohngebieten, und ein Viertel, in dem sich verschiedene Werkstätten ansiedelten.«

»Was für Werkstätten? Wir wissen ja nicht einmal, welche Menschen hier gelebt haben«, wandte Elise ein.

»Falls es überhaupt Menschen waren«, fügte Brooke hinzu.

»Die Maße dieser Ruinen scheinen mir ein wenig zu groß dimensioniert für Menschen«, meinte Ajay, der mit seiner GPS-Karte voranging und die anderen zwang, ihm zu folgen. »Ausgehend von dem, was wir gesehen haben, würde ich schätzen, dass dies hier eine Stadt mit über 15.000 Bewohnern gewesen sein muss ... worum es sich bei diesen ›Bewohnern‹ auch immer gehandelt haben mag.«

»Weißt du eigentlich, dass du immer dann, wenn du Angst hast, einen Haufen Informationen abspulst?«, erkundigte sich Elise.

»Und was tust du in so einem Fall? Andere kritisieren?«, konterte Ajay.

»Nein, das tut sie immer«, stellte Nick klar.

»Kümmere dich auf deine Art und Weise um deine Angst und ich kümmere mich um meine«, teilte Ajay Elise mit und fuhr dann fort: »Und da Nepsted eine Kathedrale erwähnte, liegt es nahe, dass die Bewohner irgendeinen gemeinschaftlichen religiösen Kult ausgeübt haben. Angesichts der Bedeutung spiritueller Fragen für höher entwickelte soziale Organismen folgt daraus, dass der Ort, an dem man einem solchen Kult nachging, zentral und deutlich sichtbar war ... beispielsweise am höchsten Punkt der Stadt ...«

»Wie da drüben«, sagte Nick und zeigte auf einen Schatten in der Ferne.

Er feuerte eine Leuchtkugel in diese Richtung ab. Etwa 200 Meter vor ihnen mündete die breite Chaussee in einen großen Platz. Als sie ihn erreichten, verzweigte sich die Hauptstraße in drei kleinere Straßen. Eine bog nach links in ein Labyrinth aus kleinen, verschlungenen Gassen; die zweite führte nach rechts zu einigen symmetrisch angeordneten, großzügig angelegten Straßen – möglicherweise ein Wohngebiet.

Die dritte Straße verlief weiter geradeaus und endete nach 50 Metern an einer ausladenden Treppe. Diese führte auf einen sechs Meter höher gelegenen Platz, in dessen Mitte das imposanteste Bauwerk stand, das sie bislang innerhalb der Mauern gesehen hatten. Es war stark beschädigt und erinnerte Will an die leeren Gebäudehüllen in den ausgebombten Städten des Zweiten Weltkriegs.

»Hat jemand Lust, eine Kathedrale zu besichtigen?«, fragte Elise.

Am Fuß der Treppe ragten vier merkwürdige Objekte auf: Große, dünne Gebilde schraubten sich bis zu einer Höhe von etwa drei Metern aus der Erde heraus und verzweigten sich dann zu großen unregelmäßigen Kugeln.

»Die sehen aus wie ... Bäume«, fand Ajay.

»Wie ist das möglich, so weit unter der Erde?«, wunderte sich Brooke. »Ohne Licht und Wasser?«

»Keine Ahnung«, gestand Will.

Aber Ajay hatte recht. Diese Objekte sahen tatsächlich aus wie Bäume: Aus dem Boden wuchs ein stammartiges Gebilde, über dem sich ein komplexes Gewölbe aus kahlen, dürren Ästen und Zweigen erhob. Als sie ihre Taschenlampen darauf richteten, funkelten die Zweige und brachen die Lichtstrahlen in bunte Splitter, wie ein abstrakter Kronleuchter. Die fünf bemerkten, dass alle Äste von länglichen Löchern durchsiebt waren und eher aus Glas als aus Holz zu bestehen schienen – als wären sie von einem gewaltigen vorbeiziehenden Eissturm umhüllt worden.

»Sieht aus wie Juwelen«, fand Brooke.

»Wenn das Bäume sind, dann haben sie ein ganzes geologisches Zeitalter auf dem Buckel«, stellte Ajay fest. »Wie die Fossilien und versteinerten Bäume im Petrified-Forest-Nationalpark.«

»Vielleicht gab es hier ja einmal Licht und Wasser«, überlegte Elise. »Vor langer Zeit.«

»Ich frage nur mal: Kann es sein, dass wir in der Hölle gelandet sind?«, sagte Nick und lief unruhig hin und her. »Denn wer auch immer behauptet hat, die Hölle sei eine Feuergrube, in der Teufel herumspringen, lag echt total daneben.«

»Sehen wir uns die Kirche mal an«, forderte Will die anderen auf.

»Ja, ich habe plötzlich das dringende Verlangen, eine Kerze anzuzünden«, sagte Nick.

Er stieg als Erster die Steinstufen hinauf, die sich weich, fast bröcklig unter den Füßen anfühlten, und Will bildete diesmal die Nachhut. Plötzlich glaubte er, hinter sich ein leises Rascheln zu hören. Er wirbelte herum und hob seine Fackel in die Höhe.

In dem undurchdringlichen Grau war keine Bewegung zu erkennen, doch Will spürte ein diffuses Unbehagen, denn sein Nervensystem nahm etwas wahr, das er nicht sehen konnte. Er aktivierte das Raster, um die Landschaft um sich herum abzutasten. Keine Anzeichen von Wärme oder Leben – doch dafür eine leichte Bewegung.

Von den Bäumen am Fuß der Treppe. Ihre Äste wiegten sich, als spiele eine sanfte Brise in ihnen.

Dabei hatte Will seit Passieren des Tors nicht den geringsten Luftzug gespürt. Er vermutete, dass die Stadtmauern wie ein Windfang wirkten, da im Tunnel die ganze Zeit ein leichter Wind geweht hatte. Und die Äste der Bäume befanden sich sechs Meter über dem Erdboden, wo dieser Wind sie gar nicht erreichen konnte.

Er schloss wieder zu den anderen auf, als sie eine breite Kolonnade am oberen Ende der Treppe erreichten, durchsetzt von den Ruinen einer Reihe dicker Säulen, die einst einen Dreiecksgiebel gestützt haben mochten. Nur zwei waren noch teilweise intakt. Dahinter führte eine hässlich zerklüftete Öffnung in das nachtschwarze Innere des Gebäudes.

Irgendetwas an diesem Loch erinnerte Will an einen aufgerissenen Mund mit abgebrochenen Zähnen. Sein Puls ging schneller, und als er sich umsah, bemerkte er, dass sich alle unbehaglich fühlten – von Nick einmal abgesehen, der wie ein Kind wirkte, das für das Teetassen-Karussell in Disneyland ansteht.

»Seid ihr sicher, dass wir durch die Kathedrale hindurch nach unten müssen, um zum Krankenhaus zu gelangen?«, fragte Elise ungläubig.

»Ja«, versicherte Will. »Ich kann mir zwar nicht vorstellen, was Nepsted damit gemeint hat, aber das hat er gesagt.«

»Und jetzt ist nicht der richtige Zeitpunkt, um von seinen Anweisungen abzuweichen«, mahnte Ajay.

»Als einziger Katholik dieser Gruppe werde ich als Erster gehen«, stellte Nick klar. »Für den Fall, dass dadrin irgendwelche Zombiepriester hocken – was ich hoffe, da in der St.-Francis-Grundschule ein paar Padres rumliefen, denen ich gern den Hals umgedreht hätte. So eine Gelegenheit bekomme ich vielleicht nie wieder.«

Er hielt die Fackel in die Höhe, pfiff das Lied »Vorwärts, Christi Streiter« und marschierte durch die Öffnung. Die anderen warteten, bis er ihnen signalisierte, dass alles in Ordnung war, und folgten ihm dann. Will war der Letzte; als er sich noch einmal umdrehte, glaubte er zu sehen, wie eine große, schemenhafte Gestalt in der Ferne hinter ein zerfallenes Gebäude huschte. Rasch betrat er die Kathedrale.

Im Licht ihrer Fackeln schien Nepsteds Beschreibung des Gebäudes als »Kathedrale« sehr zutreffend: Der Raum war riesig und ragte – wie bei allen bedeutenden Andachtsstätten – weit in die Höhe. Der größte Teil der gewaltigen Decke war eingestürzt, aber ein paar intakte Bögen überspannten die Lücke wie freigelegte Rippen. Reihen klobiger Steinbänke, manche zerbrochen oder umgekippt, säumten den Mittelgang und blickten auf ein steinernes Podest, an dem der Gang endete.

Als sie das Mittelschiff durchquerten, registrierte Will, dass die Bänke nicht für Menschen von normaler Statur gebaut waren: Bei einer Höhe von etwa einem Meter musste jeder, der auf diesen Bänken sitzen wollte, weit über 2 Meter groß sein.

Will warf Ajay einen Blick zu, der die Bänke auf der anderen Seite studierte. Er hob eine Hand ein gutes Stück über seinen Kopf, woraufhin Ajay nickte.

»Willkommen in der Kirche der Basketball-Profiliga«, sagte Ajay leise.

Vier hohe Steinstufen führten zum Podest hinauf. Nick erklomm sie als Erster und rief die anderen zu sich. In der Mitte des Podests, etwa einen halben Meter erhöht, befand sich eine quadratische, leere Steinplattform von der Größe eines Boxrings.

»Das muss ein Altar sein«, sagte Elise. »Oder so was Ähnliches.«

Direkt dahinter stand ein rechteckiger, ungefähr 3,5 Meter langer und 1,5 Meter hoher Korpus aus Stein, zu 80 Prozent von einer behauenen Steinplatte bedeckt; der Rest war zerfallen und gab den Blick auf das Innere frei. Nick hüpfte auf die Platte und näherte sich der Öffnung.

»Was ist das?«, fragte Elise und leuchtete mit ihrer Taschenlampe an den Seiten des Aufbaus entlang.

»Sieht aus wie eine Gruft«, meinte Ajay.

»Yeah, Baby.« Nick richtete seine Taschenlampe in die Öffnung. »Äh, Will, kommst du mal?«

Er hielt Will eine Hand entgegen und zog ihn zu sich hinauf. Dann leuchteten beide in die Gruft.

Zwischen Schutt und anderen, nicht identifizierbaren zerfallenen Materialien lag ein riesiges Skelett. Allerdings war nur ein großer, deformierter Kopf zu sehen – ein längliches, knollenartiges

Gebilde von der Größe eines Wasserballs mit vier leeren Augenhöhlen und knorrigen Fangzähnen, welche sich über die gesamte Breite des Schädels erstreckten.

»Was ist dadrin?«, fragte Ajay und sah zu Will und Nick hoch.

»Das Grab von Papst Fäulnis dem Ersten«, antwortete Nick und verzog angewidert das Gesicht. »Der Gute muss ungefähr 2,5 Meter groß gewesen sein.«

»Deshalb hat er auch die beste Gruft bekommen«, meinte Will.

»Das Obermonster. Mach ein paar Aufnahmen von seiner Birne«, schlug Nick vor, während er Ajay und Elise zu sich hinaufzog, damit sie ihn sich ansahen. »Und ich dachte immer, ihr hättet ein großes Hirn.«

»Oh mein Gott«, stieß Elise hervor. »Das sind Außerirdische.«

»Nein, das sind keine Außerirdischen«, widersprach Will.

»Du willst mir doch wohl nicht erzählen, dass das da irgendetwas mit Menschen zu tun hat?«, entgegnete Elise entsetzt.

»Erstaunlich«, fand Ajay und begann sofort, Fotos zu machen. »Das musst du dir ansehen, Brooke.«

»Nein danke«, sagte sie und hielt den Kopf gesenkt.

»Das sind zwar keine Menschen, aber auch keine Außerirdischen«, erklärte Will.

»Wie soll das gehen, Will?«, fragte Ajay und schoss noch mehr Bilder.

»Sie stammen nicht von irgendwo anders«, sagte Will. »Sie sind von hier.«

»Hier? Wo, hier? Wieso hier?«, fragte Nick verwirrt.

»Von der Erde. Sie waren vorher hier«, erläuterte Will. »Das müssen die ›Alten‹ aus den Legenden der Lakota sein. Oder möglicherweise, nur möglicherweise, gehören sie zu dieser alten Rasse, die versucht, wieder auf die Erde zurückzukehren ... das Andere Team. Eventuell sind sie aber auch beides.«

Will sah, dass Brooke sich entfernte, die Arme schützend um den Oberkörper geschlungen. Er sprang von der Platte und eilte zu ihr.

»Alles in Ordnung mit dir?«, fragte er.

Brooke schaute ihn nicht an. »Wir sollten gar nicht hier sein. Ich finde, wir sollten gehen, und zwar jetzt sofort.«

»Vor wem oder was waren sie hier, Will?«, drängte Elise.

»Vor uns. Vor den Menschen. Lange davor. Tausende von Jahren.«

»Wenn man all das berücksichtigt ...«, überlegte Ajay und blickte sich um, »scheint die Zeitschiene plausibel.«

»Woher weißt du das alles, Will?«, hakte Elise nach und kniff skeptisch die Augen zusammen.

»Gute Frage«, bestätigte Nick. »Was hat es damit auf sich?«

Will musterte Brooke aufmerksam – sie konnte ihm noch immer nicht in die Augen sehen – und wandte sich dann wieder den anderen zu.

Wechsel das Thema. Jetzt ist nicht der richtige Moment, sie über Dave und die Hierarchie aufzuklären.

»Nach dem, was Jericho mir erzählt hat, habe ich es mir zusammengereimt. Sieht jemand von euch einen anderen Weg hier raus oder rein außer dem, den wir gekommen sind?«

Nick sprang von der Platte und lief die Wände der Kathedrale ab. Keine weiteren Ein- oder Ausgänge.

Du musst dich daraufstellen.

Die Worte – obwohl es nicht seine eigenen waren – kamen Will genauso leicht in den Kopf wie kurz zuvor, aber jetzt erkannte er einen vertrauten Klang und Rhythmus. Wusste er plötzlich, woher diese fremden Anweisungen stammten und wessen Stimme das sein konnte? Als Will einen Moment über den Hinweis nachdachte, ergab er tatsächlich Sinn – zumindest genauso viel Sinn wie alles in seinem Leben in diesen Tagen.

Will stieg wieder auf den Altar und begutachtete ihn. Die gesamte Oberfläche war mit gemeißelten, von der Zeit geglätteten Rillen bedeckt – einer Art Gittermuster. Sie verliefen leicht abschüssig zu einem etwa einen Meter großen Loch in der Mitte, das groß genug war, um einen Menschen zu verschlucken.

»Kommt alle mal hier rauf.«

Alle bis auf Brooke folgten seiner Bitte.

»Komm schon, Brooke.«

»Ich möchte offiziell zu Protokoll geben, dass das eine schreckliche Idee ist«, erwiderte sie.

»Und jetzt ...?«, fragte Elise geduldig.

»Wir stimmen ab«, schlug Will vor. »Entweder wir suchen weiter nach Nepsteds Schlüssel oder wir gehen zurück. Wer will weitermachen?«

Außer Brooke hoben alle die Hand. Sie seufzte resigniert und stieg zu ihnen auf den Altar.

Ruckartig setzte sich dieser in Bewegung und sank dann langsam in die Tiefe, begleitet vom Rasseln schwerer Ketten.

»Du heilige Scheiße«, rief Nick lachend.

»Möchte vielleicht noch jemand seine Meinung ändern?«, fragte Brooke verärgert.

Als sich der Altar bis fast auf die Höhe des Podests gesenkt hatte, sprang Ajay herunter und augenblicklich bewegte sich nichts mehr.

»Herrgott noch mal«, stieß Ajay hervor. »Darf ich fragen, Will, was für einen Zweck es hat, wenn wir uns in dieses Loch stürzen?«

»Nepsted hat gesagt, wir müssen durch die Kathedrale nach unten«, erklärte Will.

»Ich weiß selbst, was Nepsted gesagt hat, Will«, konterte Ajay und verschränkte die Arme vor der Brust.

»Wir haben abgestimmt, Ajay«, erinnerte ihn Elise.

»Und, Alter, wir stürzen uns doch gar nicht hinab«, stellte Nick klar.

»Es tut mir leid, aber das ändert die Sachlage«, verteidigte sich Ajay. »Ich hatte vorhin nicht alle Informationen, die für eine angemessene Entscheidung erforderlich waren.«

»Jetzt schwing keine langen Reden, Kumpel«, sagte Elise. »Offensichtlich haben wir ohne dich nicht genügend Gewicht, um das Ding zu aktivieren.«

»Ich muss darauf hinweisen«, setzte Ajay an, »dass unser Fortschritt nicht negativ beeinflusst wird, wenn wir uns noch einen letzten Augenblick Zeit zum Nachdenken nehmen, bevor wir uns leichtsinnig auf einer Steinplattform inmitten einer gottverlassenen Ruine eines dämonischen Kults in die niederen Reiche der Unterwelt begeben.«

»Wartet mal«, bat Nick und kramte in seinem Rucksack. »Schwester Mary Margaret hat nicht ganz unrecht. Ich werd uns was basteln.«

Er holte ein langes, zusammengerolltes Seil hervor und befestigte ein Ende an einer kurzen Steinsäule am Rande des Podests, nahm dann das andere Ende und sprang zurück auf den Altar.

»Ich habe hier 30 Meter Seil. Fühlst du dich damit besser?«, wandte Nick sich an Ajay.

»Brooke?«, fragte Ajay sie flehentlich.

»Wer A sagt ...«, seufzte sie resigniert.

Will warf einen Blick auf die Uhr. »Lass dir Zeit«, sagte er, ohne Ajay anzusehen.

Ajay zögerte noch ein paar Sekunden und meinte schließlich: »Ach, was soll's.« Dann stieg er vorsichtig wieder auf den Altar. Erneut gab es einen Ruck und sofort bewegten sie sich weiter nach unten.

»Yippie-ya-yeah«, sagte Elise leise.

Nick kniete sich nahe der Mitte des Altars hin und leuchtete in das Loch.

»Das ist ja abgefahren«, meinte er.

»Was?«, fragte Ajay.

»Ich sehe einen riesigen Haufen Knochen da unten.«

»Lieber Gott, wenn es denn einen Gott gibt: Bitte lass mich schnell und schmerzlos sterben«, flüsterte Ajay und sank auf Hände und Knie.

Kein Grund, sich ins Hemd zu machen, sagte die Stimme in Wills Kopf. Diese Knochen sind so alt wie der Himalaja, Kumpel.

Jetzt bestand kein Zweifel mehr: Die Stimme gehörte Dave.

DAS KRANKENHAUS

Der Altar bewegte sich in gleichmäßigem Tempo abwärts, nach Wills Schätzung insgesamt etwa 15 bis 20 Meter.

Dave, hey, Dave? Bist du da?

Will versuchte wiederholt, über seine Gedanken Kontakt mit Dave aufzunehmen, aber die Stimme meldete sich nicht mehr.

Die fünf Freunde standen dicht beisammen, um das Loch in der Altarplatte herum, und hielten sich von den Rändern fern. Während sie ihre Taschenlampen in die Dunkelheit richteten, erkannten sie, dass sie durch einen schmalen Schacht hinabfuhren, der von Menschenhand gemacht schien oder zumindest nicht auf natürliche Weise entstanden war. Als sie sich dem Boden näherten, verbreiterte sich der Schacht leicht, dann kam der Altar etwa einen Meter oberhalb des Bodens abrupt zum Stillstand.

Der gesamte Bereich unter ihnen war nicht nur mit Knochen übersät, sondern schien vollständig aus Gebeinen zu bestehen. Ein bleicher, staubiger und verdichteter Berg aus Totengerippen, von dem eine Art Pfad oder Schneise wegführte.

»Ob das Ding wieder nach oben fährt, sobald wir absteigen?«, fragte Elise.

»Es gibt nur eine Möglichkeit, das herauszufinden«, erwiderte Will.

»Wartet mal, ich treff schnell ein paar Vorsorgemaßnahmen«, kündigte Nick an.

Er holte ein Geflecht aus starken Stoffstreifen aus seinem Rucksack, die einen Sitz bildeten. Dann führte er das Ende seines Seils durch eine Halterung an diesem Klettersitz und ließ das Ganze durch das Loch in der Mitte des Altars fallen.

»Wenn dieses Ding wieder nach oben fährt, klettere ich an dem Seil hinauf. Ihr benutzt dann einer nach dem anderen den Sitz und ich ziehe euch rauf«, erläuterte Nick, während er alles vorbereitete.

»Steigt jetzt einer nach dem anderen herunter, damit wir sehen, was passiert, aber bleibt in der Nähe«, wies Will die anderen an. »Nick, nimm das Seil und halt es fest, falls das Ding mit etwas Verzögerung nach oben fährt. Wenn es sich nicht bewegt, gehen wir weiter.«

»Klingt nach einem guten Plan«, meinte Nick. »Genau genommen nach meinem Plan.«

Dann stiegen sie einer nach dem anderen vom Altar herunter. Nick machte den Anfang, griff unter die Platte und umfasste das Seil. Als Letzter folgte Will und landete mit einem Knirschen auf dem Knochenberg. Sie warteten eine ganze Minute in angespanntem Schweigen, doch der Altar rührte sich nicht. Will behielt ihn im Auge, als er die anderen weiterführte und ihre Aufmerksamkeit dann auf die neue Umgebung lenkte.

Um sie herum lagen überall Knochen, aufgetürmt in einer Felskammer, die so groß zu sein schien wie ein Fußballplatz. Die Luft fühlte sich tot an und trug einen Hauch von Verwesungsgeruch heran.

»Eine Höhle unter einer Höhle«, bemerkte Nick und senkte die Stimme. »Dafür muss es doch ein Wort geben, oder? So was wie Unterhöhle vielleicht.«

»Das hier ist ein Ossarium«, flüsterte Ajay. »Und ich muss zugeben, ich hätte nie gedacht, dass ich einmal die Gelegenheit haben würde, dieses Wort zu benutzen.«

»Und was bedeutet es, du Intelligenzbestie?«, wollte Nick wissen.

»Eine Kammer oder ein Gewölbe für die Gebeine der Toten, ein Beinhaus«, erklärte Ajay. »Oder eine Höhle, in der die Überreste der Gerippe von Menschen aufbewahrt werden, die vor langer Zeit bei Massakern ums Leben kamen. Vor langer Zeit, wohlgemerkt.«

»Hast du wieder ein Lexikon auswendig gelernt?«, fragte Elise.

»Ja«, bestätigte Ajay. »Aber ich bin erst bei T.«

»Mir fällt da eher ein Wort mit A ein«, meinte Elise. »Nämlich Abdeckerei.«

»Wenn ihr beiden mit eurer Hirngymnastik fertig seid, dann sagt Bescheid«, murrte Nick.

»Das bedeutet so was Ähnliches wie ›Schlachthaus‹«, erklärte Elise.

»Super. Abdeckerei. Mein neues Wort des Tages«, sagte Nick. »Dann lasst uns mal abdeckmäßig diesen Schlüssel finden und schleunigst die Biege machen.«

Will ging voran und führte sie im Gänsemarsch über den schmalen Pfad zwischen den Gebeinhügeln hindurch. Im Strahl seiner Taschenlampe entdeckte er alle möglichen Formen und Größen von Knochen – doppelte Schädel, über 3 Meter lange Wirbelsäulen, Arme mit Scheren statt Händen und immer wieder Hinweise auf Flügel. Viele erinnerten ihn an die verschiedenen Kreaturen, die ihn im letzten Jahr verfolgt hatten – seltsame Wesen, die Dave als Burbelangs oder Lamias bezeichnet hatte. Vielleicht haben wir ja die Heimat des Anderen Teams gefunden oder irgendeine verlassene Kolonie.

»Dieser Ort verströmt eine Aura der Gewalt«, stellte Brooke fest und zitterte, während sie sich umschaute. »Schrecklicher Gewalt.«

»Ach, tatsächlich?«, fragte Nick ironisch.

Will knuffte ihn mit dem Ellbogen in die Rippen.

»Man muss kein Archäologe sein, um zu erkennen, wie das zustande kommt«, bemerkte Elise. »War wohl Bestandteil der Messen, die da oben abgehalten wurden. Zuerst ein paar einstimmende Hymnen, gefolgt von einer besinnlichen Predigt von Kardinal

Melonenkopf, und dann, um die Feierlichkeiten abzurunden, drei Stunden lang Darbringung von Menschenopfern.«

»Sag doch nicht immer Menschen«, beschwerte sich Brooke.

»Ich würde gern ein paar dieser Knochen analysieren, damit wir genau wissen, worum es sich handelt«, sagte Ajay.

»Du kannst auf dem Rückweg ein Andenken mitnehmen«, schlug Will vor.

»Zu dumm, dass wir keinen Hund dabeihaben«, fand Nick. »Der würde hier unten ausflippen.«

Will warf einen Blick auf seine Uhr. »Wir sollten uns wieder auf unsere Aufgabe konzentrieren«, mahnte er.

Von Dave hatte er nichts mehr gehört; andererseits konnte er sich ohnehin nicht erklären, wieso dessen Stimme zu ihm gesprochen hatte. Vielleicht war er Dave – wo immer der jetzt sein mochte – hier unten physisch näher oder es bestand eine stärkere Verbindung zum Niegewesen. In Gedanken stellte Will weitere Fragen, um herauszufinden, ob sein verschollener »Beschützer« ihm antwortete: Wie lange ist es her, dass das Andere Team hier unten gelebt hat? War Cahokia ihre Zentrale oder eine Art Hauptstadt? Hat hier dein letztes Gefecht mit ihnen stattgefunden?

Nichts. Dave gab keine Antwort.

»Leute, ich glaube, ich weiß, wozu das Loch in der Mitte der Platte dient«, verkündete Nick, während sie dem Pfad durch die Knochenberge folgten. »Das ist eine Art Müllschlucker, den sie benutzt haben, wenn sie mit dem Gemetzel da oben fertig waren. Und wenn die Platte zu voll war, konnten sie sie einfach nach unten fahren, die ganze Ladung abkippen, einmal alles abspritzen und wieder nach oben düsen, um weiterzumachen.«

»Okay, du darfst deine Fantasie jetzt wieder abschalten«, sagte Elise und verzog das Gesicht.

»Aber es trifft durchaus zu, dass die meisten vorzeitlichen Zivilisationen wie auch immer geartete Opfer darbrachten«, erklärte Ajay. »Auf diese Weise baten sie die Welt der Geister um Unterstützung. Meistens opferten sie Tiere, aber viele Gesellschaften gaben sich damit nicht zufrieden.«

»Könnte schlimmer sein«, fand Nick. »Vielleicht waren es ja Kannibalen.«

Will warf Brooke, die noch immer zitterte und völlig überfordert wirkte, einen besorgten Blick zu. Er legte den Arm um sie und sagte sanft: »Du lässt das alles zu nah an dich heran. Kannst du nicht versuchen, es auszublenden?«

Brooke schüttelte den Kopf. »Es ist einfach zu viel.«

»Mach dir keine Sorgen, uns passiert schon nichts. Das Ganze ist vor sehr, sehr langer Zeit geschehen und ich bin davon überzeugt, du kannst deine Empfindungen besser kontrollieren, als du denkst.«

Sie rang sich ein mattes Lächeln ab. »Ich kann es ja mal versuchen.«

Nick ging voran und hielt seine Fackel hoch. »Da vorn ist irgendein Licht. Vielleicht ein Ausgang.«

Eine Weile trotteten sie schweigend hinter ihm her, nur begleitet vom Knirschen und Knacken der Knochen unter ihren Schuhen – bis dieses Geräusch auf einmal endete und sie feststellten, dass sie wieder Fels und Erde unter den Füßen hatten. Gemeinsam steuerten sie auf den Lichtschimmer in der Ferne zu und folgten dem Pfad einen kleinen Abhang hinunter zu einer langen, horizontalen Spalte in der Felswand. Sie war knapp 2 Meter hoch und besaß scharfe Ränder, die aussahen, als seien sie durch präzise Werkzeuge entstanden. Die fünf schlüpften hindurch, durchquerten einen kurzen Gang im Gestein und traten auf einen Felsvorsprung hinaus, 6 Meter über dem Boden einer weiteren geräumigen, hohen Höhle.

Im Zentrum dieser Felskammer, etwa 30 Meter entfernt, stand

ein intakter Betonbau. Er erinnerte an ein typisches Bürogebäude aus der Mitte des vergangenen Jahrhunderts: einstöckig, mit Flachdach und deckenhohen, breiten Fenstern, durch die ein warmes gelbliches Licht in die Dunkelheit fiel und ihr einen gespenstischen Schein verlieh.

»Das muss das Haus sein, das Nepsted beschrieben hat«, vermutete Will.

»Das Krankenhaus«, sagte Ajay. »Inklusive Stromversorgung, zig Meter unter der Erdoberfläche.«

»Total abgefahren«, meinte Nick.

»Also hat Nepsted nicht gelogen«, stellte Elise fest.

»Macht die Taschenlampen und die Fackeln aus«, ordnete Will an. »Und seid leise.«

Nick löschte die Fackeln, dann knieten sie sich hinter eine Ansammlung von Felsblöcken. Will nahm seine dunkle Brille hervor und betrachtete die Fassade mit den Fenstern, hinter denen sich eine Art Verwaltungs- oder Empfangsbereich zu befinden schien. Er entdeckte Schreibtische, Stühle und einen Linoleumboden, aber nirgends Menschen – oder Kreaturen.

»Siehst du irgendetwas, das sich bewegt?«, wandte er sich an Ajay, der ebenfalls seine dunkle Brille aufgesetzt hatte.

»Nicht einmal eine Maus.«

Ajay erweiterte seinen Beobachtungsradius, während Will blinzelte und sein Raster aufrief, um nach Wärmespuren zu suchen. Keiner von beiden entdeckte Lebewesen in der Nähe des Betongebäudes.

»Und was jetzt?«, fragte Elise.

»Leute, wir sind doch nicht so tief in den Kaninchenbau vorgedrungen, nur um kurz vor dem Ziel mitten in diesem Nazibunker aufzugeben, oder?«, feuerte Nick die anderen an.

»Nein, aber wenn du dir Mühe gibst, kannst du bestimmt noch ein paar Metaphern verdrehen«, meinte Elise.

Will schaute auf die Uhr. »Wie viele Fackeln hast du mitgenommen, Nick?«

»Genug, um uns wieder nach oben zu bringen.«

Will überlegte eine Sekunde.

Nr. 56: AUFGEBEN IST EINFACH. BEENDEN IST SCHWER.

»Nick hat recht«, sagte er schließlich. »Schaltet eure Taschenlampen wieder an und folgt mir.«

Vorsichtig kletterten sie vom Vorsprung über einen schmalen, steinigen Pfad nach unten und standen dann etwa 15 Meter von dem Gebäude entfernt, direkt gegenüber der Fensterwand. Der Bereich dahinter wirkte wie ein Stillleben oder ein Diorama in einem Museum. Will führte sie um die linke Seite herum, sodass sie nicht direkt an den Fenstern vorbeiliefen. Das Gebäude war viel größer, als es zuerst den Anschein gehabt hatte, und erstreckte sich bestimmt 100 Meter in die Tiefe. Die Wände bestanden aus einfachen, dunkelgrün gestrichenen Betonsteinen. Schließlich gelangten die fünf zu einer normal dimensionierten Tür. Will drehte den Knauf. Nicht verschlossen. Er schaltete seine Stirnlampe aus und die anderen folgten seinem Beispiel.

»Bleibt zusammen«, flüsterte Will. »Keine Alleingänge.«

Er öffnete die Tür und ging hinein. Verborgene Deckenlampen tauchten den Korridor in das gleiche sanfte gelbliche Licht, das auch aus den Fenstern geleuchtet hatte. Der Boden zwischen den holzverkleideten Wänden war mit billigem Linoleum ausgelegt und von irgendwoher ertönte ein leises Surren. Die Freunde folgten dem Gang, bis er sich verzweigte, bogen dann nach rechts zu dem Gebäudeteil ab, den sie durch die Fenster gesehen hatten, und erreichten ihn durch eine weitere Tür.

Der Raum erweckte den Eindruck, als hätten die Angestellten

ihn mitten an einem normalen Arbeitstag plötzlich verlassen: Stühle waren von den Schreibtischen zurückgeschoben; Blätter, Stifte und aufgeschlagene Kladden lagen auf dem großen Tresen; daneben stand eine leere Kaffeetasse ... alles von einer dicken Staubschicht bedeckt. Will entdeckte mehrere Telefonapparate, aber weder Computer noch Drucker oder ähnlich Modernes. Eine Uhr an der Wand tickte noch immer; der Sekundenzeiger zuckte in kleinen Schritten über das Zifferblatt. Eine der Neonröhren an der Decke flackerte und erzeugte eine Art Stroboskopeffekt.

Ajay trat an den Tresen, blies den Staub von der größten Kladde und warf einen Blick darauf.

»Das ist eine Art Journal«, erläuterte er. »Daten, Initialen, auf Englisch, aber mit jeder Menge seltsamer Abkürzungen.«

»Findest du irgendeine Jahreszahl?«

»Sieht nach 1938 aus«, antwortete Ajay und blätterte dann rasch an den Anfang. »Es reicht ungefähr sechs Monate zurück bis, ratet mal, Ende 1937 ... dann fehlen viele Seiten ... und hier sind noch ein paar Eintragungen aus dem Jahr 1935, mit Füller geschrieben. Buchstaben und Zahlen in rätselhafter Anordnung. Ich vermute, es handelt sich um eine Art Code.«

»Mach ein paar Aufnahmen«, bat Will und warf ihm die Stift-Kamera zu.

»Ich werd schon nichts davon vergessen ...«

»Für mich, nicht für dich«, erklärte Will und wandte sich dann an die anderen: »Durchsucht alle Schubladen und Schränke.«

»Sieht eigentlich nicht wie ein Krankenhaus aus«, fand Nick, während er sich umschaute.

»Wenn du ein Schlüssel wärst, wo lägst du versteckt?«, fragte Brooke.

Sie öffnete einen kleinen Schrank und fand eine Reihe weißer Kittel auf Kleiderbügeln sowie eine Kiste mit Schutzhelmen.

»Achtet darauf, dass wir keine Spuren hinterlassen«, mahnte Ajay, nachdem er die Aufnahmen gemacht hatte.

»Wieso?«, entgegnete Elise. »In diesem Raum ist seit Ewigkeiten niemand mehr gewesen.«

»Was glaubt ihr, wozu er gedient hat?«, fragte Nick und öffnete die Schubladen an einem Schreibtisch.

Elise trat neben ihn, griff in eine der Schubladen und holte eine Handvoll Anstecker mit der Aufschrift HALLO, MEIN NAME IST ______ heraus. »Vielleicht war das ein Empfang oder ein Besucherzentrum, wo Leute registriert wurden, wofür auch immer.«

In einer anderen Schublade entdeckte Will einen Kalender des Jahres 1938 mit Fotos von landwirtschaftlichen Geräten. »Erbaut in den 1930er-Jahren. Und zumindest dieser Teil wurde nicht lange danach aufgegeben.«

»Wirklich?«, fragte Nick. »Wie sind die Leute denn hierher zur Arbeit gekommen?«

»Und was für einer Arbeit sind sie nachgegangen?«, fügte Brooke hinzu.

Will öffnete ein kleines Kästchen hinter dem Tresen und fand einen Schlüsselbund an einem Haken.

»Lasst uns mal nachsehen«, sagte er.

Er nahm die Schlüssel, führte die anderen zurück auf den Gang und dann an der Tür vorbei, durch die sie hereingekommen waren. Der Gang verlief noch dreißig Schritte weiter ins Innere des Gebäudes und stieß schließlich auf einen Quergang, dem sie nach rechts folgten. Hier führten Türen auf beiden Seiten in kleinere Räume – leere kleine Büros, die weiter nicht interessant zu sein schienen. Hinter einer der Türen verbarg sich jedoch ein größerer Bereich, der an eine Kaserne erinnerte, mit Feldbetten entlang der Wände. Zwei Türen weiter entdeckten sie einen Gang mit sechs verschlossenen Zellen.

»Das sieht aus wie eine militärische Anlage«, meinte Ajay und begutachtete die Bauweise. »Schnell, robust, relativ preiswert. Die Army hat im Zweiten Weltkrieg und während des Kalten Kriegs Tausende solcher Kasernen fast über Nacht im ganzen Land errichtet.«

»1,5 Kilometer unter der Erde?«, wunderte sich Elise. »Neben einer alten Alien-Stadt?«

»Und war das Absicht oder Zufall?«, fragte Brooke.

»Keine Ahnung, sagte Will, »aber es muss einen Zusammenhang geben.«

»Aber wie soll das gehen?«, beharrte Brooke. »Wie hat man all das Material hier heruntergeschafft?«

»Ich bin mir sicher, es existiert noch ein anderer Weg an die Oberfläche, von dem wir nichts wissen«, meinte Will.

»Ihr würdet euch wundern, was man mit ein paar Milliarden Dollar so alles bewerkstelligen kann«, warf Ajay ein.

Dieser Gang endete an einer massiven Betonwand mit einer schweren Stahltür in der Mitte, auf die jemand mit einer Schablone die Zahl »19« in roter Farbe geschrieben hatte. Will wollte die Tür öffnen, aber sie war verschlossen.

Er holte die Schlüssel, die er in dem Büro gefunden hatte, aus der Tasche und fand einen, an dem ein runder, in Metall eingefasster Pappanhänger mit der roten Zahl »19« befestigt war. Er steckte ihn ins Schloss, drehte ihn um und die Tür schwang auf.

Auf der anderen Seite herrschte völlige Dunkelheit. Will knipste seine Taschenlampe an und entdeckte einen Lichtschalter neben der Tür. Flackernd leuchteten Neonröhren an der Decke auf und tauchten den Raum in ein hartes weißes Licht. Die fünf hatten einen neueren, vollkommen anderen Teil des Gebäudes erreicht.

Hier war der Boden mit weißen, glänzenden Fliesen ausgelegt. Edelstahlschränke und Metallspinde säumten die Wände. Sämtliche Spinde besaßen Schlitze für Namensschilder, die man jedoch entfernt hatte. Als Brooke die Spindtüren öffnete, fand sie hinter allen rote OP-Kittel.

»Das ist ein Umkleideraum für Ärzte«, stellte sie fest. »Hier hängen Chirurgenkittel.«

»Warum sind die Sachen rot?«, fragte Nick und befühlte den Ärmel eines Kittels.

»Damit man das Blut nicht sieht«, erklärte Brooke.

»Iih!«, stieß Nick hervor und ließ den Ärmel wieder los.

»Hier ist nirgendwo Staub«, bemerkte Elise, während sie mit dem Finger über einen der Spinde fuhr. »Dieser Raum ist vollkommen sauber.«

»Wir haben das Krankenhaus gefunden«, sagte Will.

Er öffnete einen weiteren Schrank und entdeckte Filmdosen aus Metall, Reihen von Videokassetten und stapelweise DVDs.

»Was ist das alles?«, fragte Nick.

»Filmrollen«, antwortete Will, als er sie durchsah. »Aus den 1930er- und 1940er-Jahren.«

Nick begutachtete die anderen Sachen. »Die Bänder stammen aus den Achtzigern, die DVDs aus den Neunzigern.«

»Leg alles wieder so hin, wie es war«, wies er Nick an und legte die Filmdosen zurück.

»Hier zirkuliert Luft«, stellte Ajay fest und hielt die Hand an einen Schlitz hoch oben in der Wand. »Ein funktionierendes Belüftungssystem.«

»Wozu dieser Trakt auch dienen mag, er wird noch immer genutzt«, folgerte Will.

»Dieser Bereich ist wesentlich moderner«, fuhr Ajay fort und betrachtete die Türen. »Viel massivere Bauweise. Eindeutig nach dem Krieg entstanden.«

Will öffnete eine Tür an der gegenüberliegenden Wand und

führte die anderen in den angrenzenden Raum – ein großes Labor, ausgestattet mit Computern, Servern und allen modernen technologischen Spielereien, die man sich nur vorstellen konnte.

»Elektronenmikroskope ... modernste Teilchenbeschleuniger ...«, zählte Ajay auf, während er an Geräten vorbeiging. »Alles da, genau wie in den Labors der Schule.«

»Für genetische Forschung, Genspleißen und so weiter geeignet?«, fragte Will.

»Mehr als das.«

»Wann hat man diesen Teil des Gebäudes wohl eingerichtet?«, überlegte Elise.

»Vermutlich in den Achtzigern«, meinte Ajay. »Frühestens.«

Ajay öffnete einen großen Schrank neben einem Arbeitstisch. Darin standen mehrere Reihen verschlossener Glasbehälter; in den meisten von ihnen schwebten verschiedene Knochen in einer klaren Flüssigkeit. In einem befand sich ein Schädel, ähnlich dem monströsen Exemplar, das sie in der Gruft der Kathedrale gesehen hatten, jedoch kleiner.

»Ich habe eine Idee, warum sie das hier gebaut haben«, verkündete Will.

»Wen meinst du mit sie?«

»Die Ritter«, erläuterte Will und zeigte auf ein Abzeichen an der Tür – das Bild eines Paladins. »Sie haben Cahokia gefunden und wollten es untersuchen. Dabei sind sie von dieser Seite der Höhle in das Beinhaus gedrungen, nicht umgekehrt. Der ältere Teil, der in den 1930er-Jahren errichtet wurde, diente als Kommandozentrale für die Ausgrabungen.«

»Und warum haben sie dann den Krankenhausbereich gebaut?«, fragte Nick.

»Für die Zeit danach, sobald die Grabungsarbeiten erledigt waren«, mutmaßte Will und leuchtete mit seiner Taschenlampe durch eine Tür in den nächsten Raum. »Und sie mit den Experimenten anfangen konnten.«

Als sie eintraten, sprangen mehrere Lampen an, aktiviert durch Sensoren. Dieser Raum besaß eine höhere Decke und war vollkommen rund; erhöhte Sitzreihen umgaben eine Fläche, die mit glänzend weißen Fliesen ausgelegt war. In der Mitte stand ein verstellbarer Edelstahltisch, daneben waren medizinische Geräte aufgereiht und darüber hingen Scheinwerfer. Alles sah vollkommen sauber aus.

»Ein Operationssaal«, stellte Elise fest.

Nick studierte den Tisch eingehender und hob ein paar daran befestigte Gurte hoch, die in komplizierten Hand- und Fußschellen endeten. »Ist es normal, dass Leute bei einer Operation gefesselt werden?«

»Natürlich nicht«, sagte Brooke.

»Dachte ich mir.«

»Wen haben sie hier wohl operiert?«, überlegte Ajay.

Will beantwortete diese Frage nicht und meinte nur: »Gehen wir weiter.«

Nick führte sie durch eine Pendeltür am anderen Ende des Operationssaals zu einem weiteren Gang. Hier war vom Boden über die Wände bis zur Decke alles weiß und das elektrische Surren, das sie die ganze Zeit gehört hatten, wurde beständig lauter. Offenbar näherten sie sich seiner Quelle.

Am Ende dieses Gangs stießen sie auf eine weitere Betonwand mit einer Metalltür, auf der in Rot die Zahl »9« stand. Will fand den passenden Schlüssel an seinem Bund, schloss die Tür auf und betätigte einen Schalter auf der anderen Seite, worauf mehrere Lampen aufleuchteten.

Der Bereich vor ihnen war der größte und weitläufigste, den sie bislang im Krankenhaustrakt gesehen hatten. Er wurde durch drei gleich weit voneinander entfernte Glastüren in der Mitte geteilt. Hinter der linken, scheinbar sorgfältig verriegelten Tür war alles dunkel; von dort stammte das pulsierende, inzwischen viel lautere Surren.

Hinter der Tür auf der rechten Seite brannte Licht. Als die fünf hindurchschauten, sahen sie im Raum dahinter eine große Wand an der rechten Seite, aber weder deren oberes Ende noch eine Decke. In die Wand war eine große dunkle Stahltür eingelassen, 3 Meter breit und etwa 2,5 Meter hoch, und links daneben befand sich eine Schalttafel mit kleinen Lichtern.

»Wonach sieht das für euch aus?«, wandte Will sich an die anderen.

»Keine Ahnung«, sagte Brooke.

»So was habe ich noch nie zuvor gesehen«, räumte Elise ein.

»Wie eine massive Stahltür in irgendeinem superstrenggeheimen wissenschaftlichen Labor?«, bot Nick an.

»Die Beschreibung ist schwer zu toppen«, fand Ajay, riss dann aber die Augen auf, als sei ihm plötzlich eine Idee gekommen. »Vielleicht ist das aber auch der Eingang zu einem Kühlhaus. Auf dem Feld da drüben sind digitale Anzeigen, möglicherweise Temperaturangaben.«

Will wandte sich der mittleren massiven Glastür zu. Dahinter befand sich der kleinste der drei Räume, rechteckig, mit niedriger Decke und vollständig weiß. Die Deckenlampen beleuchteten die einzigen beiden Objekte im Raum: zwei identische, glänzende Stahlzylinder, die an seltsam geformte, elliptische Bierfässer erinnerten.

»Okay, dann wollen wir uns das mal genauer ansehen«, verkündete Will.

Die dicke Glastür war nicht abgeschlossen und die Freunde drängten sich in den Raum, um die beiden Zylinder zu begutachten. Sie waren etwa 1,5 Meter hoch, ohne Ecken und Kanten. Ihr glattes glänzendes Metall reflektierte so viel Licht, dass es fast in den Augen schmerzte.

»Geht es nur mir so oder sehen diese Dinger für euch auch aphotisch aus?«, wollte Ajay von den anderen wissen.

»Absolut«, bestätigte Nick.

Die drei Jungen nahmen ihre dunklen Brillen heraus und setzten sie auf, aber außer einem seltsamen weißen Schimmer, der von den beiden Zylindern ausging, konnten sie nichts Ungewöhnliches an ihnen feststellen.

»Sieh mal nach, ob man sie irgendwie öffnen kann«, bat Will Ajay und nahm seine Brille wieder ab.

Ajay ging einmal langsam um jedes der beiden Objekte herum und studierte sie eingehend. »Das Metall hat überhaupt keine Nähte«, bemerkte er.

Dann holte er ein kleines elektronisches Messgerät aus seiner Weste und schaltete es ein. Der Apparat sandte Lichtstrahlen aus, die Ajay von oben nach unten über den linken und dann über den rechten Zylinder führte.

»Sie sind leicht unterschiedlich«, erklärte er schließlich. »Der auf der linken Seite ist dichter und scheint mehr Masse zu enthalten.« Er fuhr mit der Hand über das obere Ende des Zylinders. »Und hier ist etwas Merkwürdiges. Eine ganz leichte Vertiefung ... fühlt sich fast an wie ... die Konturen einer Hand ... aber viel größer als meine.«

Leg deine Hand hinein, sagte die Stimme in Wills Kopf.

Will trat vor und berührte den Zylinder an der Stelle, die Ajay ihm gezeigt hatte. Er tastete die Oberfläche ab und fand schließlich die beschriebene Form von Fingern und Handfläche – eine unglaublich subtile, kaum fühlbare Vertiefung, aber seine Hand passte perfekt hinein. Sofort spürte er, wie das kühle Metall unter seiner Haut warm wurde und nachgab, fast als würde es durch seine Berührung leicht schmelzen.

»Irgendetwas passiert hier gerade«, sagte er.

»Ich glaube, du hast ihn entriegelt«, meinte Elise.

Eine hauchdünne Naht öffnete sich entlang der Front des Metalls, verlief gleichzeitig nach oben und nach unten, bis sie den gesamten Zylinder gespalten hatte. Als sich die beiden Hälften auseinanderbewegten, zog Will seine Hand fort und die anderen machten einen Schritt zurück. Dann glitt eine einzelne Metallplatte aus den aufgeklappten Hälften und fächerte sich zu einem halbkreisförmigen Tablett auf, das in der Luft zu schweben schien. Will sah, dass es durch ein einziges Gelenk mit dem Zylinder verbunden war.

In dem Tablett waren drei Abdrücke für drei vollkommen unterschiedliche Objekte zu erkennen: links eine Vertiefung von etwa 30 Zentimetern Durchmesser, daneben eine hakenförmige Mulde für eine Waffe und eine Spritzdüse oder etwas Ähnliches, und rechts eine quadratische, 10 Zentimeter große Aussparung.

»Die Ritter müssen diesen Trakt gebaut haben«, sagte Will und fuhr mit der Hand über die Umrisse. »Vermutlich, um hier Geräte aufzubewahren, die sie entweder angefertigt oder herübergebracht haben.«

»Aphotische Geräte«, ergänzte Ajay. »Aus dem Niegewesen.«

»Du hast mehr davon gesehen als wir«, bemerkte Brooke. »Kommen dir diese Formen irgendwie bekannt vor?«

»Die mittlere«, bestätigte Will. »Ich habe das Gerät, das Lyle zum Öffnen des Portals zum Niegewesen verwendet hat, zwar nie in der Hand gehalten, aber es würde hier vermutlich reinpassen. Es sah aus wie eine Waffe.«

»Du meinst das Ding auf Ronnies Band, das Hobbes Lyle gegeben hat?«, vergewisserte sich Elise.

»Ja. Hobbes nannte es den Schnitzer«, erläuterte Will.

»Wo ist der Schnitzer jetzt?«, fragte Nick.

»Mist, daran hab ich überhaupt nicht mehr gedacht«, ärgerte sich Will. »Lyle hat ihn tief in die Höhle geschleudert, nachdem der Wendigo herübergekommen war.«

»Meinst du, wir könnten ihn da noch finden?«, fragte Ajay.

»Wir sollten es auf jeden Fall versuchen. Bevor die Ritter uns zuvorkommen.«

»Was war wohl in den anderen beiden Vertiefungen?«, überlegte Elise und fuhr mit der Hand darüber.

»Entweder Objekte, die sie in den Ruinen gefunden haben, oder irgendein Mitbringsel aus dem Niegewesen ... ich weiß es nicht genau«, räumte Will ein. »Aber jetzt wissen wir, dass es mindestens noch zwei dieser Dinger gibt, die ich mir gern mal näher ansehen würde.«

»Vielleicht sind sie hier drin«, mutmaßte Nick und klopfte auf den anderen Zylinder.

»Warum sollte man etwas in diesem verstecken, das man eigentlich in diesem hier aufbewahrt?«, fragte Ajay genervt.

»Keine Ahnung, Alter. Warum muss überhaupt irgendwas von dem, was diese Typen tun, einen Sinn ergeben? Alle sagen andauernd, es seien keine Menschen.«

»All das hier haben Menschen gebaut, Nick«, erklärte Will. »Menschen, die dem Anderen Team helfen. Dazu dient der ganze Komplex.«

Will bemerkte, dass Brooke ihn skeptisch musterte. »Wenn die Ritter das alles gebaut haben, wieso war dann deine Hand in der Lage, diesen Zylinder zu öffnen?«

»Ich habe keine Ahnung«, sagte Will.

»Dann lass uns mal nachsehen, ob du den anderen auch öffnen kannst«, meinte Elise.

Will trat vor den Zylinder auf der rechten Seite und fuhr mit den Fingerspitzen über den Deckel, um auch hier nach Vertiefungen zu suchen. Er fand keine, doch als er seine Hand an der rechten Seite hinuntergleiten ließ, ertastete er in der Mitte den gleichen handgroßen Umriss im Metall. Allerdings passierte zunächst einmal nichts, woraufhin er die linke Seite überprüfte und auch dort eine passende Aussparung entdeckte.

Kaum hatte er beide Hände in die Vertiefungen gelegt, spürte er, wie eine Art Stromstoß durch das Metall fuhr. Der Zylinder bewegte sich und teilte sich dieses Mal in vier gleich große Segmente, die sich leicht auseinanderbewegten. Rasch riss Will die Hände weg, denn in dem Moment, in dem sich die Teile vollständig voneinander getrennt hatten, wandten sie sich einander zu und drehten sich zuerst langsam, dann jedoch immer schneller im Uhrzeigersinn. Nach wenigen Sekunden wirbelten die Segmente so schnell im Kreis herum, dass sie miteinander zu verschmelzen schienen.

Sie drehten sich um ein bewegungsloses Objekt, das in der Mitte der Zylindersegmente in der Luft schwebte: eine schmale, schlichte, etwa 15 Zentimeter lange Hülse aus hellem Metall.

Schnell setzte Will seine dunkle Brille auf – Ajay und Nick folgten seinem Beispiel – und sah den inzwischen vertrauten aphotischen Schimmer, der von der silbernen Hülse ausstrahlte, dazu eine Reihe von Bolzen und Knöpfen, die rhythmisch aus dem Metallkörper heraustraten und dann wieder darin verschwanden.

»Wenn das nicht Nepsteds Schlüssel ist«, meinte Ajay, »dann fresse ich meinen spektrografischen Topometer.«

»Ich bitte um Verheizung?«, fragte Nick.

»Ich glaube, du hast recht, Ajay«, pflichtete Will ihm bei.

»Das ist ja toll, aber wie kriegen wir ihn da raus?«, wollte Nick wissen und reichte seine Brille an Brooke und Elise weiter, damit sie den Schlüssel ebenfalls sehen konnten.

Will nahm ein Blatt Papier aus der Tasche und schob es vorsichtig zwischen die wirbelnden Segmente des Zylinders, die das Papier wie Klingen sofort zerschredderten.

»Kann man nicht von oben hineingreifen?«, fragte Elise.

Als der größte der Gruppe trat Will näher heran und hob den Arm über den Zylinder, um Elises Vorschlag zu testen. Aber die Segmente nahmen die Bewegung wahr und passten ihre Position an, sodass zwei nun über der silbernen Hülse wirbelten. Hektisch riss Brooke Wills Hand zurück.

»Sei vorsichtig, die Dinger könnten dir die Hand abhacken«, warnte sie.

»Wir gehen nicht ohne diesen Schlüssel«, verkündete Will entschlossen und dachte angestrengt nach. »Ich denke, wir müssen es gemeinsam versuchen.«

Ein Plan nahm in seinem Kopf Gestalt an und er erteilte den anderen entsprechende Anweisungen. Brooke war die Einzige, die sich über seinen Vorschlag wunderte, meinte aber, sie wolle es versuchen. Die vier traten zurück, nahmen ihre Position ein und warteten auf Wills Signal. Nick streifte erneut seine schweren Lederhandschuhe über und trat dann nah an den Zylinder heran. Ajay kniete sich auf den Boden und starrte wie gebannt auf die rotierenden Metallblätter. Brooke stand hinter Elise, hob beide Hände auf Höhe von deren Schulterblättern und wartete.

Dann nickte Will Elise zu und ging zum hinteren Ende des Raums.

Nachdem Elise ein paar Mal tief Luft geholt hatte, brachte sie einen tiefen, grollenden Klangstrom hervor, der die Gestalt einer transparenten Wolke annahm und die Luft vor ihr verwirbelte. Langsam schob sie die Wolke vorwärts in den Strudel der Segmente hinein und erzeugte einen Widerstand. Die Segmente wurden langsamer, aber dieser Akt erforderte von Elise unglaubliche Anstrengung und kostete sie fast sämtliche Energie.

»Jetzt, Brooke!«, rief Will.

Brooke schloss die Augen und legte Elise die Hände auf den Rücken, um sie zu unterstützen. Tatsächlich wirkte Elise gestärkt und ihr stimmliches Bremsmanöver erhielt sofort mehr Kraft: Die Klingen wurden jetzt so langsam, dass man sie fast erkennen konnte.

Und Ajay war in der Lage, sie ziemlich genau zu sehen.

»Jetzt, Nick!«, befahl er, den Blick fest auf die Metallsegmente geheftet.

Nick streckte die Hand aus, packte das nächste Segment und stemmte die Füße mit aller Kraft auf den Boden, legte sich mit seinem ganzen Gewicht hinein. Der Strudel wurde um weitere 20 Prozent langsamer, war aber noch immer so stark, dass er Nick ein Stück mitzog.

»Jetzt, Will!«, rief Ajay.

Will nahm zwei Schritte Anlauf, sprang hoch und griff zwischen die abgebremsten Segmente. Bevor diese reagieren konnten, schnappte er sich die Hülse, zog blitzschnell die Hand zurück und rollte sich dann auf der anderen Seite über den Boden ab.

»Geht zurück!«, rief er.

Nick ließ das Segment los, Elise löste die Klangwolke auf und im nächsten Moment wurden alle von einer energetischen Druckwelle rückwärtsgeschleudert, als die Segmente erneut zu rotieren begannen. Will warf einen Blick auf die Hülse in seiner Hand. Sie war unversehrt und strahlte ein schwaches, pulsierendes Licht aus, fühlte sich aber fast schwerelos an, als könne sie davonfliegen, wenn er sie nicht gut festhielt.

Eine Sekunde später hielten die einzelnen Segmente des Zylinders abrupt in ihrer Drehbewegung inne und setzten sich mit einem lauten Dröhnen wieder zu einem einzigen Stück zusammen. Das Metall wechselte die Farbe von leuchtendem Silber zu Dunkelrot.

»Das kann nichts Gutes verheißen«, meinte Nick und schüttelte die schmerzenden Hände, während er die Lederhandschuhe auszog. »Es ist nie gut, wenn irgendwas rot anläuft.«

»Ich bin mir nicht sicher«, räumte Will ein.

»Nick, deine Finger bluten«, stellte Elise fest.

»Welch ein Glück, dass wir in einem Krankenhaus sind«, meinte Nick beiläufig, als Elise sich die Schnitte ansah.

In der Zwischenzeit nahm Brooke Will beiseite und flüsterte aufgeregt: »Was habe ich da gerade getan? Woher hast du gewusst, dass ich so was kann?«

»Das war mir schon vorher aufgefallen«, erklärte er. »Aber wir haben jetzt keine Zeit, darüber zu reden.«

Brooke zog eine ängstliche Miene. »Aber das bedeutet ...«

»Ich weiß, was das bedeutet«, sagte er leise und versuchte zu lächeln. »Mach dir keine Sorgen, mit dir ist alles in Ordnung. Wenigstens brauchst du dich jetzt nicht mehr ausgeschlossen zu fühlen.«

»Will, sieh dir das mal an«, forderte Ajay und zeigte mit dem Finger in eine Richtung.

Will drehte sich um. In der Wand auf der linken Seite des Raums befand sich ein Fenster. Die Deckenbeleuchtung im angrenzenden Raum war schwächer geworden, sodass man nun hineinsehen konnte. Dieser Raum war nicht nur der bei Weitem größte von den dreien, sondern auch der seltsamste. Im Inneren standen ein Dutzend große, etwa drei Meter hohe Metallbehälter in zwei Reihen, die fast die gesamte Fläche einnahmen, umgeben von modernsten elektronischen Geräten und Monitoren.

»Will, wir haben, was wir wollten«, flüsterte Elise eindringlich. »Lass uns von hier verschwinden.«

»Zuerst müssen wir nachsehen, was dort ist«, entgegnete er.

HOBBES

Die anderen folgten Will, als er aus dem Zylinderraum zur Tür des linken Raums eilte. Obwohl im Inneren Licht brannte, konnten sie nicht viel erkennen, da die Scheibe in der Tür getönt war.

»Kannst du etwas sehen?«, wandte Will sich an Ajay.

Ajay ging zur Tür, presste sein Gesicht gegen die Scheibe und riss die Augen weit auf. »Da rührt sich nichts. Ich sehe nur große, unbewegliche Geräte.«

Brooke bat Will, so lange zu warten, bis sie einen Verband aus ihrem Rucksack geholt und Nick verarztet hatte. Seine Hände sahen aus, als hätte er versucht, in eine Aufschnittmaschine zu greifen, aber nachdem Brooke die Wunden gereinigt hatte, zeigte sich, dass sie nicht tief waren. Als Brooke den Verband angelegt hatte, streifte Nick seine Lederhandschuhe wieder über.

»Ich bin startklar«, verkündete er.

Will setzte seine dunkle Brille auf und betrachtete das Schloss auf der Außenseite der Tür. Es sah aufwendig aus und wirkte mit seinem gespenstischen grünen Schein irgendwie unheimlich, ähnlich wie das an Nepsteds Käfig. Stahlstifte schlängelten sich rund um einen zentralen, wie ein länglicher Diamant geformten Schaft, als sei das ganze Ding lebendig. Will schaute Ajay an, der ebenfalls seine Brille aufgesetzt hatte.

»Ich glaube, es könnte funktionieren.«

»Versuchen wir's«, meinte Will.

Er nahm die silberne Hülse und hielt sie neben das Schloss, worauf das Ding in seiner Hand zum Leben erwachte. Stifte aus flüssigem Metall traten aus dem Korpus hervor und interagierten mit den beweglichen Teilen des Schlosses wie in einem komplexen Tanz – sie drehten sich und verschmolzen miteinander, während sich gleichzeitig die Farben so rasch veränderten, dass der Vorgang fast organisch wirkte. Will spürte förmlich, wie der Schlüssel versuchte, das Schloss zum Nachgeben zu bewegen.

Das Zusammenspiel endete mit einem dumpfen, metallischen Dröhnen, als der Riegel aufsprang. Sofort zogen sich sämtliche beweglichen Teile der beiden Geräte in ihre ursprüngliche Position zurück und das unheimliche grüne Licht verblasste. Als sich nichts mehr bewegte, gab die Tür nach und schwang nach innen, als habe eine unsichtbare Hand sie aufgestoßen.

Vorsichtig öffnete Will sie vollständig und betrat den Raum. Ajay und Elise folgten ihm, doch Brooke blieb auf der Schwelle stehen.

»Was ist los?«, flüsterte Will.

»Keine Ahnung.« Sie schüttelte den Kopf. »Ich kann da nicht reingehen.«

»Bleib bei ihr, Nick«, bat Will.

Nick bedeutete ihm, dass er einverstanden war, und Will ging weiter, dicht gefolgt von Ajay und Elise.

Hohe Stapel von Geräten, von denen die meisten unordentlich aufgetürmt waren und bis unter die Decke reichten, erzeugten ein unerträgliches Dröhnen, das sämtliche anderen Geräusche übertönte und das Denken erschwerte.

Will schaute zu Elise und fragte sie stumm: Kannst du irgendwas gegen den Krach unternehmen?

Ich kann es versuchen.

Elise konzentrierte sich einen Augenblick, öffnete den Mund und stieß einen hohen Ton jenseits von Wills Hörvermögen hervor. Doch als Will sein Raster aktivierte, konnte er sehen, dass sich die Energie des Tons wie ein sich öffnender Fallschirm im Raum entfaltete, den Krach neutralisierte und dessen lähmende Wirkung deutlich reduzierte.

»Erinnere mich daran, dass ich dich zum Abschlussball einlade«, meinte Ajay, als er an ihr vorbeiging und auf die Anzeige eines seiner Messgeräte schaute.

Die Behälter standen auf einen Meter hohen Betonpodesten und weit genug voneinander entfernt, um einen Gang zwischen den beiden Reihen freizulassen. Langsam bewegten sich die drei Freunde vorwärts. Jeder der Behälter war unten mit einem aphotischen Schloss gesichert, das dem an der Tür ähnelte. Allerdings bestanden sie nicht vollständig aus Metall, wie Will zunächst angenommen hatte: An der Vorderseite, etwa 1,5 Meter über dem Boden, befand sich ein vernietetes, nach außen gewölbtes Sichtfenster aus Glas. Das Innere war nicht beleuchtet, aber Will konnte erkennen, dass alle Behälter mindestens bis zur Höhe der Sichtluke mit irgendeiner dunklen Flüssigkeit gefüllt waren.

»Die Tanks sind nummeriert«, stellte Ajay fest und zeigte auf kleine, am Beton befestigte Messingplättchen. »Von eins bis zwölf. Dann folgen Buchstaben ... jeweils zwei ... genau dieselben Initialen, die in diesem Journal am Empfang standen, auf der Seite für das Jahr 1937 ...«

»Die letzten beiden Tanks sind leer«, verkündete Will, als er das Ende der Reihe erreicht hatte. »Aber auf Nummer zwölf stehen auch Initialen – E.S.«

»Auf Nummer elf ebenfalls«, vermeldete Elise, die vor dem vorletzten Behälter stand. »R. und L.«

Ein eisiger Schauer lief Will über den Rücken. »Ajay, zeig mir mal das Bild, das ich von der Gedenktafel für die Opfer des Flugzeugabsturzes gemacht habe.«

»Moment«, sagte Ajay und holte den Kamera-Stift heraus.

Er übertrug das digitale Bild auf ein Handgerät, das die Aufnahme vor ihm in die Luft projizierte. Beunruhigt wandte Will sich

Elise zu und schickte ihr seine Gedanken, denn er wusste, dass sie stark genug war, um damit umzugehen.

Ich brauche deine Hilfe.

Ich bin da.

»Lies die Namen vor, Ajay«, bat Will und stellte sich neben den ersten Tank. »Von oben nach unten.«

»Gerald Alverson ... Thomas Bigby ... Thornton Cross ... Jonathon Edwards ... Professor Joseph Abelson ... Carl Forrester ... George Gage ... Richard Hornsby ... Robert Jacks ... Theodore Lewis ... Raymond Llewelyn ... Edgar Snow.«

Will und Elise gingen die Reihen ab und glichen die Initialen mit den Namen ab.

»Die Ritter Karls des Großen, Abschlussklasse von 1937«, sagte Elise leise. »Zumindest zehn davon.«

»Zwölf Schüler und ein Lehrer stürzten mit dem Flugzeug ab«, überlegte Will und betrachtete das Foto der Gedenktafel. »Abelson, der Lehrer, ist nicht hier. Genauso wenig wie zwei der Schüler.«

»Edgar Snow und Raymond Llewelyn«, erläuterte Elise. »Auch bekannt als Hobbes und Nepsted.«

Plötzlich hörten sie aus einem der Tanks, irgendwo in der Mitte der Reihe und in der Nähe von Ajay, ein deutliches Platschen. Alle drei erstarrten vor Schreck.

»Was war das?«, fragte Ajay mit zittriger Stimme.

Will und Elise schauten sich an und wussten, dass sie das Gleiche dachten. Sofort nahmen sie ihre Taschenlampen hoch, richteten sie auf einen Behälter in der Mitte der linken Reihe und gingen ein paar Schritte darauf zu.

Ein weiteres plätscherndes Geräusch drang aus dem Tank. Ajay drehte sich zu Will und Elise, mit weit aufgerissenen Augen.

Will schickte Elise nur ein Wort: JETZT!

Gleichzeitig knipsten sie ihre Taschenlampen an und richteten den Strahl auf das Sichtfenster des Tanks. Die modrige gelblich grüne und von Ablagerungen trübe Flüssigkeit im Inneren schwappte hin und her.

Ajay, der wie versteinert dastand, wagte einen vorsichtigen Blick, nachdem die Taschenlampen angeschaltet waren.

Direkt über ihm klatschte etwas von innen gegen das Glas. Eine große, unförmige Masse, die an ein Büschel Seetang am Strand erinnerte, blass und widerwärtig. In der Mitte saßen zwei geschwollene, fast menschliche Augen. Aus dem Behälter drang ein Wehklagen, das den dreien das Blut in den Adern gefrieren ließ.

Und dann geriet die Flüssigkeit in allen anderen Tanks um sie herum in Bewegung. Weitere schreckliche Wesen warfen sich gegen die Scheiben. Will wandte den Blick ab, nahm aber dennoch ein paar Details wahr: Flossen, Finnen, Augen, Hautsäcke. Auch aus diesen Behältern klangen klägliche, fremdartige Laute, die sich zu einem gespenstischen Chor vereinten.

Instinktiv rannten Will und Elise los, lasen unterwegs Ajay auf und schleppten ihn zur Tür hinaus. Er hatte die Augen fest geschlossen, war starr vor Angst und rang nach Luft. Will schlug die Tür hinter ihnen zu, aber die unmenschlichen Laute schienen sie noch immer zu verfolgen. Das aphotische Schloss rastete wieder ein, als die Tür zufiel.

Brooke und Nick waren nicht im Vorraum, wo die drei sie zurückgelassen hatten.

»Nick!«, schrie Will.

»Hier drüben!«

Will und Elise rannten zu dem Raum auf der rechten Seite, sie schleiften Ajay noch immer hinter sich her. Nick und Brooke standen im Türrahmen und betrachteten das Bedienungsfeld neben der großen Stahltür, wo nun viele Lichter blinkten. Der ganze

Raum hinter der Tür dröhnte von den Geräuschen irgendwelcher Maschinen.

»Alter, das ist kein Kühlhaus ...«

»Was?« Will konnte kaum klar denken.

»Das ist ein Aufzug«, sagte Brooke.

Will schaute hoch. Die ganze Wand begann zu vibrieren und der Lärm schwoll an.

»Und er kommt runter«, fügte Nick beunruhigt hinzu.

Sofort nahm Will Brooke beiseite, griff nach ihren Händen und legte sie Ajay auf die Schultern, der leise stöhnte und die Augen noch immer nicht aufgeschlagen hatte.

»Hilf ihm«, bat Will sie eindringlich. »Wir kommen hier nicht rechtzeitig weg, wenn er sich nicht bewegen kann.«

»Was ist passiert?«, fragte Brooke.

»Er hat einen Schock. Ich kann es dir jetzt nicht erklären, aber tu es einfach; ich werde versuchen, dir zu helfen.«

Brooke nickte, schloss die Augen, umfasste Ajays Schultern und konzentrierte sich. Will unterstützte sie und schob Ajay ein Bild zu: Der Raum mit den Tanks. Darin ist nichts. Die Behälter sind leer.

Als Ajay nach vorn sackte, fingen Will und Elise ihn auf. Kurz darauf öffnete er die Lider. Er schien wieder der Alte zu sein, wirkte aber noch benommen und wacklig auf den Beinen.

»Was ist passiert?«, fragte er.

»Du warst für eine Sekunde ohnmächtig«, erklärte Will.

»Seltsam«, erwiderte Ajay ruhig. »Ich kann mich gar nicht erinnern ...«

»Zeit zu gehen, Kumpel«, forderte Will ihn auf.

Erneut warf Will einen Blick über die Schulter. Die Stahltür und die gesamte umliegende Wand rappelten, während sich irgendetwas unaufhaltsam durch den Schacht näherte.

»Dann sollten wir auf alle Fälle verduften«, pflichtete Ajay ihm bei.

Elise und Brooke fassten ihn an den Armen, um ihn zu stützen, und gemeinsam liefen sie zum Ausgang. Als Will ihnen folgte, sah er, dass Nick zu der Tür geschlendert war, die in den Raum mit den Tanks führte.

»Nick!«, rief Will.

»Aber ich hab dadrin was gehört ...«

»Nicht JETZT!«, schrien Will und Elise gleichzeitig.

Nick lief ihnen nach – der Letzte, der durch die Stahltür verschwand, durch die sie hineingekommen waren.

»Mach alle Türen hinter uns zu«, wies Will ihn an.

Nick schlug sie zu, Will rammte den richtigen Schlüssel vom Bund ins Schloss und drehte ihn um. Dann folgten sie den anderen zurück durch den Operationssaal und weiter durch den Eingang hinüber zum Krankenhausbereich. An jeder Tür hielt Will kurz inne, um sie wieder zu verriegeln.

Als er gerade den Schlüssel aus der Stahltür mit der Nummer 19 zog, wurde der gesamte Bau von einem gewaltigen dumpfen Schlag erschüttert: Der Aufzug war unten angekommen.

»Sie sind hier«, sagte Will. »Beeilt euch!«

Die Freunde stürmten durch die holzverkleideten Korridore und selbst Ajay hielt mit ihnen Schritt, ohne dass er dazu aufgefordert werden musste. Sie waren von einer solchen Panik erfasst, dass Brooke und Ajay an der Tür vorbeiliefen, durch die sie das Gebäude betreten hatten; Will pfiff sie zurück und sie folgten den anderen ins Freie.

»Lauft hinauf zu dem Felsvorsprung, über den wir reingekommen sind«, sagte Will zu den vieren und zeigte nach oben. »Versteckt euch hinter den Felsen. Seid leise, benutzt auf keinen Fall die Walkie-Talkies und lasst die Taschenlampen aus.«

Nick lief voran und Will bildete die Nachhut. Während er sich nach möglichen Verfolgern umschaute, entdeckte er helle Lichtblitze, die von der Rückseite des Krankenhauses kamen, und fragte sich, ob sie vielleicht einen anderen Weg nach draußen genommen hatten. Kurz darauf, auf halber Strecke zum Felsvorsprung, wurde die gesamte Höhle um das Gebäude herum von oben erleuchtet. Will schaute hoch und erkannte, dass ihre Verfolger eine Leuchtkugel abgefeuert hatten.

Gerade noch rechtzeitig schafften die fünf es hinter die schützenden Felsen auf dem Vorsprung, als das Licht sich auch schon in der gesamten Höhle ausbreitete – so hell, dass es bewegte Schatten warf.

»Duckt euch«, flüsterte Will. »Sobald ich es sage, lauft ihr zurück zu der Steinplatte.«

»Hoffen wir, dass sie uns nach oben befördert«, meinte Nick.

»Vergiss nicht, dass sie sich nur dann bewegt, wenn wir alle fünf darauf stehen.«

»Wer ist das, Will?«, fragte Elise. »Wer ist da unten?«

»Ich bleib eine Sekunde hier, um es herauszufinden. Geht jetzt. Zuerst Ajay und Elise, dann Nick und Brooke. Benutzt die Funkgeräte erst, wenn ihr von mir hört.«

Will behielt das Gebäude im Auge, während Ajay und Elise den Pfad hinauf und durch den freigelegten Gang hasteten, der zum Beinhaus führte.

»Beeil dich«, mahnte Nick und klopfte Will kurz auf die Schulter.

Brooke drückte Wills Hand und verschwand dann mit Nick. Will nahm sein Fernglas heraus, suchte beide Seiten des Gebäudes ab und schaute dann hinunter zum erleuchteten Empfangsbereich.

Vier Männer stürmten mit gezogenen Pistolen in den Raum. Dunkle Windjacken, dunkle Kopfbedeckung: die Schwarzkappen. Plötzlich vibrierte etwas in Wills Tasche. Rasch nahm er die schwarzen Würfel heraus, die von einer starken Energie bewegt wurden. Einen Moment später erschien ein fünfter Mann im Empfangsraum. Er trug keine Kappe und sein kahler Schädel glänzte im gelblichen Licht.

Hobbes. Und er war außer sich vor Wut.

Auf seine Anweisung hin durchsuchten die anderen den Raum schnell und effektiv. Hobbes trat ans Fenster, starrte hinaus in die Höhle und sprach in das Mikrofon, das an seinem Kragen befestigt war.

Für einen Sekundenbruchteil blickte er hinauf zum Felsvorsprung. Will duckte sich weg und nahm das Fernglas herunter. Mit gesenktem Kopf rief er sein Raster auf, wartete, bis das Licht der Leuchtkugel verblasste, und spähte dann erst wieder über die Felsen.

Er registrierte etwa fünfzehn Wärmebilder, die sich von beiden Seiten des Gebäudes entfernten und sich langsam und systematisch über das Gelände verteilten. Ein weiteres Mal schaute Will hinunter zum Fenster.

Im selben Moment hob Hobbes den Kopf und die Wärmeaura um ihn herum – fünfmal so stark wie bei allen anderen – flammte in einer grellroten und orangefarbenen Korona auf. Dann zeigte er mit einem Gegenstand in der Hand in Wills Richtung.

Sofort fragte sich Will: Kann Hobbes mich ebenfalls sehen?

Die Antwort folgte auf dem Fuß: Hobbes stürmte direkt durch das Fenster, zerschmetterte das Glas und rannte, Anweisungen brüllend, auf den Felsvorsprung zu. Will deaktivierte sein Raster, wirbelte herum und hetzte den Pfad zum Durchgang hinauf.

Als er durch das Loch im Fels schlüpfte, schaltete er seine Taschenlampe ein und preschte über den Pfad hinauf zu dem Berg aus Knochen. Vor ihm zuckten Strahlen von Taschenlampen durch die Dunkelheit und innerhalb weniger Sekunden hatte er zu Nick und Brooke aufgeschlossen. Dabei war er jedoch so schnell, dass er an ihnen vorbeirannte, bevor er abbremsen konnte.

»Sie kommen«, rief er, während er zu ihnen zurücklief.

Die beiden verdoppelten ihre Anstrengungen und Will half ihnen, so gut er konnte, damit sie auf dem holprigen Pfad nicht den Halt verloren. Ein kurzer Blick über die Schulter verriet ihm, dass hinter ihnen noch keine Lichter zu sehen waren. Schon bald erreichten sie Ajay und Elise, die gerade auf die Steinplatte stiegen.

»Schnell, beeilt euch«, drängte Will. »Alle Lampen aus.«

Nick hob Brooke auf die Platte, während Will einen kurzen Anlauf nahm und nach ihr hinaufsprang. Dann folgte Nick mit einem einzigen Satz. Als sein Gewicht auf die Steinplatte auftraf, gab es einen Ruck, die Ketten rasselten und der Altar bewegte sich langsam nach oben.

»Seid leise«, ordnete Will an. »Kein Wort. Hobbes ist da unten, mit einem Trupp von Schwarzkappen.«

Alle bis auf Nick warfen einander besorgte Blicke zu.

»Hey, uns kann gar nichts passieren«, meinte er unbekümmert. »Wie wollen sie uns bis nach oben folgen?«

»Vielleicht haben sie da oben ja schon welche postiert, die nur auf uns warten«, gab Ajay zu bedenken.

»Der Optimismus in Person«, erwiderte Nick.

»Vielleicht wissen sie, wie man dieses Ding bedient«, überlegte Brooke.

Will bedeutete ihnen zu schweigen. Die Altarplatte hatte sich etwa fünf Meter nach oben bewegt, als am anderen Ende des Beinhauses die ersten Taschenlampenstrahlen zu sehen waren. Will stand neben Elise, die mit einem düsteren und gefährlichen Ausdruck in den Augen hinunter auf die Lichter starrte, die sich langsam näherten.

»Am liebsten würde ich alles in die Luft jagen«, sagte sie kalt. »Den ganzen Laden in Schutt und Asche legen.«

Entschlossen wandte Will sich an seine vier Freunde: »Wenn wir recht haben und das Andere Team hinter dem Ganzen steckt, dann ist das, was wir gesehen haben, nur eine kleine Kostprobe ihrer Machenschaften. Haltet euch das immer vor Augen – für den Fall, dass wir jemals vergessen sollten, warum wir sie aufhalten müssen.«

Elise packte Will am Arm, hielt ihn fest und schaute ihm nachdrücklich in die Augen. Eindringliche, durch ihre aufgewühlten Gefühle verstärkte Worte hallten durch seinen Kopf: Ich gebe dir hiermit ein Versprechen. Und das solltest du mir auch geben.

Will nickte. Was immer du willst.

Wir werden diejenigen finden, die diesen armen Teufeln da unten das angetan haben, und wir werden ihnen wehtun.

»Versprochen«, sagte Will.

Kurz bevor die Altarplatte durch den Boden der Kathedrale aufstieg, registrierten sie erneut einzelne Lichtstrahlen, die sich über den Pfad auf sie zubewegten. Genau in diesem Augenblick sah Will ein grelles Licht bei der Person aufblitzen, die voranging – vermutlich Hobbes.

»Sobald wir oben sind, springt schnell runter«, wandte Will sich an die Mädchen. »Lauft nach draußen und wartet auf uns. Ajay, ich brauche etwas aus deinem Rucksack. Nick, bleib bitte noch hier.«

Will holte eine Dose Feuerzeugbenzin und ein Feuerzeug aus Ajays Rucksack.

»Bist du sicher, dass du nicht mein Beil benutzen willst?«, versuchte Ajay es erneut und hielt ihm den kompakten Stiel entgegen.

»Alter, lass dein Beil endlich stecken«, sagte Nick.

»Los!«, befahl Will.

Gemeinsam sprangen sie von der Platte, als der Altar die Höhe des Kathedralenbodens erreichte. Ajay und die Mädchen liefen den Mittelgang zum Eingang hinunter, durch den sie gekommen waren.

»Zerreiß dein Hemd und mach eine Fackel daraus«, sagte Will.

Er besprühte die Steinplatte mit Feuerzeugbenzin, während Nick sein Unterhemd auszog, es zerriss und dann verknotete. Wie erwartet, bewegte sich die Altarplatte nur wenige Sekunden später wieder nach unten. Nachdem Will auch das Unterhemd mit Benzin besprüht hatte, betätigte er das Feuerzeug und wartete, bis die Platte etwa ein Drittel des Weges zurückgelegt hatte. Dann setzte er das Unterhemd in Brand und ließ es fallen. Augenblicklich ging die Plattform in Flammen auf.

»Hoffentlich erstickst du daran, Hobbes«, sagte Nick und schaute den Flammen nach.

Sofort liefen sie den anderen hinterher, die auf dem Platz vor der Kathedrale warteten.

»Die gute Neuigkeit ist, dass wir die Steinplatte in Brand gesteckt haben«, meinte Nick.

»Und die schlechte ist, dass sie wieder nach unten fährt«, ergänzte Will. »Nichts wie weg.«

Vor der Kathedrale hatte der seufzende Wind wieder aufgefrischt. Er pfiff jetzt viel stärker als zuvor durch die Ruinen und peitschte um die dürren Äste der vier kahlen, juwelenartig funkelnden Bäume am Fuß der Treppe.

Als die fünf Freunde die breiten Stufen hinuntereilten, neigten sich die Bäume in ihre Richtung, wesentlich tiefer und biegsamer als jedes natürliche Gewächs es gekonnt hätte. Was dann folgte, geschah so schnell, dass Will es kaum erfassen konnte. Mit lautem Knistern aus dem dichten Gewirr ihrer Kronen schnellten einzelne Zweige und Äste blitzartig auf jeden von ihnen zu.

»Passt auf!«, schrie Will.

Einer der Zweige schlug vor Ajay auf den Boden auf und brachte ihn ins Stolpern. Als er nach vorn fiel, erfasste ihn ein weiterer Zweig am Arm, während sich ein dritter um seinen Fußknöchel schlang, ihn auffing, bevor er auf den Boden stürzte, und ihn dann in die Luft hob.

Auch die anderen wurden von Zweigen und Ästen verfolgt, die nach ihnen griffen. Will steigerte seine Geschwindigkeit und lief einem ganzen Bündel dieser Angreifer davon. Dann hörte er ein seltsames, schnappendes Geräusch und erkannte nach einem kurzen Blick über die Schulter, dass die Astspitzen maulähnliche Öffnungen besaßen, die mit teuflischen schwarzen Zähnen bestückt waren.

Er sah Brooke, die einem dicken Ast auswich, der auf ihre Knie zuschnellte. Sie sprang zur Seite und rollte sich ab, um einem weiteren zu entkommen, bevor Will sie fortzog.

Links von ihnen wurde Elise von einem Ast am Arm gepackt und herumgerissen, aber sie konnte sich befreien, und als sich zwei weitere Äste um ihre Taille schlangen und zuschnappen wollten, stieß Elise einen kurzen, tödlichen Ton aus, der sie wie Glas zerplatzen ließ.

Nick schlug einen Salto über die Äste, die nach ihm griffen, und sah dann, dass Ajay, von Zweigen umschlungen, in die Luft gehoben und zurück zu den Stufen befördert wurde. Nick rannte direkt auf den nächsten Baum zu, sprang hinauf und lief über die Äste auf Ajay zu. Als er ihn erreichte, verwandelte sich Nick in ein wild gewordenes Bündel aus wirbelnden Händen und Füßen und wehrte die Zweige ab, die ihn zu packen versuchten. Gleichzeitig zertrümmerte er die Zweige, die sich um Ajay geschlungen hatten. Kaum hatte er einen abgeknickt, schnellte ein neuer herbei – aber schließlich gelang es ihm, Ajay mit einer Hand zu packen und ihn auf den Boden zu werfen.

Ajay wich einem weiteren Ast aus, worauf Brooke und Elise ihn rasch aus dessen Reichweite zogen. Will kam hinzu, trat auf den Ast, um ihn am Boden zu fixieren, und Elise zerschmetterte ihn mit einem Gewitter tödlich hoher Töne. Ajay zog sein Beil hervor und schwang es angriffsbereit. Da aber kein weiterer Ast nach ihm griff, drehte er sich tatenlos auf der Stelle.

Dagegen kämpfte Nick entschlossen weiter. Doch nun konzentrierten sich die restlichen Äste auf ihn und immer mehr schlängelten auf ihn zu. Noch konnte er sie abwehren, aber Will wusste, dass Nick sich nicht mehr lange gegen diese Übermacht behaupten konnte.

Sofort rannte Will zurück, auf die Äste zu – laut rufend und wild mit den Armen wedelnd, um die Aufmerksamkeit von Nick auf sich selbst zu lenken. Er erhöhte die Geschwindigkeit, duckte sich, wich aus und sprang gerade noch rechtzeitig hoch, als sich immer mehr Äste nach ihm ausstreckten und ihn zu packen versuchten.

»Lauft weiter!«, rief er den anderen hinter sich zu. »Zum Stadttor!«

Da die Äste jetzt ein anderes Ziel hatten, konnte Nick die letzten, die sich um ihn geschlungen hatten, abschütteln. Dann rannte er direkt auf den dicksten Ast zu und an ihm hinauf, drückte sich ab, machte einen Salto rückwärts, sodass er auf den Füßen landete, und sprang dann sofort zur Seite. Will sah, dass Nick in Sicherheit war, und wich zwei weiteren angreifenden Ästen aus. Er drehte sich um, grub die Hacken in den Boden, sprintete los und lief den letzten attackierenden Ästen mühelos davon.

Er schloss zu Nick auf und die beiden folgten den anderen, deren Lichter weiter vorne in der Dunkelheit wie Signale auf und ab hüpften.

»Alles in Ordnung?«, fragte Will.

»Ja. Verdammte Bäume, Mann!«, stieß Nick keuchend hervor, ohne jedoch das Tempo zu verringern.

»Das waren keine Bäume, sondern irgendwelche Wachhunde aus dem Niegewesen.«

»Ist mir völlig schnurz, was das war! Ich komme wieder, und zwar mit einer Kettensäge.«

Als sie sich dem Stadttor näherten, stieg irgendwo hinter ihnen eine weitere Leuchtkugel auf, die die tote Stadt um sie herum erhellte und in jeder Ecke gespenstische, bedrohliche Schatten erscheinen ließ.

»Mist, sie haben es auf die Steinplatte geschafft«, stellte Nick fest und schaute zurück.

Will nahm seinen Rucksack von der Schulter. »Lauf zur Treppe. Die Fackel am Fuß der Stufen müsste noch brennen.«

»Und was machst du?«

»Ich halte sie auf, aber du musst vorauslaufen«, drängte Will.

»Ich lass dich nicht allein, Alter – vergiss es.«

»Nick, du weißt, dass ich dich einholen kann. Die anderen brauchen dich jetzt mehr als ich. Gib mir ein paar Leuchtfackeln und verschwinde.«

Will verlangsamte seine Schritte, während Nick ihm zwei der letzten drei Fackeln reichte und dann widerstrebend weiterlief. Sofort schob er die Fackeln hinten in seinen Gürtel, holte das Fernglas hervor und richtete es auf das andere Ende der Stadt. Im Licht der Leuchtkugel sah er, dass sich auf den Stufen der Kathedrale etwas bewegte. Dann schoss ein heller Lichtstrahl durch die Luft und breitete sich wie ein Feuerrad in alle Richtungen aus.

Jetzt war Hobbes auf den breiten Stufen am anderen Ende des Platzes zu erkennen, umringt von einer großen Gruppe Schwarzkappen. Das Licht stammte von einem Gegenstand, den er in der ausgestreckten Hand hielt. Es strahlte so grell, dass Will die Quelle nicht erkennen konnte, aber ihre Form stimmte mit der eines Würfels überein.

Die Lichtstrahlen aus dem Würfel wirbelten über den Männern, richteten sich dann nach unten auf die vier grässlichen Bäume und sorgten für blendende Muster, als sie durch deren kristallene Kronen fielen. Die Strahlen durchdrangen das Glas und wanden sich dann durch die Zweige, hinunter in den Boden. Im nächsten Moment schossen helle Blitze aus der Erde hervor und brachen durch Spalten in den Stämmen. Alle vier Bäume neigten ihre Äste nach unten, pressten sie auf den Boden, um Hebelkraft zu entwickeln, und rissen dann mit einem enormen Kraftaufwand ihre eigenen Wurzeln heraus – ein gewaltiger Wildwuchs, knorrig, verdreht und dunkel.

»Gar nicht gut«, bemerkte Will.

In dem Augenblick, in dem sich die Kreaturen befreit hatten, richtete Hobbes den Würfel in seiner Hand auf das Stadttor. Die Strahlen schossen auf Will zu und prallten von den umgestürzten Flügeln des Tores ab – Hobbes markierte ein Ziel für die Wesen, die er losgelassen hatte.

Ein Würfel. Wie die beiden kleinen, die Dave mir gegeben hat. Und die gleiche Form wie eine der Vertiefungen in dem ersten Stahlzylinder.

Jetzt richteten sich die Bäume auf, verwandelten sich in fast 5 Meter hohe Kugeln und rollten wie gigantische, albtraumhafte Steppenläufer immer schneller auf die Stelle zu, wo Will stand.

»Hey, Dave«, flüsterte Will und umklammerte verzweifelt die Würfel und den Falken in seiner Tasche. »Wo du auch bist, jetzt wäre wirklich ein hervorragender Zeitpunkt, Hilfe zu schicken.«

Er verstaute das Fernglas und sprintete durch das Tor. In der Ferne konnte er gerade den roten Schein der Fackel ausmachen, die sie am Fuß der gewaltigen Treppe deponiert hatten. Er erhöhte sein Tempo, raste hin und her und schnitt einen gewundenen, s-förmigen Pfad in den dicken Staub, den er zusätzlich mit den Füßen vom Boden aufwirbelte. Schon bald hing eine erstickende Staubwolke hinter ihm in der Luft, so hoch wie die alten Mauern. Will behielt das Muster bei und sorgte so dafür, dass die Wolke dichter und höher wurde, sich aber immer hinter ihm befand, damit er selbst weiterhin sehen und atmen konnte.

Dann kam die lange Treppe in Sicht und Will erkannte vage seine Freunde, die sich bei der brennenden Fackel versammelt hatten. Er schaltete sein Walkie-Talkie ein und sprach in das Mikro.

»Lauft die Treppe hoch. Wir treffen uns oben.«

»Alles in Ordnung mit dir?«, fragte Nick.

»Ja. Aber beeilt euch.«

Als er sah, dass sich die rote Fackel die Treppe hinaufbewegte, sprintete er nach links, weg von seinen Freunden, und holte dann die Dose mit Feuerzeugbenzin aus dem Rucksack.

Will hörte die Wesen, noch bevor er sie sah. Ein mahlendes, sirrendes Geräusch, als würde sich aus der Wolke 100 Meter hinter ihm ein riesiges Feld von Fahrradfahrern nähern. Mit einem Mal brachen die gewaltigen rollenden Bäume einer nach dem anderen aus dem Staub hervor und verfolgten ihn, unbeirrt von seinen ständigen Richtungswechseln. Wie die anderen Kreaturen aus dem Niegewesen, mit denen Will bereits Bekanntschaft gemacht hatte, schienen auch diese ihn am Geruch zu erkennen. Er wusste, dass er schneller und wendiger war als sie, aber diese vier Gebilde waren größer als Monstertrucks. Deshalb musste er seinen Plan perfekt ausführen.

Er zog den Verschluss von der Dose mit Brandbeschleuniger, wirbelte herum und rannte direkt auf die herannahenden Kreaturen zu. Diese teilten sich auf und kamen jeweils zu zweit auf ihn zu. Will schlug einen Haken nach links, und als sie darauf reagierten, sprang er in die andere Richtung. Die Monster versuchten, ihm zu folgen, waren aber nicht so wendig. Erneut hechtete er nach links, und erneut waren sie zu langsam. Will vertraute darauf, dass diese Taktik funktionierte, rief sein Raster auf und verlangsamte alles, während er selbst seine Geschwindigkeit bis zum Äußersten steigerte.

Durch das Raster betrachtet, sahen die Kreaturen aus wie hitzeabstrahlende Riesenräder. Einzelne spitze Äste ragten aus den Gebilden heraus, was dem Ganzen die Aura eines Heiligenscheins aus sich windenden Schlangen verlieh. Dunkle Energie pulsierte durch ihre aberwitzigen Formen und ein Kern animalischer Intelligenz strahlte bösartig von der Mitte aus, wo das Herz der Stämme sich eingenistet hatte und die Jagd steuerte. Dort musste er angreifen. Will unterdrückte seine Angst, hörte auf nachzudenken und überließ seinen Sinnen das Kommando.

Im nächsten Moment waren sie bei ihm. Während Will zwischen die Räder sprang, hin und her hastete und den schnappenden Mäulern der Äste auswich, die auf ihn zuschnellten, schoss er einen Schwall von Feuerzeugbenzin in das Zentrum der einzelnen Räder. Bei jedem Vorbeirollen rissen Zähne aus ihren Mäulern an seiner Hose, seinem Hemd und seinem Rucksack, aber er schaffte es unversehrt durch sie hindurch und traf alle seine Ziele, durchtränkte sie, bis die Dose leer war.

Dann lief er in einem weiten Bogen um die Räder herum, warf die Dose fort, deaktivierte sein Raster und zog eine Leuchtfackel aus dem Gürtel. Die Räder schlitterten hinter ihm durch den Staub und formierten sich zu einem neuen Angriff.

»Will, was ist los?«, fragte Nicks Stimme in seinem Headset. »Wir warten auf dich.«

»Am oberen Absatz der Treppe?«

»Ja, wo bist du?«

»Ihr werdet mich gleich sehen.«

Will entzündete die Fackel und rannte auf die Kreaturen zu, die sich ihm mit Höchstgeschwindigkeit näherten. Sie hatten aus ihrer ersten Begegnung mit ihm gelernt und verteilten sich jetzt so, dass sie ihn aus verschiedenen Winkeln angreifen konnten. Dieses Mal war seine Aufgabe nicht so leicht, überlegte Will, denn er musste so nah an sie heran, dass er sie berühren konnte.

Die Monster breiteten sich aus, während die Lücke zwischen ihnen enger wurde. Ein einziger Schlag, und diese zuschnappenden Äste würden wie ein gefräßiger Schwarm über ihn herfallen. Erneut rief Will sein Raster auf und verlangsamte damit die Zeit, damit er jeden einzelnen Schritt vorhersehen konnte. Die erste Kreatur rauschte nahe genug vorbei, um seine Haare aufzuwirbeln, und Zähne rissen an seinem Hemd und streiften seine Schulter. Aber Will schaffte es, die Fackel in das Zentrum des Rades zu halten und das Benzin zu entzünden, sodass sich von dort sofort ein loderndes Feuer ausbreitete.

Das zweite Ungeheuer griff ihn von hinten an; es schnappte nach seinem Rucksack und riss ihn herunter, doch als Will sich wegdrehte, gelang es ihm auch hier, das Benzin zu entzünden.

Allerdings hatte er inzwischen beinahe seine gesamte Geschwindigkeit verloren und das dritte Rad kam direkt auf ihn zu. Er stolperte, hechtete nach links und spürte, wie das Monster dicht an ihm vorbeirauschte. Will wirbelte herum, warf die Fackel in dessen Mitte und entflammte damit den Brandbeschleuniger.

Jetzt drehte Will sich nach rechts und griff nach der zweiten Fackel, aber das vierte Rad hatte ihn fast erreicht. Da ihm keine Zeit zum Reagieren blieb, rechnete er schon damit, gleich platt gewalzt zu werden, als er irgendwo über sich einen hohen Klageschrei hörte und die Kreatur nach oben gerissen wurde, bevor sie sich auf Will stürzen konnte.

Will spürte die Wirbelströmung enormer Flügel und sah kurz etwas Riesiges und Glänzendes, das über seinen Kopf hinwegschoss und das letzte der Monster in gewaltigen silbernen Krallen gefangen hielt. Ein Falke? Worum auch immer es sich dabei handeln mochte: Das Wesen gewann schnell an Höhe und flog mitsamt dem rollenden Ungeheuer davon.

»Was zum ...«, stammelte Will.

Keine Zeit zum Nachdenken. Die anderen drei Räder brannten lichterloh, rollten aber noch genauso schnell wie zuvor, drehten um und hielten erneut auf ihn zu. Will zündete seine letzte Fackel und sprintete, so schnell er konnte, in Richtung Treppe. Die Monster konnten ihn zwar nicht einholen, blieben aber nur 50 Meter hinter ihm, das Feuer in ihrer Mitte leuchtete hell. Hastig warf Will einen Blick über die Schulter. Er sah, wie einzelne Äste abfielen, doch der Kern der aggressiven Wesen blieb intakt und verfolgte ihn weiter.

Die Strahlen von Taschenlampen drangen durch den Staub und dann tauchten seine menschlichen Verfolger aus der Wolke auf – Hobbes und sein Trupp von Schwarzkappen stürmten zur Treppe und versuchten, ihm den Weg abzuschneiden. Einer von ihnen feuerte eine Leuchtkugel in die Luft über der Treppe und tauchte damit alles wie in helles Mondlicht.

Will zögerte keine Sekunde, als er die große Treppe erreichte, preschte den steilen Anstieg hinauf und schaltete sein Funkgerät ein: »Nick, lauft zum Tor und macht es zu.«

»Was ist mit dir ...?«

»Ich bin gleich da – tut einfach, was ich sage.«

Keuchend rannte er die vielen Hundert Stufen hinauf; seine Energie ließ allmählich nach und er musste sich zwingen durchzuhalten. Ein Blick nach unten verriet ihm, dass die Räder den Fuß der Treppe erreicht hatten und ohne anzuhalten hinter ihm herrollten. Als er fast oben angekommen war, entdeckte er Elise, die mit ausgebreiteten Armen auf dem Felsvorsprung stand und an ihm vorbei nach unten starrte. Gerade wollte er sie warnen, als sie ihm auch schon zurief: »Geh hinter mir in Deckung!«

Will warf sich die letzten paar Stufen hinauf und duckte sich hinter Elise, die die Arme hob. Im nächsten Moment knallte es in seinen Ohren und dann verschwanden sämtliche Geräusche, als wäre er in ein Vakuum gestürzt. Die Luft um Elise vibrierte und schimmerte vor gebündelter Energie, die sie mit einem Schlag losließ. Will sah deutlich, wie eine Schockwelle die Treppe hinunterfegte. Dann folgte ein ohrenbetäubendes Dröhnen und die drei brennenden Räder wurden zurückgeschleudert, drehten sich in der Luft und zerschellten zu brennenden Trümmern.

Als die Schockwelle den Fuß der Treppe erreichte, verlor sie nichts von ihrer Kraft, sondern raste über den Höhlenboden weiter und wirbelte den Staubteppich auf wie ein Tsunami. Hobbes und seine Männer, die inzwischen fast an der Treppe angekommen waren, fielen um wie Kegel. Die Welle wogte weiter und erklomm dröhnend die Mauern der alten Stadt – im verglühenden Licht der Leuchtkugel sah Will, wie die Mauerkrone ins Wanken geriet und durch die anbrandende Energie zu zerbröckeln begann. Ein weiterer Donner ertönte, dessen Echo die große Kuppel der Höhle erschütterte – und dann kehrte schlagartig Stille ein.

Als das Rauschen in Wills Ohren nachließ, hörte er, wie die alten Mauern in der Ferne einstürzten, und sah eine weitere gewaltige Staubwolke aufsteigen. Er rappelte sich auf und nahm von unten ein alarmierendes Zischen wahr. Hastig hob er die Leuchtfackel auf, die in der Nähe lag, und hielt sie hoch in die Luft.

Drei dunkle Gestalten sausten die Treppe hinauf. Zuerst dachte

Will, es seien riesige Spinnen, die ihre langen, schuppigen Beine nach vorn streckten, während sie die Stufen erklommen. Als er sein Raster aktivierte, erkannte er jedoch, dass es sich um die Herzen der Bäume handelte, ihrer Äste beraubt und auf den Ursprung der boshaften Intelligenz reduziert. Die Kreaturen hefteten ihre großen glühenden, gallertartigen Augen auf Will und verdoppelten jetzt ihre Geschwindigkeit.

Nicht weit entfernt fand Will Elise, die an der Felswand lehnte, völlig erschöpft von der Anstrengung. Er hob sie hoch, legte sie sich über die Schulter und rannte, so schnell er konnte, den gewundenen Gang hinauf. Sie passierten die erste Statue, den Soldaten aus dem amerikanischen Bürgerkrieg, und als das Licht der Fackel in seiner Hand von dem breiter werdenden Alkoven zurückgeworfen wurde, riskierte Will einen Blick zurück.

Er konnte die Kreaturen zwar noch nicht sehen, aber sie waren deutlich zu hören. Ihre abstoßenden Gliedmaßen bewegten sich mit klickenden Geräuschen über den behauenen Steinboden und kamen immer näher. Erschöpfung drohte Will zu übermannen. Er hörte undeutlich, wie Nick über Funk seinen Namen rief, aber mit der Fackel in der einen Hand und Elise über der Schulter gelang es ihm nicht, sein Mikro einzuschalten und zu antworten. Außerdem spürte er erneut die Gegenwart des Wesens oder der Person, die sie von Anfang an verfolgt hatte.

Als Will mit Elise den nächsten Alkoven erreichte, warf die Fackel den Schatten eines Schemens an die Wand rechts von ihm – eine struppige, große und hagere Gestalt. Will hatte nicht einmal Zeit, darüber nachzudenken: Er konnte nur hoffen, dass sie ihn nicht angreifen würde.

Bis zum Tor waren es noch immer knapp 500 Meter und Will konnte kaum atmen, geschweige denn Nick um Hilfe rufen.

Also ist es ein Rennen. Von Rennen verstehe ich was.

Nr. 70: WENN DU IN SCHWIERIGKEITEN STECKST, BESINNE DICH AUF DEINE STÄRKEN.

Will lauschte nicht länger auf die Kreaturen hinter ihnen, sondern konzentrierte sich auf seine Fähigkeiten. Er zwang seine Füße weiterzulaufen, befahl seinen Beinen zu folgen und regulierte seinen Atem so, dass er ihn optimal nutzen konnte. Als er mit Elise um die Ecke und in den Alkoven der zweiten Statue bog, setzte seine zweite – oder dritte oder vierte – Luft ein. Das gab ihm Hoffnung. Er erhielt einen weiteren Schub, als sich Elise auf seiner Schulter regte.

»Elise? Kannst du mich hören?«

»Warum trägst du mich?«, fragte sie.

»Du warst stehend k. o.«

»Wir kämen wesentlich schneller voran, wenn du mich runterlassen würdest.«

»Glaubst du, dass du jetzt wieder laufen kannst?«

»Schneller als du mit mir auf der Schulter«, entgegnete sie.

»Okay, ich lasse dich jetzt runter.«

»Ach ja, noch was, Will ...«

»Ja?«

»Was auch immer du tust, schau nicht hinter dich.«

Ohne aus dem Rhythmus zu geraten, setzte Will Elise ab und warf natürlich einen Blick über die Schulter. Die Baumwurzel-Kreaturen waren jetzt keine 20 Meter hinter ihnen, füllten den Gang aus und streckten Hunderte widerwärtiger, klickender Gliedmaßen nach ihnen aus; ihre leuchtenden Augen glühten bedrohlich in der Dunkelheit. Sie waren langsamer als zuvor, aber nicht minder bösartig.

Will und Elise schauten einander an und stürmten los, zumindest am Anfang, sodass sie den Abstand zwischen sich und ihren Verfolgern aufrechterhalten konnten.

»Kannst du ... wie soll ich es sagen ... noch eine Salve auf sie abfeuern?«, fragte Will.

»Nein. Ich bin völlig ausgepowert. Meinst du vielleicht, das vorhin wäre leicht gewesen?«

»Ich wollte damit keineswegs sagen, dass es leicht war ...«

»War es auch nicht.«

»Ich weiß«, beteuerte Will.

»Dann ist es ja gut.«

Will schaltete sein Walkie-Talkie ein. »Nick, was ist mit dem Tor?«

»Da seid ihr ja endlich«, antwortete Nick erleichtert. »Es schließt sich bereits, Alter. Wir mussten nur den Pfosten wegtreten, also bewegt eure Hintern hierher.«

»Machen wir. Und wir haben Gesellschaft ... direkt auf den Fersen.«

»Kapiert, Will«, sagte Ajay.

Elise stolperte, aber Will fing sie auf, bevor sie fiel. »Ich schaffe es nicht«, keuchte sie.

»Doch, natürlich schaffst du es.«

»Wie weit noch?«

Will legte ihr den Arm um die Taille und trieb sie weiter. »Höchstens noch 100 Meter.«

»Ich seh Sternchen«, schnaufte Elise. »Und kleine Kringel und Linien. Ich glaub, ich werd ohnmächtig.«

»Passiert mir bei Wettläufen ständig. Du musst einfach weiterrennen.«

»Sind sie näher gekommen?«

»Nahe genug«, erwiderte Will und zog sie weiter.

»Hey, West.«

»Ja?«

»Für den Fall, dass ich nicht mehr die Gelegenheit dazu habe.«

»Was?«

»Das scheint mir ein guter Augenblick, um dir was zu sagen: Ich glaube, ich liebe dich.«

»Wow.«

»Wow was?«

»Dein Timing ist echt unglaublich.«

»Ich erwarte nicht, dass du deswegen irgendwas tust ... Ich wollte nur, dass du es weißt. Nur für den Fall.«

»Okay, ich bin froh, dass du es mir gesagt hast«, erklärte Will, dessen Magen einen Satz machte. »Und ich glaube, irgendwie ... liebe ich dich auch.«

Vor ihnen wies ein Lichtschein auf die Öffnung zwischen den Torflügeln hin, die von Sekunde zu Sekunde schmaler wurde.

»Das Tor schließt sich. Du gehst zuerst. Ich bin mir sicher, du kannst dich durchzwängen.«

Die Lücke war keine 30 Zentimeter mehr breit, als sie das Tor erreichten. Will schob Elise vor sich hindurch, sodass sie es gerade noch schaffte und dann auf der anderen Seite Nick in die Arme sank. Will quetschte sich nach ihr hindurch, presste sämtliche Luft aus seiner Brust ... und nur eine Sekunde später war der Spalt so schmal, dass er nicht mehr hindurchgepasst hätte ...

... aber nicht zu schmal für ein widerwärtiges borstiges Bein, das sich hinter Will hindurchschlängelte, ihn am Fußknöchel packte und ihn durch das sich schließende Tor zurückzuzerren versuchte – zurück zu diesen furchtbaren Augen und den schnappenden Schlünden.

Sofort sprang Ajay nach vorn, mit etwas Scharfem und Glänzendem in der Hand, und mit einem einzigen Schlag durchtrennte er das ekelhafte Bein fast vollständig. Ein durchdringender, heiserer Schrei hallte durch den Tunnel, dann zog sich das versehrte Bein zurück, bis es nicht mehr zu sehen war. Will zwängte sich aus dem Spalt und die massiven Flügel des Eichentors fielen mit einem gebieterischen Dröhnen endgültig zu.

Ajay wirbelte zu seinen vier Freunden herum und hielt ihnen mit einem triumphierenden Grinsen im Gesicht sein nützliches Werkzeug entgegen.

»Ich wusste doch, dass das Beil nützlich sein würde!«

NEPSTED

Zu ihrer Überraschung sprang sie nichts aus der Dunkelheit an oder jagte ihnen hinterher, während sie durch den Tunnel zum Ausgang liefen. Und auch oben wartete niemand auf sie. Auf dem Weg von der Luke bis zu ihrem Schlauchboot war die Luft ebenfalls rein und kein einziger Hund oder Wachmann reagierte, als sie über den See ans andere Ufer paddelten. Seltsam, ja sogar verdächtig, aber sie waren alle so müde, dass niemand etwas sagte. Auf halber Strecke spürte Will das Gewicht von Nepsteds Schlüssel in seiner Tasche und entspannte sich, fühlte sich regelrecht beschwingt. Es war eine warme, windstille Nacht, die Sterne am klaren Himmel funkelten und nach einem fast selbstmörderischen Vordringen weit hinter die feindlichen Linien brachten sie nun den Gegenstand mit, den sie gesucht hatten.

Kaum waren sie zurück in der Wohnung, legten sich die Freunde todmüde auf die Sofas im Gemeinschaftsraum oder in Schlafsäcken auf den Boden; Nick und Will wechselten sich ab und schoben Wache, nur für alle Fälle.

Warum haben Hobbes und die Kappen uns nicht verfolgt, nachdem wir das Tunnelsystem verlassen hatten?, fragte sich Will während seiner Schicht – er hatte Mühe, sich wach zu halten. Kann es sein, dass sie gar nicht wussten, wen sie da unten gejagt haben? Aber hat Hobbes mich nicht gesehen und erkannt, bevor er durch das Krankenhausfenster sprang?

Bei Sonnenaufgang kamen Will und Nick überein, dass sie nicht länger aufpassen mussten. Will schlief ein paar Stunden tief und fest. Als er wieder aufwachte, den Schlüssel noch immer in der Hand, war es nach zehn. Heller Sonnenschein durchflutete den Raum und er freute sich, nach all der Zeit unter der Erde einen normalen Morgen zu erleben. Seine Stimmung hob sich noch mehr, als ihm klar wurde, dass Sonntag war und er den Duft von Speck und Kaffee roch.

Die anderen schienen alle schon weg zu sein, aber als Will zum Tisch schlurfte, kam Nick aus der Küche und stellte einen großen Becher Kaffee sowie einen Teller mit Spiegeleiern, Speck, Würstchen, Pfannkuchen und gebuttertem Toast vor ihn.

»Hau rein, Alter«, meinte er.

Überrascht registrierte Will, dass er völlig ausgehungert war. »Warum hast du mich nicht geweckt?«

»Dachte mir, du könntest 'ne Mütze Schlaf gut gebrauchen.«

»Wo sind die anderen?«, fragte Will und stürzte sich auf das Frühstück.

»Brooke musste zur Arbeit, Elise übt Klavier und Ajay wollte ins Labor, einen Knochen untersuchen und dessen Alter bestimmen.«

»Einen Knochen?«

»Er hat einen in seinem Rucksack aus der Höhle mitgebracht«, erklärte Nick und dehnte seinen Hals. »Ajay murmelte irgendwas von einem Radio oder so ...«

»Radiokarbonmethode.«

»Genau. Und was machen wir als Nächstes?«

»Wir gehen zu Nepsted, und zwar schnell«, erklärte Will zwischen zwei Bissen und hielt den Schlüssel hoch. »Bevor Hobbes uns zuvorkommt.«

»Lass mich mal sehen«, bat Nick. Gemeinsam betrachteten sie den Schlüssel. »Alter, das war echt eine durchgeknallte Nacht.«

»Jedenfalls wissen wir jetzt eine ganze Menge mehr als vorher. Wir sind ziemlich nah dran, Nick. Hoffentlich erzählt Nepsted uns den Rest.«

»Dann stellt sich die Frage, wie wir ihm helfen können. Meinst du, er will aus seinem Käfig raus?«

»Ich würde das auf jeden Fall wollen«, erwiderte Will. »Ich frage mich, wo er dann wohl hingeht ...«

Nick lehnte sich nach hinten und bog den Rücken durch, bis seine Hände den Boden berührten. »Ich bastle da noch an einer fabelhaften Idee, was das betrifft.«

»Apropos, hast du auch dieses fabelhafte Frühstück zubereitet?«, erkundigte sich Will, der nicht aufhören konnte zu essen.

»Ein Onkel von mir hat einen Imbiss in Brookline. Für den Fall, dass die Sache mit dem Super-Turner nicht klappt, kann ich mich immer noch als Burger- und Würstchenbrater durchschlagen«, erläuterte Nick, während er zu einem einhändigen Handstand überging und dann auf die Füße sprang.

Plötzlich stürmte Ajay durch die Wohnungstür, völlig außer Atem und mit einer Schutzbrille auf der Nase, die seine Augen riesig erscheinen ließ. Er hielt etwas hinter dem Rücken versteckt. »Guten Morgen, Gentlemen. Nach meinen ersten, wenn auch flüchtigen Analysen kann ich von zwei vorläufigen Erkenntnissen berichten.«

»Schieß los«, forderte Will ihn auf, den Mund voller Pfannkuchen.

Ajay streckte den beiden den Knochen entgegen, als präsentiere er einen Preis. »Mindestens zehntausend Jahre alt. Und bis jetzt nicht eine einzige Spur von genetischem Material, das auch nur entfernt mit der menschlichen DNA verwandt wäre.«

»Überrascht dich das?«

»Nein, es freut mich. Und zwar aus zwei Gründen. Zum einen ist es ein Beweis, dass wir nicht völlig verrückt sind. Und sollten wir jemals herausfinden, was sich hinter diesem ganzen Schlamassel verbirgt, liegt ein Nobelpreis für diese Entdeckung mehr als nur im Bereich des Möglichen – er ist so gut wie sicher.«

»Alter, meine Stimme hast du«, meinte Nick.

»Ich habe auch Nachforschungen über Cahokia und Teotwawki angestellt. Die ersten Ergebnisse sind ziemlich beunruhigend.«

»Erzähl es uns unterwegs«, bat Will, schob den leeren Teller fort, trank den letzten Schluck Kaffee und rülpste dann. »Wir müssen jemandem in einem Käfig einen Besuch abstatten.«

Er hielt den silbernen Metallschlüssel hoch.

»Cahokia ist der Name einer bedeutenden archäologischen Stätte im Südwesten von Illinois«, berichtete Ajay ein wenig atemlos und bemühte sich, mit den anderen beiden Schritt zu halten, während sie über den Campus liefen. »Knapp 250 Kilometer südlich von hier.«

»Moment mal, heißt das, dass es zwei Cahokias gibt?«, fragte Nick.

»Sieht ganz so aus. Und zu seiner Zeit scheint Cahokia die größte städtische Siedlung in Nordamerika gewesen zu sein.«

»Was hat man dort gefunden?«, hakte Will nach.

»Von der Architektur haben nur noch ein paar Erdpyramiden, die sogenannten Mounds, überlebt, die jetzt in einem Nationalpark zu sehen sind. Aber nach aktuellem Forschungsstand erstreckte sich Cahokia zu seiner Blütezeit, also vor mindestens zweitausend Jahren, über ein Gebiet von 15 Quadratkilometern ... und war damit größer als jede damalige europäische Stadt und fast so groß wie London heute.«

Will und Nick schauten einander verblüfft an.

»Warum meinst du, dass es eine Verbindung zwischen den beiden gibt? Weiß man, wer dort gelebt hat?«, fragte Will.

»Das ist das Rätselhafte daran: Niemand weiß es. Aber es können keine amerikanischen Ureinwohner gewesen sein: Die Siedlung existierte, lange bevor die ersten Indianer in Nordamerika auftauchten. Der Name ist jedoch indianischen Ursprungs und geht auf einen in der Nähe beheimateten Stamm zurück, der mit den Algonkin verwandt war. Im 17. Jahrhundert nannten europäische Entdecker die Gegend so, als sie sie kartografierten.«

»Alter, dann waren vielleicht die ursprünglichen Leute, die dort lebten, dieselben wie diese Aliens, die hier unten gehaust haben.«

»Das waren keine Aliens, Nick ...«, berichtigte Will.

»Entspann dich, du weißt, was ich meine – dieses Andere Team.«

»Vielleicht. Wenn die Stadt vor zweitausend Jahren ihre Blütezeit erreicht hatte, wie alt schätzen die Forscher Cahokia dann insgesamt?«

»Das weiß auch niemand«, antwortete Ajay, »weil es keine datierbaren Artefakte gibt. Aber die Stadt muss viele tausend Jahre alt sein. Es gibt allerdings noch ein weiteres Detail, das dieses Cahokia mit unserem hier in Verbindung bringt: Die Siedlung im Süden umfasst ausgedehnte Bereiche hoch entwickelter unterirdischer Konstruktionen.«

»Jetzt wird es interessant«, meinte Nick.

»Um Nicks Theorie weiterzuführen«, setzte Ajay an, »was wäre, wenn dieses Cahokia tatsächlich die erste Siedlung einer noch älteren Zivilisation war? Einer viel älteren?«

»Die weder menschlich noch außerirdisch war«, ergänzte Nick.

»Genau! Eine ältere Rasse von Wesen, die dann Außenposten oder Kolonien in nahe gelegenen Gebieten im Norden des Mittleren Westens gründeten ... und zumindest eine in unserer Nachbarschaft, die niemals offiziell entdeckt worden ist.«

»Auf jeden Fall bedeutet das«, fügte Will hinzu, »wer auch immer den Namen Cahokia in das Tor geschnitzt haben mag, hatte die gleiche Idee.«

»Was ist mit diesem anderen Wort, Teotwawki?«, fragte Nick. »Könnte das der richtige Name unserer Stadt sein?«

»Nein«, widersprach Ajay. »Es bedeutet etwas anderes.«

»Und was?«, hakte Will nach.

»Es handelt sich um ein Kürzel – und es ist mir ein bisschen peinlich, dass ich es nicht gleich erkannt habe, denn es geht dabei um eine Art Internet-Mem.«

»So wie diese verweichlichten Typen, die sich nichts trauen?«

»Was du meinst, ist eine ›Memme‹, du Depp«, knurrte Ajay. »TEOTWAWKI steht für ›The End of the World as We Know It‹ – das Ende der Welt, wie wir sie kennen.«

Für eine Sekunde sagte keiner etwas.

»Aber hallo«, meinte Nick dann.

Nick schlug auf die Klingel auf dem Tresen.

»Nepsted! Wir sind wieder da, Alter«, rief er. »Und wir haben dir was mitgebracht.« Nick schwieg einen Moment, doch auf der anderen Seite des Käfigs herrschte völlige Stille. »Dieses besondere Ding, das wir für dich suchen sollten, weißt du noch?«

Erneut hämmerte Nick auf die Klingel und wieder kam keine Antwort. Nicht einmal das Quietschen von Nepsteds motorisiertem Rollstuhl war zu hören. Nick hob Ajay auf den Tresen, damit er durch das Drahtgeflecht in die tiefen Schatten des Sportgerätelagers schauen konnte.

»Da bewegt sich nichts«, teilte Ajay nach ein paar Sekunden mit. »Ich kann ihn nirgends sehen.«

»Meinst du, mit ihm ist alles in Ordnung?«, fragte Nick mit besorgter Miene.

»Okay, gehen wir rein und suchen nach ihm«, schlug Will vor. »Aber vergewissert euch zuerst, dass niemand in der Nähe ist.«

Rasch überprüften Nick und Ajay diesen abgelegenen Bereich der Umkleide, während Will vor den Käfig trat und das Schloss in der Hand wog.

»Alles klar«, sagte Ajay, als er zurückkam.

»Brillen«, ordnete Will an.

Fast gleichzeitig setzten alle ihre dunkle Brille auf und Will holte den Schlüssel aus der Tasche. Sofort fuhren sich die beweglichen Teile des Metallstücks aus und begannen, sich auf ihre seltsame Weise zu drehen und zu winden. Als Will die Metallröhre näher an die rotierenden Platten der Käfigtür hielt, strömte plötzlich dieselbe blassgrüne giftige Energie durch Schloss und Schlüssel und ließ sie aufleuchten. Ein Büschel geschmeidiger Stahltentakel glitt aus dem Schlüssel und wand sich um das Schloss, drang in dessen diamantförmigen Schaft ein und verschmolz mit ihm.

Kurz darauf ertönte eine komplexe Abfolge von Klickgeräuschen, dann ein Klopfen und ein Flüstern, bevor das Schloss schließlich nachgab und der Schaft aus den Platten und zur Seite geschoben wurde. Die Spange fuhr elegant zurück in die Mitte, und als das Schloss zu Boden fiel, verblasste sein giftgrüner Schimmer zu einem matten Grau.

Will legte beide Hände auf die Käfigtür und drückte dagegen. Die rostigen Angeln knarrten, aber sie gaben nur ein paar Zentimeter nach. Dann stemmten sich alle drei mit den Schultern gegen diese Tür, die seit Jahrzehnten nicht mehr geöffnet und viele Male überstrichen worden war. Beim fünften Versuch ging sie endlich so weit auf, dass die drei Freunde sich durch die Lücke zwängen konnten. Nick betätigte einen Lichtschalter an der gegenüberliegenden Wand und an der Decke des langen, schmalen Raums sprangen flackernd trübe Neonröhren an.

Ajay befestigte eine knopfgroße Kamera so am Gitterdraht des Käfigs, dass sie auf die Umkleide gerichtet war. Anschließend aktivierte er eine Fernbedienung von der Größe einer Spielkarte, worauf das Bild der Umkleide auf deren Monitor erschien. Will überprüfte das Bild und nickte Ajay bestätigend zu.

»Dann mal los«, sagte er.

»Sollten wir die Tür nicht hinter uns schließen?«, fragte Ajay und warf einen Blick über die Schulter.

»Wir können sie nicht von innen verschließen«, erklärte Will. »Aber du hast recht: Es wäre besser, wenn niemand sieht, dass sie offen steht. Häng das Schloss davor.«

Nick schob das Schloss durch den Türspalt und hängte es ein; dann drückten sie die Tür zurück in den Rahmen.

Vorsichtig bewegte sich Ajay zwischen den hohen Regalen mit Sportausrüstung hindurch, weiter in den Käfig hinein. Nach etwa 10 Metern zeigte er auf eine fest installierte Sicherheitskamera an der Wand, knapp unterhalb der Decke. Im toten Winkel der Kamera zog er ein kleines, wie eine Wasserpistole geformtes Gerät aus der Weste. Dann zielte er durch eine Lücke in einem Regal und drückte ab, woraufhin ein regelrechter Energieschwall auf die Kamera zuschoss und deren Objektiv zerstörte. Zufrieden nickte Ajay Will zu und gemeinsam gingen sie weiter durch den Mittelgang.

»Nepsted?«, rief Nick.

»Raymond!«, rief Will.

Keine Antwort. Außer ihren eigenen Schritten auf dem Beton war nichts zu hören. Als sie die hintere Wand erreichten, stießen sie auf einen niedrigen, breiten Durchgang, der nach links führte, und folgten ihm bis zu einer einfachen, nicht gekennzeichneten Tür.

»Chez Nepsted?«, fragte Ajay.

»Ich dachte, sein Vorname wäre Happy«, wunderte sich Nick.

»Es bedeutet ›Bei Nepsted‹«, erklärte Ajay.

»Sein Name lautet Raymond Llewellyn«, warf Will ein, während er die Tür öffnete.

Eine einzelne Lampe am anderen Ende eines dunklen, fensterlosen Raums spendete schummriges Licht. Überall lag haufenweise Kram herum. Nepsteds leerer Rollstuhl stand links jenseits des

Lichtkegels der Deckenlampe. Die drei Freunde gingen ein paar Schritte tiefer in den Raum hinein und entdeckten Nepsted in einer großen Zinkbadewanne, die mit einer zähen pflaumenblauen Flüssigkeit gefüllt war. Blasen stiegen blubbernd aus der klebrigen Masse auf, als befände sich eine heiße Quelle am Boden der Wanne, und verteilten warmen Dampf im Raum.

Nepsted lag vollkommen entspannt in dieser Brühe, sein verkrüppelter Körper schien förmlich darin zu schweben. Seine Gliedmaßen dümpelten direkt unter der Oberfläche und wechselten träge die Gestalt – hin und her zwischen ihrer festen Form und den blassen, seilartigen Tentakeln, die die Jungen schon einmal kurz gesehen hatten. Die großen Augen des Gerätewarts starrten ausdruckslos an die Decke und alle paar Sekunden schien sein Gesicht zu einer schlaffen, formlosen Masse zu zerlaufen, bevor es wieder seine ursprüngliche Form annahm. Anscheinend hatte er registriert, dass sie hereingekommen waren, doch er zeigte keinerlei sichtbare Reaktion.

»Ich hoffe, du hast nichts dagegen, dass wir die Tür geöffnet haben«, sprach Will ihn an.

»Wir haben den Schlüssel gefunden, Alter«, sagte Nick und hielt ihn hoch.

»Ich hätte nicht gedacht, dass ich euch noch mal wiedersehen würde«, meinte Nepsted fast geistesabwesend, den leeren Blick noch immer auf irgendetwas an der Decke gerichtet.

»Es war auch nicht gerade einfach«, räumte Will ein. »Aber der Schlüssel war genau da, wo du gesagt hast.«

»Obwohl ... um ehrlich zu sein ... deine Angaben hätten ruhig ein wenig präziser sein können ...«, meinte Ajay, bevor Will ihn mit einer Geste zum Schweigen brachte.

»Wir haben alles gefunden, Raymond«, bestätigte Will. »Die Stadt, die Kathedrale.«

»Das Grab des Unbekannten Eierkopfs«, fügte Nick hinzu.

»Das Ossarium und das Krankenhaus«, zählte Will weiter auf. »Und auch den Raum mit all deinen Freunden darin.«

Das weckte Nepsteds Aufmerksamkeit und seine Augen zuckten blitzschnell zu Will. »Was wisst ihr sonst noch?«

»Wir wissen von dem Abendessen mit Henry Wallace im Jahr 1937«, antwortete Will. »Vom Flugzeugabsturz 1938. Wir wissen, dass Raymond Llewellyn und Edgar Snow als Einzige wirklich überlebt haben, denn ihr habt den Rittern angehört und euch allen hat man etwas Furchtbares angetan, nachdem diese Stadt dort unten entdeckt und das Krankenhaus errichtet worden war. Wir wissen außerdem, dass Snow sich jetzt Hobbes nennt und dass ein neues Forschungsprogramm gestartet wurde. Du musst uns unbedingt alles erzählen, was davor und danach passiert ist.«

»Wie du versprochen hast«, erinnerte ihn Nick und stützte sich auf den Rand der Wanne.

»Hat euch jemand gesehen?« Nepsted schaute sich ein wenig panisch um. »Sind sie euch gefolgt?«

»Sie haben uns gesehen«, bestätigte Will. »Aber niemand ist uns gefolgt und sie werden uns nicht aufhalten.«

Nepsted musterte Will, als sehe er ihn zum ersten Mal.

»Dann muss ich mein Versprechen wohl halten«, sagte er schließlich.

»Sollen wir dich hier rausholen?«, fragte Will. »Wenn du dich hier nicht sicher fühlst, können wir uns auch woanders unterhalten.«

»Nein. Ich werde euch sagen, was ich zu sagen habe. Ich habe lange genug damit gewartet.«

»Wir behalten die Tür im Auge«, versicherte Will und streckte dann Ajay eine Hand entgegen, der ihm den spielkartengroßen

Bildschirm reichte, auf den die Aufnahmen der Kamera am Eingang des Käfigs übertragen wurden.

Will warf einen Blick darauf, sah aber nur ein Stillleben. In der Umkleide regte sich nichts.

Mithilfe seiner Fangarme, die gelegentlich aus der dunklen Brühe hervorschauten, drehte sich Nepsted langsam und behäbig um, während er zu erzählen begann. Auf ein Nicken von Will hin aktivierte Ajay ein Aufzeichnungsgerät – getarnt als Stift – in der Brusttasche seiner Jacke.

»Die Ritter erweckten den Anschein, als mache es alles unglaublich viel Spaß«, setzte Nepsted an. »Sie waren unsere Vorbilder, alle beneideten sie. Die Partys, die sie gaben, ihre Theateraufführungen, der Geist, den sie verkörperten – kultiviert, begabt, weltmännisch, trotz ihrer Jugend. Jeder wollte ein Ritter sein, aber wir wussten, dass sie pro Jahr nur zwölf Neue aufnahmen.«

»Zu der Zeit waren sie also noch kein Geheimbund«, bemerkte Ajay.

»Richtig. Als ich 1934 hier ankam, war alles noch offiziell«, bestätigte Nepsted. »Ein Geheimbund wurden sie erst später. Damals wussten alle, wer die Mitglieder waren, die aktuellen und auch die ehemaligen – der Club existierte ganz offen. Aber wir wussten weder, was man tun musste, um Mitglied zu werden, noch kannten wir ihre Auswahlkriterien. Man zeigte sich einfach im bestmöglichen Licht und hoffte, Eindruck zu machen. Dann, eines Tages gegen Ende des vorletzten Schuljahrs, ließen sie es uns wissen.«

»Wie?«

»Mit einer Maske. Ich fand sie an jenem Abend auf meinem Kissen. Es war ein Pferdekopf. Jeder von uns zwölf bekam eine Maske, die er am nächsten Abend, bei unserem ersten gemeinsamen Dinner, aufsetzen sollte, wo wir auch unsere Namen erhielten. Ich war Ganelon der Handwerker. Von da an mussten wir uns, wenn wir unter uns waren, mit unseren Geheimnamen ansprechen.«

Will erinnerte sich an die zwölf alten Masken und die Namensliste, die sie im Herbst in einer Truhe in der Ausweichumkleide gefunden hatten.

»Auch darüber wissen wir Bescheid«, erklärte er.

»Aber ich bezweifle, dass ihr wisst, was es für uns bedeutet hat, in die Gemeinschaft einer Gruppe wie dieser aufgenommen zu werden. Das berauschende Gefühl, derartig privilegiert zu sein, als wir die Geschichte hinter den Rittern und die wahren Gründe für ihre Existenz erfuhren.«

»Und die waren?«, fragte Will.

»Die Ritter waren seit tausend Jahren die geheimen Hüter alles Wahren und Guten, das die westliche Zivilisation hervorgebracht hat – Erziehung und Ausbildung, Naturwissenschaft, Medizin, Wohlfahrt, Geisteswissenschaften, die Künste, spirituelle Erleuchtung. Sie machten uns glauben, sie hätten sich der Bewahrung dieser Disziplinen und ihrer höchsten Ideale verschrieben – vom Mittelalter über die Reformation und die Renaissance bis hin zur Gründung Amerikas und in die Neuzeit hinein.«

Will und Ajay tauschten einen Blick. Ajay riss die Augen auf und Will wusste, dass sie das Gleiche dachten. Das Ganze ist noch älter und größer, als wir angenommen haben.

»Meine Eltern hatten ein Eisenwarengeschäft in Columbus«, erzählte Nepsted weiter. »Ich war ein aufgeweckter Junge, nichts Besonderes, aber ein guter Schüler, der wegen seiner Leistungen mit einem Stipendium ans Center gekommen war und nicht dank der Beziehungen seiner Familie. Aber die Ritter überzeugten uns schon bald, dass wir einer Vereinigung von hoher Moral angehörten, die Einfluss auf globaler Ebene besaß und die der Menschheit schon seit Jahrhunderten diente.«

»Also wurdet ihr einer Gehirnwäsche unterzogen«, folgerte Will.

»Total reingelegt«, murmelte Nick.

Aber Nepsted hatte ihn gehört. »Du solltest nicht vergessen, mein junger Freund, wie viel Leid und Unruhe damals in der Welt herrschte. Die Härten der Depression, ein zweiter Weltkrieg, der sich am Horizont abzeichnete und den jeder als unausweichlich ansah. Ein paar Monate später, als sie uns aufforderten, unseren Beitrag zu leisten und ein Opfer zu bringen, war das für uns die natürlichste Sache der Welt.«

»Wer hat euch dazu aufgefordert?«, fragte Will.

»Der Lehrkräfteberater, Dr. Abelson.«

Will erinnerte sich an den Namen von der Gedenktafel. »Ein Lehrer?«

Erneut schaute Nepsted überrascht. »Ja. Er war der Erwachsene, der für den Orden die Verantwortung trug.«

»Aber ihr habt ihn ›der Gehörnte‹ genannt«, warf Ajay ein und warf Will einen Blick zu.

»Das war schon immer die offizielle Bezeichnung für den Mann, der dieses Amt innehatte«, erklärte Nepsted. »Abelson unterrichtete Naturwissenschaften und Philosophie und war Vorsitzender dieser beiden Fachbereiche. Die traditionelle Rolle des Gehörnten. Die Ritter pflegen seit über tausend Jahren Beziehungen mit einer Schule oder Akademie – und es handelt sich immer um eine Lehranstalt, die an der Spitze wissenschaftlicher und philosophischer Forschung steht.«

»Woher stammte Abelson?«, fragte Will.

»Aus Schweden, aber er wuchs in Deutschland auf. Dr. Abelson war maßgeblich an der Entwicklung der Eugenik beteiligt. Das war sein Fachgebiet.«

»Eugenik?«, fragte Nick ratlos und schaute Ajay an.

»Die Anwendung wissenschaftlicher Erkenntnisse zur Verbesserung der Erbanlagen einer bestimmten Bevölkerungsgruppe«, erläuterte Ajay mit gedämpfter Stimme. »Eine Möglichkeit, die gewünschten Merkmale der begabtesten Bürger zu verstärken und gleichzeitig ... die Fortpflanzung von Menschen mit ... weniger wünschenswerten Merkmalen zu reduzieren.«

»Und zwar durch genetische Manipulation«, fügte Will hinzu.

»Oh«, sagte Nick leise.

»Aber er trieb die Eugenik noch viel weiter voran«, fuhr Nepsted fort. »Abelson entwickelte experimentelle Techniken, mit denen er die Theorien beweisen wollte, die er in Deutschland aufgestellt hatte.«

Als Will erkannte, was das bedeutete, ballte sich sein Magen zusammen. »In Deutschland. Bei den Nazis?«

»Davon haben wir nichts gewusst, als wir bei den Rittern aufgenommen wurden«, stellte Nepsted in scharfem Ton klar. »Keiner von uns. Abelson sprach nie darüber. Hätten wir auch nur geahnt, wie wahnsinnig er war, wäre das alles nie passiert.«

»Inwiefern wahnsinnig?«, hakte Ajay nach.

»Aufgrund der von ihm erzielten Fortschritte mussten wir nicht mehr Generationen warten – wie es die Grenzen der Eugenik verlangten –, um radikale Verbesserungen des menschlichen Potenzials zu erleben, Abelson glaubte, mit seinen Verfahren menschliche Fähigkeiten beeinflussen und aus gesunden, lebendigen Versuchspersonen innerhalb weniger Monate körperlich, mental und spirituell überlegene Wesen machen zu können. Diese beschleunigte Form der Evolution nannte er das ›Große Erwachen‹.«

»Gütiger Gott«, stieß Ajay hervor.

»Also hat Abelson das Krankenhaus da unten gebaut?«, fragte Will. »Zu diesem Zweck.«

»Ich glaube, das Ganze begann kurz nach seiner Ankunft im Jahr 1932. Abelson meinte, unserer Ritter-Klasse würde eine große Ehre zuteil und wir seien die ersten Mitglieder des Ordens, die von diesen ... Verbesserungen profitieren würden. Die Ersten, die erwachen sollten – die Gründungsmitglieder des modernen Ordens der Paladine. Eine ganz neue Art von Kriegern für die Sache, für die sie schon seit einem Jahrtausend kämpften.«

»Abelson hat dir das angetan?«, fragte Nick aufgebracht.

Nepsted nickte.

»Alter, und du hast dir das einfach gefallen lassen?«

Nepsted schien Nicks Empörung zu frustrieren. »Wie soll ich es euch erklären ... damit ihr versteht, wie es dazu kam? Wir waren noch Kinder, dumme, vertrauensselige, selbstgefällige Jungen. Das Ganze war nicht rational oder vernunftbestimmt. Wir haben einfach an ihn geglaubt und an den Ruhm, den er uns bescherte.«

»Das kann nicht der einzige Grund gewesen sein«, wandte Nick ein.

»Du hast recht, Nick. Wir hatten unseren eigenen Anführer in unserer Ritter-Klasse und er glaubte mit einem solchen Feuereifer an das von Abelson verheißene Erwachen, dass es undenkbar schien, Nein zu sagen.«

»Das muss Hobbes gewesen sein«, meinte Will. »Der Junge, den du als Edgar Snow gekannt hast.«

»Nein, Will. Edgar war ein bedeutendes Mitglied und Stellvertreter unseres Anführers, aber er ist nicht derjenige, den ich meine.«

»Wer denn dann?«, wunderte sich Ajay.

»Franklin Greenwood.«

Unwillkürlich sog Will scharf die Luft ein.

Mein Großvater.

»Franklin Greenwood, der zweite Direktor?«, fragte Ajay ungläubig. »Der Sohn des Schulgründers?«

»Frank war in unserer Klasse von Rekruten. Im Orden wurde er unter dem Namen Orlando geführt. Traditionell spielt Orlando die Rolle des obersten Beraters des Gehörnten.«

Wills Gedanken überschlugen sich: Mein eigener Großvater war in diesen Wahnsinn verwickelt? Wie ist das möglich?

»Ist er auch auf dem Foto von dem Dinner?«, fragte Will und holte einen Abzug aus der Tasche.

»Ja, natürlich war Frank an jenem Abend dabei«, bestätigte Nepsted.

»Bitte zeig ihn mir«, bat Will und hielt Nepsted das Foto entgegen.

Nepsted warf einen teilnahmslosen Blick darauf, hob einen seiner Fangarme aus der Brühe und zeigte auf eine Person, die Will bis jetzt kaum aufgefallen war. Ein großer, schlanker Junge am äußersten Ende des Tisches, der jünger wirkte als die anderen. Die Arme auf dem Tisch verschränkt, beugte er sich leicht vor und lächelte matt.

Aber etwas in seinen Augen passte nicht zu diesem Lächeln und dann erkannte Will, dass er nicht direkt in die Kamera schaute.

Franklin blickte direkt auf den Rücken von Henry Wallace, der im Vordergrund direkt vor der Kamera saß und sich Thomas Greenwood zugewandt hatte, welcher nach Wills Vermutung die Aufnahme gemacht hatte.

Als Will Franklin nun genauer betrachtete, stellte er fest, dass dieser nicht nur argwöhnisch, sondern auch wütend wirkte.

»Bedeutet das etwa, dass das Center darüber Bescheid wusste?«, fragte Nick.

»Nein, nein, im Gegenteil«, erwiderte Nepsted. »Der Direktor wusste natürlich, dass sein Sohn sich den Rittern angeschlossen hatte, aber offenbar dachte er, es sei nur eine studentische Verbindung. Frank hielt alle zur Verschwiegenheit an, damit sein Vater nicht herausfand, womit wir uns wirklich beschäftigten. Er stand an der Spitze unserer Gruppe – ein geborener Führer – und Abelsons Erwachen war der Pfad, über den er uns führte.«

»Aber Thomas ist trotzdem dahintergekommen«, überlegte Will. »Zumindest hatte er einen starken Verdacht. Warum sonst hätte er Henry Wallace in die Schule einladen sollen?«

»Die beiden waren alte Freunde«, bestätigte Nepsted nickend. »Thomas ahnte, dass mit seinem Sohn und den Rittern irgendetwas nicht stimmte, und bat Wallace hierher, damit er ihm bei seinen Nachforschungen half. Das wussten wir zu diesem Zeitpunkt aber nicht.«

»War er zu spät, um noch einzuschreiten?«, fragte Nick.

»Als dieses Essen stattfand, hatten wir bereits die ersten Wochen der Behandlung hinter uns. Bis dahin nur Injektionen, aber sie verliefen einwandfrei. Wir alle fühlten uns gesund, stark und optimistisch, besser denn je, ehrlich gesagt.« Nepsteds Augen verdüsterten sich vor Schmerz. »Und Abelson war fest davon überzeugt, dass Wallace nicht das Geringste ahnte.«

»Aber da hat er sich geirrt«, sagte Will und musterte den Gerätewart prüfend. »Wallace war euch auf der Spur, stimmt's?«

Nepsted schloss die Augen, das Gesicht gezeichnet von den schmerzhaften Erinnerungen. »Wir sollten in die letzte Phase des Programms eintreten. Zwei Wochen intensiver Behandlung in völliger Abgeschiedenheit. Niemand durfte uns sehen.«

»Wie haben sie das angestellt?«, wunderte sich Nick.

»Sie erfanden einfach eine Geschichte. Die Ritter machten traditionell im letzten Studienjahr einen gemeinsamen Ausflug. Offiziell sollten wir nach Europa fliegen, mit Dr. Abelson als Begleitperson. Alles wurde so arrangiert, dass es vollkommen echt wirkte.«

»War das Dinner Teil dieser Inszenierung?«

»Ja, um die Reise einzuläuten. Wir packten unsere Koffer und gaben am nächsten Abend eine Abschiedsparty, zu der über zweihundert Schüler kamen. Am nächsten Morgen stiegen wir in ein gechartertes Flugzeug. Nach einer Stunde in der Luft kehrten wir um, gingen auf einer nahe gelegenen Landebahn herunter und schlichen uns mitten in der Nacht zurück. Das war der Moment, wo sie uns zum ersten Mal in dieses unterirdische Krankenhaus brachten.«

»Mit dem großen Aufzug?«, fragte Will.

»Ja. Den hatten sie zusammen mit dem Empfangsbereich gebaut, damit alles normal aussah und wir keinen Verdacht schöpften. Doch davor verlief nicht alles nach Plan: Frank kam nicht mit uns an Bord dieses Flugzeugs«, berichtete Nepsted, dessen Züge sich erneut verzerrten. »Dr. Abelson erzählte uns, er sei krank geworden.«

»Aber das stimmte nicht«, meinte Will.

»Nein. Auf diese Art hielten sie Frank von Abelson fern. Wir haben ihn nie wiedergesehen.«

»Und du glaubst, dafür war Wallace verantwortlich?«

Nepsted nickte. »Henry Wallace half Thomas Greenwood, seinen Sohn zu retten. Deshalb war er überhaupt ans Center gekommen. Aber Abelson schien das nicht zu kümmern. Er erzählte uns sogar, man habe Frank eine wichtigere Aufgabe zugeteilt.«

»Wenn sein Vater wusste, was da gespielt wurde, warum hat er den Rest von euch nicht da rausgeholt?«, fragte Nick.

»Das kann ich dir nicht beantworten. Vielleicht wusste er es auch nicht. Oder er unternahm nichts, weil wir nicht seine Söhne waren. Die meisten von uns haben Frank nie wiedergesehen.«

»Die meisten von euch haben dieses Gebäude nie wieder verlassen«, fügte Will hinzu.

»Was ist da unten passiert, Raymond?«, fragte Nick sanft.

Nepsted hielt einen Moment inne, dann kamen ihm die Worte deutlich stockender über die Lippen: »Wir waren erst ein paar

Tage in dem Krankenhaus, durften unsere Zimmer nicht verlassen. Die Behandlungen waren viel schmerzhafter als zuvor. So schlimm, dass sie uns unter Drogen setzten ... Und dann lief das Ganze schief. Zuerst nur bei einem von uns – George Gage aus Baltimore. Eines Morgens wachten wir auf und George war nicht mehr da. Danach folgten sehr schnell die Nächsten. Es dauerte nicht einmal einen Monat.« Nepsted musste mehrfach blinzeln; aus seinen Augen sprach tiefe Trauer. »Ich habe sie gesehen, Will.«

Will zitterte vor Wut am ganzen Körper und konnte sich nur mühsam beherrschen. »Wir haben sie ebenfalls gesehen. Sie sind noch immer da unten.«

»Ich weiß«, bestätigte Nepsted.

»Was habt ihr gesehen?«, fragte Ajay verwirrt. »Wie könnt ihr sie gesehen haben?«

»Alter, wir waren doch in diesem Raum mit den großen Tanks«, erinnerte ihn Nick.

»Ich erklär es später«, warf Will rasch ein und stellte mit einem scharfen Blick sicher, dass Nick die Botschaft kapierte, bevor er sich wieder Nepsted zuwandte. »Erzähl weiter, Raymond.«

»Wir hatten in einer Art Kaserne zusammengewohnt, aber als die ersten verschwanden, haben sie uns getrennt und in Zimmer gesperrt, die aussahen wie Gefängniszellen.«

»Diese Zellen haben wir auch gesehen«, meinte Nick.

»Sie haben die anderen der Reihe nach fortgeschafft, insgesamt neun. Keiner der Angestellten wollte uns sagen, was mit ihnen passiert war und wo man sie hingebracht hatte. Aber ich habe George gesehen oder vielmehr das, in das er sich verwandelt hatte.«

»Schließlich wart nur noch ihr beide übrig«, folgerte Will. »Du und Edgar Snow.«

»Ja«, bestätigte Nepsted. »Unsere Zellen lagen nebeneinander. Wir konnten uns nachts leise durch die Gitterstäbe unterhalten. Sie haben uns dort mehrere Monate gefangen gehalten, uns beobachtet und ständig neue Tests durchgeführt. Aber weder Edgar noch ich zeigten irgendwelche Veränderungen. Und wir wurden auch nicht krank wie die anderen. In der Zwischenzeit – aber das habe ich erst viel später herausgefunden – hatten sie den Flugzeugabsturz inszeniert, um unser Verschwinden zu erklären. Sie versenkten ein echtes Flugzeug im Lake Superior und behaupteten, es sei dort auf dem Rückweg von Europa abgestürzt. Natürlich wurden die Leichen der Insassen nie gefunden.«

Das kommt mir ebenfalls bekannt vor, dachte Will.

»Dann stellten sie diese Gedenktafel auf und eure Familien hielten euch für tot«, sagte er.

»Ja. Edgar und ich begriffen, dass wir Gefangene waren. An den Türen hingen jetzt Schlösser. Dann wachte ich eines Morgens auf und stellte fest, dass sie Edgar ebenfalls geholt hatten. Ich nahm an, er sei krank geworden wie die anderen, und falls er noch lebte, musste er wohl das Gleiche von mir gedacht haben.«

»Aber du warst normal«, meinte Ajay. »Bei dir hatte sich nichts verändert.«

»Ja, vollkommen normal. Ein Ausbund an Gesundheit.« Mit kaum verhohlenem Sarkasmus hielt Nepsted seine Hände hoch. »Ich lebte einfach weiter, arrangierte mich, so gut es ging, mit meiner Isolationshaft. Ich bin als Einzelkind aufgewachsen, hatte nie viele Freunde gehabt und war ans Alleinsein gewöhnt. Die Krankenschwestern brachten mir meine Bücher und ließen mich lernen, führten mir Filme vor, gaben mir Zeitungen und behandelten mich immer freundlich. Aber schon bald wurde mir klar, dass sie nicht die Absicht hatten, mich in mein altes Leben als ›Raymond‹ zurückkehren zu lassen. Nach dem ›Unfall‹ kam das nicht mehr infrage. Davon erfuhr ich allerdings erst ein Jahr später, als Edgar mich besuchte.«

»Warum hat er dich besucht?«

»Er sollte mich zur Zusammenarbeit überreden ... mir zeigen, dass das Programm letztendlich doch erfolgreich verlaufen war. Denn Edgar hatte sich tatsächlich verändert, wobei ihn das Verfahren weder umgebracht noch entstellt hatte. Er hatte seine Haare verloren und war viel größer und stärker geworden, aber ansonsten sah er noch genauso aus wie zuvor. Dann demonstrierte er mir seine Fähigkeiten ... was er mit Dingen anstellen konnte, indem er sie nur anschaute ... seine Kraft und körperliche Unverwundbarkeit ... seine Immunität gegen Schmerzen, Krankheiten, Hitze und Kälte. Und er erzählte mir, wie er gelernt hatte, diese Fähigkeiten zu steuern. Aber noch verblüffender war die Tatsache, dass Edgar vollkommen normal erscheinen konnte, wann immer er wollte oder musste.«

»Er war jetzt einer von ihnen«, folgerte Will. »Ein Ritter.«

Nepsted nickte. »Edgar hatte schon immer das Leuchten eines Fanatikers in den Augen gehabt, aber jetzt brannte es heller denn je. Und warum auch nicht? Seine Existenz bedeutete, dass Abelsons Plan aufgegangen war und er, wie versprochen, zumindest einen der Heiligen Krieger erschaffen hatte.«

»Zu welchem Zweck?«, fragte Will.

»Um den Rittern zu dienen. Denn sie wussten es besser als Regierungen oder Staaten. Sie glaubten, es würde zu einem Krieg kommen, der die Welt zerstört. Dann wollten die Ritter die einzige Macht sein, die stark genug war, um zu überleben und auf den Trümmern eine neue Zivilisation aufzubauen.«

»Also wurde Edgar Snow der erste moderne Paladin«, schloss Ajay. »Das machte die fehlgeschlagenen Versuche hinnehmbar.«

»Und da er überlebt hatte, hofften sie, das Experiment könnte auch bei dir funktionieren«, ergänzte Will.

»Deshalb haben sie mich dort unten gefangen gehalten«, bestätigte Nepsted.

»Hatte Abelson noch immer die Leitung?«, fragte Nick.

»Nein. Ein paar Monate, nachdem man uns in dieses Krankenhaus gebracht hatte, ist er irgendwann nicht mehr aufgetaucht. Seitdem habe ich ihn nicht mehr gesehen.«

»Wann war das?«, erkundigte sich Will.

»Im Frühjahr 1939. Von da an bekam ich immer nur Edgar zu Gesicht. Ich nahm an, dass er jetzt das Sagen hatte. Er erzählte mir, Thomas Greenwood habe Dr. Abelson gefeuert, als er die Vereinigung der Ritter auf dem Campus verbot ... ein paar Monate, nachdem er seinen Sohn gerettet hatte. Keine Ahnung, was mit Abelson passiert ist.«

»Wie viel hat Greenwood gewusst?«, fragte Will. »Er muss doch von dem Krankenhaus erfahren haben.«

»Informationen darüber, was der Direktor vielleicht wusste oder wann er möglicherweise irgendetwas erfahren hat, sind nie zu mir durchgedrungen«, erwiderte Nepsted müde lächelnd. »Ich habe die darauffolgenden siebzehn Jahre dort unten als Gefangener verbracht.«

»Mein Gott«, keuchte Ajay.

»Und in all dieser Zeit habe ich mich nicht verändert. Damit meine ich, dass ich exakt gleich blieb. Während meiner gesamten Gefangenschaft bin ich nie krank geworden, ich hatte nicht einmal einen Schnupfen. Und ich bin keinen Tag gealtert.«

Wieder erinnerte Will sich an einige der ersten Worte, die Nepsted an ihn gerichtet hatte: Ich bin älter, als ich aussehe.

Das hört sich allmählich verdächtig nach dem an, was mit uns geschieht, dachte Will.

»Wie ihr seht, zeigten die Behandlungen schließlich doch noch Wirkung – nur nicht so, wie sie erwartet hatten. Das Einzige, was sich jedoch verändert hatte, war meine Kooperationsbereitschaft. Von dem Moment an, in dem ich die ersten Mutationen sah, weigerte ich mich, noch länger mitzumachen ... selbst wenn das bedeutete, den Rest meines Lebens in jener Zelle verbringen zu müssen.«

»Haben sie dir sonst noch irgendwas erzählt? Etwas über die alte Stadt, die sie entdeckt hatten?«, fragte Ajay. »Oder über die ältere Rasse von Wesen, die dort gelebt hatte?«

»Nein. Ich wusste nur das, was ich in den Zeitungen und Zeitschriften gelesen hatte, die man mir gab«, erklärte Nepsted. »Das hat sich erst 1956 geändert, als Edgar mir aus unerklärlichen Gründen mitteilte, meine Kidnapper hätten ein Einsehen und wollten mich gehen lassen. Unter gewissen Bedingungen.«

»Und zwar?«, hakte Will nach.

»Ich sollte ein ganz neues Leben anfangen. Unter einem neuen Namen in einer weit entfernten Stadt. Und zwar in Arizona ... in Flagstaff.«

»Warum wollten sie dich nach alldem einfach gehen lassen?«, wunderte sich Nick.

»Ich glaube, ich weiß, warum«, meinte Will. »Das war 1956, richtig?«

»Ja.«

»In diesem Jahr wurde Franklin zum Direktor des Centers ernannt«, erläuterte Will. »Er muss etwas mit dieser Entscheidung zu tun gehabt haben.«

Einer von Nepsteds Fangarmen glitt aus der Brühe, schlängelte sich über den Rand der Wanne und tastete suchend über den Boden. Schließlich holte er zwischen Bücherstapeln und Haufen von Unrat am Rand des Lichtkegels ein altes Fotoalbum hervor.

»Vermutlich hast du recht, Will«, sagte Nepsted. »Frank hatte wohl Mitleid mit mir. Vielleicht empfand er echte Reue wegen allem, was mit uns geschehen war, oder wegen der Rolle, die er als Jugendlicher dabei gespielt hatte.«

»Was hat Edgar dir erzählt?«

»Wie leicht es ihm gefallen sei, in dieses neue Leben als ›Hobbes‹ einzutreten, und ich könne das Gleiche tun. Er bot mir sogar eine Entschuldigung an ... dass man uns das alles nicht hätte antun dürfen ... und er meinte, das Krankenhaus würde zerstört, zusammen mit allen Unterlagen über die Vorkommnisse. Ich könne dieses neue Leben beginnen, solange ich für mich bleiben und niemals mit irgendjemandem darüber sprechen würde.«

»Und du hast ihm geglaubt?«, fragte Nick.

»Was hatte ich denn für eine Wahl? Ich war so lange allein gewesen, dass ich in der Welt da draußen keine Menschenseele mehr kannte. Hobbes fuhr mich persönlich nach Flagstaff. Man verpasste mir eine ganz neue Identität. Nachdem wir dort angekommen waren, überließ er mir den Wagen und gab mir genug Geld, um ganz von vorn anfangen zu können. Etwa eine Woche später fand ich einen Job in einer Eisenwarenhandlung – das einzige Gewerbe, das ich kannte und in dem sich nicht sonderlich viel verändert hatte.«

Weitere Fangarme glitten über den Wannenrand, um das Album anzuheben, es aufzuschlagen und so zu halten, dass die Jungen einen Blick hineinwerfen konnten. Darin befanden sich verblasste Fotos, deren Ecken in kleinen Plastiklaschen steckten.

Wills Blick fiel auf einen vergilbten Schnappschuss, der Nepsted vor einer sonnenbeschienenen Eisenwarenhandlung zeigte. Bei den Autos auf der Straße handelte es sich um Modelle aus den frühen 1960er-Jahren.

»Damals war ich siebenunddreißig und sah noch immer so aus wie mit achtzehn«, erzählte Nepsted. »Ich hatte noch nie für mich selbst sorgen müssen. Fast zwanzig Jahre war ich nicht mehr draußen gewesen. Edgar war immer freundlich zu mir, machte mir aber unmissverständlich klar, dass die Ritter mich ständig beobachten würden. Sollte ich jemals versuchen, mich abzusetzen, Kontakt zu meiner Familie aufzunehmen oder irgendjemandem zu erzählen, was mit mir geschehen war, würden sie mich für immer dort unten einsperren. Ich wusste nicht einmal, ob meine Eltern überhaupt noch lebten. Ich wollte einfach nur frei sein und deshalb erklärte ich mich mit allem einverstanden.«

Nepsted sog scharf die Luft ein und hatte offensichtlich Mühe, seine Gefühle in den Griff zu bekommen. Auch Ajay sah so aus, als würde er gleich in Tränen ausbrechen. Will nahm das Fotoalbum und blätterte langsam durch die Seiten mit den Momentaufnahmen aus Happys neuem Leben.

»Und ich habe ihm geglaubt«, fuhr Nepsted fort. »Nicht nur die Drohung, dass sie davon erfahren würden, sollte ich je mit irgendwem über meine Erlebnisse sprechen, sondern auch die Ankündigung, dass sie das Programm einstellen würden. Also befolgte ich ihre Regeln und lebte neun Jahre lang vollkommen für mich. Aber da Edgar mich nicht wieder aufsuchte, machte ich mir allmählich nicht mehr so viele Gedanken über seine Warnungen.«

Will blätterte eine Seite um und entdeckte ein Foto von Nepsted in einem Park: Er hatte den Arm um die Taille einer hübschen, schlanken jungen Frau mit langem braunem Haar gelegt.

»Als ich mich in Julie verliebte, verschwendete ich kaum mehr einen Gedanken an das, was Edgar mir gesagt hatte. Ich hielt mich an meine Geschichte und verlor ihr gegenüber kein einziges Wort über das, was wirklich geschehen war. Inzwischen kam es mir fast gar nicht mehr wie eine Lüge vor. Was mich betraf, war ich Stephen Nepsted, denn erst mit diesem Namen hatte mein Leben wirklich begonnen. Im Eisenwarengeschäft nannten sie mich scherzhaft Happy, weil ich immer so ernst schaute ... aber eine Zeit lang, nachdem ich Julie kennengelernt hatte, war ich tatsächlich glücklich.«

Auf der nächsten Seite fand Will Fotos einer schlichten Hochzeitsfeier in einer kleinen Kapelle, nur Raymond und Julie – in Straßenkleidung – mit einem Priester und einem Trauzeugen.

»Alter, du hast geheiratet?«, staunte Nick.

»Damals waren wir schon zwei Jahre zusammen. Niemand hatte uns behelligt und Edgar war kein einziges Mal aufgetaucht, also sind wir in der Woche, in der ich einundvierzig wurde, nach Las Vegas gefahren und haben in einer dieser kitschigen Kapellen geheiratet.«

Einer von Nepsteds Fangarmen strich zärtlich über ein anderes Foto. Es zeigte ihn mit seiner lächelnden Braut, die ein kleines Bouquet in der Hand hielt.

»Julie war dreiundzwanzig, aber der große Altersunterschied zwischen uns hat mir nie etwas ausgemacht. Denn in vielerlei Hinsicht war ich eigentlich gar nicht älter, als ich aussah. Seit meiner Ankunft in Flagstaff hatte sich mein Äußeres ja nicht verändert.«

Die drei Freunde drängten sich zusammen, um die Bilder zu betrachten, und bis auf das sanfte Blubbern der pflaumenblauen Brühe in der Wanne herrschte Stille im Raum. Auf der letzten Fotografie war Julie in einem kleinen Schlafzimmer zu sehen, das man in ein Kinderzimmer umgewandelt hatte.

»Ich erzählte Julie, wir sollten wegen gesundheitlicher Probleme in meiner Familie besser keine Kinder haben und müssten deshalb vorsichtig sein. Aber sie wurde trotzdem schwanger und ich versuchte mir einzureden, dass alles gut gehen würde, weil ich es unbedingt glauben wollte ...«

Einen Moment lang konnte Nepsted nicht weitersprechen.

»Und dann passierte es, nicht wahr, Raymond?«, fragte Will einfühlsam.

Nepsted nickte. »Ich glaube, der Stress war daran schuld ... all die furchtbaren Ängste, die wieder hochkamen ... all die Behandlungen und das, was sie mir angetan hatten ... all das hatte die ganzen Jahre in mir geschlummert ... und dann bemerkte ich die ersten Veränderungen an mir und ich verwandelte mich mehr und mehr ... in das hier ...«

Will blätterte die Seite um. Der Rest des Albums war leer.

»Zuerst versuchte ich, mich zu verstecken und es vor allen zu verbergen ... und eine Weile gelang mir das auch ... aber dann geschah es irgendwann, ganz subtil, auch in der Öffentlichkeit. Ich kontrollierte meine Mutationen, so gut ich konnte, aber nach einer Zeit begann auch mein ›normaler‹ Körper, sich dauerhaft zu verändern. Ich konnte meinen Job nicht halten, wusste nicht, wie ich meine Familie ernähren sollte, wenn das Baby erst einmal da war. Und eines Tages, als ich von der Arbeit kam, wartete Edgar in meinem Wagen auf mich. Er drohte mir nicht; er wusste, dass ich mich an unsere Vereinbarung gehalten hatte, und meinte, er wolle mir nur helfen. Dafür müsse er mich jedoch hierher zurückbringen, wo man mir einen Platz zum Leben geben und sich wieder um mich kümmern würde.«

Langsam rollten Tränen über Nepsteds Wangen. Will bemerkte, wie auch Nick sich die Augen wischte.

»Edgar versprach, sich um meine Familie zu kümmern ... aber sie musste glauben, ich sei tot. Ich wusste nicht, was ich sonst tun sollte. In gewisser Hinsicht hatte er recht. Wenn die Leute herausfanden, was ich wirklich war, was für ein Leben hätten wir dann führen können, welche Zukunft hätten meine Frau und mein Sohn gehabt? Mir blieb keine andere Wahl, versteht ihr?«

»Ich denke schon, Raymond«, versicherte ihm Will.

»Edgar schloss eine Lebensversicherung ab, damit Julie und Henry alles hatten, was sie brauchten«, erzählte Nepsted weiter.

»Außer einem Vater und einem Ehemann«, kommentierte Nick leise.

Will brachte ihn mit einem Blick zum Schweigen.

»Ich stellte jedoch eine Bedingung: Ich wollte nie wieder in dieses Krankenhaus zurückkehren«, fuhr Nepsted fort und schüttelte langsam den Kopf. »Ich brauchte einen richtigen Platz in der Welt und einen sinnvollen Job, bei dem ich mit jungen Menschen Kontakt hatte, damit ich ... mir ungefähr vorstellen konnte, wie mein Sohn aufwuchs.«

»Du hast ihn nie zu Gesicht bekommen, oder?«, fragte Nick.

»Ich verließ Flagstaff einen Monat vor Henrys Geburt. Sie inszenierten einen Autounfall, den sogar die Versicherung glaubhaft fand.«

»Darin sind sie gut«, bestätigte Will.

»In jener Nacht flog mich Edgar mit einer Privatmaschine hierher und brachte mich dann in diesen Raum. Das war 1974 und seitdem bin ich hier. Der Gerätewart in der Jungenumkleide.«

»Und trotzdem noch immer ein Gefangener, Raymond?«, fragte Ajay.

»Das Schloss war meine Idee«, entgegnete Nepsted und schüttelte vehement den Kopf. »Ich wollte nicht in Versuchung geraten, diesen Raum zu verlassen. Denn wenn die Schüler mich in einem Moment sehen würden, in dem ich mein Aussehen nicht im Griff habe ... wenn sie argwöhnten, ich könne etwas anderes sein als der Krüppel hinter dem Gitter, der ihnen ihre Turnschuhe gibt, dann könnte mir vielleicht auch das noch genommen werden.«

»Warum sollten wir dann den Schlüssel für dich finden?«, fragte Nick verwirrt.

»Was hat sich geändert, Raymond?«, hakte Will nach.

Nepsted senkte die Stimme. »Ich höre Leute tuscheln. Sie erzählen mir Dinge oder ich belausche sie. Manchmal höre ich sogar ihre Gedanken. Wenn sie diesen Käfig betrachten, wissen sie nicht, wie aufmerksam ich sie beobachte und ihnen zuhöre. Und vor vielen Jahren, inzwischen sind es fast zwanzig, wurde mir klar, dass die Ritter Karls des Großen zum Center zurückgekehrt waren.«

Will lief ein eiskalter Schauer über den Rücken.

»Es hat sogar den Anschein, als seien sie nie fort gewesen. Ich nahm an, Edgar habe das Sagen, hätte es die ganze Zeit gehabt, aber ich irrte mich. Er empfing jetzt Befehle von jemand anderem.«

»Von Franklin?«, fragte Will.

»Nein – nach allem, was ich erfuhr, wandte der sich ebenfalls von den Rittern ab. Und Frank starb 1995. Wer auch immer sie jetzt anführen mag, es handelt sich um eine Person mit mächtigen Verbündeten.«

Haxley, dachte Will.

»Drei Generationen ehemaliger Ritter laufen da draußen in der Welt herum«, fuhr Nepsted fort, »ein verborgenes Netzwerk prominenter Männer in ungeheuer mächtigen und einflussreichen Positionen. Edgar deutete an, dass etwas Neues in der Luft liege, etwas Unvorstellbares.«

»Ein neues Programm auf der Grundlage von Abelsons Ideen«, mutmaßte Will und warf Ajay und Nick einen Blick zu. »Genetische Manipulation. Es nennt sich die Paladin-Prophezeiung.«

»Gütiger Gott«, stieß Nepsted überrascht hervor. »Was habt ihr noch darüber in Erfahrung gebracht?«

»Dieses Programm wird finanziell stark gefördert, ist gut organisiert und möglicherweise sind dieses Mal mehr Leute darin verwickelt. Raymond, kann es sein, dass Franklin herausgefunden hat, dass die Ritter das Paladin-Programm wieder aktiviert hatten, und dann versucht hat, sie aufzuhalten?«

Nepsted las die Andeutung in Wills Augen. »Du meinst, sie haben ihn vielleicht umgebracht?«

»Ja.«

»Das wäre möglich. Ihr müsst wissen – und ich glaube, das ist euch bereits bekannt –, dass diese Leute sich durch nichts aufhalten lassen. Handelt es sich um exakt das gleiche Programm, dem sie uns unterzogen haben?«, fragte Raymond mit zittriger Stimme.

»Es ist sogar noch schlimmer«, erwiderte Will und beschloss, nichts zu verschweigen. »Dieses Mal steht die Zukunft des Planeten auf dem Spiel. Sie arbeiten mit einer älteren Rasse zusammen – möglicherweise sogar derselben, die diese Stadt da unten gebaut hat. Diese Wesen wurden vor Jahrhunderten in eine andere Dimension verbannt, aber sie versuchen jetzt, zurückzukommen und wieder die Kontrolle über die Erde zu übernehmen. Ein Krieg steht bevor, aber dieses Mal nicht zwischen Menschen ... auch wenn Menschen wie die Ritter ihnen dabei helfen, im Tausch gegen Reichtum, Macht, hoch entwickelte Technologie und eine bevorzugte Position, sobald diese ältere Rasse die Macht übernimmt.«

»Ja, aber wir werden sie aufhalten«, beteuerte Nick ohne viel Überzeugung.

»Ihr seid zu dritt?«, erkundigte sich Nepsted.

»Eigentlich zu fünft«, erklärte Will.

»Gut, Gott sei Dank«, flüsterte Nepsted.

»Und wir hoffen natürlich, dass du uns helfen kannst«, fügte Will hinzu.

»Das Ziel des Programms hat sich also nicht geändert«, folgerte Nepsted mit brüchiger Stimme. »Sie versuchen, eine Rasse überlegener Wesen zu schaffen. Paladine.«

»Inzwischen hat sich die Wissenschaft so weit entwickelt, dass sie ihre Philosophie in die Tat umsetzen können«, bemerkte Will.

»Dann verfügen sie also dieses Mal nicht nur über das Wissen, sondern auch über das Geld, die Technologie und den erforderlichen Willen«, ergänzte Raymond und schaute den Freunden nacheinander in die Augen. »Wir müssen etwas unternehmen, um sie aufzuhalten – egal was.«

»Warum hast du nicht schon vorher gehandelt, wenn du etwas geahnt hast? Warum hast du bis jetzt gewartet?«, fragte Ajay.

Nepsted blickte Will direkt an. »Ich habe auf dich gewartet.«

Im nächsten Moment nahm Will eine Bewegung auf dem kleinen Bildschirm in seiner Hand wahr, auf den die Aufnahmen der Kamera am Käfig übertragen wurden.

»Da draußen ist jemand«, sagte er.

»Bitte dreht euch alle um«, bat Nepsted eindringlich. »Sofort, wenn ihr mir den Gefallen tun würdet.«

Die drei Freunde wandten ihm den Rücken zu und hörten dann, wie sich der Gerätewart aus der Zinkwanne hievte, gefolgt von einem koordinierten Platschen, als die unzähligen nassen Tentakel auf dem Betonboden aufklatschten und Nepsted sich rasch in Richtung Tür bewegte.

Will schaute zu Ajay und erkannte, dass dieser sich gerade weit genug umgedreht hatte, um mit seinem erweiterten Gesichtsfeld etwas wahrnehmen zu können: Er stand mit offenem Mund und weit aufgerissenen Augen da. Mit einem Ausdruck hilflosen Erstaunens wandte er sich Will zu.

Will schüttelte den Kopf: Sieh nicht hin.

Ajay schloss die Augen und hielt sich dann die Hände davor. Erneut hörten sie eine Abfolge seltsamer, klatschender Geräusche. Haut traf auf Haut, Fangarme wanden sich umeinander und verschmolzen miteinander.

»Oh Mann, Alter«, murmelte Nick.

»Ich danke euch«, sagte Nepsted, als es vorbei war. »Kommt mit.«

Als sie sich zu ihm umdrehten, war Nepsted bekleidet und hatte wieder die Form angenommen, die sie kannten – ein kleiner, missgestalteter Mann in einem Rollstuhl, der nun mit einer Hand die Steuerung bediente und den Rollstuhl durch die Tür lenkte.

»Hast du sehen können, wer es war?«, erkundigte sich Nepsted leise bei Will, während er zum Eingang des Käfigs rollte.

»Nein. Ich habe nur eine Bewegung wahrgenommen.«

»Ihr müsst euch verstecken. Hier hinten in den Gängen, wo euch niemand bemerkt.«

»Wir haben das Schloss wieder vor die Tür gehängt, es aber nicht verriegelt«, warnte Nick. »Weil wir es durch das Gitter nicht erreichen konnten.«

»Darum kümmere ich mich. Ich hoffe, ihr habt beim Reinkommen die Kamera deaktiviert«, sagte Nepsted und deutete mit dem Kinn auf die Sicherheitskamera, die unterhalb der Decke in der Mitte des Gangs hing.

»Ich habe sie ausgeschaltet«, beruhigte Ajay ihn.

»Gut. Damit beobachten sie mich nämlich.«

»Niemand hat gesehen, wie wir reingekommen sind, das kann ich dir versichern«, sagte Ajay.

»Was auch passiert, zeigt euch auf keinen Fall«, mahnte Nepsted ernst. »Das hier ist kein sicherer Ort für euch.«

Die drei kauerten sich hinter ein paar Gerätekisten in der letzten Reihe, während Nepsted durch den Gang zum Käfig rollte.

»Leute, ich wollte es ja eben im Raum nicht ansprechen«, flüsterte Nick und verzog das Gesicht, »aber was in aller Welt hat es mit diesem violetten Schaumbad auf sich?«

»Es muss irgendwie mit seiner ... ihr wisst schon ... zusammenhängen«, meinte Will.

»Seiner Tintenfischigkeit?«

»Ich vermute, die Flüssigkeit versorgt ihn mit den Nährstoffen oder Medikamenten, die ihn am Leben erhalten«, sagte Ajay.

»Was meinst du, wie lange er ohne das Zeug überleben kann?«, fragte Will.

»Keine Ahnung«, gestand Ajay. »Über welchen Zeitraum hast du ihn bisher in seiner regulären Form gesehen?«

Will dachte an seine letzten Unterhaltungen mit Nepsted zurück. »Vielleicht eine halbe Stunde lang?«

»Wenn er hier wegwill, wird es nicht einfach werden, die große Wanne mit dieser Pampe mitzunehmen«, gab Nick zu bedenken. »Ich frage mich, woraus sie wohl besteht. Nepsted ist so unglaublich alt – vielleicht handelt es sich um eine Art Konservierungsmittel.«

Will spähte vorsichtig hinter den Kisten hervor und sah, dass Nepsted inzwischen den Tresen erreicht hatte.

»Wer ist da?«, hörten sie ihn fragen.

Ein paar Tentakel glitten aus Nepsteds rechtem Ärmel zur Käfigtür und schlängelten sich durch den Gitterdraht.

»Er verschließt das Schloss von innen«, flüsterte Will, lehnte sich zurück und hielt den kleinen Bildschirm hoch, damit Ajay und Nick es auch sehen konnten.

»Ich weiß, dass da jemand ist«, rief Nepsted. »Zeig dich!«

Ein verschwommener Fleck näherte sich dem Tresen und dann war plötzlich eine nackte weibliche Gestalt zu erkennen, die sich direkt vor dem Käfig blitzschnell aus einer Staubwolke herauskristallisierte.

Courtney Hodak. Groß, grotesk fit und scheinbar völlig unbefangen wegen ihres unbekleideten Zustands. Mit der linken Hand packte sie ein paar von Nepsteds sich windenden Fangarmen, hielt sie in einem eisernen Griff fest und schenkte ihm ein spöttisches Lächeln.

»Ich habe gehört, dass hier die Missgeburten gehalten werden«, höhnte sie.

»Das ist die Herren-Umkleide«, erklärte Nepsted unter Schmerzen und versuchte, sich aus ihrem Griff zu befreien.

»Bist du allein hier unten, Missgeburt?«, fragte Courtney und schaute an ihm vorbei in den Käfig.

Ajay traten die Augen aus dem Kopf. Sofort legten Will und Nick ihm eine Hand auf den Mund.

»Was glaubst du denn?«, konterte Nepsted, der sich endlich befreit hatte, seine Tentakel in den Käfig zurückzog und in seinem Ärmel verschwinden ließ.

Courtney drehte sich zu der Dunkelheit hinter ihr um und winkte jemanden herbei. Die Würfel in Wills Tasche begannen erneut zu vibrieren; er musste sie festhalten, um das Geräusch zu dämpfen. Hobbes, in schwarzer Windjacke und Kappe, schlenderte aus der Dunkelheit heran, flankiert von zwei großen, muskelbepackten Typen, die Will in Courtneys Ritter-Klasse gesehen hatte. Hobbes hielt ein weißes Hemd und Shorts lässig an einem Finger und reichte sie Courtney, während er an den Käfig trat. Sie streifte die Sachen über, ließ sich aber Zeit damit und genoss es sichtlich, wie unangenehm Nepsted ihr nackter Anblick war.

Nick zog den kleinen Bildschirm näher zu sich heran. Und Ajay versuchte, ihm das Gerät aus der Hand zu nehmen, damit er auch etwas sehen konnte, während Will beiden bedeutete, sich zu beruhigen.

»Todds Schwester«, formulierte Will lautlos mit den Lippen.

»Das ist Courtney?«, flüsterte Nick überrascht.

»Hast du sie nicht erkannt?«, fragte Will.

»Alter, ich habe nicht auf ihr Gesicht geachtet.« Nick zog den Bildschirm wieder zu sich heran, um sie genauer zu betrachten, und senkte dann seine Stimme noch weiter. »Splitterfasernackt.«

»Sie trug Schuhe, um genau zu sein«, bemerkte Ajay.

»Hallo, Raymond«, sagte Hobbes und lächelte freundlich. Seine seltsamen hellen Augen leuchteten.

»Wer sind deine Spielkameraden?«, fragte Nepsted.

»Du hast doch wohl den Stolz der letzten Abschlussklasse nicht schon vergessen, Raymond? Die Herren Halsted und Davis?«, antwortete Hobbes und deutete auf die beiden jungen Männer. »Wobei du Courtney natürlich bisher noch nicht gesehen hast.«

»Aber jetzt schon«, bemerkte sie kokett.

»Was willst du, Edgar?«, fragte Nepsted.

Entspannt und mit freundlichem Blick stützte Hobbes sich auf dem Tresen ab und beugte sich vor. »Ich bin hier, um dich zu warnen, alter Freund. Ein paar Schüler haben sich erdreistet, in unserer Vergangenheit herumzuschnüffeln. Dinge, die sie nichts angehen und über die nur wir beide Bescheid wissen.«

Mit der linken Hand griff Hobbes rasch nach unten und rüttelte kräftig an dem Schloss. Es schepperte zwar, gab aber nicht nach. Nepsted hatte es gerade rechtzeitig wieder verschließen können. Erneut lächelte Hobbes.

»Was hat das mit mir zu tun?«, konterte Nepsted.

»Ich glaube, du weißt, von wem ich spreche«, unterstellte Hobbes.

Will blickte gebannt auf den Bildschirm. Hobbes beugte sich über den Tresen, näher an die Kamera heran: In seinen Augen brannte ein unnatürliches Feuer und er starrte Nepsted an, bis dieser schließlich den Blick abwandte.

»Könnte sein«, meinte Nepsted.

»Du weißt, welch verheerende Folgen das haben könnte, Raymond. Es würde mich nicht überraschen, wenn diese Jugendlichen jeden Moment hier auftauchen würden, um mit dir zu sprechen. Es sei denn, sie waren bereits da ...?«

Hobbes wartete, bis Nepsted den Kopf schüttelte.

»Ich muss wohl nicht noch einmal betonen, wie wichtig es ist, dass du ihnen nichts sagst, oder?«

»Nein, Edgar«, murmelte Nepsted eingeschüchtert.

»Falls du eine Erinnerung brauchst ... es gibt da etwas, das ich dir schon lange sagen wollte. Aber bisher hatte ich nie die Gelegenheit dazu ... oder sollte ich sagen, einen Grund.«

Hobbes holte etwas aus der Tasche seiner Windjacke und hielt es von außen an den Käfig, direkt vor Nepsteds Nase. Es sah aus wie ein Foto, aber Will und die anderen konnten es auf dem kleinen Monitor nicht genau erkennen.

»Weißt du, wer das ist, Raymond?«

»Nein.«

»Das ist dein Sohn, Raymond. Henry Nepsted, so wie er heute aussieht. Dein Augenstern.«

Die Jungen hörten, dass Nepsted ein Schluchzen unterdrückte. Will spürte, wie sich Nick neben ihm versteifte und Wut in ihm hochkochte. Hastig legte er ihm eine Hand auf den Arm, um ihn zu beruhigen.

»Wie du siehst, ist Henry ... irgendwie eine ganz besondere Person.« Hobbes lächelte. »Genau wie sein Dad.«

»Woher weiß ich, dass du die Wahrheit sagst?«, fragte Nepsted, heiser vor Anspannung.

Hobbes wirkte tatsächlich verblüfft. »Diese Frage verletzt nun wirklich meine Gefühle! Habe ich dich jemals belogen, Raymond? Wir konnten einander immer vertrauen. Weißt du nicht, wie sehr ich mich auf dich verlasse – nach allem, was wir beide gemeinsam durchgemacht haben?«

»Woher soll ich wissen, dass das wirklich mein Junge ist?«

»Weil ich dir mein Wort gebe«, erwiderte Hobbes kalt. Sein Lächeln war verschwunden.

»Wo ist er?«, fragte Nepsted nach ein paar Sekunden, mit deutlich schwächerer Stimme.

»Ach, wir wissen ganz genau, wo er ist – ich selbst habe dieses Foto erst vor wenigen Tagen geschossen. Ich lasse es dir hier, wenn du mir deine Schublade öffnest.«

Einen Moment später hörte Will, wie die Metallschublade in der Käfigwand nach außen glitt. Hobbes ließ das Foto hineinfallen und sofort zog Nepsted die Schublade zu sich nach innen. Hobbes beugte sich jetzt noch weiter zu ihm vor.

»Henry lebt nicht einmal eine halbe Stunde von hier entfernt, Raymond. Aber mach dir keine Sorgen, er weiß nichts von alldem hier – von dir, der Schule und so weiter. Zurzeit schwebt er nicht in unmittelbarer Gefahr. Und du möchtest bestimmt, dass das so bleibt, oder? Ich weiß doch, dass du dir ständig Gedanken machst.«

»Bitte ...«, stammelte Nepsted.

Erneut passte Hobbes seinen Tonfall an – zwei alte Freunde, die sich bei einem Bier unterhielten. »Du hast wirklich eine lebhafte Fantasie, Raymond. Dann kannst du dir ja auch sicher vorstellen, was mit deinem Sohn passiert, wenn du diesen fehlgeleiteten jungen Leuten hilfst. Habe ich mich klar genug ausgedrückt?«

»Ja«, murmelte Nepsted leise.

»Wie bitte, Raymond?«

»Ich habe verstanden, Edgar.«

»Ich bin ja so froh, dass wir diese Unterhaltung führen konnten«, meinte Hobbes. »Bevor die Dinge aus dem Ruder laufen.«

Er lächelte und zeigte dabei seine spitzen Zähne. Dann trat er vom Tresen zurück, drehte sich um und winkte einmal kurz über die Schulter, bevor er in der Dunkelheit verschwand. Die drei jungen Ritter trabten hinter ihm her, wobei Courtney Nepsted ein letztes Mal frech angrinste und ihm dann eine Kusshand zuwarf.

Will, Ajay und Nick rührten sich nicht von der Stelle, bis sie hörten, wie Nepsteds Rollstuhl wieder in ihre Richtung rollte und dann vor ihnen anhielt. Er sah aschfahl aus und mied ihren Blick; seine linke Hand umklammerte das Foto, das Hobbes ihm gegeben hatte.

»Ihr müsst jetzt gehen«, sagte er bestimmt.

»Glaub ihm nicht, Raymond. Du darfst nicht ein Wort von dem glauben, was dieser Typ sagt ...«, drängte Nick.

»Gebt mir den Schlüssel, damit ich aufschließen und euch rauslassen kann.« Nepsted streckte die Hand aus und vermied noch immer jeden Blickkontakt. Schließlich reichte Will ihm widerstrebend den silbernen Schlüssel.

»Aber diese Drohungen können doch gar nicht stimmen«, beharrte Nick.

»Edgar hat mich nie angelogen«, stellte Nepsted klar, drehte seinen Rollstuhl herum und fuhr zur Käfigtür zurück.

»Was sollen wir tun?«, flüsterte Nick.

»Wir sollten gehen«, erklärte Will. »Im Moment können wir nichts tun.«

»Außerdem hat er uns schon alles gesagt, was wir wissen müssen«, bemerkte Ajay.

»Aber wir können ihn doch nicht so zurücklassen. Wir müssen ihm helfen«, protestierte Nick leidenschaftlich.

»Wir müssen ihn eine Weile in Ruhe lassen«, meinte Will. »Wenn Hobbes nicht erfährt, dass wir hier waren, wird ihm nichts passieren.«

Will richtete sich auf und die anderen folgten ihm zum Tresen. Nepsted hatte das Schloss bereits geöffnet. Ein Bündel Fangarme zog die Tür auf und glitt dann zurück in seinen Jackenärmel. Er senkte den Blick, während die drei sich an ihm vorbeischoben.

»Raymond, du brauchst nicht mehr das zu tun, was dieser Typ von dir verlangt«, versuchte Nick es erneut. »Wir können dir helfen, wir können dafür sorgen, dass er aufhört ...«

»Kommt nicht wieder hier herunter«, forderte Nepsted in kaltem Ton.

Seine Augen funkelten, als er die Tür hinter ihnen zuschlug; erneut schossen ein paar Tentakel durch das Gitter, steckten den Schlüssel ins Schloss und drehten ihn um. Eine Sekunde später fiel der Schlüssel klirrend vor Wills Füßen auf den Boden, während der Rollstuhl wendete und quietschend davonfuhr.

Will hob den Schlüssel auf und steckte ihn in die Tasche.

»Und was jetzt?«, fragte Nick.

»Wir suchen Elise und Brooke und besprechen, was wir als Nächstes machen. Am besten nehmen wir den Hinterausgang – für den Fall, dass sie die Türen beobachten ... Was ist los, Ajay?«

Ajay hatte die Augen noch immer auf Nick gerichtet und schaute nachdenklich. »Ich habe einen kurzen Blick auf das Foto geworfen«, sagte er.

»Und, was ist damit?«, fragte Nick.

»Ich glaube, ich weiß, wer Nepsteds Sohn ist.«

Plötzlich begann Wills Pager zu piepen. Er schnappte sich das Telefon auf dem Tresen und ließ sich von der Vermittlung verbinden.

»Hier ist Will«, meldete er sich.

»Wir treffen uns bei Riven Oak«, sagte die Stimme am anderen Ende.

Coach Jericho.

Zuerst konnte Nick es gar nicht glauben, als Ajay ihnen erzählte, was er auf Raymonds Foto gesehen hatte, aber dann beschlossen er und Ajay, sofort Nachforschungen anzustellen. Die drei schlichen sich durch die Hintertür der Scheune ins Freie. Nick und Ajay nahmen den Umweg durch den Wald zurück zum Campus, um nicht entdeckt zu werden, während Will zu der alten Eiche lief.

Coach Jericho wartete bereits in dem gespaltenen Baumstamm und lehnte gegen das Holz, als Will ankam. Wie immer zeigte der Trainer kaum eine Regung und wirkte cool und entspannt.

»Wieso hast du so lange gebraucht?«, fragte er trocken.

»Das waren doch nur drei Minuten«, erwiderte Will.

Coach Jericho bedeutete Will, zu ihm in den hohlen Stamm zu kommen, um nicht gesehen zu werden.

»Was ist los?«, erkundigte sich Will.

»Die Buschtrommeln haben zu schlagen begonnen. Du erregst Aufmerksamkeit.«

»Tatsächlich?« Will versuchte, seine Nervosität zu verbergen. »Wo haben Sie das gehört?«

»Zwischen den Zeilen«, erwiderte Jericho und musterte ihn eindringlich. »Was wolltest du mich fragen?«

Will wollte gerade antworten: »Hey, Sie haben doch mich angerufen«, als er erkannte, dass er am liebsten sechs Fragen auf einmal gestellt hätte. Schließlich entschied er sich für: »Wissen Sie noch, was Sie mir über diese alte Rasse erzählt haben, die vor Ihrem Stamm hier gelebt hat?«

Jericho schaute nun noch ernster, falls das überhaupt möglich war. »Was hast du herausgefunden?«

»Beweise dafür, dass Sie recht haben. Aber ich versuche, mir darüber klar zu werden, was ich deswegen unternehmen soll. Ohne zu viel ›Aufmerksamkeit zu erregen‹.«

»Wie stellst du das an?«, fragte der Trainer und blickte hinauf in den Baum.

»Ich denke nach.«

»Mit welchem Verstand?«

»Ich versteh die Frage nicht.«

»Du besitzt mehr als nur einen Verstand«, erklärte Jericho und zeigte auf Wills Kopf, sein Herz und dann auf seinen Bauch. »Du musst entscheiden, auf welchen du hören willst. Der höhere Verstand ist der, auf den es ankommt. Wenn du auf ihn hörst, wird er zu dir sprechen.«

Wie mit vielem von dem, was Jericho sagte, wusste Will auch mit diesen Worten zuerst nichts anzufangen. Aber er hatte inzwischen gelernt, den Ratschlägen des Trainers etwas Zeit zu geben. Dieser hier brauchte wohl noch eine Weile, um in seinen »höheren Verstand« einzudringen, vermutete Will. Unbewusst hatte er den kleinen Steinfalken aus der Tasche genommen und rieb ihn gedankenverloren wie die Perlen an einem Rosenkranz. Jericho öffnete Wills Hand, schaute auf die Figur, als könne er sie lesen, und sah dann Will an.

»Genau«, sagte er dann. »Der Falke.«

»Wie bitte?«

»Das ist definitiv dein Krafttier«, meinte Jericho. »Und du hast den Wi-indi-ko gesehen.«

»Hab ich das?«

Jericho zögerte. »Es sei denn, ich irre mich.«

»Nein«, sagte Will und erinnerte sich an die schemenhafte Gestalt, die ihm in den Tunneln gefolgt war. »Ich denke, Sie haben recht.«

»Du und Lyle, ihr seid noch nicht miteinander fertig«, konstatierte Jericho leise.

»Was will er von mir?«

»Das wird er dir irgendwann persönlich mitteilen. Aber wenn es hart auf hart kommt, wirst du mehr Hilfe an deiner Seite haben, als du ahnst.«

Und dann war Jericho plötzlich verschwunden, wie eine Rauchwolke, die sich in Luft auflöst. Will war sich nicht sicher, ob er ihn jemals zuvor hatte laufen sehen. Und er war sich auch nicht sicher, ob er ihn dieses Mal hatte laufen sehen.

Nach einem Moment sprintete Will durch den Wald zurück zum Campus und hielt sich von den Hauptwegen fern. Etwa auf halber Strecke piepte sein Pager erneut und im nächsten Augenblick hörte er Elises Stimme in seinem Kopf.

Wir müssen reden. Vergiss den Pager, falls du das hier hören kannst. Wir treffen uns im Atelier.

Will zog das Tempo an, und nachdem er die Außenbereiche des Campus umrundet hatte, steuerte er Adams Hall an.

Im oberen Geschoss von Adams Hall befand sich eine Reihe geräumiger Mansarden mit deckenhohen Fenstern und Oberlichtern für optimale Helligkeit, die als Ateliers für die Kunststudenten dienten. Elise wartete vor dem Raum auf ihn, den sie sich mit Brooke teilte, zog ihn hinein und schloss die Tür hinter ihm.

Will wollte sie gerade umarmen, als er sah, dass Brooke hinter ihr wartete. Ihre Anwesenheit überraschte ihn, aber er hoffte, dass er nicht enttäuscht wirkte. Denn das war er nicht – im Gegenteil, er freute sich, beide Mädchen zu sehen und ihnen mitzuteilen, was sie in Erfahrung gebracht hatten. Also umarmte er zuerst Elise und dann Brooke, achtete aber darauf, dass er keine bevorzugte. Erleichtert stellte er fest, dass es ihnen nichts auszumachen schien. Dann brachte er sie rasch auf den neuesten Stand, was Nepsteds Geschichte betraf, und berichtete von dessen Gespräch mit Hobbes, das offenbar all das bestätigte, was Raymond ihnen erzählt hatte. Die Mädchen schienen Nepsteds Situation zu bedauern, den Rest der Informationen jedoch gelassen aufzunehmen.

»Demnach haben die Ritter schon zuvor versucht, Schüler genetisch zu manipulieren«, folgerte Brooke.

»Ja«, bestätigte Will. »Nepsted und Hobbes waren die ersten Paladine.«

»Paladin 1.0«, meinte Elise.

»Jedenfalls die Einzigen, die überlebt haben«, fügte Will hinzu.

»Also hat man das Programm als Paladin-Prophezeiung neu aufgelegt«, sagte Elise und trommelte nachdenklich mit den Fingern auf ihrem Arm. »Etliche Jahrzehnte später.«

»Sobald Forschung und Technik es möglich machten«, bekräftigte Will. »Und da wir Teil des Programms zu sein scheinen, können wir nur hoffen, dass es mit weniger offensichtlichen Gefahren verbunden ist.«

Will streckte die Hand aus und klopfte auf Holz. Die Mädchen folgten seinem Beispiel.

»Warum haben sie dieses Programm wieder aufgenommen, Will?«, fragte Brooke. »Weiß Nepsted den Grund? Hat er es euch gesagt?«

»Nein. Ich persönlich glaube, die Prophezeiung ist Teil des Pakts, den sie mit dem Anderen Team geschlossen haben. Vielleicht geht es darum, Soldaten zu erschaffen, die im kommenden Krieg auf ihrer Seite kämpfen.«

»Nur das wissen wir nicht mit Sicherheit, oder?«, hakte Brooke nach.

»Das müssen wir als Nächstes herausfinden – warum die Ritter sich da eingeklinkt haben«, sagte Will.

»Zumindest wissen wir jetzt, woher die Idee für das stammte, was sie mit uns gemacht haben«, meinte Brooke.

»Und ›uns‹ bedeutet jeder von uns – von Courtney und ihrer Klasse angefangen bis zu Lyle und weiß Gott wem sonst noch«, fügte Elise hinzu.

»Richtig«, bestätigte Will. »Wenn ich raten sollte, würde ich sagen: Sie wollen, dass wir mitspielen wie die anderen und uns auf ihre Seite schlagen.«

Brooke wurde blass und setzte sich hin; sie sah aus, als müsse sie sich übergeben.

»Wir präsentieren Ihnen den neuen und verbesserten Paladin 2.0«, flötete Elise wie in einem Werbespot. »Noch in der Testphase, aber bislang keine entstellenden Nebenwirkungen.«

»Sagtest du, Courtney war unsichtbar?«, erkundigte sich Brooke.

»Nicht ganz«, schränkte Will ein. »Wir haben gesehen, wie sich etwas durch die Luft bewegte, bevor sie auftauchte. Ajay meint, sie könnte vielleicht die Fähigkeit besitzen, das Licht um sie herum zu krümmen.«

»Courtney ist total verkorkst«, meinte Elise. »Ihr Bruder mag ein stumpfes Instrument sein, aber Courtney ist ein hochkarätiger Soziopath.«

»Bevor du hierhergekommen bist, haben Elise und ich gerade darüber gesprochen, was mit mir los ist«, erklärte Brooke. »Diese Dinge, von denen ich nicht wusste, dass ich dazu in der Lage bin ... als wir unten in den Tunneln waren.«

»Und zu welchem Ergebnis seid ihr gekommen?«, fragte Will.

»Brooke verfügt über sogenannte ›medizinische Intuition‹«, erläuterte Elise. »Das heißt, sie kann den körperlichen Zustand von Menschen mit erstaunlicher Genauigkeit erfühlen, eine Art Diagnostik durch Handauflegen.«

»Und du kannst mit deinen Händen heilen«, wandte Will sich an Brooke. »Das passt doch zusammen. Hast du es gespürt?«

Brooke nickte und blickte auf ihre Hände. »Ich weiß nicht, wie ich es gemacht habe. Es ging alles so schnell. Ich konnte spüren, was nicht stimmte – sowohl bei dir als auch bei Elise. Ich konnte in euren Körpern die geschwächte Stelle erkennen, und sobald ich sie genau lokalisiert hatte, habe ich heilende Energie dorthin gelenkt. Keine Ahnung, wie das funktioniert ... und ich habe nicht einmal den Eindruck, dass ich es bewusst steuern kann.«

»Das alles ist neu für dich«, erklärte Elise. »Uns ging es am Anfang genauso. Wir mussten auch erst lernen und trainieren, unsere Fähigkeiten zu beherrschen.«

»Da ist aber noch etwas anderes«, sagte Will. »Es ist mir aufgefallen, als wir versucht haben, den Schlüssel aus diesem Zylinder herauszuholen. Deswegen hab ich dich auch um Hilfe gebeten. Und wenn man darüber nachdenkt, passt es zu deinen anderen Fähigkeiten, weil es auch mit Berührung zusammenhängt.«

»Was meinst du?«

»Wenn du diese ... nennen wir es ›heilende Energie‹ einsetzt, scheinst du in der Lage zu sein, die Kräfte eines anderen Menschen zu verstärken.«

»Und das ist super«, fand Elise und klatschte mit Brooke ab.

»Sie hat recht«, bestätigte Will. »Das ist vielleicht die effektivste Art, deine Fähigkeit einzusetzen. Du musst einfach damit experimentieren und es herausfinden.«

»Das schaffst du schon«, ermutigte Elise sie und tätschelte ihre Schulter. »Nur Mut.«

Brooke schien überwältigt. Sie stand auf, ging zum Fenster und schaute hinunter auf den Campus. Will warf Elise einen Blick zu.

Wird sie damit klarkommen?, fragte er.

Sind wir direkt damit klargekommen?

Kein bisschen.

Genau: Wir sind ausgeflippt, als würden unsere Haare in Flammen stehen. Lass ihr Zeit.

»Zumindest muss ich mich nicht mehr ausgeschlossen fühlen«, sagte Brooke schließlich mit einem schiefen Lächeln.

»Stimmt, meine Freundin«, pflichtete Elise ihr bei. »Willkommen im Club der Sonderlinge.«

Wenigstens bringt sie das wieder zusammen, dachte Will. Und das ist ein Riesenvorteil – solange sie nicht über mich reden.

»Sollen wir es ihm zeigen?«, meinte Brooke schließlich und schaute Elise fragend an.

»Ja. West, komm mal hier rüber – wir haben ein paar Infos für dich.«

Elise führte Will durch den Raum, vorbei an einer großen Leinwand auf dem Boden. Darauf war ein großer Kreis mit verschlungenen Linien und zarten Schattierungen in wirbelnden symmetrischen Mustern abgebildet. Als Will genauer hinsah, erkannte er, dass der Kreis aus feinem Sand in Dutzenden verschiedenen Farben bestand.

»Was ist das?«, fragte er.

»Ein Mandala. Sandmalerei«, erläuterte Elise. »Damit experimentiere ich gerade ein bisschen. Ist mir vor ein paar Nächten im Traum erschienen.«

»Wirklich?«, fragte Will fasziniert. »Das sieht echt toll aus.«

»Schön, dass es dir gefällt, aber das wollten wir dir nicht zeigen«, erwiderte sie.

Auf einer Staffelei vor einer kleinen Couch standen die Notebooks der beiden Mädchen; sie waren bereits auf die Größe kleiner Fernsehschirme gebracht worden.

»Stell dein Notebook daneben«, bat Elise. »Dann kannst du das, was wir herausgefunden haben, auf deine Festplatte kopieren, während wir es dir zeigen.«

Will kam ihrer Aufforderung nach, woraufhin sein Notebook mit den anderen beiden verschmolz – was den zusammengesetzten Bildschirm zusätzlich vergrößerte. Die Syn-Apps der drei erschienen und warteten auf Anweisungen.

»Zeig Will, was wir über Henry Wallace in Erfahrung gebracht haben«, wies Elise ihre kleine Doppelgängerin an.

Diese gab Brookes Syn-App ein Zeichen, die daraufhin einen altmodischen Filmprojektor einschaltete und damit eine Videodatei aktivierte. Junior setzte sich, während die virtuellen Versionen von Brooke und Elise abwechselnd alte Schwarz-Weiß-Fotos und Wochenschauaufnahmen kommentierten, die auf dem großen Monitor erschienen.

»Henry Wallace wurde 1888 auf einer Farm in Iowa geboren und wuchs dort auch auf. Er machte seinen Abschluss an der Iowa State University, wo er Botanik und Agrarwissenschaften studierte und sich mit einem Kommilitonen namens George Washington Carver anfreundete. Aber er schloss dort noch eine weitere wichtige Freundschaft, mit einem Studenten, der sein Interesse an Pädagogik teilte: Thomas Greenwood.«

Frühe Aufnahmen von Thomas Greenwood erschienen auf dem Monitor und zeigten, wie er als junger Mann Wallace die Hand schüttelte, im Hintergrund das Center, das sich noch im Bau befand.

»Wallace war Greenwoods persönlicher Berater, als dieser das Center gründete, und blieb es noch viele Jahre danach. In dieser Zeit entwickelte Wallace nicht nur neue, robuste Getreidesorten, sondern auch wissenschaftliche Methoden zur Steigerung landwirtschaftlicher Erträge, die ihn zu einem wohlhabenden und berühmten Geschäftsmann machten.«

Jetzt sah man Henry Wallace in Washington bei einem Treffen mit Präsident Roosevelt und anderen Offiziellen und danach beide Männer bei Roosevelts erster Amtseinführung.

»Franklin Roosevelt ernannte Wallace 1933 zum elften Landwirtschaftsminister der Vereinigten Staaten. Roosevelt mochte ihn und vertraute ihm so sehr, dass er ihn sieben Jahre später zum dreiunddreißigsten Vizepräsidenten des Landes machte.«

Es folgten Bilder von Wallace' Vereidigung bei Roosevelts dritter Amtseinführung.

»Was ist das hier, eine Lektion in Geschichte?«, fragte Will ungeduldig.

»Warte, jetzt kommt es«, versprach Elise.

Auf dem Monitor tauchten Aufnahmen von schneebedeckten Gipfeln auf. Seltsam, dachte Will, das sieht fast so aus wie der Himalaja. Dann folgte ein Bild von Wallace, der an einer Bergsteiger-Expedition teilnahm.

»Der kontroverse Aspekt von Wallace' Geschichte betrifft seine ungewöhnlichen spirituellen Neigungen. In den 1920er-Jahren wurde er Mitglied der Theosophischen Gesellschaft, einer frühen New-Age-Bewegung. Ihre Anhänger glauben, die gesamte Menschheitsgeschichte, einschließlich der Evolution, werde im

Verborgenen von einer Gruppe hoch entwickelter übernatürlicher Wesen gelenkt. Diese Wesen lebten angeblich in entlegenen Gebieten des Himalajas, in einem mystischen Tal mit Namen Shambhala, wo sie als die ›Hierarchie der Meister‹ bekannt sind ...«

»Stopp!« Will schoss förmlich vom Sofa hoch. »Wo habt ihr das gefunden?«

»In der Library of Congress«, antwortete Elises Syn-App, während das Video bei den Bildern von der Expedition anhielt.

»Was ist los?«, fragte Brooke.

Will schaute sich ein wenig paranoid um. »Das ist nicht das erste Mal, dass wir davon hören.«

»Wovon?«, hakte Elise nach.

»Shambhala wurde schon einmal erwähnt, und zwar als Shangri-La in Ronnies geheimer Botschaft, erinnert ihr euch? Und diese Hierarchie ...« Will hielt inne. War es wirklich möglich ...? »Habt ihr noch mehr Infos darüber?«, fragte er.

Die beiden Syn-Apps schauten einander an. »Nein. Aber eine der Quellen legt die Vermutung nahe, dass Roosevelt Wallace' spirituellen Interessen nicht ablehnend gegenüberstand ... und manche davon sogar bis zu einem gewissen Grad teilte. Ansonsten haben wir keine weiteren Hinweise gefunden. Der Rest des Materials handelt von Wallace' politischem Niedergang.«

»Zeigt es mir«, bat Will.

Weitere Bilder erschienen, alle aus Wochenschauen, und Elises kleine Doppelgängerin kommentierte: »Wallace absolvierte nur eine Amtszeit als Vizepräsident. Er wurde 1944 von Mitgliedern beider Parteien zum Rücktritt gezwungen, die behaupteten, er sei für den Posten nicht geeignet. Sein Nachfolger war ein kaum bekannter Senator aus Missouri namens Harry Truman. Truman war erst wenige Monate im Amt, als Roosevelt 1945 starb und er sein Nachfolger wurde.«

»Also lagen nur wenige Monate zwischen Wallace und einer möglichen Präsidentschaft«, folgerte Will.

»Richtig«, bestätigte Elise; Wills Interesse beunruhigte sie. »Könnte das etwas mit den Rittern oder der Paladin-Verschwörung zu tun haben?«

»Vielleicht. Was habt ihr noch über Wallace im Himalaja? Wann war er dort?«

»Anfang 1944«, teilte Elises Syn-App mit. »Er leitete eine große Expedition durch die Region, die über zwei Monate dauerte.«

Jetzt sah man Wallace, wie er eine ansehnliche Gruppe durch die schneebedeckten Gipfel führte. Der Bericht endete mit einer Sequenz des Vizepräsidenten, der von tibetischen Mönchen in einem Lamakloster hoch oben in den Bergen begrüßt wurde.

»Haltet da mal an«, bat Will.

Das Bild von Wallace und den Mönchen erstarrte auf dem Bildschirm. Während Will es genauer betrachtete, schwirrten ihm so viele Gedanken durch den Kopf, dass sie ihn zu überwältigen drohten. »Zu dieser Zeit war Wallace noch im Amt?«

»Ja«, bestätigte Brookes Doppelgängerin. »Er hielt sich offenbar im Rahmen einer diplomatischen Mission dort auf, die vom Präsidenten genehmigt wurde. Irgendetwas mit Landwirtschaft.«

»Wozu diese Mission auch gedient haben mag, sie scheint maßgeblich dazu beigetragen zu haben, dass die Opposition Wallace noch vor der nächsten Wahl zum Rücktritt zwang«, warf Elises Syn-App ein.

»Was hat das alles zu bedeuten, Will?«, fragte Brooke.

»Zuerst müssen wir uns fragen, was 1944 in Amerika los war«, erwiderte Will.

»Das Ende des Zweiten Weltkriegs stand kurz bevor«, meinte Brooke. »Bis dahin dauerte es kein ganzes Jahr mehr.«

»Das Manhattan-Projekt«, bot Elise mit leuchtenden Augen an.

»Daran hab ich auch gedacht«, sagte Will.

»Ein Geheimprogramm zur schnellen Entwicklung von Atomwaffen«, erläuterte Elise. »Es dauerte damals nur noch ein paar Monate, bis sie getestet werden konnten.«

»Wovon Wallace gewusst haben muss«, fügte Will hinzu.

Brooke nickte. »Nachdem wir Atomwaffen im Krieg eingesetzt hatten und das Wettrüsten begann, gab Wallace offiziell zu Protokoll, diese Waffen seien die größte Bedrohung für den Planeten in der Geschichte der Menschheit.«

»Und ein paar Wochen vor dem Test der ersten Bombe ...«, überlegte Will laut, während er auf und ab lief, »... schickt Roosevelt seinen Vizepräsidenten zum Dach der Welt, auf eine vorgetäuschte diplomatische Mission.«

»Aber warum?«, fragte Brooke.

Will wollte noch nicht darüber reden – selbst in seinen eigenen Ohren klang das alles zu verrückt –, aber angesichts dieser neuesten Erkenntnisse kam die einzige Erklärung, die er dafür hatte, seinen eigenen Geheimnissen gefährlich nah.

Landwirtschaft mag der offizielle Grund gewesen sein. Aber wenn Henry Wallace als eine Art Mittelsmann für die Hierarchie gearbeitet hat, war er dann möglicherweise auch ein Initiierter, genau wie ich? Vielleicht hing seine Reise in den Himalaja ja irgendwie mit dem Krieg zwischen der Hierarchie und dem Anderen Team zusammen.

»Er machte sich Sorgen ... und das aus gutem Grund«, meinte Will. »Er fürchtete, diese Waffe könne in die Hände der falschen Leute geraten.«

»Vielleicht glaubte er ja, das sei bereits geschehen«, mutmaßte Elise, als habe sie Wills Gedanken gelesen.

»Du meinst Leute in der Regierung?«, hakte Brooke nach.

»Leute bei den Rittern«, erwiderte Will und warf Elise einen

Blick zu. »Sie hatten die Regierung bereits infiltriert. Wenn wir tiefer graben, werden wir mit Sicherheit herausfinden, dass die Kräfte, die Wallace' Karriere ruinierten, auf Befehl der Ritter Karls des Großen gehandelt haben.«

»Wieso?«, fragte Brooke.

»Im darauffolgenden Jahr hätte nicht viel gefehlt – nämlich nur wenige Wochen – und er wäre der vierunddreißigste Präsident der Vereinigten Staaten geworden«, überlegte Elise und setzte sich.

»Und ein paar Monate später wirft Amerika zwei Atombomben über Japan ab«, ergänzte Will. »Waffen mit der größten Zerstörungskraft seit Menschengedenken.«

»Jetzt kennen wir den zeitlichen Ablauf«, sagte Brooke, »aber was hat das alles zu bedeuten, Will?«

Er zögerte. Irgendwann musste er seinen Freunden von Dave, der Hierarchie und seiner Verbindung zu ihnen erzählen, also konnte er genauso gut auch jetzt damit anfangen und sie allmählich ins Bild setzen.

»Nach dem zu urteilen, was er hier gemacht hat, wissen wir bereits, dass Henry Wallace die Ritter Karls des Großen ablehnte«, erläuterte Will. »Als er half, Franklin Greenwood zu retten und Abelsons Experimente zu stoppen, stellte er sich damit an die vorderste Front einer ewigen Schlacht gegen das Andere Team. Dieselbe Schlacht, in der die Stadt zerstört wurde, die wir tief unter der Erde entdeckt haben. Dieselbe Schlacht, die wir jetzt schlagen.«

Elise und Brooke schauten einander mit wachsender Sorge an.

»Wenn das stimmt«, spekulierte Brooke, »an wessen Seite hat Wallace dann gekämpft?«

Will holte tief Luft. »Vielleicht lehne ich mich zu weit aus dem Fenster, wenn ich sage, es könnte ... diese Gruppe gewesen sein, die sich ›die Hierarchie‹ nennt.«

»Diese superweit entwickelten, quasimystischen Wesen, die im Himalaja rumhängen?«, fragte Elise skeptisch.

Will deutete auf das Bild von Wallace und den Mönchen in dem tibetischen Kloster. »Na ja, es scheint doch wohl offensichtlich, dass er dorthin fuhr, um jemanden zu treffen, oder etwa nicht? Und mal ehrlich: Landwirtschaft in Tibet? Das kann doch nur ein Vorwand gewesen sein. Ich meine, diese Typen mit den Gewändern sehen nicht gerade wie Lobbyisten der örtlichen Getreidebörse aus.«

»Was hat er dann da gemacht?«, fragte Brooke.

»Es mag sich verrückt anhören, aber überlegt mal«, setzte Will an. »Wenn es wirklich solche ›Wesen‹ gibt und man will ihnen dabei helfen, den Planeten zu retten, ist es dann nicht logisch, wenn man sie warnt, dass eine solche Waffe entwickelt wurde? Eine Waffe, die das Andere Team übrigens willkommen heißen würde, weil sie die Selbstzerstörung der Menschheit beschleunigt und es ihnen deutlich erleichtert, zurückzukommen und wieder die Kontrolle zu übernehmen.«

»TEOTWAWKI«, kommentierte Brooke.

»Also mussten sie verhindern, dass Wallace echte Macht bekam, die er dazu nutzen konnte, sie zu vernichten«, fügte Elise hinzu.

»Und deshalb ruinierten sie seine politische Karriere«, schloss Will.

Ein weiterer erschreckender Gedanke schoss ihm durch den Kopf: Was wäre, wenn die Verbindung zwischen Wallace und Thomas Greenwood sogar noch stärker war, als wir wissen? Vielleicht war mein Urgroßvater, Thomas Greenwood, ebenfalls ein Initiierter.

Im nächsten Moment sprang Junior, Wills Syn-App, auf und winkte ihm aufgeregt zu, als habe er ebenfalls einen beunruhigenden Gedanken gehabt. »Will, jemand versucht, dich zu erreichen.«

»Was meinst du? Hast du eine SMS oder eine E-Mail bekommen?«

»Nein, nichts dergleichen«, erwiderte Junior und lief nervös auf und ab. »Es ist irgendwie anders. Jemand versucht, direkt mit dir Verbindung aufzunehmen.«

»Woher weißt du das?«

»Ich kann es fühlen«, antwortete Junior beunruhigt. »Du nicht?«

Will hielt inne, schloss die Augen und versuchte, Juniors Beschreibung nachzuspüren ... sich ein ähnliches Gefühl vorzustellen wie das, das er unten in den Tunneln empfunden hatte, als er Daves Stimme zu hören glaubte. Aber es gelang ihm nicht.

»Nein.«

»Es ist wichtig.« Junior legte die Hände an die Schläfen, als habe er Kopfschmerzen. »Du musst dich stärker anstrengen.«

Will warf Elise einen Blick zu und sie dachte das Gleiche wie er: Lass es uns gemeinsam versuchen.

Er spürte, wie ihr Geist mit seinem Kontakt aufnahm, und dann wirbelten ihre Gedanken umeinander wie elektrische Ladungen. Als die Ströme miteinander verschmolzen, trafen sich ihre Blicke und Will wusste, dass sie ihre Kraft seiner hinzufügte und es ihm überließ, sie zu steuern. Er nahm Elises Hand und sofort wurde das Kraftfeld stärker. Will schob es nach außen, über die physikalischen Grenzen ihrer Umgebung hinaus, und versuchte denjenigen zu finden, der mit ihm Kontakt aufnehmen wollte.

Dann schloss er die Augen und nahm schließlich ein Geräusch wahr, eine Stimme, die aus großer Entfernung nach ihm rief. Aber sie war so schwach und gedämpft, dass er kein Wort verstand. Kurz darauf spürte er, wie sich weitere Hände auf seine und Elises legten, und schlug die Augen auf: Brooke hatte sich ihnen angeschlossen, und zwar mit einer solchen Konzentration, dass die Energie, die sie durchströmte, fast die Decke des Raums sprengte.

Die Luft um sie herum war so aufgeladen, dass sie zu flirren und vibrieren begann. Die Realität der Mansarde schien zu schwinden; Gegenstände verformten sich, Wände schwankten und wackelten. Plötzlich schoss ein Lichtstrahl durch den Raum und durchbohrte das Mandala auf der Leinwand.

Von irgendeiner Kraft in diesem Licht angezogen, stieg der Sand auf der Leinwand langsam auf, richtete sich auf eine vertikale Achse aus und wirbelte herum. Das Mandala erwachte zum Leben – sein Rand blieb intakt, aber die Form darin veränderte sich wie ein mehrdimensionales Kaleidoskop. Und schließlich bildete sich aus den wirbelnden Mustern eine erkennbare Gestalt heraus.

Sie entpuppte sich als dreidimensionales, fast drei Meter hohes und ebenso breites Gesicht aus Sand, das unheimlich lebensecht wirkte. Will wusste, wer es war, noch bevor sich die blauen Augen öffneten, die narbigen Lippen bewegten und die Stimme zu ihm sprach.

»Kannst du mich jetzt hören, Kumpel?«, fragte Daves Stimme.

»Ich höre dich klar und deutlich«, antwortete Will.

»Wird auch Zeit«, meinte Dave. »Ich hab's wirklich etliche Male versucht ... und das hat mich nicht gerade wenig Blut, Schweiß und Tränen gekostet, das kann ich dir sagen.«

Als Will sich umschaute, stellte er fest, dass Elise und Brooke ebenfalls die Augen geöffnet hatten. Und nach ihrem sprachlosen Erstaunen zu urteilen, konnten auch sie Dave hören.

»Ich habe dich schon vorher gehört«, sagte Will. »Als wir unten in den Tunneln waren.«

»Das war der Moment, als ich allmählich den Bogen rausbekam. Ich konnte mich auf dich einschwingen, aber das Signal war ziemlich sprunghaft.«

»Ja, deine Stimme klang ständig lauter und leiser.«

»Hab dann herausgefunden, dass ich mein Signal durch deinen kleinen Computer-Kumpel verstärken kann – den solltest du dir übrigens mal genauer ansehen. Ich glaube, er hat tatsächlich was von deiner DNA ...«

»Du weißt, wer das ist?«, fragte Elise verblüfft.

»Das ist Dave«, erklärte Will und versuchte, es so einfach wie möglich zu halten. »Er ist ein Freund.«

Daves Bild rotierte und wandte sich Brooke und Elise zu. »Nun zeigt mir doch nicht die kalte Schulter, ihr Süßen. Wollt ihr nicht mal Hallo sagen?«

»Hallo«, sagte Brooke prompt, die Augen weit aufgerissen vor Schreck.

»Wie geht's, Dave?«, fragte Elise, der es etwas besser gelang, ihre Angst zu verbergen.

»Hab schon schlimmere Zeiten erlebt«, meinte Dave. »Aber definitiv auch schon bessere.«

»Verstehe«, murmelte Elise.

»Hört mal, mir wäre nichts lieber, als mit euch netten Ladys ein Schwätzchen zu halten, aber die Zeit drängt, der Kessel ist kurz vor dem Überkochen und in dieser ganzen Zone wird es gleich heiß wie in einem Affenarsch.«

»O-kay«, sagte Brooke.

»Was hat er gesagt?«, wandte sich Elise an Brooke, die jedoch nur die Achseln zuckte.

»Wo bist du?«, wollte Will von Dave wissen.

»Was glaubst du denn, wo ich bin, Kumpel? Du hast doch mit eigenen Augen gesehen, wie ich in diesen Höllenschlund gerissen wurde, oder nicht?«

»Du meinst in der Höhle? Als der Wendigo dich gepackt hat?«

»Endlich bist du auf dem richtigen Kurs! Seitdem steck ich hier fest.«

»Oh mein Gott, du meinst, du warst die ganze Zeit im Niegewesen?«, fragte Will ungläubig.

»Zeit hat hier keine Bedeutung, mein Freund. Nichts geht mehr, wie man so schön sagt. Habe bis jetzt gebraucht, nur um meinen Kompass auszurichten und eine Möglichkeit zur Kontaktaufnahme zu finden. Nicht gerade der einfachste Job, wenn dir ein Wendigo am Auspuff hängt.«

»Woher kennst du diesen Typ?«, fragte Brooke.

»Aus einem Flugzeug.«

»Bestand er da auch schon aus Sand?«, flüsterte Elise.

»Nein, normalerweise ist er aus Fleisch und Blut ... glaube ich jedenfalls«, erwiderte Will und wandte sich dann erneut an Dave. »Dann ist der Wendigo also bei dir?«

»Schlechte Karten für den Alten. Hab ihn endlich abgehängt ... und auch Legionen anderer übler Tierchen, die sie hier drin bunkern ... Übrigens, wie viel Zeit ist auf eurer Seite inzwischen vergangen?«

»Fast acht Monate«, teilte Will ihm mit.

»Sapperlot, das ist schlimmer, als ich dachte. Bis jetzt haben sie mich nicht gekriegt, aber seit meiner Landung hier sind sie mir dicht auf den Fersen. Wir hatten vorher noch nie einen von unserer Einheit hier drin, also ist das Ganze nicht total vergebens – ich hab Dinge gesehen, da würden dir die Haare zu Berge stehen. Aber wenn ich diesen Bericht nicht hurtig bei den Jungs in der oberen Etage abliefere, sind wir allesamt erledigt.«

»Soll das heißen, du kannst von dadrin nicht mit der Hierarchie Kontakt aufnehmen?«

»Keine Chance, Kumpel. Alle Frequenzen blockiert. Ich bin nur wegen der besonderen Verbindung zwischen Wanderer und Schützling zu dir durchgekommen.«

»Hast du eine Ahnung, wovon er da redet?«, fragte Elise.

»Äh, ja.«

»Ich weiß nicht, was schlimmer ist«, meinte Brooke.

»Hier die Kurzfassung, Kumpel. Du wirst sehen, wie dringend es ist: Auf dieser Seite sammeln sie sich zum Angriff – und zwar massiv. Wenn ich mich nicht irre, stehen sie kurz vor der Invasion, über die wir gesprochen haben.«

»Wirklich? Warum ist dann die Hierarchie nicht zur Stelle?«, wunderte sich Will.

»Also erst mal können sie nicht hier reinsehen und außerdem vermute ich, dass bei denen die Luft brennt. Das Andere Team sendet auf dem ganzen Planeten Einzelkämpfer und Scouts aus – Finten und Ablenkungen, um unsere Jungs beschäftigt zu halten und zu verhindern, dass die Hierarchie das große Ganze erkennt. Ich weiß nicht, wie viel Zeit wir noch haben. Bis zum D-Day dauert es vermutlich nicht mehr lange. Der Punkt, an dem es kein Zurück mehr gibt, nähert sich mit Riesenschritten.«

»Sagt er das, wovon ich denke, dass er es sagt?«, fragte Elise.

»Das Andere Team kann jeden Augenblick aus dem Niegewesen ausbrechen und die Kontrolle über den Planeten an sich reißen«, erklärte Will. »Wieder einmal.«

»Okay, aber warum sollten wir irgendetwas von alldem glauben?«, fragte Brooke trotzig. »Woher sollen wir wissen, dass es sich nicht um irgendeine Computersimulation handelt?«

»Was denn? Reicht es etwa nicht, dass euer Busenfreund für mich bürgt?«, empörte sich Dave.

»Er ist nicht mein Busenfreund«, versicherten beide Mädchen hastig.

Will wusste nicht, was er davon halten sollte.

Dave richtete seine Augen auf Elise. »Du bist diejenige, die all diesen Sand so kunstvoll auf die Leinwand gestreut hat, stimmt's, mein Küken? Exakt so, wie du es in deinem Traum gesehen hast.«

»Ja«, bestätigte Elise überrascht.

»Ich hab dir dieses Bild geschickt«, teilte Dave ihr mit. »Durch deine Verbindung zu meinem jungen Freund hier. Und ich glaube, du weißt, was ich damit meine.«

»Ach so«, murmelte Elise mit einem Blick auf Will, bevor sie sich rasch an Brooke wandte. »Okay, er ist echt.«

»Gute Arbeit, Will. Diese beiden sind echt 'ne Wucht«, meinte Dave, zwinkerte ihnen zu und ließ damit Sand vor ihren Füßen zu Boden rieseln.

»Was können wir tun?«, unterbrach Will ihn rasch.

»Erster Job: Du musst mich hier rausholen, und zwar postwendend, damit ich schleunigst das Hauptquartier verständigen kann«, sagte Dave.

»Kann ich das nicht übernehmen?«, fragte Will.

»Nein, Mister. Als Stoppelhopser der Ebene zwei kannst du das eindeutig nicht«, stellte Dave klar.

»Ach, dann bin ich jetzt also auf Ebene zwei?«

»Beförderung im Feld. Für hervorragende Leistungen. Hatte bisher keine Gelegenheit, es dir zu sagen.«

Will war mächtig stolz, musste das Gefühl aber schnell unterdrücken. »Also wie kriegen wir dich da raus?«, hakte er nach.

»Es gibt nur eine Möglichkeit: Ihr müsst herkommen und mich holen«, verkündete Dave.

»Wie sollen wir das anstellen?«, fragte Brooke.

»Zuerst einmal braucht ihr diesen kosmischen Dosenöffner, den euer Kumpel Lyle in der Höhle benutzt hat.«

»Der Schnitzer«, folgerte Will. »Wir sprachen gerade darüber, dass wir ihn suchen müssen.«

»Ja, gebt Gas, Leute«, forderte Dave. »Dann kratzt ihr an Muckis zusammen, was ihr auftreiben könnt, und kommt her. Ihr werdet es brauchen. Das hier drin ist wirklich kein Kindergeburtstag.«

»Ich weiß nicht recht, Dave«, zögerte Will. »Ehrlich gesagt, hört sich das nicht so an, als wären wir dazu in der Lage.«

»Mag sein, aber haben wir eine andere Wahl? Ich glaube, du schaffst das, mein Junge. Und du wirst unerwartete Hilfe bekommen, darauf kannst du dich verlassen.«

»Du meinst, so was wie diesen Silberfalken, den du mir geschickt hast?«, fragte Will mit gesenkter Stimme.

»Falke? Welcher Falke?«

»Der in der Höhle, als die Bäume hinter mir her waren.«

»Klingt faszinierend, aber das war ich nicht, Kumpel. Sie haben mir so zugesetzt, dass ich nicht mal eine mickrige Mücke herbeizitieren und dir senden könnte ...«

»Aber wenn du ihn nicht geschickt hast, wer war es dann?«, wunderte sich Will.

»Keine Ahnung ... warte mal.« Daves Gesicht wandte sich nach oben, als lausche er auf etwas in der Ferne. »Verfluchte Tat: Sie haben unser Signal aufgefangen. Ich muss weg. Kopf hoch, Will. Und Vorsicht: Ein Teil von dem, was sie auf mich abwerfen, könnte zu dir durchdringen ...«

Im nächsten Moment erfüllte ein blendender Lichtblitz den Raum und der Sand, der eben noch Daves Gesicht gebildet hatte, zerfiel und rieselte zu Boden.

Will wandte sich den beiden Mädchen zu. Sie schauten genauso perplex wie erwartet, aber Elise starrte hinauf zum Oberlicht und zeigte eine Sekunde später auf etwas.

»Was ist das?«, fragte sie.

Etwas Kleines, Dunkles bewegte sich – oder fiel – mit rasender Geschwindigkeit aus dem Himmel auf das Fenster zu.

DIE HÖHLEN

»Aus dem Weg!«, schrie Will.

Sie stolperten zur Tür, aber das Objekt krachte nicht durch das Glas, wie Will erwartet hatte, sondern bremste kurz davor ab. Es sah aus wie eine Regenwolke von der Größe eines Autos und schwebte direkt über dem Fenster.

Dann zerbrach die Wolke in tausend Fragmente, die wie überdimensionale Regentropfen auf das Oberlicht prasselten. Aber statt zu zerplatzen und als Wasser abzulaufen, blieben sie dort haften, wo sie gelandet waren, und Will konnte spüren, dass jeder einzelne von ihnen Heimtücke ausstrahlte. Dann breiteten sich die Tropfen aus und bedeckten schließlich das gesamte Fenster, sodass kein Sonnenlicht mehr hindurchfiel.

»Das ist kein Regen«, stellte Brooke fest.

Plötzlich wurden die Tropfen dunkler, ein zischendes Geräusch erfüllte den Raum, Rauch stieg von dem Deckenfenster auf und Will erkannte, dass sie sich durch das Glas fraßen.

Er hörte Elise fragen: *Was sollen wir tun?*

Mach sie fertig.

Elise atmete tief ein und stieß dann einen konzentrierten Klangstrahl aus. Das Oberlicht flog in die Luft und mit ihm die zähe Flüssigkeit.

Die drei traten einen Schritt vor und blickten hinauf durch das Loch in den Himmel.

»Das gibt Ärger mit der Verwaltung«, meinte Brooke.

Als die Scherben der zertrümmerten Scheibe in den Raum krachten, wichen sie rasch einen Schritt zurück. Auch einige Tropfen der seltsamen Flüssigkeit landeten auf dem Boden und zuckten wie elektrisiert.

Elise hob den Fuß, um einen von ihnen zu zertreten.

»Nicht!«, schrie Will und zerrte sie fort. »Du darfst sie auf keinen Fall berühren!«

Innerhalb weniger Augenblicke schlängelten die einzelnen Tropfen aufeinander zu und vereinigten sich zu etwas, das viel größer und beunruhigender war als eine Regenwolke. Das hohe, dunkle und bedrohliche Gebilde hatte eher etwas Urtümliches als etwas Menschliches.

Bevor Will und Elise reagieren konnten, ging Brooke direkt auf die Kreatur zu – deren Tropfen noch nicht vollständig miteinander verschmolzen waren – und legte furchtlos beide Hände darauf. Eiserne Konzentration im Blick, stützte sie sich auf den entstehenden Körper und schon nach wenigen Sekunden verlor das Wesen seine organisierende Energie, welkte dahin, fiel auseinander und ergoss sich auf den Boden, wo es sich so harmlos und träge verteilte wie Leitungswasser.

Will und Elise starrten einander verblüfft an, als Brooke sich zu ihnen umdrehte, wesentlich ruhiger und gelassener, als sie es für möglich gehalten hätten.

»Ich musste daran denken, was du vorhin gesagt hast«, erklärte Brooke und schaute auf ihre Hände. »Und ich dachte, wenn ich meine Intention ändere, könnte ich ... den Fluss umkehren und diesem Ding seine Energie *nehmen* – anstatt ihm meine zu spenden.«

»Gut zu wissen«, meinte Elise und nickte.

»Sehr gut sogar«, bestätigte Will, noch immer völlig verblüfft.

Irgendwo im Haus schrillte ein Alarm los.

»Der Verwaltung wird das wirklich nicht gefallen«, sagte Elise.

»Wir sollten besser den Schnitzer suchen«, meinte Brooke. »Bevor der Sicherheitsdienst der Schule oder meine Bodyguards auftauchen.«

»Hört sich nach einem guten Plan an«, fand Will.

»Und wenn sie uns deswegen grillen wollen?«, fragte Elise und zeigte hinauf zur Decke.

»Wir waren gar nicht hier«, entgegnete Will, der schon die Türklinke in der Hand hielt. »Wir suchen Nick und Ajay und treffen uns in einer Stunde.«

»Was ist übrigens ein ›Stoppelhopser der Ebene zwei‹?«, fragte Elise.

»Das erkläre ich euch später.«

Ajay und Nick antworteten sofort, als Will sie anpiepte. Sie verabredeten, sich bei der gespaltenen Eiche hinter der Scheune zu treffen und einzeln zu kommen, wobei sich jeder unbedingt vergewissern sollte, dass ihm niemand folgte. Um kurz nach drei traf Brooke als Letzte ein und gemeinsam machten sie sich auf den Weg zu den Höhlen. Brooke erklärte, sie sei aufgehalten worden und habe ihre drei Bodyguards auf das aussichtslose Unterfangen ansetzen müssen, den Angriff auf das Atelier aufzuklären, bevor sie sich davonstehlen konnte.

Nick führte die anderen über wenig benutzte Wege tief in den Wald hinein und bis zum Lake Waukoma begegneten sie keiner Menschenseele. Der Wind hatte am Nachmittag aufgefrischt und der See war mit Segelbooten übersät, sodass Nick sie vom Ufer fernhielt und durch eine letzte Gruppe von Bäumen und dann den Waldrand entlang hinauf zu dem Plateau führte, das an der Felswand endete. Unterwegs brachte Will Nick und Ajay auf den neuesten Stand und gab ihnen die gleichen Infos über Dave, die auch die Mädchen bekommen hatten.

»Okaaaay«, bestätigte Nick.

»Warum überrascht mich das nicht?«, meinte Ajay.

Der exponierteste Teil des Aufstiegs begann, als sie den Wald verließen und über den Pfad hinauf zum Kamm gingen. Nachdem Ajay sich umgesehen und festgestellt hatte, dass niemand ihnen folgte, aktivierte Will sein Raster, um die Gegend abzusuchen, und kam zu demselben Ergebnis.

Die Sonne wurde durch eine dünne Schicht von Schleierwolken gefiltert, die wie eine warme, feuchte Decke über ihnen hingen, während sie das Felsplateau bis zum Fuß des Steilhangs überquerten. Will übernahm die Führung – er erinnerte sich noch lebhaft an jedes Detail des Aufstiegs vom vergangenen Herbst – und Nick bildete die Nachhut.

Schweißgebadet und auf jeden Griff und Tritt konzentriert, sah Will sich immer wieder um, ob bei den anderen alles in Ordnung war. Sie kletterten schweigend und sogar Ajay, der schwer zu kämpfen hatte, beschwerte sich nicht mit einem einzigen Wort. Oben auf dem Kamm angekommen, legten sie eine kurze Pause ein, tranken etwas Wasser und schauten hinab auf das weite Tal und den See.

Dann blickten sie hinauf zu den Öffnungen in der steilen Felswand und Will verteilte Karten der drei Höhlen, die er zuvor aus dem Gedächtnis gezeichnet hatte. Er erinnerte sich an den Kampf mit Lyle und dem Wendigo – allein der Gedanke daran jagte ihm einen eisigen Schauer über den Rücken – und zeigte auf die mittlere Höhle, da er annahm, dass Lyle den Schnitzer dort hatte fallen lassen, als der Wendigo ihn angriff.

Will wischte sich den Schweiß von der Stirn. Der Wind schien hier oben stärker zu wehen, linderte aber nicht die wahnsinnige Hitze, die von der Felswand wie von einem Spiegel reflektiert wurde. Für den Fall, dass der Schnitzer nicht mehr dort war, wo Will ihn vermutete, schickte er Nick in die kleinere Höhle auf der linken Seite, Brooke und Elise in die auf der rechten Seite. Er selbst wollte die Höhle in der Mitte durchsuchen – gemeinsam mit Ajay, dessen außerordentliches Sehvermögen ihm hier am meisten nutzen würde.

»Alle drei Höhlen laufen weiter im Inneren zusammen«, erklärte er. »Ruft, wenn ihr irgendwas seht.«

Sie schalteten Taschenlampen und Funkgeräte ein und traten auf die Höhleneingänge zu. Will umklammerte den Steinfalken in seiner Hand und ging dann als Erster hinein. Das letzte Mal war er im Winter hier gewesen; damals hatte sich die Höhle tot und kalt angefühlt, fast keimfrei. Jetzt war es im Höhleninneren feucht und heiß und die Luft roch nach Lehm und Moder. Nach den weitläufigen, hohen Gebäuden von Cahokia konnte man hier fast Platzangst bekommen. Will überließ Ajay die Führung, dessen prüfende Augen im schummrigen Licht leuchteten, während sie den Boden absuchten.

Nach ein paar Minuten schaltete Will seine Taschenlampe aus und aktivierte sein Raster, um in der Dunkelheit nach Leben oder Energie zu forschen. Er fragte sich, ob der Schnitzer vielleicht ein lesbares Signal aussandte. Schwach erkannte er die Wärmefelder von Nick und den Mädchen durch die Felswand, aber unmittelbar vor ihm war nichts auszumachen. Blinzelnd deaktivierte er das Raster, knipste seine Taschenlampe wieder an und suchte die Spalten und Nischen mit bloßem Auge ab, während sie langsam weiter vordrangen.

»Irgendwas gefunden?«, fragte Will über sein Funkgerät.

Den anderen war nichts aufgefallen.

Nach etwa 30 Metern traf die Höhle auf die beiden anderen und wurde breiter. Nick kam als Erster an die Kreuzung, kurz darauf auch Brooke und Elise. Will blieb stehen; bis hierher war er beim letzten Mal vorgedrungen. Ein einzelner, größerer Gang tat sich vor ihnen auf, der nach wenigen Metern eine Biegung nach rechts machte.

»Soweit ich mich erinnere, hat Lyle ungefähr hier gestanden, als er den Schnitzer wegwarf.«

Alle richteten ihre Lampen nach vorn, gingen langsam nebeneinander weiter und untersuchten den Boden Zentimeter für Zentimeter.

»Was war das?«, fragte Ajay und blieb plötzlich stehen. »Ich höre etwas.«

Die anderen hielten inne und lauschten. Allmählich zeichnete sich das Geräusch von Tropfen ab, die in eine Pfütze fielen.

»Wasser«, stellte Elise fest.

»Da ist noch was anderes«, flüsterte Ajay.

»Hast du jetzt etwa auch noch ein Überschallgehör?«, wunderte sich Nick.

»Wenn ich eine Pistole hätte, würde ich dich jetzt erschießen«, knurrte Ajay und bat mit einer Handbewegung um Ruhe. »Hört ihr das denn nicht?«

Will schloss die Augen und konzentrierte sich. Er hörte tatsächlich noch etwas anderes – ein leises und kaum wahrnehmbares gleichmäßiges Geräusch.

»Hört sich an wie Atmen«, flüsterte er.

»Ja, genau«, bestätigte Ajay. »Vermutlich wird es durch die Akustik hier drin verstärkt, was es nicht gerade leichter macht, die Quelle zu finden.«

»Ihr spinnt«, meinte Nick. »Ich hör nichts ...«

In der nächsten Sekunde schoss eine Gestalt vor ihnen aus der Dunkelheit, genau an der Stelle, auf die sie ihre Taschenlampen gerichtet hatten – so schnell, dass zwei von ihnen sie vor Schreck fallen ließen. Sie erwischten nur einen kurzen Blick auf etwas, das bis zur Decke reichte: lang, sehnig und gespenstisch blass, mit Augen, die funkelten wie dunkle Leuchtsignale. Dieses Etwas schaute in Wills Richtung, sah ihm einen Moment in die Augen, hob einen stark behaarten Arm, um das Licht abzuschirmen, und stieß dann einen gedämpften Schrei aus, bevor es genauso schnell, wie es gekommen war, wieder in der Dunkelheit verschwand.

»Keiner bewegt sich!«, befahl Will.

»Das lässt sich leider nicht vermeiden, Will«, flüsterte Ajay, der auf die Knie gesunken war. »Zumindest vertikal, denn ich glaub, ich hab einen Herzinfarkt.«

»Das ist kein Herzinfarkt«, beruhigte Brooke ihn und legte ihm eine Hand auf den Rücken. »Das ist Adrenalin.«

»Um genau zu sein, ist es eine Kampf-oder-Flucht-Reaktion«, ergänzte Ajay und rang nach Luft. »Und ich neige gerade stark zur Flucht.«

Instinktiv rückten alle zusammen und unterdrückten den Impuls, in Richtung Höhlenausgang zu rennen.

»Was zum Teufel *war* das?«, fragte Nick. »Der Yeti?«

»Nein, nur noch so ein bescheuerter Clown aus dem Niegewesen«, entgegnete Elise und hob ihre Taschenlampe wieder auf.

»Möglich wär's«, meinte Will, als sein Herzschlag sich im hohen aeroben Bereich einpendelte. »Aber ich bezweifle es.«

»Gut, dass ich nicht geschrien habe«, fand Elise. »Ich hätte ihm den Kopf weggepustet.«

»Warum glaubst du nicht, dass es ein Ding aus dem Niegewesen war, Will?«, hakte Brooke nach.

»Weil es eher aussah wie ein Wendigo«, antwortete Will.

»Toll, dann kann ich ja jetzt ›Einen Wendigo in seiner natürlichen Habilitation sehen‹ von meiner Wunschliste streichen«, sagte Nick.

»In seinem Habitat«, korrigierte Ajay ihn genervt.

»Aber ich dachte, Wendigos *kommen* aus dem Niegewesen«, warf Elise ein.

»Das tun sie auch, aber der gerade eben sah viel menschlicher aus als der, den ich im Winter gesehen habe«, erklärte Will und war im Geiste schon bei einer Schlussfolgerung, die er am liebsten gar nicht erst in Betracht gezogen hätte. »Und ich glaube, genau dieses Wesen ist uns auch unten in Cahokia gefolgt ...«

»Davon erzählst du uns erst jetzt?«, warf Elise ein.

»Ich bin noch nicht fertig ...«, erwiderte Will und erinnerte sich an den Ausdruck in den Augen der Kreatur. »Ich glaube, es könnte sich um Lyle handeln.«

»Echt jetzt?«, fragte Nick.

»Vermutlich hast du recht, Will«, pflichtete Brooke ihm bei und schaute ihm in die Augen. »Irgendwie sah er so aus wie neulich, als er aus dem Krankenhaus geflohen ist.«

»Nur, dass er jetzt eben ... wendigohafter ist«, fügte Will hinzu.

»Ja, *das kann man wohl sagen«,* schnaubte Brooke.

»Der Typ ist mindestens 2 Meter groß«, bemerkte Nick. »Lyle war gerade mal 1,85. Wie ist das möglich, Professor X?«

»Jericho meinte, wenn man von einem Wendigo gebissen wird und nicht daran stirbt, kann man sich selbst in einen verwandeln«, erläuterte Will.

»Jetzt bereue ich es, dass ich nicht geschrien habe«, meinte Elise.

»Okay, wenn das wirklich Lyle Crocodile war, was hat er dann in einer Höhle verloren?«, fragte Nick.

»Ich vermute, er wohnt hier«, sagte Ajay. »Seht es mal vom Standpunkt eines Höhlenmenschen aus. Eine Höhle bietet Schutz, Privatsphäre, fließendes Wasser ...«

»Reichlich Krabbeltiere zum Knabbern«, ergänzte Nick.

»Und eine geräumige Terrasse, um seine Bräune zu pflegen«, fügte Elise hinzu.

»Sah allerdings nicht so aus, als würde er sich da oft aufhalten«, fand Nick.

»Diese Höhlen könnten mit Tunneln verbunden sein, die nach

Cahokia führen«, überlegte Will. »Vermutlich ist er so nach unten gelangt. Und vielleicht ist er uns gar nicht gefolgt, sondern hat nur seine Runde gemacht.«

»Glaubst du, er hat uns erkannt, Will?«, fragte Brooke.

»Schwer zu sagen. Wir wissen auch nicht, welche Erinnerungen er überhaupt noch daran hat, wer er einmal war. Außerdem haben wir ihm ins Gesicht geleuchtet und er ist an die Dunkelheit gewöhnt.«

»Vielleicht hat er unsere Stimmen erkannt«, mutmaßte Brooke.

»Ja, vielleicht.« Will nickte.

»Wisst ihr, was echt schlimm wäre?«, fragte Nick und lachte kurz auf. »Wenn er jetzt gleichzeitig ein menschenfressender Wendigo *und* derselbe üble Fiesling wie früher wäre.«

»Okay, wir sehen uns dann in der Wohnung«, verkündete Ajay und wandte sich zum Gehen.

Will hob die Hand und sagte: »Warte. Wir wissen nicht, wie all diese Tunnel untereinander verbunden sind, aber er weiß es genau. Er könnte zurückkommen und auf dem Weg zum Ausgang über uns herfallen. Wir müssen zusammenbleiben.«

»Überzeugendes Argument«, fand Ajay und drehte sofort wieder um.

»Wir sollten jetzt weitergehen«, sagte Will. »Wir müssen diesen Schnitzer suchen.«

»Müssten wir ihn nicht inzwischen gefunden haben?«, warf Ajay ein.

»Was wäre, wenn Lyle ihn entdeckt und mitgenommen hat ... in seine ... wie nennt man das? Wo er haust?«, fragte Nick.

»Absteige«, bot Elise an.

»Was ist, wenn wir ihm noch mal begegnen?«, fragte Brooke ängstlich.

»Er schien mindestens so viel Angst vor uns zu haben wie wir vor ihm«, gab Will zu bedenken. »Und wenn er zurückkommt, dann werden wir ja wohl mit ihm fertig, meint ihr nicht?«

»Auf jeden Fall«, bestätigte Elise tapfer.

»Ich bin dabei«, beteuerte Nick und ballte die Fäuste. »Wenn Yeti-Boy jetzt Ärger macht, kann ich ihn zu einem Fettfleck zerquetschen, ohne mir Sorgen zu machen, was die Schule dazu sagt.«

Alle schauten zu Ajay, um zu sehen, ob er Einwände hatte. »Geh voran, Will«, sagte Ajay, der sich offenbar wieder erholt hatte.

»Haltet euch bereit«, forderte Will die anderen auf.

Die Taschenlampen vorausgerichtet, bogen sie vorsichtig um die nächste Krümmung, doch nach wenigen Metern führte eine weitere Biegung sie erneut nach links. Der modrige Geruch verwandelte sich langsam in einen üblen Gestank, dem sie bis zu einer kleinen Nische auf der linken Seite folgten.

»Wahrscheinlich nähern wir uns seinem Lager«, vermutete Will.

»Wir sind *definitiv* in der Nähe seiner Toilette«, sagte Nick.

»Ich höre kein Atmen mehr«, bemerkte Ajay. »Vielleicht haben wir ihn ja wirklich verscheucht.«

Vorsichtig bogen sie um die nächste Ecke in eine lange, schmale Felskammer mit hoher Decke, die etwa die Grundfläche eines Wohnwagens besaß. Am anderen Ende führte ein weiterer schmaler Durchgang wieder hinaus. Offenbar hatte jemand hier primitive Anstrengungen unternommen, den Raum wohnlicher zu gestalten: In einer Ecke waren Kiefernzweige zu einem langen Bett aufgeschichtet und ein großer flacher Stein auf zwei Felsblöcken diente als Tischplatte. In einer anderen Ecke lief Wasser in einem dünnen Rinnsal an der Felswand hinab in ein Becken von der Größe einer Schüssel und neben einer Feuerstelle waren die Knochen kleiner Tiere aufgetürmt, die hier vermutlich verspeist worden waren.

»Dann haben wir jetzt auch seine Küche gefunden«, stellte Nick fest.

»Alle Annehmlichkeiten des eigenen Heims«, kommentierte Elise.

»Zumindest sieht es nicht danach aus, als habe er Menschen gefressen«, sagte Will, während er den Knochenhaufen mit dem Fuß durchsuchte.

»Vielleicht stehen sie nur noch nicht auf der Speisekarte«, meinte Elise.

»Ich hasse Lyle«, gestand Nick. »Aber selbst mich macht es fertig, wenn ich sehe, wie er hier haust.«

»Schaut mal da drüben«, sagte Ajay.

Er leuchtete in eine Ecke auf einen Haufen, der aussah wie Müll. Will nahm einen Stock und stocherte darin herum, während die anderen ihre Taschenlampen darauf richteten – Konservendosen, Stoffstreifen, Lederstücke, Schnüre und die zerfetzten Überreste von Büchern.

»Ist es zu fassen«, sagte Nick und hob den schmutzigen Einband eines Lehrbuchs auf. »Halb Mensch, halb Affe ... aber er macht noch immer seine Hausaufgaben.«

Der Lichtstrahl fiel auf etwas in dem Haufen, das im hellen Widerschein aufblitzte. Will schob den Unrat um das Ding herum fort und hob es auf. Ein kleines vergittertes Gehäuse, das in einen eleganten Silbergriff auslief – wie bei einer Pistole. Auf der Rückseite befanden sich drei kleine Knöpfe mit seltsamen Schriftzeichen darauf. Das rußverschmierte Metall war aus einem Guss gefertigt und fühlte sich glatt und unnatürlich kalt an.

»Das ist der Schnitzer«, sagte Will und zeigte ihn den anderen. »Also muss Lyle ihn gefunden haben, als er hierher zurückkehrte.«

»Erstaunlich, dass er sich damit nicht ins Gesicht geschossen hat«, fand Nick.

»Bist du dir absolut sicher, Will?«, fragte Brooke. »Du bist der Einzige, der das Ding gesehen hat.«

»Ja, ich bin mir sicher«, bestätigte Will und drehte den Schnitzer in der Hand.

Plötzlich nahm Will etwas aus dem Augenwinkel wahr ... einen seltsamen Vorgang im Raum hinter ihm. Als er sich umdrehte, sah er, dass Elise zu dem Durchgang zurückgezerrt wurde, durch den sie hereingekommen waren. Sie trat und schlug wild um sich, gab aber keinen Laut von sich und ihr Gesicht war verzerrt, als hätte sich etwas Unsichtbares über ihren Mund gelegt. Als auch Nick sich umdrehte, wurde er von einem gefiederten Pfeil in die Schulter getroffen, direkt unterhalb des Nackens.

»Was zum Teufel ...?!«, rief er und tastete danach.

Als er den Pfeil zu fassen bekam und herauszog, machte er noch zwei Schritte auf Elise zu, geriet dann ins Taumeln, stolperte, fiel auf die Knie und brach zusammen. Seine Augen waren offen, aber er war entweder bewusstlos oder gelähmt.

»Lauf!«, rief Will Brooke zu, die neben ihm stand.

Brooke zögerte keine Sekunde und verschwand durch den kleinen Durchgang an der hinteren Seite des Raums. Damit ihr niemand folgen konnte, trat Will einen Schritt zur Seite und versperrte den Ausgang, während er sich innerlich zum Angriff rüstete. Als er sich umdrehte, sah er, wie Ajay einen Mann anstarrte, der an der zappelnden Elise vorbeiging.

Wie hypnotisiert ließ Ajay seine Taschenlampe fallen. Die Augen des Mannes waren auf ihn geheftet und glühten wie brennende Kohlen.

Hobbes. Imposant und lautlos und ganz in Schwarz.

Etwas, das er mit seinen Augen macht, hatte Raymond über ihn gesagt. An Ajays gekrümmter, erstarrter Haltung konnte Will erkennen, dass es sich um eine extreme Form von Gedankenkontrolle handeln musste. Hobbes hatte Ajay im Griff wie ein Schraubstock.

Hinter Hobbes erschlaffte Elise und dann gab sich die Person, die sie gepackt hielt, langsam zu erkennen.

Will erkannte Courtney Hodak, höhnisch grinsend und vollkommen nackt.

»Deine Freunde können dir nicht helfen, Will«, meinte Hobbes ruhig. »Du kannst versuchen zu kämpfen– ich würde auch nichts anderes von dir erwarten. Aber wenn du dich mir in irgendeiner Form widersetzt, wirst du deine Freunde sterben sehen. Also überleg dir genau, was du tust.«

Jetzt traten die anderen beiden Ritter, die sie zusammen mit Hobbes in der Umkleide gesehen hatten – Halsted und Davis –, in die Felsenkammer. Halsted, der Blonde, richtete eine Waffe auf Will, die mit einem weiteren Betäubungspfeil geladen war. Er blieb knapp außerhalb von Wills Reichweite stehen und behielt ihn im Visier. Davis, der größere der beiden, kniete sich auf den Boden und hob den Arm über Nicks reglos daliegenden Körper. Er ballte die Faust und ließ die Muskeln spielen, bis sie wie ein tödlicher metallener Amboss schimmerten, der über Nicks Kopf schwebte.

Währenddessen hob Hobbes nur mithilfe seiner unheimlichen funkelnden Augen Ajays schlaffen Körper hoch und ließ ihn einen Meter über dem Boden schweben.

»Und jetzt ganz langsam, junger Mann. Leg den Schnitzer auf den Boden und schieb ihn mit dem Fuß zu mir herüber.«

Will stand vollkommen reglos da und kontrollierte seine Atmung, damit er klar denken konnte. Im Geiste ging er systematisch seine Optionen durch.

Nr. 43: DAS MUTIGSTE VORGEHEN IST
NICHT IMMER DAS KLÜGSTE.

Langsam legte er den Schnitzer auf den Boden und schob ihn

zu Hobbes, der in die Knie ging, um ihn aufzuheben, und ihn dann so lässig in die Tasche steckte, als handelte es sich um einen Schlüsselbund.

»Du hast mir eine Menge Ärger bereitet, Will«, sagte Hobbes, ohne jedoch verärgert zu klingen. »Aber dass du uns hierhergeführt hast, macht es fast wieder wett.«

Zumindest ist Brooke entkommen, dachte Will. *Und sie wissen nicht, wozu sie jetzt fähig ist. Das könnte übel ausgehen für Mr Hobbes.*

»Wenn ihr meinen Freunden ein Haar krümmt, werde ich euch umbringen ... ganz gleich, was ihr mit mir macht«, stellte Will klar.

Hobbes betrachtete ihn nicht nur mit echtem Interesse, sondern auch mit mehr als nur etwas Sympathie – zumindest hatte Will diesen Eindruck.

»Und diesen Wunsch würde dir niemand verübeln ... schon gar nicht ich, wie du hoffentlich irgendwann einsehen wirst, Will«, erwiderte Hobbes.

Dann nickte er Halsted zu, der daraufhin einen Pfeil in Wills linken Oberschenkel schoss.

Will zog ihn heraus, sank auf die Knie, als das Betäubungsmittel zu wirken begann, und warf ihn zurück zu Halsted. Ihm wurde schwindlig und Lyles erbärmliche Kammer verschwamm zunehmend vor seinen Augen, bis sie schließlich ganz verschwand.

VERRAT

Will erwachte ruckartig aus seiner Ohnmacht, als würde ihm jemand eine Binde von den Augen reißen. Rasch kam er auf die Füße, schaute sich um und spürte, wie sein Kopf wieder klar wurde, während die letzten Nachwirkungen der Droge langsam abebbten.

Ein runder Raum, Boden und Decke aus Holz, keine Fenster. Weiß getünchte Steinmauern. Ein einfacher Futon auf dem Boden, auf dem er gelegen hatte, sauber, keine Laken. Ansonsten war das Zimmer leer. Nein, nicht ganz: Neben dem Futon stand eine Flasche Wasser, eine bekannte Marke und ungeöffnet, sodass man den Inhalt erst einmal für unbedenklich halten konnte. Und vermutlich traf das ja auch zu, aber Will rührte die Flasche trotzdem nicht an.

An einer Wand hing ein kleiner Spiegel. Er hob den Rahmen an, aber dahinter war nichts, nur Stein. Dann ging er zu der einzigen Tür im Raum. Auch sie bestand aus Holz, besaß aber innen keinen Griff. Er tastete den Rahmen ab, drückte einmal mit der Schulter dagegen und schloss dann die Augen, um sie mithilfe seines Rasters zu analysieren. Dick, massiv, abgeschlossen und von der anderen Seite fest verriegelt.

Keine Chance, hier durchzukommen, ohne Hobbes und die anderen zu alarmieren.

Seine Uhr war verschwunden. In seinen Hosentaschen fand er nur noch die schwarzen Würfel und den kleinen Steinfalken vor. Es ließ sich nicht sagen, wie lange er ohne Bewusstsein gewesen und ob es Tag oder Nacht war – oder womöglich noch derselbe Tag.

Will schloss die Augen und versuchte, Elise zu erreichen. Nichts. Heiße Wut kochte in ihm hoch und mobilisierte seine Kräfte, drängte ihn, diese Tür aus den Angeln zu reißen und alles und jeden zu vernichten, der sich ihm in den Weg stellte.

Er umklammerte den Falken und spürte, wie dieser glühend heiß wurde. Dann schloss Will die Augen und zentrierte seine Atmung. Wartete darauf, dass ein Gefühl der Ruhe zurückkehrte.

Nr. 47: UNGEZÜGELTE WUT BRINGT DICH NOCH SCHNELLER UM ALS DUMMHEIT.

Beginne mit der Frage: *Wo bin ich?*

Will erinnerte sich an den Rat, den Jericho ihm gegeben hatte: *»Du besitzt mehr als nur einen Verstand. Du musst entscheiden, auf welchen du hören willst. Der höhere Verstand ist der, auf den es ankommt. Wenn du auf ihn hörst, wird er zu dir sprechen.«*

Bevor er einen neuen Gedanken fassen konnte, überkam ihn ein unerwarteter Friede, sein Zorn legte sich und er hörte eine Stimme in seinem Kopf, die klar und vernünftig antwortete.

Wir sind in der Burg.

Diese Stimme stammte weder von Dave noch von Elise. Sie fühlte sich eher an wie ein Teil von ihm selbst. Vielleicht der »höhere Verstand«, den Jericho erwähnt hatte?

Was bedeutet das?, fragte er.

Es bedeutet, dass sie uns nicht töten wollen. Es gibt einen Grund dafür, dass sie uns am Leben gelassen haben.

Was wollen sie dann?

Warte ab. Sie werden es dir bald sagen. Deshalb bist du hier.

Diese Worte beruhigten ihn sofort: Jericho hatte recht – dieser Stimme konnte er mehr vertrauen als allen anderen.

Sein Blick fiel auf den Spiegel und er trat näher heran und schaute hinein. Einen Moment schloss er die Augen, suchte in seinem Inneren nach dem Ursprung der Stimme. Als er die Lider wieder öffnete, entdeckte er die Quelle vor sich im Spiegel: Ein ziemlich genaues, aber nicht hundertprozentig identisches Spiegelbild blickte ihm entgegen – er selbst, allerdings ein klein wenig verändert. Älter und ruhiger, offensichtlich auch weiser.

Warum tauchst du gerade jetzt auf?, fragte er.

Weil du jetzt bereit bist zuzuhören. All deine Freunde sind ebenfalls noch am Leben.

Woher weißt du das?

Diese Leute wollen etwas von dir. Sie benutzen deine Freunde als Druckmittel, damit du es ihnen gibst. Und das können sie nicht, wenn deine Freunde tot oder verletzt sind.

Das ergibt Sinn.

Aber etwas anderes stimmt nicht. Denk darüber nach. Stell dir selbst die richtige Frage.

Woher wusste Hobbes, dass wir in der Höhle waren?

Ganz genau. Ihr seid vorsichtig gewesen, es ist euch niemand gefolgt, aber die andere Seite wusste trotzdem darüber Bescheid. Wieso?

Jemand hat es ihnen erzählt.

Wer?

Einer meiner Freunde.

Ich fürchte ja.

Vor Schmerz schloss Will die Augen.

Denk nach, Will. Ist das schon einmal passiert? Hat die andere Seite jemals von unseren Plänen gewusst, bevor wir sie umgesetzt haben?

Ja, erst vor Kurzem. Hobbes hat nach uns gesucht, als wir das Krankenhaus entdeckt haben.

Richtig, aber wir waren ziemlich lange da unten. Warum ist er erst aufgetaucht, als wir das Krankenhaus gefunden hatten?

Keine Ahnung.

Und dann kam Hobbes in die Umkleide, stimmt's?

Ja, nachdem wir mit Nepsted gesprochen hatten.

Richtig. Warum hat er gewartet, bis wir fertig waren?

Auch das weiß ich nicht.

Das ist schon einmal passiert. Letztes Jahr, als wir hier angekommen sind.

Ja. Als Lyle unsere Zimmer durchsucht hat und fast mein Handy entdeckt hätte. Er schien so fest davon überzeugt, es zu finden ... und war dann geschockt, als es nicht da war.

Richtig.

Und als ich in der Klinik war und gerade in der Röhre lag, hat Lyle mich angegriffen. Damals wusste er, dass ich dort war. Und er wusste ebenfalls Bescheid, als ich zum ersten Mal in die Höhlen eingedrungen bin.

Ja. So war es von Anfang an.

Aber wer ist der Verräter? Im Grunde muss ich doch allen von unseren Plänen erzählt haben.

Das lässt sich noch nicht genau feststellen.

Wie können wir es herausfinden?

Wir müssen warten.

Worauf?

Bis einer von ihnen zu uns kommt und versucht, uns davon zu überzeugen, dass wir kooperieren sollen. Die Person wird an unsere Gefühle und auch an unsere Vernunft appellieren. Sie wird uns glauben machen wollen, dies sei der einzige Weg, unsere Freunde zu retten.

Will schwieg, starrte nur in den Spiegel, während sein Herz wie wild raste.

Wer auch immer als Erster kommt. Das wird die Person sein, die uns verraten hat.

Plötzlich hörte Will Geräusche auf der anderen Seite der Tür. Schlösser wurden geöffnet. Es kam jemand.

Nr. 35: GERADE IN ANSTRENGENDEN ZEITEN DARF MAN NICHT AUFHÖREN, SICH ANZUSTRENGEN.

Das Bild im Spiegel verblasste und dann war nur noch die Reflexion des jüngeren Will zu sehen. Jünger und verwundbarer. Tränen traten ihm in die Augen. Er wischte sie fort und versuchte, sich von den Gefühlen, die sich auf seinem Gesicht abzeichneten, nichts anmerken zu lassen, bevor sein Besucher hereinkam.

Im nächsten Moment flog die Tür auf und Hobbes – Edgar Snow – betrat den Raum. Cool und souverän in seiner schwarzen Windjacke und Kappe. Er erinnerte Will an einen Hai. Will stellte bestürzt fest, dass er beinahe erleichtert war, ihn zu sehen – den Mann, den er wie keinen anderen auf der Welt hasste und fürchtete. Denn sein Auftauchen bedeutete, dass er sich mit dem Verrat, von dem er gerade erfahren hatte, nicht beschäftigen musste.

Noch nicht.

Hobbes blieb dicht bei der Tür stehen. Als er seine Kappe abnahm, wirkte er fast freundlich. »Wie fühlst du dich, Will?«, fragte er.

»Was willst du?«, entgegnete Will kühl.

Hobbes zögerte. »Nur, damit du es weißt: So hatten wir das Ganze eigentlich nicht geplant.«

»Ich werde mich nicht wehren«, versicherte Will bitter. »Wenn das die Sache für dich leichter macht.«

»Du brauchst es für niemanden leichter zu machen, außer für dich selbst.«

»Wieso verrätst du mir nicht, wie ich das anstellen soll, Edgar?

Und wem von meinen Freunden oder Verwandten du andernfalls Schmerzen zufügen wirst?«

Hobbes' Augen schauten kalt, aber er verbarg es hinter einem dünnen, reptilienartigen Lächeln. »Indem du ernsthaft kooperierst. Der Umstand, dass du uns – wenn auch unabsichtlich – gezeigt hast, wo der Schnitzer lag, war schon mal ein Schritt in die richtige Richtung.« Hobbes deutete auf die offene Tür. »Nach dir.«

Will versuchte, einen entspannten und selbstsicheren Eindruck zu machen, als er durch die Tür ging. Blinzelnd aktivierte er sein Raster und empfing das Wärmesignal einer Person, die vollkommen reglos 3 Meter links von ihm stand: Courtney.

Besser, wenn sie nicht erfährt, dass ich sie sehen kann.

Will deaktivierte das Raster, während er an ihr vorbei durch den Korridor ging. Hobbes folgte ihm mit etwas Abstand.

»Die erste Tür auf der rechten Seite, Will«, sagte er.

Langsam bog Will um eine Ecke und trat durch die nächste weit geöffnete Tür in einen großen Raum mit hoher Decke. Durch die schmalen Fenster auf beiden Seiten des Spitzdachs fiel grelles Sonnenlicht, vor dem Will erst mal seine Augen schützen musste. Ziegelsteine, freiliegende Balken, breite Holzdielen – alles in einem glänzenden, fast blendenden Weiß gestrichen. Ein kurzer Blick aus dem Fenster verriet ihm, dass er sich in der Burg befand, in einer Galerie, die die beiden Türme der Anlage miteinander verband.

Der Raum wurde von einem langen Holztisch beherrscht, an dem zwanzig Stühle mit hohen Rückenlehnen standen. Am hinteren Ende des Tisches waren zwei Gedecke ausgelegt, dazu Gläser, eine Auswahl von Getränken auf einem Silbertablett, eine Schale mit Obst und zwei Teller mit Brot und Käse. Etwa auf halber Länge, zwischen Will und den Speisen, lag eine flache, rechteckige Holzschachtel, die ihm irgendwie bekannt vorkam. Aber er konnte sie nicht eindeutig zuordnen. Nicht weit davon entfernt warteten drei Monitore – aus demselben schwarzen Material wie sein Notebook – auf ihren Einsatz.

Hobbes zeigte auf einen der Stühle in der Nähe der Lebensmittel. »Nimm Platz und bedien dich, falls du Hunger hast«, sagte er.

»Nein danke. Ich stehe lieber.«

»Wie du willst«, erwiderte Hobbes und hockte sich auf die Tischkante. Dann griff er sich eine Handvoll Trauben und verzehrte sie der Reihe nach, jede Bewegung gezielt und beherrscht, die beunruhigend blassen Augen fest auf Will geheftet.

Auch ohne Aktivierung seines Rasters spürte Will, dass Courtney den Raum ebenfalls betreten hatte und nun ein paar Schritte hinter ihm stand. Langsam schlenderte er zum Tisch und goss sich ein Glas Orangensaft ein.

»Okay, ich bin ganz Ohr«, sagte er.

Hobbes schenkte ihm erneut ein seltsames Lächeln und zeigte mit dem Finger auf den linken der drei Monitore. Dann spreizte er Daumen und Zeigefinger, bis der Bildschirm auf seine dreifache Größe angewachsen war und sich einschaltete.

Auf dem Monitor erschien die Vogelperspektive eines geschlossenen Raums, der an eine Gefängniszelle erinnerte. Nick lief unruhig auf und ab, während die Kamera jedem seiner Schritte folgte. Am hinteren Ende des Raums erkannte Will Gitterstäbe – Nick wirkte wie ein Leopard in einem Käfig. Das Mauerwerk der Zelle ließ Will zu dem Schluss kommen, dass sich der Raum irgendwo innerhalb der Burg befand, möglicherweise tief unten in ihrem endlosen Kellertrakt.

Hobbes zeigte nun auf den mittleren Monitor und vergrößerte ihn mit derselben Handbewegung. Will erkannte den großen runden Raum in der Turmspitze wieder. Eine Kamera an der Decke blickte auf Ajay hinab, der im Schneidersitz auf dem Boden hockte und ein Dokument aus einer der Archivboxen las.

Nun deutete Hobbes auf den rechten Monitor und vergrößerte ihn ebenfalls. Die Kamera zeigte einen Operationssaal – möglicherweise denselben Raum, auf den sie in dem unterirdischen Krankenhaus gestoßen waren. Zwei Reihen heller Deckenleuchten strahlten auf mehrere Pfleger mit Mundschutz herab, die eine Gestalt auf den Operationstisch legten.

Brooke. Das OP-Team schnallte ihre Handgelenke am Metalltisch fest und bereitete sie offensichtlich für eine Operation vor.

Also hatte Brooke doch nicht fliehen können. Und was war mit Elise? Wo hatte man sie hingesteckt?

Das Ganze war vermutlich nur Show – eindrucksvolle Bühnenkunst, etwas, worauf die Ritter perverserweise stolz waren. Doch die damit verbundene Bedrohung seiner Freunde brachte Wills Blut zum Kochen. Es kostete ihn größte Mühe, sich zu beherrschen und Hobbes nicht mit der vollen Wucht seiner Kraft vom Erdboden zu fegen. Aber irgendetwas musste er einfach tun.

Will wirbelte herum und schwappte den Orangensaft mit Schwung über Courtney, deren Konturen dadurch sichtbar wurden und die zornig knurrte.

»Tut mir leid«, sagte Will mit ausdrucksloser Stimme. »Ich hab dich gar nicht gesehen.«

Hobbes wirkte fast amüsiert. Er nahm eine große Stoffserviette und warf sie Courtney zu. Sie fing sie in der Luft auf und stürmte wütend zur Tür, während sie den Saft von ihrem Körper wischte.

Als sie den Raum verlassen hatte, betraten zwei andere Besucher die Galerie. Den ersten erkannte Will sofort: Davis, Courtneys Kumpan mit der »Eisenfaust«, der Nick in der Höhle bedroht hatte. Bei der zweiten Person musste Will etwas länger hinschauen: Der Mann wirkte viel größer und wuchtiger, als Will ihn in Erinnerung hatte ... wie ein von Steroiden aufgepumpter Wrestler, von dem jedoch immer noch die gleiche launische Explosionsgefahr ausging wie früher. Seine Muskelpakete quollen unter dem ärmellosen Trikot hervor und pulsierten vor überschüssiger Energie. Unterkiefer und Hals waren fast auf cartoonartige Weise verbreitert – beinahe eine Parodie männlich-prägnanter Züge –, doch sein düsterer Charme und seine gesunde Gesichtsfarbe hatten sich nicht verändert.

»Hallo, Todd«, meinte Will und bemühte sich um einen ruhigen Ton.

Todds schiefes Grinsen strahlte noch mehr Bösartigkeit aus als früher. Er erweckte den Eindruck, als wolle er sich am liebsten durch den Tisch fräsen, um auf dem schnellsten Weg zu Will zu gelangen.

»Anfänger«, stieß Todd hervor, dessen Stimme inzwischen eine Oktave tiefer klang.

»Lange nicht gesehen, Kumpel«, erwiderte Will und musterte ihn von Kopf bis Fuß. »Hast du in letzter Zeit trainiert?«

Todd Hodak schnaubte, machte einen Schritt auf Will zu und schlug die geballten Fäuste gegeneinander. Seine Hände sahen aus wie Büchsenfleisch.

»Immer mit der Ruhe, Gentlemen«, warf Hobbes in scharfem Ton ein.

»Seh ich das richtig, dass man dich auf eine Gladiatorenschule geschickt hat?«, fragte Will spöttisch. »Oder bist du gleich in einem Tank gezüchtet worden?«

Todds Gesicht lief vor Wut feuerrot an.

Manche Dinge haben sich also doch nicht verändert.

»Du kommst auch noch dran, du Niete«, knurrte Todd und drohte Will mit dem Finger.

»Mr Hodak wird deinem Freund McLeish einen Besuch abstatten«, verkündete Hobbes sachlich und deutete mit dem Kopf auf Nicks Bildschirm. »Mr Davis wird ihn begleiten. Die beiden werden

McLeish eine Lektion erteilen und nicht eher aufhören, bis wir auf deine uneingeschränkte Zusammenarbeit vertrauen können. Sollte McLeish das Zeitliche segnen, bevor du Vernunft angenommen hast, wird Mr Davis als Nächstes deinen Freund Ajay aufsuchen.«

Davis hielt beide Hände hoch und seine Zeigefinger verwandelten sich in gefährliche, 15 Zentimeter lange Metalldornen.

»Als Erstes kümmert er sich um die Augen deines Freundes«, fuhr Hobbes fort und legte zwei Trauben auf den Tisch.

Sofort rammte Davis seine Metalldornen durch die Trauben bis hinunter in die Holzplatte. Will musste sich zusammenreißen, um keine Regung zu zeigen, doch er hatte das Gefühl, als würde man ihm die Brust zuschnüren.

Hobbes winkte Todd und Davis zur Tür, die seiner Aufforderung umgehend nachkamen. Gleichzeitig schlenderte Hobbes zum dritten Monitor und betrachtete Brooke auf dem OP-Tisch.

»Oder sollten wir vielleicht mit Ms Springer anfangen?«, meinte Hobbes beiläufig, als würde er darüber nachdenken. »Es wäre allerdings ein Jammer, wenn wir ihr diese wundervollen Hände nehmen müssten.«

Nach einem kurzen Fingerschnippen schaltete sich Brookes Bildschirm ab. Will hatte das Gefühl, jeden Moment den Verstand zu verlieren. Mühsam riss er sich zusammen. *Hör zu. Sieh genau hin. Warte. Dies ist nicht der geeignete Zeitpunkt für einen Kampf.*

»Aber natürlich gibt es noch eine weitere Möglichkeit«, verkündete Hobbes. »Was wäre, wenn wir bei allen dreien gleichzeitig loslegen? Würde dich das vielleicht eher überzeugen? Habe ich jetzt deine ungeteilte Aufmerksamkeit?«

Warum hat er Elise bisher nicht erwähnt? Könnte das bedeuten, dass sie entkommen ist?

»Lass meine Freunde in Ruhe und sag mir endlich, was du willst«, erwiderte Will in kaltem, gelangweiltem Ton.

Hobbes dachte darüber nach, während er mit dem Finger einen imaginären Kreis auf die Holzschachtel auf dem Tisch zeichnete. »Das wird einer deiner Freunde für mich übernehmen.«

Erneut schwang die Tür auf. Courtney, die sich inzwischen gewaschen und angezogen hatte, und Halsted führten Brooke in den Raum. Man hatte sie in eine Art Zwangsjacke aus dick gepolstertem Leinenstoff gesteckt und die Ärmel über der Brust gekreuzt, nach hinten geführt und dort festgeschnallt.

Das bedeutete also, dass sich der OP-Saal entweder direkt nebenan befand oder dass man Brookes Bild vorher aufgezeichnet hatte. Einen schrecklichen Moment befürchtete Will, dass Hobbes die Operation bereits hatte durchführen lassen.

Courtney und Halsted stießen Brooke vorwärts und drückten sie vor Will auf die Knie. Brooke schien nicht einmal zu wissen, wo sie sich befand – offensichtlich hatte man sie unter Drogen gesetzt. Allerdings machte sie nicht den Eindruck, als würde sie unerträgliche Schmerzen leiden, die Hobbes angedrohte Foltermaßnahmen sicherlich verursacht hätten.

»Wir lassen euch zwei allein. Ihr habt euch bestimmt viel zu erzählen«, grinste Hobbes und bedeutete den anderen, ihm zu folgen.

Will blieb reglos stehen, bis sich die Tür hinter ihnen geschlossen hatte. Dann kniete er sich auf den Boden, legte Brooke sanft die Hände auf die Schultern und wartete darauf, dass sie den Kopf hob. Ihre blonden, weichen Locken umspielten ihr Gesicht. Sie war kreidebleich, erschöpft und orientierungslos – aber ihre Schönheit ließ Wills Herz einen Schlag aussetzen. Eine ganze Weile schaute Brooke sich verwirrt um, bis ihr Blick an Will haften blieb und sie ihn allmählich wiederzuerkennen schien.

»Will.«

Brooke ließ sich gegen ihn sinken und legte ihren Kopf auf seine Schulter, während Will die Arme um sie schlang. Unwillkürlich registrierte er eine ganze Reihe von Verschlüssen auf dem Rücken der Zwangsjacke.

»Was ist passiert?«, fragte er leise.

Langsam lehnte Brooke sich etwas zurück, damit sie ihn anschauen konnte. »Ich bin durch die Höhle zurückgerannt. Aber ich wusste doch nicht, wo ich war oder wohin ich lief. Ich muss etwa eine Stunde dort unten umhergeirrt sein.«

Ihre Lippen waren aufgesprungen und ihre Stimme klang heiser. Will goss ihr ein Glas Wasser ein und führte es an ihren Mund, damit sie ein paar Schlucke nehmen konnte. Brooke nickte dankbar, als er das Glas wieder abstellte.

»Irgendwann hab ich ein Licht gesehen und bin darauf zugelaufen«, fuhr sie fort. »Als ich aus der Höhle rauskam, haben sie bereits auf mich gewartet.« Die Erinnerung jagte ihr einen Schauer über den Rücken. »Was danach passiert ist, weiß ich nicht.«

»Hast du einen von den anderen gesehen?«

Brooke schüttelte den Kopf. »Als ich wieder aufgewacht bin, lag ich in einem Operationssaal. Hobbes war auch da. Und er hat mir erklärt, was sie uns antun würden.« Ihre Stimme bebte vor Furcht. »Jedem Einzelnen von uns. Dabei klang er vollkommen ruhig ... Er beschrieb ausführlich, wie sie uns foltern würden ... und was er mit meinen Händen anstellt, wenn du nicht auf ihre Forderungen eingehst.«

Will spürte, wie sich ihm der Magen umdrehte. Seine schlimmste Befürchtung legte sich wie eine eisige Hand um sein Herz.

Bitte nicht. Bitte nicht Brooke.

»Hat er dir gesagt, worum es bei diesen Forderungen geht?«, fragte Will so leise, dass er seine eigene Stimme kaum hören konnte.

Brooke schüttelte den Kopf. »Mehr wollte er mir nicht verraten. Er meinte nur, deine Kooperation wäre der einzige Weg, uns alle zu retten.« Sie schaute zu ihm hoch und Will zwang sich, den Blickkontakt mit ihr zu halten. »Will, ich hab solche Angst.«

Bis einer von ihnen zu uns kommt und versucht, uns davon zu überzeugen, dass wir kooperieren sollen. Die Person wird an unsere Gefühle und auch an unsere Vernunft appellieren. Sie wird uns weismachen wollen, dies sei der einzige Weg, unsere Freunde zu retten.

»Ich hasse die Vorstellung, dass du in irgendeiner Form nachgibst«, fuhr Brooke fort. »Aber ich glaube, er könnte recht haben.«

Will verharrte vollkommen reglos. »Meinst du?«

»Ich weiß ja nicht einmal, was sie Nick und Ajay und Elise angetan haben oder wo die drei jetzt sind ... Was hat man mit dir angestellt? Alles in Ordnung mit dir?«

»Man hat mir keinen Schaden zugefügt«, erklärte er.

»Gott sei Dank.«

»Jedenfalls keinen körperlichen.«

Will konnte Brooke ansehen, dass sie diese Aussage überraschte. Ein winziger Riss in ihrer kunstvollen Fassade, doch dann ging sie wieder ganz in ihrer Rolle auf.

»Ich bin so froh«, verkündete sie und lehnte ihre Wange erneut an Wills Schulter. »Ich hab mir solche Sorgen um dich gemacht.«

Was soll ich tun?, schoss es Will durch den Kopf. *Wie soll ich von jetzt an vorgehen? Wie soll ich jemals über diesen Moment hinwegkommen?*

Nr. 32: SELBST DER GERINGSTE VORTEIL KANN DEN ENTSCHEIDENDEN UNTERSCHIED ZWISCHEN LEBEN UND TOD BEDEUTEN. DU SOLLTEST IHN NIEMALS VERSCHENKEN.

»Hobbes und seine Kumpane beobachten uns ... jetzt in diesem

Moment«, flüsterte Will Brooke ins Ohr. »Sie hören jedes Wort, das wir reden.«

»Was sollen wir nur tun, Will?«

»Ich weiß es noch nicht ...«

Nutz den Vorteil. Geh in die Offensive.

»Aber ich habe noch etwas anderes herausgefunden«, setzte Will an, »etwas, das dir nicht gefallen wird.«

»Was denn?«

Er legte Brooke die Hände auf die Schultern, zog sie dicht an sich heran und senkte die Stimme noch weiter. »Ich halte es für möglich, dass einer ... einer von uns ... die ganze Zeit mit ihnen zusammengearbeitet hat. Und zwar seit dem Tag meiner Ankunft.«

Brooke erstarrte für den Bruchteil einer Sekunde und erwiderte dann: »Oh mein Gott, Will.«

»Du verstehst, wie gefährlich das für uns sein könnte?«

»Selbstverständlich.«

»Ich meine, wem können wir noch vertrauen, wenn wir nicht einmal unseren Freunden trauen dürfen?«

»Ich fass es nicht«, sagte Brooke. »Hast du irgendeine Ahnung, wer es sein könnte?«

Sanft hob Will Brookes Kopf von seiner Schulter und blickte ihr tief in die Augen, damit ihm keine ihrer Reaktionen entging. »Ich glaube, es ist wahrscheinlich Elise.«

Brookes Pupillen zogen sich zusammen, unter ihrem linken Auge zuckte ein winziger Muskel – vor Erleichterung – und dann heuchelte sie Bestürzung, auf eine solch perfekte Art und Weise, dass es Will den Atem verschlug: Sie schnappte keuchend nach Luft, ihre Lippen formten sich zu einem stummen O, sie riss die Augen auf und hob die Brauen den Hauch eines Millimeters.

Und dann folgte der Dolchstoß: »Will, ich glaube ... Gott, das ist so furchtbar, aber ich glaube, du könntest recht haben.«

»Meinst du?«

»Ich hatte schon lange einen Verdacht ... das Gefühl, dass irgendetwas mit ihr nicht stimmt ... aber ich konnte es einfach nicht genauer benennen.« Brooke schwieg einen Moment und runzelte die Stirn.

»Wirklich?«

»Wie hat sie uns nur die ganze Zeit so täuschen können? Aber wenn man darüber nachdenkt ... Woher sonst hätten Hobbes und die anderen wissen sollen, dass wir in diese Höhle wollten?«

»Genau«, bestätigte Will und zwang sich, sein Herz abzuschotten.

Vergiss nicht: Die andere Seite weiß alles, was Brooke weiß. Und sie weiß fast alles.

»Ich bin mir sicher, wenn wir sorgfältig darüber nachdenken, werden wir weitere Beweise finden.« Angewidert schüttelte Brooke den Kopf. »Möglicherweise will man dir sogar einreden, Elise würde in Lebensgefahr schweben.«

»Die schrecken vor nichts zurück«, sagte Will.

»Wir dürfen niemandem davon erzählen«, flüsterte Brooke eindringlich.

»Von mir erfährt keiner ein Wort.«

Brooke schaute zu ihm hoch. Das Sonnenlicht, das durch die Dachfenster hereinfiel, spiegelte sich auf ihrer Wange, tanzte in ihrem goldenen, engelsgleichen Haar. Nun erschien Will sogar ihre perfekte Schönheit wie eine Lüge. Eine einzelne Träne stieg ihr in die Augen und rollte sanft über ihr Gesicht.

Jetzt wird sie mir sagen, dass sie mich liebt.

»Ich liebe dich, Will«, flüsterte Brooke. »Ich hätte dir das schon eher gestehen sollen ... aber das habe ich noch nie zu irgendjemandem zuvor gesagt.«

Will nahm ihr Gesicht in beide Hände, schaute ihr tief in die Augen und gestattete sich einen Moment der Wahrheit.

»Du wirst nie erfahren, wie viel du mir bedeutet hast«, raunte er.

Was auch immer Hobbes mir antun wird, es kann kaum schlimmer sein als das hier.

Dann küsste er sie behutsam auf die Stirn. Brooke hob das Gesicht und schloss die Augen in Erwartung eines Kusses auf den Mund.

Doch im nächsten Moment schwang die Tür auf und Hobbes marschierte wieder in den Raum, dicht gefolgt von Courtney und Halsted. Abrupt sprang Will auf, als sei er überrascht, aber im Grunde hatte er bereits mit ihnen gerechnet. Insgeheim war er sogar erleichtert. Nun musste er sie nur noch glauben machen, dass er von Brookes Verrat nicht das Geringste ahnte.

»Lasst sie gefälligst in Ruhe«, stieß Will hervor und stellte sich schützend zwischen Brooke und die anderen.

»Das kann ich arrangieren«, meinte Hobbes.

»Wenn du ihr oder sonst einem meiner Freunde auch nur ein Haar krümmst, ist unsere Vereinbarung geplatzt. Dann spiel ich nicht mehr mit. Und das gilt ab jetzt auch für Raymond. Außerdem will ich wissen, ob mit Elise alles in Ordnung ist.«

»Klingt vernünftig«, sagte Hobbes.

Rasch warf Will einen Blick auf die Bildschirme. Er sah, wie Todd Hodak und Davis mit der Eisenhand sich Nicks Zelle näherten. Nick sprang auf, bereit für den Kampf.

»Dann pfeif deine Gorillas zurück«, forderte Will.

Sofort berührte Hobbes einen Knopfhörer in seinem Ohr und sprach leise in ein Mikrofon, das in seinem Ärmel versteckt war. Todd und Davis blieben prompt stehen, legten eine Hand ans Ohr, um zuzuhören, und verschwanden dann wieder von der Bildoberfläche. Nick wirkte enttäuscht, blickte dann zur Kamera hoch und erkannte, dass er beobachtet wurde. Mit einem gezielten Tritt holte er das Gerät von der Wand, noch bevor Hobbes Zeit hatte, den Monitor abzuschalten.

Courtney und Halsted zerrten Brooke auf die Beine und stießen sie in Richtung Tür. Brooke suchte Augenkontakt zu Will, der ihren Blick einen kurzen Moment erwiderte, aber dazu nutzte, ihren »Pakt« noch einmal zu beschwören, bevor er sich abwandte.

Dann zeigte er auf den dritten Monitor, auf dem Ajay zu sehen war.

»Sobald ich weiß, dass meine Freunde in Sicherheit sind, kannst du mich zu diesem großen Unbekannten bringen, der hier die Entscheidungen trifft. Denn das bist nicht du, Edgar.«

»Was soll ich von dir mitteilen?«

»Dass ich zuhören werde.«

Hobbes richtete sich auf und betrachtete Will nachdenklich. Musterte ihn von Kopf bis Fuß, ohne jeden Groll. Dann sprach er leise in sein Mikrofon und machte eine Handbewegung, worauf sich Ajays Monitor abschaltete.

»Möglicherweise hatten sie recht, was dich betrifft«, sagte Hobbes und stiefelte zur Tür. »Warte hier.«

Geräuschvoll fiel die Tür hinter ihm ins Schloss. Will war allein im Raum. Er ging zum Fenster und schaute hinunter auf die Anlegestelle. Stan Haxleys Wasserflugzeug war wieder vertäut und schaukelte sanft auf den Wellen.

Haxley ist hier.

Will fragte sich, wie lange er wohl brauchen würde, bis er hier erschien. Garantiert hatte er alles aus einem nahe gelegenen Raum verfolgt.

Wie lange lässt man mich wohl warten?

Im nächsten Moment schwang die Tür auf.

FAMILIENANGELEGENHEIT

Mr Elliot schlenderte in den Raum. Allein. In einem eleganten Tweedanzug mit Weste und schmucker Fliege. Ein Lächeln auf dem Gesicht. Beim Eintreten hob er eine Hand zu einem freundlichen Gruß, dann verschränkte er beide Hände hinter dem Rücken, wodurch seine hochgewachsene Gestalt leicht nach vorn gebeugt wirkte, als lehne er sich gegen einen starken Wind.

»Da bist du ja, Will«, sagte er.

Will wusste nicht, was er darauf antworten sollte.

»Übrigens, vielen Dank für deine exzellente Empfehlung, was deinen Freund Ajay betrifft«, fuhr Elliot fort. »Was für ein brillanter junger Mann. Er wird dir beim Sortieren der vielen Archivboxen eine große Hilfe sein.«

Stumm starrte Will ihn an: *Ist er vollkommen verrückt oder senil? Oder ist er hier nur zufällig hereinspaziert?*

Die Tatsache, dass Will nicht reagierte, schien Elliot nicht zu bemerken oder zumindest nicht übel zu nehmen. Sorglos schlenderte er zum Tisch, nahm die alte Holzschachtel und legte sie vor Will auf die polierte Tischplatte.

»Hier drin befindet sich etwas, das meines Erachtens bereits dein Interesse geweckt hat, Will«, meinte Elliot und öffnete die Schachtel. »Komm und sieh es dir an.«

Will trat einen Schritt näher, als der Deckel den Blick auf den Inhalt freigab: das antike Astrolabium. Elliot hob das Messinggerät aus seinem Bett aus zerknitterter Seide und hielt es hoch, damit sie gemeinsam die kunstvolle Arbeit bewundern konnten: ein kompliziertes Gefüge aus Zahnrädern, Scheiben, Hebeln und Zeigern. Will bemerkte das schwache Summen einer Energiequelle, das offenbar aus dem Inneren des Geräts kam. Sämtliche

Bauteile des Astrolabiums schienen in harmonischem Einklang zu vibrieren.

»Nur zu«, forderte Elliot Will auf. »Berühr es ruhig, wenn du willst. Es beißt nicht.«

Das hier ist echt zu absurd.

Doch Will verspürte erneut jene mysteriöse Anziehungskraft, die ihn schon beim Entdecken des Astrolabiums im Keller der Burg magisch angezogen hatte. Vorsichtig legte er einen Finger auf das Gerät – die Messingoberfläche fühlte sich kühl, aber angenehm an. Sehr angenehm sogar. Langsam fuhr er mit der Hand über den glatten, abgenutzten äußeren Ring.

»Nimm es«, bot Elliot an und hielt es ihm entgegen. »Mit beiden Händen. Es wird sich dir sehr schnell erschließen.«

Will nahm das Astrolabium in beide Hände und spürte, wie das erdrückende Gewicht seiner Sorgen und Ängste schlagartig nachließ. *Wie ist das möglich?* Dieses Exemplar antiker Technologie – geheimnisvoll und fremdartig – erfüllte ihn auf eine Weise mit Zuversicht und einem Gefühl der Ruhe, die er nicht einmal im Ansatz verstand.

Ein letzter Rest von Widerstand veranlasste Will, das Astrolabium in die Holzschachtel zurückzulegen – was er allerdings sofort bedauerte. Am liebsten hätte er das Gerät erneut herausgenommen und in den Händen gehalten, um dieses behagliche Gefühl wieder zu empfinden.

»Ich möchte, dass du es bekommst«, sagte Elliot freundlich und schob die Schachtel auf Will zu. »Dieses Gerät ist mein Geschenk an dich. Als Zeichen unserer Wertschätzung deiner guten Arbeit, die du beim Organisieren der Archivboxen geleistet hast.«

»Aber ich bin doch noch gar nicht fertig«, protestierte Will – ein anderer Einwand wollte ihm einfach nicht einfallen.

»Mach dir darüber keine Gedanken. Ich nehme an, wenn du und

Ajay euch gemeinsam der Boxen annehmt, wird die Arbeit im Nu erledigt sein.«

Höchste Zeit, dass ich mal meine eigenen Regeln aufstelle, dachte Will.

Wills Liste der Lebensregeln

Nr. 1: GESCHENKE VON FREMDEN? NEIN DANKE.

Will legte beide Hände auf den Deckel und schloss die Schachtel unter Aufbringung all seiner Willenskraft. »Ich weiß nicht, was ich sagen soll«, erklärte er und zwang sich dann, einen Schritt vom Tisch zurückzutreten.

»Das ist nur natürlich«, erwiderte Elliot und lächelte wohlwollend. »Gut möglich, dass wir alle einmal ähnlich empfunden haben, zu unserer Zeit.«

»Ich dachte, Haxley würde hierherkommen und mit mir reden«, sagte Will und riss sich mühsam vom Anblick der Holzschachtel los.

»Ah ja«, lächelte Elliot und betrachtete Will amüsiert. »Ich verstehe durchaus, wie du zu dieser Schlussfolgerung kommen konntest.«

»Aber Haxley ist gar nicht derjenige, der hier das Sagen hat«, erkannte Will plötzlich. »Das sind Sie. Sie sind ›der Gehörnte‹.«

Elliot zuckte nur bescheiden die Achseln und lächelte. Entspannt und unbeschwert.

»Verraten Sie mir, warum ich hier bin. Was wollen Sie von mir?«

»Es geht weniger darum, was ich *von* dir will, als vielmehr darum, was ich *für* dich will. Begleitest du mich ein paar Schritte?«

Will nickte und folgte Elliot in den Korridor. Elliot bedeutete ihm, nach links zu gehen, und dann spazierten sie durch einen Gang mit Fenstern auf beiden Seiten. Will sah Teile der Insel und andere Bereiche der Burg; kräftige Sonnenstrahlen fielen durch die Fenster und überzogen den cremefarbenen Marmor mit leuchtenden Streifen, die fast greifbar wirkten.

»Ich bedaure sehr, dass wir zu diesen Maßnahmen greifen mussten«, setzte Elliot an, den Blick geradeaus gerichtet. »Hier ist zweifellos eine aufrichtige Entschuldigung angebracht, für schwerwiegende Fehleinschätzungen, die nie hätten passieren dürfen.«

»Ich höre«, sagte Will.

»Zum Beispiel den verstorbenen Lyle Ogilvy betreffend. Die Art und Weise, wie er dich behandelt hat, war von Anfang an vollkommen unangebracht. Er wurde wiederholt zum Gespräch gebeten und scharf ermahnt. Aber er war nun einmal ein zutiefst labiler junger Mann. Man hegt ja immer die Hoffnung, innerlich zerrissenen Seelen wieder auf den Pfad der Erleuchtung zurückhelfen zu können. Doch so vielversprechend Lyle Ogilvy anfänglich auch erschien, war dies bei ihm bedauerlicherweise nicht möglich.«

»Was hätte er denn nicht tun sollen?«, hakte Will nach.

Als Elliot ihn eine geschwungene Marmortreppe hinaufführte, hallten ihre Schritte von den Wänden.

»Er hätte nicht versuchen sollen, dich zu töten«, erklärte Elliot offen. »Auf keinen Fall. Wir hatten ihm eine schlichte Überwachungsaufgabe zugeteilt und ihm mehr als nur einmal ausdrücklich untersagt, Gewalt anzuwenden. Er hatte keineswegs den Auftrag, dich anzugreifen – ganz im Gegenteil. Aber die für ihn verantwortliche Person hat die Schwere seiner Geistesstörung leider unterschätzt.«

»Bei dieser Person handelt es sich um Mr Hobbes?«

»Ganz genau, Will«, bestätigte Elliot, scheinbar erfreut. »Du hast die Situation *präzise* erfasst. Als ob noch irgendjemand eine weitere Bestätigung für die Schärfe deines Verstands bräuchte ...«

»Lyle war nicht der Einzige, der versucht hat, mich umzubringen«, wandte Will ein. »Schon vor meiner Ankunft hier hat man mir in den Hügeln hinter unserem Haus aufgelauert und sogar das Flugzeug angegriffen, in dem ich saß.«

»Äußerst bedauerlich. Wie soll ich es erklären?« Elliot schaute zur Decke und suchte nach den richtigen Worten. »An diesem Unternehmen sind verschiedene *Gesellschafter* beteiligt, Will. Stille Teilhaber oder unabhängige Auftragnehmer, wenn du so willst. Diese sind unberechenbar und unterliegen nicht immer unserer Kontrolle.«

»Weil es keine Menschen sind«, stellte Will fest.

Überrascht warf Elliot ihm einen Blick zu, als hätte er nicht damit gerechnet, dass Will darüber Bescheid wusste.

Das Andere Team. Dann hatte Dave also recht. Und wenn er in dieser Hinsicht recht hatte, dann lag er möglicherweise ja auch bei allem anderen richtig.

»Das heißt also, diese ›unabhängigen Auftragnehmer‹ hätten ebenfalls nicht versuchen sollen, mich zu töten?«

»Gütiger Himmel, nein! Dieser Fehler wurde nach deiner Ankunft hier sofort berichtigt, das darfst du mir glauben.«

»Und warum bin ich dann jetzt hier?«, hakte Will nach.

Nachdem sie den obersten Absatz der Treppe erreicht hatten, hielt Elliot eine Hand hoch, als würde er um Geduld bitten. »Gestatte mir, diese Frage in ein paar Sekunden ausführlicher zu beantworten. Im Augenblick möchte ich nur so viel dazu sagen – und ich hoffe, du schenkst mir ein wenig Vertrauen: Weil du *hierhergehörst.*«

Elliot ging zu einer Tür, hielt dort einen Moment inne und legte die Hand auf den Türknauf.

»So viele Dinge sind geschehen, Will, bevor wir erkannten, wie außergewöhnlich und wahrhaft besonders du bist. Aber wir brauchten nun einmal deinen Vater. Deshalb haben wir nach dir und deiner Familie gesucht. Wir benötigten ihn derartig dringend, dass wir zu allem bereit waren, nur um ihn zurückzuholen.«

»Sie haben mein ganzes Leben lang nach ihm gesucht«, konstatierte Will.

»In der Tat.«

»Weil er und meine Mutter noch vor meiner Geburt geflohen sind.«

»Auch das ist richtig, bedauerlicherweise.«

»Wofür bräuchten Sie ihn denn?«

»Selbstverständlich für seine Forschungsarbeit«, erklärte Elliot und öffnete die Tür.

Will folgte ihm hinaus auf eine riesige Dachterrasse – eine überraschend weitläufige Fläche, die auf das Dach der Galerie aufgesetzt war. Zwischen den beiden Türmen, hoch über der Insel, befand sich eine Oase der Ruhe mit Schatten spendenden, blühenden Bäumen, exotischen Blumen, Bambusbüschen und Wildgräsern – alle von außergewöhnlicher Schönheit. Dazwischen wimmelte es vor Leben: Ein Teich mit Koi-Karpfen, über dem sich eine filigrane Brückenkonstruktion erhob, teilte den Garten in zwei Hälften. Farbenprächtige Singvögel flatterten von Zweig zu Zweig und ihr melodisches Trällern fügte sich harmonisch in das Rauschen der sanften Brise ein, die die Sommerhitze etwas erträglicher machte. Über die gesamte Anlage waren klassische Statuen verteilt – große Buddha-Büsten und Götterfiguren von einem Dutzend antiker Kulturen. Elliot führte Will über einen Grasweg mit eingelegten glatten Trittsteinen.

»Dein Vater ist ein sehr stolzer und extrem starrköpfiger Mensch«, sagte Elliot. »Wir sind zu dem Schluss gekommen, dass deine Anwesenheit hier das beste Mittel darstellt, ihn zur Rückkehr zu bewegen.«

»Sie meinen, Sie wollen ihn erpressen«, entgegnete Will.

Elliot lächelte verständnisvoll. »Mit der Zeit wirst du einsehen, dass man das auch auf weniger harsche Weise betrachten kann. Aber wie auch immer du es interpretieren möchtest, wir sind zu der Erkenntnis gekommen: Solange dein Vater dich in Sicherheit wusste, war er bereit, mit seiner Arbeit fortzufahren.«

Will musste seine Wut unterdrücken, bevor er darauf reagieren konnte. »Und warum ist er überhaupt geflohen? Über welche Art von Arbeit reden wir hier eigentlich?«

»Du bist doch mit der Tätigkeit deines Vaters vertraut, oder nicht, Will?« Elliot wirkte beinahe verwirrt.

»Er hat nie über seine Arbeit gesprochen«, erwiderte Will. »Ich weiß nur, dass es irgendetwas mit Genforschung zu tun hatte.«

»Ich rede hier nicht von dem unbedeutenden Müßiggänger, den er sechzehn Jahre lang gegeben hat«, entgegnete Elliot ungeduldig. »Ich beziehe mich auf den Mann, der er davor war. Und ich denke, du weißt, wen ich meine.«

Elliot ragte hoch über Will auf, die Hände in die Hüften gestemmt und mit einem bezwingenden Lächeln um die Lippen.

»Er hieß Hugh Greenwood«, räumte Will mürrisch ein. »Und er hat hier unterrichtet.«

»Hugh Greenwood war der herausragendste Wissenschaftler seiner Generation, Will«, erläuterte Elliot und hob einen Finger in die Luft. »Ich bin ein wenig enttäuscht, dass du das nach all der Zeit hier nicht besser zu würdigen weißt. Seine bahnbrechenden Forschungen haben all unsere Unternehmungen – all das hier – erst möglich gemacht.«

Mit Bedacht wählte Will seine nächsten Worte: »Sie meinen die Prophezeiung.«

»Ganz genau«, bestätigte Elliot, nun wieder erfreut. »Niemand bezweifelt die Genialität von Abelsons ursprünglicher Idee, aber seine Methoden enthielten verheerende Fehler und führten in der Anwendung zu einer Katastrophe. Daran lässt sich nun mal nicht rütteln. Unsere besten Wissenschaftler haben jahrzehntelang getüftelt, konnten die Probleme aber nicht lösen ... Jahre verschwendeter Zeit und Energie ... bis sich eines Tages herausstellte, dass Hugh – und nur Hugh – über die visionäre Kraft, das umfassende Wissen und das Zusammenspiel der Gedanken verfügte, jenen Durchbruch voranzutreiben, auf den wir so lange gewartet hatten.«

Will stockte das Blut in den Adern. »Wollen Sie damit sagen, dass mein Dad Ihnen freiwillig geholfen hat?«

Elliot stieß ein überraschtes, leicht belustigtes Lachen aus. »Mach dir keine Sorgen, Will. Die Integrität deines Vaters bleibt unangetastet. Hughs besondere Gabe liegt im Bereich der Forschung – die Theorie war das Einzige, was ihn je interessiert hat. Er hat zu keinem Zeitpunkt gewusst, wofür wir seine Forschungsergebnisse verwendet haben.«

»Also das ist der Grund für seine Flucht«, erkannte Will mit großer Erleichterung. »Als er herausfand, worum es wirklich ging.«

»Möglicherweise.« Elliot schaute nachdenklich. »Man könnte es aber auch anders formulieren: Ihm fehlte der Mut, seine Ideen logisch und nutzbringend zu Ende zu denken. Wenn jemandem eine Gabe zuteilwird, die das Leben aller Menschen verbessern könnte, darf er es dann ablehnen, sie auch anzuwenden?«

Inzwischen hatten sie eine Gartenbank am anderen Ende des Teichs erreicht. Will ließ sich auf die Sitzfläche sinken, überwältigt von einem enormen Gewicht, das jede Bewegung erschwerte, während er versuchte, das Gehörte mit den Informationen, die er bereits kannte, zusammenzubringen.

»Sieh dich um, Will«, forderte Elliot ihn auf und spreizte die Arme. »Jede einzelne Spezies in diesem Garten wurde von Menschenhand, nicht von Gott, perfektioniert. Und jede ist das Ergebnis und der Nutznießer der Erkenntnisse deines Vaters, seines Verständnisses der komplexesten Mechanismen jeglicher Existenz.«

Elliot nahm Will am Arm und zog ihn zu einer Art Fensteröffnung am anderen Ende des Gartens, deren Scheibe von innen verdunkelt war. Über dem Rahmen war das Wappen der Schule in den Stein gemeißelt. Elliot zeigte auf die Worte auf der Schriftrolle unterhalb des Schilds.

»Lies bitte, was da steht«, bat Elliot.

»Wissen ist der Weg, Weisheit das Ziel.«

»Weisheit«, sagte Elliot und packte erneut Wills Arm. »Zum Wohle und zur *Besserung* der Menschheit. Dies ist und war schon immer unsere Mission. Und das ist auch der Grund, weshalb wir unbedingt wollten, dass dein Vater zu uns zurückkehrt ... um jeden Preis ... damit er seine Arbeit beendet und perfektioniert.«

»Warum?«

»Weil uns die Zeit davonläuft! Die menschliche Rasse als unkontrollierter Feldversuch ist an ihrem Ende angekommen. Es ist vorbei, Will. Kläglich gescheitert.« Elliot zeigte über die Mauern der Burg hinaus. »Du hast die Beweise da draußen selbst gesehen. Wohin man auch schaut. Betrachte die Welt um uns herum einmal mit klarem, objektivem Blick: Unsere arme Erde, geplündert und ausgebeutet von den niederen, parasitären Trieben einer gierigen, egoistischen, räuberischen Spezies, die vollkommen ungehemmt ist, sich bis einen Schritt vor dem Abgrund unkontrolliert vermehrt und uns an den Rand des Ruins gebracht hat.«

»Nicht alle Menschen sind so«, protestierte Will.

»Die *Menschen* sind immer nur so gut wie ihre *Anführer.* Und nur eine qualitativ hochwertigere Menschenrasse, die stärker und weiser und aufgeklärter ist, kann uns aus diesem Tal der Finsternis herausführen, in das wir uns selbst hineingeschaufelt haben. *Das* ist die Sorte von Mensch, die zu erschaffen wir nun in der Lage sind, aber das reicht noch nicht. Wir müssen sie formen und vorbereiten und darin unterrichten, wie man diese Welt und unsere Spezies vor der Selbstvernichtung rettet.«

Der Feuereifer und das manische, strahlende Licht in den Augen des alten Mannes jagten Will Angst ein. »Soll das heißen, das rechtfertigt all Ihre Taten? Rechtfertigt einen Pakt mit Dämonen, die uns töten wollen?«

»Mit wem hast du gesprochen?«, fragte Elliot misstrauisch und kniff die Augen zu Schlitzen. »Etwa mit einem dieser alten Narren, die zur Hierarchie gehören?«

Will versuchte, sich seine Überraschung nicht anmerken zu lassen, und schwieg.

»Nein, nein, nein. Diese Typen sind sehr gefährlich, Will. Du darfst nicht auf sie hören«, mahnte Elliot eindringlich. »Die Hilfe dieser irregeleiteten ›Babysitter‹ haben wir schon vor einer Ewigkeit hinter uns gelassen. Was haben sie dir erzählt? Sie behaupten, sie seien für das Wohlergehen der gesamten Welt zuständig, stimmt's? Wenn du glaubst, dass sie dieser Aufgabe gewachsen sind, dann sieh dir einmal an, in welchem Zustand sie uns hier zurückgelassen haben. Sie allein sind für diese Finsternis verantwortlich.«

»Falsch – *Sie* sehen das vollkommen verkehrt«, widersprach Will. »Das Andere Team will uns vernichten und *Sie* helfen ihnen dabei ...«

»Nein, mein Junge. Hör mir jetzt genau zu: Wir bestimmen inzwischen selbst über unser Schicksal ... Es steht viel zu viel auf dem Spiel ... Wir müssen Bündnispartner suchen, wo immer wir sie finden. Sie mögen zwar nicht die angenehmsten Zeitgenossen sein, aber wir haben alles im Griff.«

»Das glauben auch nur Sie«, konterte Will. »Wie viel weiß die Schule von alldem hier?«

»Die Schule? Nichts«, winkte Elliot abschätzig ab. »Warum sollten wir sie damit belasten? Das hier ist eine Familienangelegenheit. Die Schule arbeitet für uns, nicht umgekehrt.«

Er ist verrückt, dachte Will. *Ich sollte ihn einfach packen und vom Dach stoßen.*

»Begreifst du denn nicht, warum du für uns so wichtig bist, Will? Du bist der lebende Beweis. Die Tatsache, dass du so außergewöhnlich bist, gibt uns die Gewissheit, dass wir Erfolg haben werden ...«

»Wie können Sie so etwas behaupten?«

Elliot trat einen Schritt näher und senkte seine Stimme zu einem sanften Raunen, als würde er Will eine Gutenachtgeschichte erzählen. »Ganz einfach: Wenn du auf unserer Seite bist und dein Vater wieder zu seiner Forschungsarbeit zurückkehrt, dann ist alles im Einklang. Die Prophezeiung ist in Erfüllung gegangen. Und das bedeutet, dass niemand mehr leiden muss.«

»Und was ist mit meinen Freunden?«

»Befinden sich alle in Sicherheit. Jetzt möchte ich nur, dass du ihnen das berichtest, was ich dir gerade erläutert habe. Erzähle ihnen, dass du erkannt hast, wie sehr du dich in uns geirrt hast. Denn wir möchten, dass auch sie ihr Potenzial entwickeln und Erfolg haben – im selben Maße, wie wir das für dich anstreben.«

Will schwieg und starrte Elliot nur an; er war wie gelähmt bei dem Gedanken an einen möglichen anderen Ausweg aus der Situation. Kein Ärger und keine Kämpfe mehr. Er konnte sowohl seine Familie als auch seine Freunde retten. Sollte sich doch jemand anderes darum kümmern und die Verantwortung übernehmen.

»Möchtest du, dass ich dir die Entscheidung erleichtere?«, fragte

Elliot freundlich. »Ich weiß, wie schwierig das Überschreiten dieser Schwelle sein kann. Erlaube mir, dir ein wenig zu helfen.«

Elliot klopfte gegen die dicke Glasscheibe des Fensters. Sofort teilte jemand auf der anderen Seite einen Vorhang und gab damit den Blick in den dahinterliegenden Raum frei.

Es handelte sich um den OP-Saal, den Will auf einem von Hobbes' Monitoren gesehen hatte, als die Pfleger Brooke auf den Tisch geschnallt hatten. Auch jetzt waren sämtliche Lampen eingeschaltet, doch nun lag jemand anderes auf dem Operationstisch.

Elise. Bewusstlos, vermutlich unter Betäubungsmittel gesetzt. Ihr Kopf war stark nach hinten gebogen, bereit für eine Operation. Den Linien nach zu urteilen, die man auf ihren Hals aufgezeichnet hatte, plante man, ihr die Stimmbänder zu durchtrennen.

Aber das war noch nicht alles.

Der einzige Chirurg im Raum, der mit einem Skalpell in der Hand über Elise gebeugt stand, zog seinen Mundschutz herab und schaute in Richtung Fenster – allerdings ohne zu reagieren oder Will oder etwas anderes jenseits der Scheibe wahrzunehmen. Direkt neben dem Arzt ragte Hobbes auf und hielt ihm eine Pistole an den Kopf. Der Chirurg trug eine Brille. Ein schmales bleiches Gesicht mit einem sorgfältig gestutzten Bart. Sein Haar war kürzer und grauer, als Will es in Erinnerung hatte. Der Mann, den er sein ganzes Leben lang unter dem Namen Jordan West gekannt hatte.

Wills Vater, Hugh Greenwood.

Panisch schlug Will mit den Fäusten gegen die Scheibe und rief den Namen seines Vaters. Doch Hugh reagierte nicht.

»Das ist eine Einwegscheibe«, erklärte Elliot. »Er kann dich weder sehen noch hören. Ich gebe dir mein Ehrenwort, Will: Solange du einfach das tust, worum ich dich bitte, wird weder ihm noch Miss Moreau noch sonst einem deiner Freunde auch nur ein Haar gekrümmt.«

Will begann, am ganzen Körper zu zittern. Am liebsten wäre er in Tränen ausgebrochen oder hätte jemanden getötet – alles, nur um diesem Moment zu entkommen. »Wieso sollte ich Ihnen glauben?«, entgegnete er im Versuch, Zeit zu schinden. »Warum sollte ich Ihnen auch nur ein Wort glauben?«

Erneut schaute Elliot mit mildem Blick auf ihn herab; ein zärtliches Lächeln umspielte seine Lippen. Dann legte er Will sanft eine Hand auf die Schulter.

»Du solltest mir deshalb glauben, mein lieber Junge, weil ich Franklin Greenwood bin – dein Großvater«, verkündete er.

Nr. 100: BLEIB AM LEBEN.

Will zögerte keine Sekunde und schaute dem Mann entschlossen ins Gesicht. »Ich tue alles, was du willst.«

Fortsetzung folgt

PALADIN PROJECT

Teil 3

Will hob den glatten Metallgegenstand auf Schulterhöhe und richtete ihn wie eine Waffe geradeaus in die Dunkelheit des Gangs.

Als er den ersten Schaltknopf drückte, erwachte das Gerät in seiner Hand brummend zum Leben und jagte mächtige Vibrationen durch seinen Arm, die sich bis in seinen Körper fortsetzten.

»Wow!«

Das Ende des Laufs lud sich langsam mit einem grellen weißen Licht auf, das sich vor Will im Raum verteilte und die Dunkelheit durchdrang.

»Startvorgang ... klar!«, bestätigte Elise.

»Zweiter Schaltknopf«, verkündete Will und drückte auf die Taste mit dem Kreis.

Im nächsten Moment bäumte sich der Schnitzer vor Energie auf und Will musste ihn mit beiden Händen fest umfassen, um ihn halbwegs ruhig zu halten. Der weiße Lichtkegel wurde zu einem einzigen scharfen Strahl gebündelt und durchlief eine Reihe von Farben, bis er schließlich golden leuchtete.

»Soll ich den letzten Knopf für dich drücken?«, bot Ajay an, als er sah, wie Will mit dem Gerät kämpfte.

»Ja, bitte.« Will nickte.

Ajay beugte sich zu ihm vor und betätigte den dritten und letzten Schaltknopf.

Nun gab der Schnitzer ein hohes Sirren von sich und Will spürte, wie sich im Inneren des Geräts eine gewaltige Energieladung aufbaute – dieses Mal jedoch gleichmäßiger als zuvor. Plötzlich schien der Schnitzer leichter in der Hand zu liegen und sich besser dirigieren zu lassen. Aber Will wurde den Eindruck nicht los, dass nur eine einzige falsche Bewegung eine Katastrophe nach sich ziehen konnte.

Die Freunde richteten ihre Augen auf eine Stelle im Raum, etwa sechs Meter vor ihnen ... dort, wo der goldene Lichtstrahl offenbar einfach in der Luft endete. Funken flogen von der Stelle auf, wie bei einem Schweißgerät, das auf Stahl traf. Als Will den Schnitzer langsam nach rechts bewegte, sah es so aus, als würde der Strahl eine Naht oder Öffnung erzeugen.

»Ich glaube, es funktioniert«, bemerkte Ajay.

»Ist das jetzt die gute Nachricht oder die schlechte?«, fragte Elise leise.

»Niegewesen – wir kommen!«, rief Nick und lockerte Schultern und Arme.

»Ich hoffe, ihr hattet nicht vor, ohne mich loszulegen«, sagte plötzlich eine Stimme hinter ihnen.

Die Freunde drehten sich um.

Im Gang stand Coach Jericho.

NR. 37: MUT IST NICHT DIE ABWESENHEIT VON ANGST, SONDERN DER WILLE WEITERZUMACHEN, OBWOHL MAN ANGST HAT.

DADS LISTE DER LEBENSREGELN

Nr. 1: EIN METHODISCHER GEIST IST ALLES.

Nr. 2: KONZENTRIERE DICH NUR AUF DIE BEVORSTEHENDE AUFGABE.

Nr. 3: LENKE KEINE AUFMERKSAMKEIT AUF DICH.

Nr. 4: WENN DU GLAUBST, DU BIST FERTIG, HAST DU GERADE ERST ANGEFANGEN.

Nr. 5: VERTRAUE NIEMANDEM.

Nr. 6: SEI DIR DER REALITÄT DER GEGENWART STETS BEWUSST. DENN WIR HABEN NICHTS AUSSER DEM JETZIGEN MOMENT.

Nr. 7: VERWECHSLE GLÜCKLICHE ZUFÄLLE NICHT MIT EINEM GUTEN PLAN.

Nr. 8: SEI IMMER BEREIT ZU IMPROVISIEREN.

Nr. 9: SIEH HIN UND HÖR ZU, SONST WIRST DU NICHT BEMERKEN, WAS DIR ENTGEHT.

Nr. 10: REAGIERE NICHT EINFACH NUR AUF EINE SITUATION, DIE DICH ÜBERRASCHT. GEH DARAUF EIN.

Nr. 11: VERTRAUE DEINEN INSTINKTEN.

Nr. 12: LASS DEN ANDEREN REDEN.

Nr. 13: FÜR DEN ERSTEN EINDRUCK GIBT ES KEINE ZWEITE CHANCE.

Nr. 14: STELLE ALLE FRAGEN IN DER REIHENFOLGE IHRER WICHTIGKEIT.

Nr. 15: SEI SCHNELL, ABER HETZE NICHT.

Nr. 16: SIEH DEN MENSCHEN IMMER IN DIE AUGEN. SCHÜTTLE IHNEN SO DIE HAND, DASS SIE SICH DARAN ERINNERN.

Nr. 17: BEGINNE JEDEN TAG MIT DEN WORTEN: DAS LEBEN IST SCHÖN. SPRICH ES LAUT AUS, SELBST WENN DU ES NICHT FÜHLST, DENN DAS ERHÖHT DIE WAHRSCHEINLICHKEIT, DASS DU ES DOCH NOCH FÜHLST.

Nr. 18: WENN NR. 17 NICHT FUNKTIONIERT, SEI DANKBAR FÜR DAS, WAS DU HAST.

Nr. 19: WENN ALLES SCHIEFLÄUFT, BETRACHTE DIE KATASTROPHE ALS MÖGLICHKEIT AUFZUWACHEN.

Nr. 20: ES MUSS IMMER EINEN ZUSAMMENHANG ZWISCHEN ANHALTSPUNKT UND SCHLUSSFOLGERUNG GEBEN.

Nr. 21: DAS GLÜCK IST MIT DEN MUTIGEN.

Nr. 22: WENN DIR DER KOPF SCHWIRRT, MACH EINE LISTE.

Nr. 23: WENN ES ÄRGER GIBT, DENKE SCHNELL UND HANDLE ENTSCHLOSSEN.

Nr. 24: DU KANNST NUR DANN ETWAS VERÄNDERN, WENN DU AUCH DEINE MEINUNG ÄNDERN KANNST.

Nr. 25: NICHT DAS, WAS DU GLAUBEN SOLLST, IST WICHTIG – ES ZÄHLT NUR DAS, WAS DU GLAUBEN WILLST. ES KOMMT NICHT AUF DIE TINTE UND DAS PAPIER AN, SONDERN AUF DIE HAND, DIE DIE FEDER FÜHRT.

Nr. 26: EINMAL IST EINE BESONDERHEIT. ZWEIMAL IST EIN ZUFALL. DREIMAL IST EIN MUSTER. UND WIE WIR JA WISSEN ...

Nr. 27: ES GIBT KEINE ZUFÄLLE.

Nr. 28: DIE LEUTE SOLLEN DICH RUHIG UNTERSCHÄTZEN. SO WISSEN SIE NIE GENAU, WOZU DU FÄHIG BIST.

Nr. 29: MAN KANN ZUFALL AUCH ALS SYNCHRONIZITÄT AUFFASSEN.

Nr. 30: MANCHMAL WIRD MAN MIT EINEM SCHLÄGER NUR FERTIG, WENN MAN ZUERST ZUSCHLÄGT. UND ZWAR HART.

Nr. 31: MANCHMAL IST ES NICHT DAS SCHLECHTESTE, WENN MAN DICH FÜR VERRÜCKT HÄLT.

Nr. 32: SELBST DER GERINGSTE VORTEIL KANN DEN ENTSCHEIDENDEN UNTERSCHIED ZWISCHEN LEBEN UND TOD BEDEUTEN. DU SOLLTEST IHN NIEMALS VERSCHENKEN.

Nr. 34: TU SO, ALS WÜRDEST DU VERANTWORTUNG TRAGEN, UND DIE LEUTE WERDEN DIR GLAUBEN.

Nr. 35: GERADE IN ANSTRENGENDEN ZEITEN DARF MAN NICHT AUFHÖREN, SICH ANZUSTRENGEN.

Nr. 37: MUT IST NICHT DIE ABWESENHEIT VON ANGST, SONDERN DER WILLE WEITERZUMACHEN, OBWOHL MAN ANGST HAT.

Nr. 40: VERSUCHE NIE, DICH HERAUSZUREDEN.

Nr. 41: SCHLAF, WENN DU MÜDE BIST. KATZEN MACHEN NICKERCHEN, DAMIT SIE STETS FÜR ALLES BEREIT SIND.

Nr. 43: DAS MUTIGSTE VORGEHEN IST NICHT IMMER DAS KLÜGSTE.

Nr. 45: KOOPERIERE MIT DEN OBRIGKEITEN, ABER NENNE KEINE NAMEN VON FREUNDEN.

Nr. 46: WENN DU FREMDE WISSEN LÄSST, WAS DU EMPFINDEST, SIND SIE DIR GEGENÜBER IM VORTEIL.

Nr. 47: UNGEZÜGELTE WUT BRINGT DICH NOCH SCHNELLER UM ALS DUMMHEIT.

Nr. 48: BEGINNE NIE EINEN KAMPF, WENN DU IHN NICHT BEENDEN KANNST. UND ZWAR SCHNELL.

Nr. 49: WENN NICHTS ANDERES MEHR HILFT, ATME EINMAL TIEF DURCH.

Nr. 50: WENN CHAOS HERRSCHT, HALTE DICH AN DIE ROUTINE. SCHAFFE NACH UND NACH ORDNUNG.

Nr. 51: DAS EINZIGE, WAS DU NICHT VERLIEREN DARFST, IST DIE HOFFNUNG.

Nr. 52: WENN DU DAS EIS BRECHEN WILLST, LOBE DIE HEIMATSTADT DEINES GEGENÜBERS.

Nr. 53: UND SYMPATHISIERE IMMER MIT DEM FOOTBALL-TEAM SEINER STADT.

Nr. 54: WENN DU NICHT PÜNKTLICH SEIN KANNST, DANN SEI ZU FRÜH.

Nr. 55: WENN DU BEI DER VORBEREITUNG VERSAGST, BEREITE DICH AUFS VERSAGEN VOR.

Nr. 56: AUFGEBEN IST EINFACH. BEENDEN IST SCHWER.

Nr. 57: WENN DU WISSEN WILLST, WAS IN EINER KLEINEN STADT ALLES PASSIERT, GEH ZUM FRISEUR.

Nr. 58: DER WAHRHEIT INS GESICHT ZU SCHAUEN, IST LETZTENDLICH VIEL EINFACHER, ALS SICH SELBST ZU BELÜGEN.

Nr. 59: MANCHMAL FINDET MAN MEHR HERAUS, WENN MAN FRAGEN STELLT, AUF DIE MAN DIE ANTWORT BEREITS KENNT.

Nr. 60: WENN DIR DIE ANTWORT, DIE DU BEKOMMST, NICHT GEFÄLLT, HÄTTEST DU DIE FRAGE NICHT STELLEN SOLLEN.

Nr. 61: WENN DU WILLST, DASS ETWAS RICHTIG GEMACHT WIRD, MACH ES SELBST.

Nr. 62: WENN DU AN EINEM BESTIMMTEN ORT NICHT AUFFALLEN WILLST, TU SO, ALS WÜRDEST DU DORTHIN GEHÖREN UND HÄTTEST ZU TUN.

Nr. 63: DIE BESTEN LÜGEN SIND DIE, DIE EINEN ANTEIL VON WAHRHEIT ENTHALTEN.

Nr. 65: DER DÜMMSTE TYP IM RAUM IST DERJENIGE, DER DIR ALS ERSTER ERZÄHLT, WIE SCHLAU ER IST.

Nr. 68: UNTERSCHREIBE NIE EIN JURISTISCHES DOKUMENT, OHNE ES VORHER VON EINEM ANWALT PRÜFEN ZU LASSEN, DER FÜR DICH ARBEITET.

Nr. 70: WENN DU IN SCHWIERIGKEITEN STECKST, BESINNE DICH AUF DEINE STÄRKEN.

Nr. 72: WENN DU AN EINEN NEUEN ORT KOMMST, VERHALTE DICH SO, ALS SEIST DU SCHON EINMAL DORT GEWESEN.

Nr. 73: BEGREIFE DEN UNTERSCHIED ZWISCHEN TAKTIK UND STRATEGIE.

Nr. 74: 99 PROZENT DER DINGE, ÜBER DIE DU DIR SORGEN MACHST, TRETEN NIE EIN. BEDEUTET DAS, DASS ES HILFT, SICH SORGEN ZU MACHEN, ODER DASS ES EINE VÖLLIGE VERSCHWENDUNG VON ZEIT UND ENERGIE DARSTELLT? ENTSCHEIDE SELBST.

Nr. 75: WENN DU EINE SCHNELLE ENTSCHEIDUNG TREFFEN MUSST, HALTE DICH NICHT MIT DEN DINGEN AUF, DIE NICHT MACHBAR SIND, SONDERN KONZENTRIERE DICH AUF DAS, WAS MÖGLICH IST.

Nr. 76: WENN DU DIE OBERHAND GEWINNST, NUTZ DEINEN VORTEIL VOLL AUS.

Nr. 77: DIE SCHWEIZER ARMEE MAG KAUM DER REDE WERT SEIN, ABER VERLASS DAS HAUS NIE OHNE IHR MESSER.

Nr. 78: DIE KLASSIKER SIND AUS GUTEM GRUND KLASSIKER: SIE SIND KLASSISCH.

Nr. 79: MACH DEN SCHMERZ EINES ANDEREN NICHT ZUR QUELLE DEINES EIGENEN GLÜCKS.

Nr. 80: GEH BEHUTSAM VOR, WENN DU ETWAS VERKAUFEN WILLST. ÜBERZEUGUNG IST DIE KUNST, ANDERE GLAUBEN ZU MACHEN, DASS ES IHRE IDEE WAR.

Nr. 81: NIMM NIE MEHR, ALS DU BRAUCHST.

Nr. 82: OHNE EIN GEISTIGES LEBEN LEBT MAN EIN GEISTLOSES LEBEN.

Nr. 83: NUR WEIL DU PARANOID BIST, HEISST DAS NICHT, DASS NACHSICHT BESSER ALS VORSICHT IST.

Nr. 84: WENN SONST NICHTS FUNKTIONIERT, VERSUCH ES MIT SCHOKOLADE.

Nr. 86: SEI NIE NERVÖS, WENN DU DICH MIT EINEM HÜBSCHEN MÄDCHEN UNTERHÄLTST. TU EINFACH SO, ALS SEI SIE AUCH NUR EIN MENSCH.

Nr. 87: MÄNNER WOLLEN GESELLSCHAFT, FRAUEN WOLLEN MITGEFÜHL.

Nr. 88: HÖR IMMER AUF DIE PERSON MIT DER PFEIFE.

Nr. 91: ES GIBT KEINE GRENZEN FÜR DAS, WAS EIN MANN AUF SICH NEHMEN SOLLTE, UM DAS RICHTIGE MÄDCHEN ZU BEEINDRUCKEN.

Nr. 92: WENN DU WILLST, DASS JEMAND DIR MEHR ERZÄHLT, SAG WENIGER. HALTE AUGEN UND OHREN OFFEN UND MACH DEN MUND ZU.

Nr. 94: DIE MEISTEN ALLER WAFFEN UND GEGENSTÄNDE, DIE DU JEMALS BENÖTIGEN WIRST, FINDEST DU IM HAUS.

Nr. 96: LERNE DIE GRUNDRECHTE DER VERFASSUNG AUSWENDIG.

Nr. 97: WAS BRILLEN UND UNTERWÄSCHE BETRIFFT: REISE STETS MIT RESERVE.

Nr. 98: BETRACHTE DEIN LEBEN NICHT WIE EINEN FILM ODER ALS WÜRDE ES JEMAND ANDEREN BETREFFEN. DEIN LEBEN BETRIFFT DICH. UND ES BETRIFFT DICH JETZT – IN DIESEM MOMENT.

Nr. 100: BLEIB AM LEBEN.

ÖFFNE ALLE TÜREN UND ERWACHE.

Danksagung

Ich danke Jim Thomas, meinem Lektor *extraordinaire*. Ed Victor und Sophie Hicks, meinen *agents provocateurs*. All den Großartigen und Talentierten bei Random House Children's Books. Susie Putnam, Jeff Freilich, Deepak Nayar, David Lynch, Carolyn Roberts. Und Lynn und Travis, als Erstes, als Letztes und immer ...